Maarten 't Hart
Der Schneeflockenbaum

PIPER

Zu diesem Buch

Vom ersten Tag an war seine Mutter misstrauisch gewesen gegenüber der »dürren Missgeburt«, wie sie seinen Freund Jouri noch immer nannte. Als Sohn eines Kollaborateurs hatte Jouri in den Niederlanden der fünfziger Jahre wahrhaftig nicht viel zu lachen, genausowenig wie der Erzähler selbst, der mit seinem eigensinnigen Humor und seinen Darmwinden Mitschüler und Lehrer gleichermaßen quälte. Als sich eines Tages die kleine Ria Dons tapfer an seine Seite stellt und ihm, gegen Bezahlung von fünf Cent, sogar erlaubt, sie zu küssen, ist das der Beginn einer schmerzlichen und lebenslangen Erfahrung – denn Jouri zerreißt das zarte Band der Zuneigung und spannt ihm ungerührt die Freundin aus. »Der Schneeflockenbaum« des niederländischen Romanciers Maarten 't Hart ist eine Geschichte um verlorene Lieben, ein lebenslanges Missverständnis und die Unverbrüchlichkeit der Freundschaft.

Maarten 't Hart, geboren 1944 in Maassluis bei Rotterdam, studierte Verhaltensbiologie, bevor er sich 1987 als freier Schriftsteller in Warmond bei Leiden niederließ. Nach seinen Jugenderinnerungen »Ein Schwarm Regenbrachvögel« erschien 1997 auf Deutsch sein Roman »Das Wüten der ganzen Welt«, der zu einem überragenden Erfolg wurde und viele Auszeichnungen erhielt. Seine zahlreichen Romane und Erzählungen machen ihn zu einem der meistgelesenen europäischen Gegenwartsautoren.

Maarten ’t Hart

Der Schneeflockenbaum

Roman

Aus dem Niederländischen von
Gregor Seferens

Piper München Zürich

Mehr über unsere Autoren und Bücher:
www.piper.de

Von Maarten 't Hart liegen bei Piper vor:
Ein Schwarm Regenbrachvögel
Gott fährt Fahrrad
Die schwarzen Vögel
Die Jakobsleiter
Das Wüten der ganzen Welt
Die Netzflickerin
Bach und ich (mit CD)
Das Pferd, das den Bussard jagte
Die Sonnenuhr
In unnütz toller Wut
Mozart und ich (mit CD)
Der Psalmenstreit
Der Flieger
Der Schneeflockenbaum

Ungekürzte Taschenbuchausgabe
April 2011

Titel der niederländischen Originalausgabe:
»Verlovingstijd«, De Arbeiderspers, Amsterdam 2009

Umschlaggestaltung: semper smile, München,
nach einem Entwurf von Cornelia Niere, München
Umschlagmotiv: Melchior de Hondecoeter
(Ausschnitt) / Rafael Valls Gallery, London, UK / Bridgeman Berlin
Autorenfoto: Sven Paustian
Satz: Uwe Steffen, München
Papier: Munken Print von Arctic Paper Munkedals AB, Schweden
Druck und Bindung: CPI – Clausen & Bosse, Leck
Printed in Germany ISBN 978-3-492-26497-6

Der Schneeflockenbaum

Begräbnis

An einem sonnigen, windstillen Septembertag rasten wir zu einer Grube in Groningen. Jahrelang hatte meine Mutter mit meinem Stiefvater in dieser Provinz, genauer gesagt in dem Ort Baflo, gewohnt. Sie war dort, »gleich unter dem Polarkreis«, wie sie sagte, allmählich verschmachtet. Schließlich hatte sie meinen Stiefvater, kurz bevor er anfing, dement zu werden, so weit gekriegt, dass er einem Umzug in die Auen bei Schipluiden zustimmte, wo meine Mutter und er geboren und aufgewachsen waren. Er stellte aber die Bedingung, in Baflo begraben zu werden. Aus diesem Grund machten wir uns also drei Tage nach seinem Tod von Südholland aus auf die Reise nach Nordgroningen.

Dass wir die Fahrt in einem Reisebus absolvieren würden, war sozusagen bereits bei der Erschaffung der Welt von Gott vorherbestimmt worden. In unserem Clan wird bei Wochenbettbesuchen, Taufen, Konfirmationen, Eheschließungen und Begräbnissen jedes Mal ein Reisebus gechartert. Anders geht es auch kaum, da sowohl mein Vater als auch meine Mutter, schön übersichtlich, mit neun Brüdern und drei Schwestern gesegnet sind. Mit deren besseren Hälften samt Kinderschar füllt man leicht einen Doppeldeckerbus.

Auch anlässlich der Heirat meiner Mutter und meines Stiefvaters waren wir mit einem Reisebus quer durch die

Niederlande gefahren. Am Tag nach dem Begräbnis meines Vaters hatte meine Mutter mir geschworen, sich nie wieder trauen zu lassen. Trotzdem hatte sie mich zwölf Jahre später, am Telefon wohlgemerkt, vollkommen überrumpelt mit der Mitteilung: »Ich werde wieder heiraten.«

»Wen denn?«, hatte ich sie gefragt.

»Siem.«

»Wie kommst du auf Siem?«

»In der Zeitung sah ich die Todesanzeige für seine Frau. Ich habe ihn angerufen, um ihm mein Beileid auszudrücken. So hat es angefangen.«

Sie hatte mir nicht erklärt, wie aus einer Beileidsbekundung so wundersam schnell Liebe erblüht war, aber natürlich wurden wir gebeten, zur Hochzeit nach Baflo zu kommen. Nachdem mein Bruder erfahren hatte, dass dank der Beileidshochzeit unsere dezimierte Familie um sechs Stiefschwestern vergrößert werden würde, hatte er eine Woche lang kaum schlafen können.

»Unglaublich, da kriegt man einfach so sechs Schwestern dazu! Es müsste doch mit dem Teufel zugehen, wenn es darunter nicht einen heißen Feger gibt.«

Nach unserer Doppeldeckerfahrt saßen wir bereits im beengten Standesamt von Baflo, als die Schwestern hereinmarschiert kamen: sechs grobknochige, korpulente, o-beinige Gemeindeschwestern, eine herzlicher als die andere, weshalb es mich auch nicht störte, dass sie wie Dänische Doggen aussahen. Mein Bruder jedoch war tief enttäuscht, und während der häuslichen Eheschließung weigerte er sich mitzusingen. Als der Pfarrer zu Beginn der Feier einen Kassettenrekorder als Kirchenorgelersatz auf der Fensterbank platzierte und es ihm nicht gelang, daraus andere

Geräusche als lautes Rauschen hervorzuzaubern, da sagte mein Bruder: »Hör nur, Lied 33.«

Schade nur, dass keiner der Anwesenden wusste, welches Lied die Nummer 33 in der nicht genug zu rühmenden Liedersammlung von Johannes de Heer hat. Selbst wenn ich es nicht gewusst hätte, wäre mir dennoch sofort klar gewesen, dass mein Bruder auf den berühmten Sonntagsschulschlager »Es rauscht durch die Wolken ein liebliches Wort« anspielte.

Dieses Lied sangen wir nicht. Wir sangen Psalmen. Der Pfarrer verband meine Mutter mit einem Mann in der Ehe, der aus derselben Schablone des Schöpfers zu stammen schien wie der Lehrer Splunter. Tja, werter Leser, du weißt nicht, wer Lehrer Splunter ist, aber mein Bruder und ich waren bei ihm in der Klasse. Beide stammen wir noch aus der Zeit vor der Sturmflut, doch mein Bruder ist sieben Jahre jünger als ich, und als er zu Splunter in die Klasse kam, da war der Pädagoge zwar auch sieben Jahre älter, aber sein Vokabular hatte sich kein bisschen verändert. Sein Lieblingssatz lautete: »Ich werde dir die Rippen blau färben.« War er etwas freundlicher gestimmt, rief er: »Ich werde das *Wilhelmus* auf deinen Rippen klimpern.« Weniger angenehm war es, wenn er ankündigte, statt der niederländischen Nationalhymne Psalm 119 mit allen achtundachtzig Strophen auf deinen Rippen zu intonieren.

Dass wir ihn nun in der Gestalt von Siem Schlump wiedersahen, war an und für sich schon ein schlechtes Vorzeichen. Trotzdem übertraf das Auftreten des Lehrer-Splunter-Doppelgängers, den wir seit der Besiegelung des Ehebundes mit leisem Spott Onkel Siem nannten, unsere schlimmsten Erwartungen. Nachdem meine Mutter zu ihm nach Baflo gezogen war, verbot er ihr, uns anzurufen. Das sei zu teuer. Sie durfte am Sonntagmorgen auch nicht mehr ihre Lieblingssendung *Hour of Power* sehen. Obwohl es sich dabei um die Übertragung von Gottesdiensten eines reformierten amerikanischen Pfarrers handelt, fand Onkel Siem die Sendung zu frivol, zu weltlich, zu wenig wiedergeboren. Fuhren wir quer durch die Niederlande, um unsere Mutter zu besuchen, dann sah Siem Schlump uns so unfreundlich an, dass wir lieber gingen als kamen. Also verabredeten wir uns mit unserer Mutter in schmuddeligen Gaststätten in Bethlehem oder Winsum, wohin sie dann von Baflo aus mit dem Rad fuhr.

Meinem Bruder gegenüber beklagte sie sich in Bethlehem manchmal. Aber weil sie, wenn sie den Mund überhaupt aufmacht, alles und jeden mit feststehenden Ausdrücken abhandelt, wiederholte mein Bruder amüsiert das, was sie den Klagen anderer immer entgegenhielt: »Wer klagt, hat keine Not«, »Wir schleppen uns hier in Baflo gemächlich von einem Tag zum anderen«, »Golgotha liegt um die Ecke«, »Wir essen tapfer unser Tränenbrot«, »Mehr Herzenspein als Mondenschein«.

Als die Alzheimerkrankheit Siem Schlump schüchtern ihre Aufwartung machte, lebte meine Mutter auf. Es fing damit an, dass er die Namen seiner Enkelkinder kaum noch zusammenbekam. Als er dann auch seine Töchter verwechselte, war er schon so dement, dass er nicht mehr protestierte, wenn meine Mutter zu *Hour of Power* hinüberzappte. Er sagte dann höchstens zu ihr: »Fräulein, könnten Sie das bitte ausschalten.« Zu ihrem großen Schrecken hatte er nämlich plötzlich angefangen, sie zu siezen und mit »Fräulein« anzusprechen. Sie konnte uns jetzt auch wieder anrufen. Und schließlich verstand sie es, ihn, der kaum noch etwas verstand, dazu zu überreden, nach Maasland zu ziehen.

Nach dem Umzug hat sie sich jahrelang vorbildlich zu Hause um ihn gekümmert. Sogar als er, wenn er von der Toilette kam und seine Exkremente mitbrachte und diese, unter Hinweis auf die wundersame Speisung im Evangelium, freudig an die Anwesenden verteilte, durften wir den Ausdruck »unhaltbare Zustände« nicht in den Mund nehmen. Mein Bruder, dem Onkel Siem immer freigiebig die größten Stücke schenkte, nahm für sich in Anspruch, einen Platz in einem Pflegeheim für ihn organisiert zu haben. Zweimal am Tag besuchte meine Mutter ihn dort. Sie selbst litt inzwischen an der Parkinsonkrankheit und hatte, vor allem im Winter, Probleme, den Weg ohne Pause mit dem Fahrrad zu bewältigen. Unterwegs hielt sie beim Restaurant einer Versteigerungshalle an und ruhte sich dort im Wintergarten kurz aus. Man sagte ihr aber, dass sie dort nicht sitzen dürfe, ohne etwas zu konsumieren. Sie bestellte eine Tasse Kaffee, doch mit ihren zitternden Parkinsonhänden konnte sie die nicht trinken, ohne zu kleckern. Also bat sie um einen Strohhalm. »Strohhalme reichen wir nur zu Limonade«, sagte der Kellner barsch. Darum ließ meine Mutter den Kaffee immer unangerührt stehen.

Als Siem Schlump schließlich nach all diesen bizarren Prüfungen ruhig verstorben war und ich vorne im Bus neben ihr saß, gelang es mir nicht herauszufinden, wie es meiner Mutter nun ging. Der Platz meines Bruders war schräg hinter uns, auf der anderen Seite des Ganges, und wir waren auf dem Weg zu einem irgendwo in der Gegend von Harderwijk am Wolderwijd gelegenen Rasthof, wo wir eine Pinkelpause einlegen wollten. Es war erstaunlich, wie furchtbar schnell wir mit dem Doppeldeckerbus dahinrasten. Als wir von der A20 auf die A12 abbogen, tippte mein Bruder mir auf die Schulter.

»Setz dich mal kurz zu mir«, sagte er.

»Was ist?«, fragte ich, nachdem ich mich neben ihm niedergelassen hatte.

»Die machen ein Wettrennen«, flüsterte er.

Ich schaute zum Leichenwagen, der vor uns herfuhr. Immer wieder wich er auf die linke Spur aus, um zu überholen. Unser Bus folgte ihm augenblicklich. Schnell war mir klar, dass der Leichenwagen versuchte, uns abzuschütteln. Waghalsig schlingernd, wich er nach einem solchen Überholmanöver, bei dem er, ohne zu blinken, auf die rechte Fahrbahn zurückgekehrt war, plötzlich wieder nach links aus, gab dann Gas und raste davon. Unser Chauffeur zog dann auch jedes Mal nach links rüber und trat aufs Gaspedal.

»Müssen wir da nicht einschreiten?«, fragte mein Bruder. »Das ist Wahnsinn. Und hinzu kommt, dass der Sarg jedes Mal hochhüpft, wenn der Leichenwagen blitzschnell auf die linke Fahrbahn wechselt. Schau nur, da hüpft er schon wieder.«

Er hatte recht. Bei jedem Spurwechsel machte der Sarg einen kleinen Luftsprung. Infolge dieses »danse macabre« war das Bahrtuch bereits halb heruntergerutscht, sodass wir schon den Lack des Sarges im Heckfenster des Leichenwagens glänzen sahen.

»Bist du damit einverstanden, dass ich kurz mit dem Fahrer rede?«, fragte mein Bruder.

»Ich stehe voll hinter dir.«

»Nein, bleib du mal lieber sitzen, du musst Mutter ablenken, damit sie nichts merkt.«

Ich nahm wieder neben meiner Mutter Platz. Mein Bruder stieg zum Chauffeur hinunter, flüsterte etwas in dessen rechtes Ohr, erhielt eine geflüsterte Antwort, flüsterte wieder etwas, worauf der Fahrer mit einem mürrischen Nicken reagierte. Anschließend begab mein Bruder sich wieder zu seinem Platz. Der vor uns dahinjagende Leichenwagen wechselte erneut wagemutig auf die linke Fahrbahn. Unser Fahrer hupte, folgte ihm aber nicht. Im Leichenwagen hüpfte der Sarg kurz in die Höhe, und das Bahrkleid glitt vollständig herunter. Weil wir so hoch saßen, konnte ich die bizarre Fahrt des Leichenwagens von der rechten auf die linke Spur und wieder zurück noch lange beobachten, doch schließlich verschwand er aus meinem Blickfeld.

Wir erreichten die Raststätte am Wolderwijd. Meine Mutter wollte wissen, wo Onkel Siem sei, und mein Bruder erwiderte: »Der ist nach Baflo weitergefahren.«

Alle Passagiere aus einem solchen Doppeldeckerbus schaffen, sie auf die verschiedenen Tische verteilen, dafür sorgen, dass sich, in Anbetracht der noch bevorstehenden langen Fahrt, Jung und Alt zur Toilette begibt, und die ganze Meute anschließend wieder einsteigen lassen, das ist eine logistische Operation, die Takt, Verstand und äußerste Wachsamkeit erfordert. Regelmäßig kommt dabei einer der zur Toilette schlendernden älteren Brüder, Schwestern, Schwägerinnen, Schwager, Neffen und Nichten abhanden, vor allem jene, die nur angeheiratet sind. Wenn man glaubt, alle seien wieder im Bus, fehlt mit an Sicherheit grenzender Wahrscheinlichkeit ein angeheirateter Onkel, eine angeheiratete Tante, ein Neffe oder eine Nichte. Dann muss man erst einmal herausfinden, wen man vermisst, und muss die entsprechende Person anschließend auf dem Rastplatz suchen. Dabei ist scharf darauf zu achten, dass keiner der bereits im Bus befindlichen Senioren aussteigt, um bei der Suche zu helfen, denn den verliert man sonst garantiert auch.

Nachdem mein Bruder und ich alle wieder in den Bus getrieben hatten, fehlte tatsächlich der älteste Bruder meiner Mutter. Mein Bruder sagte: »Onkel Joost sammeln wir nachher auf der Rückfahrt wieder ein«, doch davon wollte meine Mutter nichts wissen. Also musste ich mich auf die Suche machen, während mein Bruder dafür sorgte, dass niemand den Bus verließ. Ich fand den alten Mann bei einem Zigarettenautomaten. Er schlug auf das Ding ein und schimpfte, weil er Geld hineingeworfen hatte, aber keine Zigaretten herausgekommen waren. Ich schleppte den sich heftig wehrenden Greis zum Reisebus.

Und weiter ging die Fahrt, unter einem blauen Himmel mit frischen, schneeweißen Waschpulverwolken entlang, über Autobahnen, die tatsächlich immer weniger befahren waren, je mehr wir uns Baflo näherten. Dort angekommen, parkten wir bei der reformierten Kirche. Waren Siems Töchter samt Ehemännern und Kindern schon da? Dies schien nicht der Fall zu sein, aber wir hatten ja noch Zeit. Ebenso unverständlich wie besorgniserregend war jedoch, dass der Leichenwagen offensichtlich noch nicht angekommen war.

»Haben Sie eine Ahnung, wo der Leichenwagen sein könnte?«, fragte mein Bruder den Busfahrer.

»Kann überall sein«, erwiderte der Mann äußerst griesgrämig. »Sie wollten ja nicht, dass wir im Konvoi fahren.«

»Der Fahrer wusste aber doch, wo er hinmuss?«, fragte mein Bruder sehr höflich.

»Reformierte Kirche in Baflo«, sagte der Chauffeur.

»Der Wagen ist vorgefahren. Er müsste doch schon längst hier sein?«

»Sie hätten uns eben nicht getrennt fahren lassen sollen.«

»Sie haben mit dem Leichenwagen ein Wettrennen veranstaltet.«

»Warum gönnen Sie uns nicht diesen kleinen Spaß?«

Auch nachdem die sechs Töchter der Reihe nach mit sämtlichen Ehemännern und Nachkommen in diversen Kombis angekommen waren, konnte die kirchliche Trauerfeier nicht beginnen. Die Orgel spielte schon, der diensthabende Presbyter hatte uns bereits eingeladen, im Konsistorialzimmer dem rauschenden Kassettenrekorderpfarrer mit seinem makellosen apostolischen Spitzbärtchen schon mal die Hand zu drücken. Aber der Leichenwagen war noch immer nicht da. Weil die vornehmste Sorge meiner Mutter war, dass während der Trauerfeier nur Psalmen in der alten Bereimung gesungen wurden, bemerkte sie erst einmal nicht, dass Onkel Siem noch auf seinem Begräbnis fehlte.

»Können wir nicht schon mal anfangen?«, fragte ich den Pfarrer.

»Äußerst unüblich«, sagte der. »Ein Sarg vorne in der Kirche ist doch wohl das Mindeste.«

»Wo bleibt der Wagen nur?«, sagte mein Bruder.

»Gibt es hier in der Gegend einen Ort, dessen Name so ähnlich klingt wie Baflo?«, fragte ich den Pfarrer. »Könnte er nicht dort hingefahren sein?«

»Balloo vielleicht«, erwiderte der Pfarrer.

»Möglicherweise steht der Wagen dort vor der reformierten Kirche?«, mutmaßte mein Bruder.

»Balloo hat keine reformierte Kirche«, sagte der Pfarrer.

»Wissen Sie das genau? Ein Ort in den Niederlanden ohne reformierte Kirche? Da will ich hinziehen«, sagte mein Bruder.

Heutzutage ist es nicht unbedingt ein Problem, wenn etwa ein Leichenwagen nicht auftaucht. Schließlich hat jeder ein Handy. Der Busfahrer rief seinen Kollegen an, doch der ging nicht ran.

»Der vertritt sich die Beine, und sein Handy liegt in der Mittelkonsole. Und im Wagen ist natürlich niemand, der rangehen könnte. Aber gut, ich werde es weiter probieren.«

Als alle bereits in der Kirche Platz genommen hatten, wusste immer noch keiner, wo sich die sterblichen Überreste von Onkel Siem herumtrieben. Der Organist improvisierte ausführlich über Psalm 103, »Wie das Gras ist unser kurzes Leben«, und ich dachte: Auch hier, wie fast überall, so ein Tastendrücker, der nicht hört, wie elendig sein Geklimper klingt.

Dann mengte sich eine dröhnende Hupe unter die dunklen Basstöne des Sechzehn-Fuß-Pedalregisters der Orgel.

»Das werden sie sein«, sagte ich. »Gott sei Dank, Mutter hat noch nichts gemerkt.«

Wir sangen einen Psalm nach dem anderen in der alten gereimten Form, sodass nicht nur ich, sondern vor allem auch meine Mutter alle auswendig mitsingen konnte. Sie lebte dabei gewaltig auf. Als sie von der Kirche direkt hinter dem Sarg zwischen meinem Bruder und mir zum Grab schritt, sagte sie strahlend: »Wie herrlich, alle Psalmen mit den alten Reimen.«

Mit einem Lächeln auf den Lippen beobachtete sie, wie ihr zweiter Gatte in die Grube sank, und als mein Bruder und ich, nach Kaffee und Kuchen in einem Nebenraum der Kirche, unsere unglaublich schwierige logistische Aufgabe befriedigend gelöst hatten und alle wieder im Bus saßen, da murmelte sie bei der Abfahrt aus Baflo noch einmal: »Alte Bereimung.«

Dann sagte sie: »Und glaub nicht, ich hätte nicht gesehen, dass du alle Lieder auswendig mitgesungen hast. Der Herrgott hat dich noch längst nicht losgelassen. Deinen Bruder schon. Der Herrgott weiß inzwischen, dass der ein hoffnungsloser Fall ist, aber dich hält er noch immer am kleinen Finger.«

»In der Bibel sind aber immer die älteren Söhne die Bösen«, erwiderte ich, »Kain und Abel, Esau und Jakob. Und der verlorene Sohn ist auch der Jüngere der beiden. Mit Pleun wird es also bestimmt noch gut enden.«

»Der Herr hat sie mir in umgekehrter Reihenfolge geschenkt, erst Abel, dann Kain, erst Jakob, dann Esau.«

»Ach, mach dir nichts vor«, entgegnete ich, »du weißt doch, dass ich, auch wenn mein Kopf kahl ist, am ganzen Körper ebenso behaart bin wie Esau, während sämtliche Haare, die Pleun besitzt, ausschließlich auf seinem Schädel wachsen.«

»Ja, er hat einen hübschen Kopf mit seinen schwarzen Locken«, sagte sie stolz, »genau wie meine Brüder und mein Vater.«

Ramponierte Hosenträger

Siebzig Jahre lang war Psalm 141, Vers 3, der Leitspruch meiner Mutter gewesen. »Herr, behüte meinen Mund, schütz meiner Lippen Türe, auf dass ein unbedachtes Wort mich nicht ins Elend führe.« Zum Ausgleich dafür, dass sie so selten sprach, sang sie den ganzen Tag über bei allem, was sie tat, pianissimo Psalmen, die sie praktisch auswendig konnte, alle einhundertfünfzig. Hörte sie, was nicht oft geschah, jemand anderen etwas sagen, das ihr gefiel, dann sagte sie entschieden: »So ist es«, und summte leise den nächsten Psalm.

Ob sie das Sprechen in ihrer Jugend verlernt hat, ich weiß es nicht, aber ich weiß, dass ihre Mutter die mit Abstand gesprächigste Frau in der riesengroßen Verwandtschaft war. Ein unaufhaltsamer Redestrom wogte von morgens früh bis abends spät über ihre Lippen. Einmal saß sie bei uns im Wohnzimmer und quasselte in einem fort, während mein Vater die Zeitung und ich ein Buch las. Mein Vater schaute ziemlich zerstreut von seiner Lektüre auf und sagte zu mir: »Schalt mal das Radio aus.«

Mit einer solchen Mutter verlernt man logischerweise das Sprechen, aber wer hätte ahnen können, dass nach dem Tod ihres zweiten Mannes die Sprachgene, die sie von ihrer Mutter geerbt haben musste, plötzlich Wirkung zeigen würden. Vielleicht hatte sie ja immer schon sprechen wollen, aber ihre beiden Männer hatten ihr den Mund verboten? Wie dem auch sei, als wir auf der langen Rückfahrt wieder vorne im Bus nebeneinandersaßen, da erzählte sie mir plötzlich, vollkommen unerwartet, ihre Geschichte.

»In gewisser Weise«, hob sie an, »ging ich ja schon mit Siem, bevor ich deinen Vater kennenlernte, na ja, zusammen gehen, das ist vielleicht ein bisschen zu viel gesagt, aber wir beide konnten uns gut leiden, und kurz vor meinem siebzehnten Geburtstag, da fragte er mich: ›Christa, gibt es etwas, womit ich dir zu deinem Geburtstag eine Freude machen kann?‹ ›Unsere Nachbarn‹, erwiderte ich, ›die haben so einen schwarzen Hund, und immer wenn ich mit dem Fahrrad an ihrem Haus vorbeikomme, dann rennt er laut bellend hinter mir her und schnappt nach meinen Waden. Ich habe meine Brüder schon so oft gebeten, dem Köter einen tüchtigen Tritt zu verpassen, sodass er zum Krüppel wird und nicht mehr auf die Idee kommt, nach mir zu schnappen. Aber das wollen sie nicht, sie sind total verrückt nach dem Vieh, sie streicheln und herzen das Miststück, und ab und zu geben sie ihm sogar eine Speckschwarte. Wenn du also das Tier zu meinem Geburtstag zum Krüppel treten würdest, dann wäre ich dir sehr dankbar.‹ Darauf erwiderte er: ›Soll ich den Hund heimlich für dich ersäufen?‹ Ich sagte: ›Nein, Siem, das muss nicht sein, das ist ein wenig zu drastisch, und die Nachbarn sind auch ziemlich verrückt nach dem Hund, also, lass das mal lieber.‹ Aber er fuhr daraufhin ein paarmal mit mir am Nachbarhaus vorüber und sah, dass ich jedes Mal ganz panisch wurde, wenn der Hund knurrend hinter mir herrannte. Eines Tages war die Töle verschwunden. Alles haben die Nachbarn nach ihrem Hätschelhund abgesucht. Ich fragte mich, ob Siem das Tier hatte verschwinden lassen, aber ich traute mich nicht, ihn zu fragen. Und er sagte auch nichts dazu. Erst als ich ihn anrief, um ihm Beileid zu wünschen, hat er mir gestanden, dass er den Hund damals an einem dunklen Winterabend gefangen und in einen Jutesack gesteckt hat. Zwei große Ziegelsteine hat er noch dazugepackt und den zugebundenen Sack in den Kanal geworfen. Ich sagte: ›Siem, ich wusste, dass du es getan hattest, und dafür bin ich dir heute noch dankbar.‹«

Meine Mutter schwieg einen Moment, sah mich von der Seite her an und sagte dann anklagend: »Ja, du hast auch so eine schwarze Töle.«

»Wenn jemand meinen Hund in einem Jutesack ersäufen würde, dann würde ich ihm zuerst die Augen ausstechen, dann die Ohren abschneiden, ihn würgen und vierteilen, und anschließend würde ich die Körperteile verbrennen«, sagte ich.

»Du weißt nicht, wie das ist, jedes Mal von so einem Scheißköter angebellt zu werden. Dein Hund hat auch so grelle Augen. Wenn du ihn nicht festhalten würdest, dann würde er sofort auf meine Waden losgehen.«

»Aber nicht doch, mein Hündchen hat noch niemanden gebissen.«

»Ich hab's nicht so mit Hunden.«

»Aber Katzen magst du doch bestimmt?«

»Auch nicht. Ich mag Tiere generell nicht besonders, Mücken, Spinnen, Asseln, Kühe, Schafe, Ziegen, Pferde … Warum der Herr bloß Tiere erschaffen hat, das verstehe ich nicht. Weißt du noch, dass dein Vater einmal gesagt hat: ›Ein Pferd kann man mehr lieben als eine Frau.‹ Aber so ein Pferd, das lauert doch nur darauf, dir einen Tritt zu verpassen. Dein Vater hat tatsächlich bei Loosduinen auch einmal so einen Tritt abbekommen, und seitdem hinkte er mit dem linken Bein. Ach, ach, dein Vater! Eines Sonntags fuhr ich mit dem Rad zum Gottesdienst …«

»Am Sonntag?«, fragte ich. »Bist du dir da sicher? Du durftest sonntags doch nicht Rad fahren.«

»Ja, das stimmt, du hast recht, wie konnte ich das nur vergessen. Nein, es war nicht an einem Sonntag, es war an einem Mittwochabend, nach so einem Dankgottesdienst für die Früchte der Gärten und Felder, im Herbst war es, jetzt weiß ich es wieder, es war ein schöner Abend, und ich fuhr bei strahlendem Wetter durch den Westgaag mit dem Rad nach Hause. Siem holte mich ein und fuhr neben mir her. Wir sagten kein Wort. Aber als ich zur Seite sah, bemerkte ich, dass zwischen unseren Hinterrädern ein Vorderrad auftauchte, und dieses Vorderrad schob sich immer weiter vor. Siem wich ein wenig zur Seite aus, denn das war ziemlich beklemmend, dieses unheimliche Vorderrad dort zwischen unseren Hinterrädern. Es hätte ganz leicht unsere Räder berühren können, und deshalb wich Siem noch ein wenig mehr zur Seite aus, und auch ich fuhr ein bisschen weiter nach rechts, ganz knapp an der Böschung vorbei. Ach, ich sehe das hohe Gras immer noch vor mir, es musste unbedingt mal gemäht werden, tja, das Ende vom Lied war, dass Siem in die Pedale trat und vorfuhr, weil uns jemand entgegenkam, und da radelte ich plötzlich neben einem anderen Jungen. Siem schaute sich um, und ich sehe immer noch sein verdattertes Gesicht vor mir. Dabei konnte ich doch gar nichts dafür. Es war das Vorderrad deines Vaters, das sich zwischen unsere Hinterräder geschoben, und das Fahrrad deines Vaters, das Siems Rad einfach beiseitegedrängt hat, dein Vater, der dann auch noch in aller Seelenruhe zu mir sagte, ich sei seine Freundin.«

»Und das hast du dir gefallen lassen? Du hättest doch sagen können: ›Spinnst du, ich geh schon mit Siem.‹«

»Das habe ich, aber er erwiderte nur: ›Siem kannst du abhaken, der ist ein Halbvetter von dir, mit dem darfst du gar nicht… Nein, nein, du hast meine Hosenträger repariert, du bist meine Freundin.‹«

»Stimmt das? Hast du…«

»Dein Vater kam nach dem Katechismusunterricht mit einem meiner Brüder zu uns nach Hause. Er tat mir ein wenig leid, weil er so heruntergekommen aussah. So mager. Bei ihm zu Hause kümmerte sich keiner um ihn. Und seine Hosenträger… ja, die waren ziemlich kaputt. Er konnte sie nicht mehr gut verstellen, und richtig festmachen konnte er sie auch nicht, weil die Knöpfe… Alles wurde mit Schnüren und Sicherheitsnadeln zusammengehalten. Ich hatte gerade mein Nähzeug auf dem Schoß und sagte zu ihm: ›Gib deine Hosenträger mal kurz her, dann werde ich sie, so gut es geht, reparieren.‹ Er setzte sich also hin und drückte mir die Hosenträger in die Hand. Tja, so ist das alles gekommen, wenn ich diese Hosenträger nicht geflickt hätte…«

»Das ist ja vielleicht ein Ding«, sagte ich. »Wenn ich dich recht verstehe, muss ich zu dem Schluss kommen, dass ich das Nebenprodukt von ramponierten Hosenträgern bin.«

»Wenn seine Hosenträger heil gewesen wären, wäre mein ganzes Leben anders verlaufen. Dann hätte ich vielleicht damals schon Siem geheiratet.«

»Ich begreife nicht, dass Siem sich einfach so durch ein paar ausgefranste Hosenträger hat verdrängen lassen.«

»Hinzu kam ja noch, dass wir verwandt waren. Bei mir zu Hause sah man darin kein großes Problem, aber Siems Eltern hatten Schwierigkeiten damit. Vielleicht suchten sie aber auch nur einen Vorwand, um mich von ihm fernzuhalten, denn ich glaube, dass sie mich eigentlich nicht gut genug für ihn fanden. Siems Vater war Gemeindesekretär, meiner Gärtner. Ich erinnere mich noch daran, wie wir eines Nachmittags Hand in Hand hinter einem Gewächshaus mit Trauben gesessen haben; da roch es so herrlich. Hast du den Duft dort auch einmal gerochen?«

»Klar«, erwiderte ich, »sogar auf Madeira, wo es doch so wunderbar riecht, duftete es nicht so gut wie hinter dem Gewächshaus deines Vaters.«

»Woher dieser Duft kam … ich weiß es nicht, es waren jedenfalls nicht nur die Trauben. Wenn man dort saß, hätte man fast meinen können, man bekäme schon mal einen Vorgeschmack auf die Düfte des Himmels. Wir haben dort einen ganzen Nachmittag nebeneinandergesessen und kein einziges Wort gesagt; ab und zu kullerte ein Tränchen, und im Nachhinein denkt man: Auf diesen Nachmittag habe ich, ohne es zu wissen, hingelebt, und danach habe ich davon weggelebt, und dieser eine Nachmittag, den vergisst man dann nie … dass man dort gesessen hat, Hand in Hand, das Herz übervoll, aber auch zu betrübt, um etwas zu sagen.«

»Na, komm, am Ende ist doch noch alles gut geworden, und du hast ihn geheiratet.«

»Nachdem er zuerst fast vierzig Jahre mit einer anderen verheiratet war. Sie hat seine sechs Töchter großgezogen.«

»Hättest du denn sechs Töch…«

»Meine Mutter sagte immer: ›Söhne, davon hast du nichts, die putzen keine Fenster.‹ Was gab dieser anderen Frau das Recht, meine Töchter zu erziehen?«

»Wenn du ihn damals, vor dem Krieg noch, geheiratet hättest, dann hätte er dir seinerzeit schon verboten, *Hour of Power* anzusehen und anzurufen.«

»Red keinen Quatsch! Was für ein Unsinn! Damals gab es überhaupt noch kein Fernsehen, und Leute wie wir hatten kein Telefon.«

»Das stimmt, aber stur und unbeugsam wird er auch als junger Mann schon gewesen sein.«

»Nein, dazu hat ihn erst dieses Weibsbild gemacht. Die hätte er niemals heiraten dürfen, genauso wenig wie ich euren Vater hätte heiraten dürfen. Meine Mutter hat mich noch vor eurem Vater gewarnt. Sie sagte: ›Der Bursche kommt aus keinem guten Nest. Das sind lauter Schürzenjäger. Und sein Vater, der Krämer, der sagte immer: Feudel, acht Cent das Stück, drei Stück im Sonderangebot für fünfundzwanzig Cent. So ein Kerl ist das.‹«

»Man hat dich also in jeder Hinsicht gewarnt, und du wolltest ihn überhaupt nicht, du wolltest Siem, und dennoch hast du ihn geheiratet. Wie soll ich das verstehen?«

»Dein Vater kam immer nach dem Katechismusunterricht mit einem meiner Brüder zu uns. Jedes Mal war an seiner Kleidung etwas nicht in Ordnung, und dann erbarmte man sich eben wieder und nähte ihm einen Knopf an.«

»Und mit jedem Knopf, den du annähtest, wurdest du enger mit ihm verknüpft. Muss ich es mir so erklären?«

»Durch diese elenden Hosenträger bin ich auf eine abschüssige Ebene geraten. Ich rutschte hinab, obwohl ich nicht wollte. Plötzlich trug ich einen dünnen Ring, und wir waren verlobt. Dein Vater … das muss ich ihm lassen … dein Vater war überaus unterhaltsam, er konnte sehr nett erzählen, das konnte Siem nicht, der war schweigsam wie ich. Wenn ich deinem Vater einen Knopf annähte, dann setzte er sich zu mir und erzählte genüsslich, und dann musste man lachen, ob man wollte oder nicht, er konnte wirklich gut erzählen, das muss ich ihm lassen, und was ihn außerdem von Siem unterschied, war, dass er keine Angst kannte. Er fürchtete sich vor nichts. Von Kindesbeinen an habe ich mich vor allem Möglichen gefürchtet: vor Spinnen, vor Asseln, vor Hausierern, aber dein Vater … es war im Krieg, wir waren schon verheiratet, und ich war mit dir schwanger, da fuhren wir abends einmal durch den Lijndraaierssteeg. Das heißt, ich fuhr, dein Vater ging, denn die Deutschen hatten ihm sein Fahrrad abgenommen. Mein Rad aber, das bestand nur aus klappernden Felgen und rostigen Speichen, das wollten sie nicht haben … Ich fuhr also durch den Lijndraaierssteeg, und dein Vater ging neben mir her, als wir tatsächlich in eine Ausweiskontrolle gerieten. Weil ich mit meinem dicken Bauch nicht schnell genug absteigen konnte, trat einer der Deutschen mich von meinem Rad. Da packte dein Vater den Moff beim Handgelenk … stell dir das mal vor … so einen Wegelagerer mit einer hochragenden Mütze auf dem Kopf und einem Gewehr auf dem Rücken … dein Vater packte ihn also beim Handgelenk und sah ihn mit seinen giftgrünen Augen an; der Kerl schrumpfte regelrecht in sich zusammen. Der andere Moff hob mich von der Straße auf und sagte: ›Das ist garantiert eine Jüdin‹, und dein Vater erwiderte: ›Nein, das ist nicht wahr.‹ Die beiden Kerle haben daraufhin meinen Pass von vorne bis hinten angeschaut und beschnüffelt, sie haben ihn abgeklopft und gegen das Licht gehalten, und als sie auch mich von allen Seiten betrachtet hatten und der eine immer noch meinte: ›Das ist eine Jüdin, ganz sicher‹, da widersprach dein Vater ihm in aller Ruhe, ohne jede Spur von Angst … Es kommt mir noch immer wie ein Wunder vor, dass wir heil wieder nach Hause gekommen sind, aber ich habe damals beschlossen, nicht mehr vor die Tür zu gehen. Meine Brüder, meine Schwestern und ich … den ganzen Krieg über haben wir Schwierigkeiten gehabt. Jedes Mal, wenn sie jemanden aus meiner Familie sahen, dachten die Deutschen, sie hätten es mit einem Juden zu tun … Ohne deinen Vater hätte ich es nicht geschafft, dort im Lijndraaierssteeg. Wenn man fürchterlich in der Klemme sitzt, aber dennoch keine Angst hat, dann erzwingt man Respekt. Furchtlosigkeit macht unverletzlich.«

»Meinst du? Übermut tut selten gut.«

»Dein Vater war nicht übermütig, der war unerschrocken und tapfer. An dem Tag, als du geboren wurdest, gab es eine Razzia. Die Moffen waren hinter allen jungen Burschen her. Die sollten nach Deutschland gebracht werden. Zum Arbeitseinsatz. Am frühen Morgen bereits war Riekie gekommen, die Hebamme, und am Mittag sagte sie zu deinem Vater: ›Das wird eine schwierige Geburt, ich schaff das nicht allein, eigentlich müsste deine Frau ins Krankenhaus.‹ Ins Krankenhaus, das sagt sich so leicht. Das nächste Krankenhaus war in Schiedam, zwanzig Kilometer entfernt. Dorthin, mitten im Winter, ohne Auto? Krankenwagen fuhren auch keine mehr. Das ging also nicht. Das sah Riekie auch ein. ›Wenn wenigstens ein Arzt hier wäre‹, sagte sie. ›Ist in Ordnung‹, sagte dein Vater, ›ich werde ihn holen.‹ Er ging also los, und das, während die Razzia im vollen Gange war und er Gefahr lief, einkassiert zu werden. Zweimal wurde er unterwegs angehalten, und jedes Mal hat er es geschafft, den Scheißmoffen klarzumachen, dass er wirklich nicht mitgehen konnte, weil er auf der Suche nach einem Arzt war, der bei einer schwierigen Geburt helfen musste. Am späten Nachmittag brachte er dann Doktor Jansen mit. Auf den hättest du mal besser kurz gewartet, aber nein, du wolltest unbedingt raus, und darum hat Riekie, die inzwischen am Ende ihres Lateins war, mich komplett aufgeschnitten. Und wie du nach deiner Geburt ausgesehen hast! Dein Schädel war seltsam verformt. Du hattest einen länglichen Eierkopf. Deine Augen waren hinter den Wangen versteckt. Dein Mund war schief, und deine Ohren waren nirgends zu entdecken. Und eine Nase hattest du auch nicht, ach, es war schrecklich. ›Wenn das mal gut geht‹, sagte Riekie. Draußen war es schon dunkel, Licht machen, das ging nicht, und dann kam dein Vater nach Hause, mit Doktor Jansen. Der sah mich an, wie ich so dalag, komplett aufgeschnitten und überall Blut, und er sagte zu deinem Vater: ›Das sieht nicht gut aus.‹ Und dann, ich sehe es immer noch vor mir, als wäre es gestern gewesen, hat er sich die Hände gewaschen, einmal, zweimal, dreimal, viermal, fünfmal, sechsmal, siebenmal. Siebenmal hat er sich die Hände gewaschen, und nach jedem Waschen trocknete er sie sehr gründlich ab. Und dabei starrte er mich an. Pontius Pilatus war nichts dagegen. Damals war mir sein Verhalten schleierhaft. Heute denke ich: Er wusste nicht, was er tun sollte, und darum wusch er sich die ganze Zeit die Hände. Und ich lag da, fix und fertig, ich existierte kaum noch, ich war eine junge Frau von vierundzwanzig, die noch gar nicht so weit war, ein Kind zu gebären, aber es ist über mich gekommen, so wie es über so viele junge Frauen kommt, ohne dass man gefragt würde, ob man das leisten kann oder leisten will. Ich weiß noch genau, dass ich damals dachte: Nie wieder, nie, nie wieder, und darum habe ich mir deinen Vater danach sieben Jahre lang recht gut vom Leib gehalten, das heißt, ich habe immer zu ihm gesagt: ›Zieh ihn rechtzeitig raus.‹ Nach sieben Jahren ist es dann einmal schiefgegangen, und tatsächlich, ich war gleich wieder schwanger, mit deinem Bruder.«

Als habe er auf das Wort »Bruder« gewartet, tauchte plötzlich neben uns im Gang einer der Brüder meiner Mutter auf. Er fragte mich: »Legen wir unterwegs noch irgendwo an, um den inneren Menschen zu stärken?«

»Das musst du Pleun fragen, er ist heute der Verpflegungsoffizier.«

Während sich mein Onkel mit meinem Bruder über die Stärkung des inneren Menschen unterhielt, flüsterte meine Mutter wütend: »Auch unterwegs noch die ganze Bagage beköstigen! Als wäre das alles nicht schon teuer genug.« Dann presste sie die Lippen wieder aufeinander und fiel zurück in die für sie übliche Rolle der schweigsamen Frau.

Das versetzte mich in die Lage zu hören, was mein Onkel meinem Bruder anvertraute: »Also keine gemeinsame Mahlzeit? Wie schade! Gerne hätte ich nach der Suppe das eine oder andere über meine genealogischen Nachforschungen berichtet. Ihr würdet staunen. Es würde euer aller Leben auf den Kopf stellen.«

Später am Tag brachte mein Bruder mich mit seinem BMW nach Hause. Unterwegs berichtete ich ihm von dem

Gespräch mit unserer Mutter und dass wir das Nebenprodukt ramponierter Hosenträger seien.

Mein Bruder fragte: »Ja, und? Bedrückt dich das?«

»Es ist nicht sonderlich erhebend«, erwiderte ich.

»Ach, hab dich nicht so, Hosenträger heben die Hose, was willst du mehr?«

Schlamm

Ein paar Wochen später fuhr ich mit dem Rad zu meiner Mutter. Würde sie mich, so fragte ich mich unterwegs, erneut mit bestürzenden Enthüllungen überraschen, oder würden ihre Lippen wie gewohnt versiegelt bleiben? Als ich bei ihr ankam, verabschiedete sie sich gerade an der Haustür von einer erstaunlich attraktiven jungen Dame.

»Wer war denn das?«, fragte ich.

»Meine Hausärztin«, antwortete sie. »Sie kam vorbei und sagte sehr freundlich: ›Frau Schlump, ich will Ihnen nur rasch eine Grippeimpfung verpassen.‹ ›Aber das will ich gar nicht, Frau Doktor, das ganze Mistzeug in meinem Körper, ich denk nicht dran‹, erwiderte ich. ›Sie sind bereits weit über achtzig‹, sagte sie, ›Sie gehören zur Risikogruppe. Wenn Sie eine Grippe kriegen, dann könnten Sie ruckzuck daran sterben.‹ ›Frau Doktor, darf ich vielleicht auch mal sterben‹, habe ich darauf gesagt, und dann ist sie wieder gegangen, denn ihr war klar, dass sie das Mistzeug bei mir nicht loswird. Ich bin nur froh, dass du noch nicht da warst, denn sonst hättet ihr beide gemeinsam …«

»Aber nein, ich hätte ihr nicht geholfen. Meinetwegen darfst du ruhig irgendwann mal sterben. In zehn Jahren oder so.«

»So lange noch? Kreuzsapperlot!«

»Ach, die Zeit vergeht im Flug, zehn Jahre sind nichts.«

»Meinst du! Nein, nein, ein Tag dauert lange, die Stunden kriechen dahin, und zehn Jahre, die dauern demnach eine Ewigkeit.«

»In der Ewigkeit kannst du mir dann noch mehr von früher erzählen. Neulich im Bus bist du bis zu deiner ersten Niederkunft gekommen. Der Doktor wusch sich siebenmal die Hände. Und dann?«

»Danach hat er getreulich eine Woche lang jeden Tag wieder hereingeschaut. Er sagte jedes Mal: ›Mädchen, du willst dich heimlich davonmachen, aber das geht nicht, du hast jetzt ein Kind, und das muss gefüttert werden.‹ Und ich erwiderte darauf: ›Das Kind hat nicht einmal eine Nase‹, woraufhin er sagte: ›Das wird schon werden‹, und tatsächlich, am Montag – oder war es am Dienstag –, da sah ich tatsächlich so etwas Ähnliches wie ein Näschen, und dann kamen auch die Augen zum Vorschein, und schon bald hast du alle mit deinen abnormal hellen Guckern angestarrt. Als du etwa zehn Tage alt warst, machte mein Vater einen Wochenbettbesuch, und nachdem er bei dir gewesen war, sagte er: ›Als ich wegging, da hat der Knirps mir von seinem Bettchen aus mit großen Augen hinterhergeschaut.‹ Wie du da in der Wiege gelegen und geguckt hast! Als hättest du die ganze Zeit total erstaunt gedacht: Wo um Himmels willen bin ich nur gelandet?«

»Das stimmt, das denke ich bis heute.«

»Obwohl dir das, was du sahst, offenbar ganz und gar nicht passte, so hat es dich doch auch nicht bekümmert, denn du hast nie geschrien, während der Kleine von Hummelman, Harcootje Hummelman, der am selben Tag geboren und am selben Tag wie du von Pastor Breuk getauft wurde, den ganzen Tag in seinem Bettchen lag und plärrte. Ich weiß noch genau, wie du einmal geweint hast. Du warst schon ein Jahr alt, und wir gingen durch den Westgaag zu meinen Eltern. Es war so bitter, bitter kalt, ach, war das kalt. Der Krieg war gerade vorbei, und wir hatten nichts. Du warst viel zu dünn angezogen, du hast gezittert, und dann hast du angefangen zu weinen, ach, ach, du hast so fürchterlich geweint ...« Die Lippen meiner Mutter begannen zu beben.

Ich sagte: »Lass gut sein, ich habe doch keinen Schaden davon zurückbehalten, außer dass ich schon damals abgehärtet worden bin und bis heute nie friere.«

»Das stimmt, du machst nie den Ofen an! Wie du das nur aushältst! Ob du damals ... ach, damals hast du so geweint, und dann hat dein Vater dich auf den Arm genommen und hat seinen weiten Mantel halb um dich gelegt, und so gingen wir weiter. Es fing schon an zu dämmern, die Welt war so grau, so eisig, so abweisend, kein Mensch zu sehen, krächzende Krähen auf den fahlen Wiesen, der Himmel bleigrau, Windstöße fuhren durch das raschelnde Schilf, und ab und zu stieg zwischen den Revers deines Vaters noch ein leiser Schluchzer auf, doch schon bald hast du nicht mehr geweint.«

Sie ging in die Küche. »Ich mach dir Tee, aber du musst dir selbst eine Tasse holen kommen, meine Hände zittern zu sehr.«

Sie kam zurück ins Wohnzimmer und fragte: »Erinnerst du dich noch daran, dass du einmal vor Wut geweint hast, als du aus dem Kindergarten kamst?«

»Weinen? Tränen? Wenn du den Tag meinst, an dem Jouri ...«

»Ja, den meine ich. Bereits damals hättest du gewarnt sein müssen. Hättest du nur auf deinen Vater und deine

Mutter gehört. Ich erinnere mich noch genau, wie du nach Hause gekommen bist. Deine Augen blitzten zornig. Zunächst wolltest du nicht sagen, was passiert war, und erst nach einer Weile bist du damit herausgerückt. Du hattest im Sandkasten mit Ansje Groeneveld gespielt. Dann setzte Fräulein de Kwaaisteniet einen Wicht in den Sand, so eine dürre Missgeburt, der noch immer der Hungerwinter in den Knochen steckte, und dieses Kerlchen hat dir dann in null Komma nichts Ansje ausgespannt. Wie eigentlich? Weißt du das noch?«

»Na, und ob, das ist so ziemlich das Erste, woran ich mich erinnere. Jouri saß zunächst eine Weile ruhig da und schaute sich um. Dann fing er gemächlich an zu graben. Wie es seine Art ist. Grauenhaft genau und ordentlich, ganz anders als die meisten Kinder. Ans und ich bauten gerade eine Sandburg, aber währenddessen schielte sie ständig zu Jouris geschicktem Schäufelchen hinüber... und langsam wie eine Schnecke rutschte sie immer weiter von mir weg, bis sie, als er fertig war, genau neben Jouri saß. Dann fragte sie ihn: ›Was gräbst du da?‹ Und er antwortete stolz und ruhig: ›Ein Grab.‹ ›Für wen denn?‹, wollte sie wissen. ›Für eklige Tiere‹, sagte er. ›Für schreckliche Spinnen?‹, fragte sie. ›Ja‹, sagte er, ›für schreckliche Spinnen, dann können sie dich nicht mehr beißen.‹ Wenn ich daran zurückdenke... mit einem Spinnengrab hat er sie rumgekriegt. Ich war gerade vier, kein Wunder also, dass mich das mitgenommen hat.«

»Mitgenommen? Du warst vollkommen niedergeschlagen.«

»Nun übertreib nicht. So schlimm war es nun auch wieder nicht.«

»Nicht so schlimm? Als du nach Hause gekommen bist, konntest du zunächst nichts essen, und später konntest du nicht einschlafen. Dein Vater und ich sind an dem Abend bestimmt drei- oder viermal an deinem Bett gewesen, weil du immer wieder geweint hast.«

»Ans war meine Freundin. Ich hatte sie schon ein paarmal nach Hause gebracht, ganz bis raus zum Stort, und wir hatten verabredet, dass wir später heiraten würden, und dann kommt auf einmal ein Neuer in den Kindergarten, so ein Zwergmurmeltier aus Melissant auf Goeree-Overflakkee, und zack, schon ist es aus zwischen Ans und mir. Nach dem Spinnengrab durfte ich sie nicht mehr zum Stort bringen.«

»Da siehst du's! Es ärgert dich immer noch.«

»Das kommt, weil er seitdem ...«

»Genau, du hättest damals schon gewarnt sein können, aber stattdessen hast du dich mit dem Kerl angefreundet.«

»Das war die beste Methode, ihn im Auge zu behalten und den Schaden, so gut es ging, zu begrenzen.«

»Ach, red keinen Unsinn! Du machst mir nicht weis, dass du deshalb dein Leben lang wie ein Zwillingsbruder zu ihm gewesen bist. Dein Vater und ich haben dich von Anfang an vor ihm gewarnt, das musst du doch zugeben. Selbst als wir noch nicht wussten, dass sein Vater von Goeree-Overflakkee weggegangen ist, weil der Herr im Krieg auf der falschen Seite gestanden hat, haben wir bereits gesehen: Der Bursche taugt nichts, weg mit ihm. Wenn du unbedingt einen Freund haben wolltest, warum hast du dir nicht Harcootje Hummelman ausgesucht?«

»Jetzt fängst du schon wieder mit Harco Hummelman an!«

»Hättest du dir den doch zum Freund gewählt! Gut, er war kein so pfiffiges Bürschchen wie dieser Jouri, aber neulich ist er doch noch Diakon geworden.«

»Dann muss die Not aber groß gewesen sein, und sie konnten keinen anderen finden.«

»Pfui! Sag nicht immer so hässliche Dinge! Ich wünschte, du wärest damals mit Harco statt mit diesem Jouri … Mit Jouri gingst du tief in den Polder, und wenn du Stunden später nach Hause kamst, warst du voller Schlamm. Und manchmal hattest du auch noch in die Hose gemacht!«

»Ach, die schönen Entwässerungsgräben, die es damals noch gab! Und was da alles drin war! Rückenschwimmer, zwei Arten Salamander, Bachröhrenwürmer, Wasserasseln, Süßwassergarnelen, geränderte und schwarze Wasserkäfer, Eintagsfliegen, Wasserspinnen und die unglaublichen Wasserwanzen und Wasserskorpione … ach, wenn man davon einen fing …«

»Ja, widerlich, die brachtest du dann stolz mit nach Hause!«

»Und musste dann sofort, weg damit, wieder vor die Tür.«

»Ja, natürlich, ich sehe die widerlichen Viecher noch vor mir. Du brachtest sogar sich windende schwarzrote Blutegel mit. Warum bloß?«

»Zu mir sprach der Graben, beseelt war mir's Getier, mich grüßten Gottes Gaben, sie war'n der Schöpfung Zier. Und so ist es noch immer, mit dem Unterschied, dass die Gräben rund um mein Haus total leer sind. Man kann froh sein, wenn man einen einsamen Rückenschwimmer mit einer silbernen Luftblase am Bauch vorbeipaddeln sieht. Steckte man früher einen Finger ins Wasser, wurde man sofort fürstlich von drei großen Rückenschwimmern gebissen. Darauf braucht man heute gar nicht mehr zu hoffen! Und so eine Wahnsinnswasserwanze oder so einen unglaublichen Wasserskorpion, den findet man überhaupt nicht mehr.«

»Wenn wir im Garten meines Vaters und meiner Mutter waren, dann hast du auch die ganze Zeit nur in den Wassergraben gespäht.«

»Ja, das war auch so ein phantastisches Biotop! Dort lebten sogar große Kolonien von Moostierchen unter der Balkenbrücke. Nicht, dass ich das damals gewusst hätte, aber mir war klar, dass ich etwas Besonderes in den Händen hielt, wenn ich so einen braungelben Klumpen Glibber aus dem Wasser holte.«

»Ich bin froh, dass du dieses Zeugs zumindest nicht mit nach Hause gebracht hast. Was warst du doch nur für ein widerlich schmutziges Bürschchen! Ständig hast du dich am Hintern gekratzt und in der Nase gebohrt.«

»Stimmt, und deshalb habt ihr meine rechte Hand in Petroleum gesteckt.«

»Das hat aber nicht geholfen.«

»Und darum habt ihr mir die rechte Hand auf den Rücken gebunden, sodass ich, obwohl ich doch Rechtshänder bin, seitdem mit der Linken in der Nase bohre.«

»Womit ich das verdient habe, dass mein Ältester so ein schrecklicher Schmutzfink war? Von mir kannst du das nicht haben. Bei uns zu Hause waren alle sauber, frisch und ordentlich. In dieser Hinsicht war dein Bruder eine Erleichterung.«

»Abgesehen davon, dass er immer aus dem Kohlenkasten naschte.«

»Aber nur, als er fünf oder so war.«

»Nein, nein, viel länger. Wenn ich an ihn zurückdenke, sehe ich diese schwarze Visage vor mir. Dann hatte er wieder ein schmackhaftes, glänzendes Stück Anthrazit aus dem Kohlenkasten gefischt, das er geduldig, als bewegte er ein Kaugummi zwischen seinen Milchzähnchen, zermalmte. Und weil er sein Gekaue mit den Händen unterstützte, wurde sein Gesicht immer schwärzer.«

»Wir waren manchmal regelrecht verzweifelt, dein Vater und ich. Hat man so was schon mal gehört? Ein Kind, das ständig aus dem Kohlenkasten isst! Wenn man jemandem davon erzählte, stieß man auf Unglauben. Hilfe oder guten Rat konnte man also vergessen, denn damit konnte keiner dienen.«

»Seine Hand in Petroleum stecken, wäre das nicht eine gute Idee gewesen?«

»Pleuns Hand? Wenn man nicht aufpasste, hätte er mir nichts, dir nichts die Petroleumkanne leer getrunken.«

»Na, dann hätte man ihm vielleicht die Hand auf den Rücken binden können. Bei mir bist du davor doch auch nicht zurückgeschreckt?«

»Nein, aber dich konnte man wirklich mit nichts beeindrucken. Mit dir war nichts anzufangen, außer wenn es schneite, dann saßt du, solange Schneeflocken fielen, mucksmäuschenstill am Fenster. Was mich angeht, so hätte es damals, als du klein warst, jeden Tag schneien können, denn ansonsten warst du ein schrecklicher Lümmel. Manchmal hast du einfach so die Decke vom Tisch gezogen, mit allem, was darauf stand, und dann purzelte alles Porzellan auf den Boden, und der ganze Kladderadatsch lag in Scherben. Und welch einen Spaß du dann hattest!

Du hast schallend gelacht, so wie du auch immer lachtest, wenn du in der Gärtnerei meines Vaters wieder einmal mit einem Holzschuh ein Huhn getroffen hattest. Heute tust du so, als wärest du immer schon der allergrößte Tierfreund gewesen, aber ich weiß es besser. Nichts bereitete dir mehr Freude, als die armen Hühner immer wieder mit Holzschuhen, Ästen und Steinen zu bewerfen. Und wenn du eines getroffen hattest und das bedauernswerte Tier sich den Schnabel wund gackerte, dann brülltest du vor Lachen. Wenn wir dich im Haus so lachen hörten, sagte mein Vater: ›Sapperlot, jetzt hat er schon wieder ein Huhn getroffen. Das kostet uns jedes Mal ein Ei.‹ Solchen Unsinn machte Pleun nicht. Und er spielte auch nicht so wie du an seinem Zipfel.«

»Habe ich daran herumgespielt?«

»Als ob du das nicht mehr wüsstest! Du warst kaum sieben, da hast du bereits wie wild daran herumgerieben. Schrecklich, schrecklich, ein so kleiner Kerl noch und doch schon ein so großer Sünder.«

»Ach, ich hatte doch keine Ahnung, es fühlte sich an wie ein angenehmes Jucken, was war so schlimm daran?«

»Ich war vollkommen ratlos. Ein Dreikäsehoch noch, und trotzdem spieltest du schon daran herum. Das musste man bei Pleun nicht befürchten, dein Bruder war als Kind viel artiger, wenn man mal von den Kohlen absieht … aber das hat er ja auch nicht sehr lange gemacht.«

»Mindestens drei oder vier Jahre.«

»Hätte ich doch nur gleich Siem Schlump geheiratet. Dann hätte ich sechs nette Töchter gehabt statt eines Anthrazitnaschers und eines kleinen Dreckschweins, das das Geschirr in Scherben wirft, anderer Leute Hühner bombardiert und mit Blutegeln nach Hause kommt. Sechs Töchter, stell dir doch nur einmal vor: eine zum Fensterputzen, eine zum Kochen, eine zum Waschen, eine zum Schrubben, eine zum Nähen, eine zum Flicken, eine zum ...«

»Halt, jetzt bist du schon bei sieben.«

»Ach, das wäre mir durchaus recht gewesen, sieben Töchter statt eines Bengels, der regelmäßig in die Hose macht.«

»Sei froh, dass du auf diesem Gebiet schon etwas Erfahrung hattest, als Onkel Siem dement wurde und ständig in die Hose machte.«

»Oh, das war so fürchterlich. Und dennoch hätte ich es durchaus ertragen, wenn er es nur zugelassen hätte, dass ich ihn, wenn es wieder einmal passiert war, sauber mache. Aber er wollte nicht, dass ich ihn berühre. ›Fräulein‹, sagte er dann ... Ach, das war auch so schrecklich, dass er ›Sie‹ zu mir sagte und ›Fräulein‹ ... ›Fräulein, wenn Sie es noch einmal wagen, mich zu berühren.‹ Und anschließend fing er sofort an, wie ein Känguru zu boxen. Ich rief dann deinen Bruder an, der sofort in seinen Wagen sprang und in null Komma nichts vor der Tür stand. Der packte Siem dann bei den Handgelenken, und die beiden rangen eine Weile miteinander, so wie Jakob am Ufer des Jabbok mit dem Engel gerungen hat. Und dann sagte Siem plötzlich mit einem Kloß in der Kehle: ›Fräulein, ich kann diesen Burschen nicht besiegen‹, und danach ließ er sich unter Tränen sauber machen. Immer wieder habe ich zu den Hampelmännern vom Sozialdienst gesagt: ›Das geht so nicht länger‹, aber die haben immer nur geantwortet: ›Durchhalten, wir haben für ihn noch keinen Platz frei.‹ Eines Tages aber kam ein junger Bursche, dem ich ebenfalls mein Leid klagte, und der sagte: ›Frau Schlump, eigentlich darf ich Ihnen das nicht sagen, aber die einzige Möglichkeit, eine Lösung des Problems zu erzwingen, ist, Sie laufen weg.‹ Also bin ich eines Nachmittags, als Siem hier friedlich auf dem Sofa saß und döste, abgehauen. Ich bin zu meiner Schwester, habe den Pastor angerufen und gesagt: ›Herr Pastor, ich bin weggelaufen.‹ Der Pastor hat daraufhin den Arzt angerufen, der wiederum eine Pflegerin benachrichtigt hat, und am nächsten Morgen sind sie hin, um nachzusehen. Er saß immer noch genauso auf dem Sofa wie zum Zeitpunkt, als ich gegangen bin. Allerdings war seine Hose randvoll. Ich hatte bei meiner Schwester die ganze Nacht kein Auge zugemacht, und am nächsten Morgen kam jemand vom Sozialdienst vorbei und sagte: ›Frau Schlump, wie konnten Sie nur! Wissen Sie, wie wir ihn heute Morgen vorgefunden haben?‹ Dann schaute sie mich an, und das, was sie da erblickte – ich sah fürchterlich aus nach der Nacht –, jagte ihr einen derartigen Schrecken ein, dass sie nachgab und sagte: ›Ja, ich verstehe, dass es so nicht länger weitergehen kann.‹ Tja, und am nächsten Tag hatten sie für ihn einen Platz im Pflegeheim. Dort hat es ihm sehr gut gefallen, doch eines Mittags, als ich ihn besuchte, da sitzt er da und weint fürchterlich. Und auf einmal sagt er zu mir: ›Christa, warum konnte ich nicht bei dir bleiben?‹ Ich bin regelrecht im Boden versunken. Etwas Schlimmeres ist mir im ganzen Leben nicht widerfahren. Ich kam mir vor wie Judas. Aber am nächsten Tag sagte er wieder: ›Guten Tag, Fräulein, nett, dass Sie gekommen sind.‹«

»Alzheimer, ich hoffe inständig, dass mir das erspart bleibt.«

»Es ist längst nicht immer so schlimm. Manche werden auch wieder zu Kindern. Mit denen kann man dann Kindergartenlieder singen. Die können sie immer noch auswendig und finden es wunderschön, sie zu singen.«

»Ringel, Ringel, Reihe, wir sind der Kinder dreie, sitzen hinterm Hollerbusch, machen alle husch, husch, husch.«

»Genau. Und, was ist daran so schlimm? Mit ein bisschen Glück stirbt so ein bedauernswerter Mensch leise singend, mit dem letzten Atem murmelnd: ›Ja, Amen, ja, er starb fürwahr, um uns an Gott zu binden, er gab sein Blut auf Golgotha, als Preis für uns're Sünden.‹ Tja, mit ein bisschen Glück …«

Jouri

Hätte ich gewarnt sein müssen? Hätte ich mich nicht mit ihm anfreunden sollen? Wenn ich an meine Kindergartenzeit zurückdenke, erinnere ich mich vor allem daran, dass mir die Dinge, die wir dort tun sollten, nicht gefielen. Die Tätigkeiten, zu denen man uns anhielt, hasste ich. Weil ich mich jedes Mal wieder zutiefst entrüstet weigerte, zu prickeln, zu malen, zu kleben, zu schneiden, kurzum: zu fröbeln, galt ich als arbeitsunwillig und musste in der Ecke stehen. Ich sehnte mich danach, Wassertierchen zu fangen und zu studieren. Doch solch extravagante Wünsche wurden im Programm des Kindergartens nicht berücksichtigt. Also rutschte ich eben auf den lächerlichen Stühlchen herum oder langweilte mich, bei gutem Wetter, im Sandkasten.

Mein Kindergartenleiden wurde, jedenfalls während der ersten Monate, noch dadurch vergrößert, dass ich, wenn ich auf der Toilette gewesen war, um ein großes Geschäft zu erledigen, und eine halbe Stunde später wieder musste, mit drohendem Ton zu hören bekam: »Du bist doch gerade erst gewesen!«

»Aber ich muss schon wieder.«

»Du lügst. Das kann nicht sein.«

»Wirklich, ich muss, ich ...«

Nach dem Verbot versuchte ich verzweifelt, das Unabwendbare aufzuhalten. Meistens gelang mir das nicht, sodass ich penetrant riechend auf dem Kinderstuhl hockte. Mit etwas Glück saß ich, wenn es passierte, im Sandkasten. An der frischen Luft konnten sich die anderen Kindergartenopfer aus dem Staub machen. In null Komma nichts hatte ich dann den Sandkasten für mich allein. Alles, was eifrig mit Schäufelchen zugange war, flüchtete panisch vor dem Gestank. Der Einzige, der nie weglief, egal, wie unerträglich ich stank, war Jouri. Fröhlich arbeitete er neben mir auf seinem friedlichen Spinnenfriedhof.

War mir das Malheur drinnen passiert, konnten meine Schicksalsgenossen natürlich nicht so leicht das Weite suchen. So saßen sie anschließend da und ächzten und stöhnten. Die etwas Hartgesotteneren hielten sich übertrieben die Nase zu, während die etwas Feinfühligeren – ich will nicht den Eindruck erwecken, sexistisch zu sein, aber um der Wahrheit Genüge zu tun, muss ich sagen, es waren meistens die Mädchen – oft in Tränen ausbrachen. Man sollte annehmen, den Erzieherinnen hätte bereits nach wenigen Tagen klar sein müssen, dass man ihnen ein Bürschchen mit dauerhaft intensiver Verdauung aufgehalst hatte. Aber das war ganz und gar nicht der Fall. Es schien fast, als wollte es ihnen einfach nicht in den Kopf, dass es auch beim Stuhlgang große Abweichungen von der Norm geben kann. Wenn man irgendwann am Tag die Erlaubnis bekommen hatte, ein großes Geschäft zu erledigen, dann war es nach Ansicht von Fräulein de Kwaaisteniet, und das Gleiche galt eine Klasse höher auch für Fräulein Fijnvandraad, offensichtlich undenkbar, dass man nach einer halben Stunde wieder musste. Und sie waren schon gar nicht in der Lage zu begreifen, dass man im Laufe des Tages noch mindestens zwei- oder dreimal das stille Örtchen aufsuchen musste. Folglich saß ich jedes Mal aufs Neue wie eine Raffinerie stinkend inmitten von schimpfenden Jungs und weinenden Mädchen.

Der Einzige, der nie schimpfte und sich auch nie die Nase zuhielt, war Jouri. Unsere Freundschaft, unser Bund oder wie immer man unsere Beziehung nennen will, entspringt daher unter anderem meiner ungewöhnlichen Verdauung. Er war der Einzige, der es im Kindergarten und später in der Schule neben mir in der Bank aushielt. Denn selbst nachdem endlich bei den mit Lernschwierigkeiten geschlagenen Kindergartenerzieherinnen der Groschen gefallen war und sie wussten, dass man mir, wenn ich mich in höchster Not meldete, sofort freie Bahn zur Toilette geben musste, um zu verhindern, dass ich notgedrungen in die Hose machte, drängten oft zwischen den Toilettengängen, auch wenn ich krampfhaft die Pobacken zusammenpresste, lautstarke und in jedem Fall niederschmetternd stinkende Darmwinde nach draußen und sorgten immer wieder für immense Aufregung in allen Klassenzimmern, in denen ich verkehrte.

Als ich zu Herrn Splunter in die Klasse kam und er zum ersten Mal mit solch einem Superfurz konfrontiert wurde, der sich wie eine explodierende Handgranate anhörte, übertönte er das Lachen, Heulen und Wüten meiner Klassenkameraden und brüllte: »Ich werde dir die Rippen blau färben!« Anschließend zerrte er mich aus der Bank, schleifte mich nach vorn und prügelte mit einem langen Lineal auf mich ein, wobei er, seltsamerweise, nicht meine Rippen, sondern meinen Hintern blau färbte. Daraufhin produzierte ich, vor Angst zitternd, einen Furz, der an Klang und Gestank alles übertraf, was mir bis dahin entfahren war. Splunter wurde leichenblass, sank auf seinen Stuhl, zog ein rotbuntes Taschentuch hervor und hielt es schützend vor sein Gesicht. Meine Klassenkameraden erhoben sich aus ihren Bänken und brüllten wie gefolterte Gibbons. Auch später hat Splunter mir bei Geruchsbelästigungen noch oft gedroht, er werde »sämtliche Psalmen« auf meinen Rippen klimpern. Meist blieb es jedoch bei der Drohung.

Dass meine Mutter mich so nachdrücklich an ihre frühe Warnung vor Jouri erinnert hatte, behagte mir nicht. Ich rief sie an.

»Schlump am Apparat«, sagte sie aufgeweckt.

Verdammich, dachte ich, hat sie etwa vor, diesen Namen weiterhin zu führen? Sie ist doch jetzt Witwe? Sie könnte doch wieder den Familiennamen meines Vaters annehmen? Oder ihren Mädchennamen? Das würde ich sogar begrüßen. Aber Schlump? Allein schon der Name!

Ich widerstand der Versuchung, den Hörer wortlos wieder aufzulegen, und fragte einfach: »Na? Wie geht's?«

»Oh, du bist's! Ach, es geht alles seinen Gang. Manchmal bin ich ein bisschen schlapp, aber dann lege ich mich kurz hin und bin fix wieder auf dem Damm. Siems älteste Tochter war hier und hat ein paar Sachen abgeholt. Das Teeservice wollte sie auch mitnehmen. Das habe seinerzeit ihre Mutter mit in die Ehe gebracht. Ich hab zu ihr gesagt: ›Kind, daraus haben dein Vater und ich so oft zusammen getrunken, das kann ich wirklich nicht so einfach hergeben.‹«

»Du hast also immer noch die Schränke voll Porzellan?«

»Findest du, ich hätte ihr das Service geben sollen?«

»Natürlich! Weg damit, um deine eigenen Worte zu gebrauchen. Erstens ist es hässlich, und zweitens steht das Service in Zukunft zwischen dir und Geertje.«

Wir stritten eine Weile über dieses Problem, bis ich unvermittelt brummte: »Neulich hast du gesagt, du habest mich bereits vor Jouri gewarnt, als ich noch im Kindergarten war. Ich habe darüber noch einmal nachgedacht. Weißt du, wie das mit Jouri und mir war? Sowohl im Kindergarten wie auch später in der Schule wurde all seinen Klassenkameraden zu Hause eingeschärft, dass sie unter gar keinen Umständen etwas mit Jouri zu tun haben durften, und mit mir wollte keiner etwas zu tun haben, weil ich Blähungen hatte, und darum klammerten Jouri und ich uns wie zwei Koalabären aneinander fest.«

»Ach ja, diese Blähungen! Ich erinnere mich noch genau, du warst damals seit drei oder vier Monaten im Kindergarten, da sprach mich die Direktorin ... wie hieß sie noch gleich ...«

»Fräulein Lub.«

»Genau, Fräulein Lub, die war's, also, die sprach mich in der Hoekerdwaarsstraat an und sagte: ›Frau Schlump ...‹«

»Das hat sie bestimmt nicht gesagt«, fiel ich ihr bissig ins Wort, »damals warst du noch nicht mit Siem verheiratet.«

»Was spielt das für eine Rolle?«, sagte meine Mutter beleidigt. »Fräulein Lub sprach mich an und sagte: ›Ihr Sohn, muss der nicht mal zum Arzt?‹

›Wieso?‹, fragte ich.

›Der arme Kerl rennt den ganzen Tag.‹

›Dann sagen Sie ihm, dass er sitzen bleiben soll.‹

›Nein, nein, so meine ich das nicht. Er hat ... wie soll ich es schicklich ausdrücken … Blähungen, Durchfall, Diarrhö, das ist zu Hause doch bestimmt auch so?‹

›Alles, was man oben reinstopft, kommt umgehend unten wieder raus.‹

›Ja, aber das ist doch nicht normal? Darüber muss man doch mal mit einem Arzt reden!‹«

Meine Mutter schwieg einen Moment lang, dann fuhr sie fort: »Als du später zur Schule gingst, sprach der Oberlehrer mich auch darauf an. ›Sie sollten mit dem Jungen lieber mal zum Arzt gehen.‹ Tja, dein Oberlehrer, der stand plötzlich vor mir, an einem freien Mittwochnachmittag, du warst im Polder, bei deinem Schlamm und deinen Rückenschwimmern, ich hab dir lieber nichts davon gesagt, als du abends völlig verdreckt nach Hause gekommen bist … Der Oberlehrer fragte: ›Gute Frau, was geben Sie dem Jungen bloß zu essen? Man könnte meinen, er bekäme jeden Tag braune Bohnen mit Sirup vorgesetzt. So wie er im Unterricht herumpupst, es ist schrecklich, seinen Mitschülern wird jedes Mal ganz schlecht, sodass sie bei der schriftlichen Division als solcher lauter Fehler machen. Es muss wirklich etwas geschehen, der Zustand als solcher ist unhaltbar, und wir können doch wirklich nicht all die armen Wichte als solche mit Gasmasken ausrüsten, bloß weil ein Bürschchen den ganzen Tag furzt wie ein Waldesel.‹«

Meine Mutter holte kurz Luft und sagte: »Seltsam, nicht, der Mann sagte immer wieder: als solche.«

»Es gibt auch Leute, die in jedem zweiten Satz ›weißt du‹ sagen oder alle naslang das Wort ›einfach‹ verwenden. Das sind als solche einfach nur Füllwörter, weißt du. Aber wie dem auch sei, was hast du Herrn Koevoet damals geantwortet?«

»Ach ja, so hieß der Mistkerl, Koevoet, den Namen hatte ich vergessen, das kommt vor, wenn man alt wird. Oder habe ich vielleicht dieselbe Krankheit wie Siem?«

»Allem Anschein nach nicht. Du weißt offenbar noch alles von früher. Mich wundert aber sehr, dass du das die ganze Zeit über für dich behalten hast.«

»Dein Vater hat immer geredet, darum habe ich den Mund gehalten.«

»Ach, das ist der Grund? Was hast du damals zu Koevoet gesagt?«

»Dass ich schon des Öfteren mit unserem Hausarzt darüber gesprochen hätte und dass der mir geraten habe, dir möglichst stopfende Dinge zu geben, und dass dies kein bisschen geholfen habe, weil es für dich nichts Stopfendes gebe, und dass ich dir homöopathische Mittel verabreicht hätte …«

»Cuprum D 3 und Apis D 4.«

»Genau, und dass das auch nicht geholfen hätte und ich folglich auch ratlos sei und keine Lösung wisse, tja, und den Rest weißt du. Man hat dich daraufhin zusammen mit diesem Jouri möglichst weit weg von den anderen in eine Ecke gesetzt. Konntest du da deine Rechenaufgaben machen?«

»Sehr oft haben wir das leider nicht getan, denn die Isolation gefiel Jouri und mir richtig gut. Wir hockten dort wunderbar ruhig im Besenschrank und wurden nicht mehr von Herrn Splunter belästigt, der einem den ganzen Tag über nur ›Wir treten zum Beten‹ auf den Brustkasten trommeln wollte.«

»Herr Splinter!«

»Sein Name war Splunter.«

»Ja, ja, ich weiß, Herr Splinter, bei dem war Pleun auch in der Klasse. Splinter sagte immer: ›Zuerst so ein stinkender Lümmel und dann so ein liebes Kerlchen, wie ist es bloß möglich.‹ Aber was soll man machen, wenn man Söhne am Hals hat! Stell dir doch nur einmal vor, ich hätte gleich Siem geheiratet … dann hätte ich sechs Töchter … überleg mal … ich hätte ein ganz anderes Leben gehabt … und immer saubere Fenster und keinen Glibber und keinen Schlamm und keine Blutegel im Haus.«

»Söhne fordern keine Teeservice zurück.«

»Das nicht, aber du warst viel schlimmer, du hast alles in Scherben geworfen. Wenn Geertje mein Kind wäre, dann wäre sie nie auf den Gedanken gekommen, das Service zu verlangen. Aber gut, ich werde sie anrufen, sie kann es haben, ach, ach, es ist so wunderschönes Porzellan. Was ich dich noch fragen wollte: Hat es Jouri dort im Besenschrank nicht gestört, dass du so oft einen hast fahren lassen? Dein Vater und ich, wir haben uns nämlich oft angesehen, wenn wir wieder einmal in diesem unerträglichen Gestank saßen.«

»Jouri sagte immer nur: ›Mich stört das nicht, eigentlich riecht es sogar gut, außer wenn du Erbsensuppe gegessen hast.‹«

»Und wenn du bei Jouri zu Hause warst?«

»Dort waren wir immer in der Werkstatt seines Vaters. Und da stank es nach Öl und Rost und all den Pinseln und Farben, mit denen er die Fahrräder emaillierte, und nach dem ranzigen Zeug, mit dem er die Solex-Teile einfettete; dort fiel es also gar nicht auf, wenn man einen Schirm aufspannte. Und wenn sie etwas hörten, dachten sie, ihr Hund Schorrie …«

»Ach ja, stimmt, die hatten auch so einen dämlichen Köter.«

»Dämlich? Schorrie war steinalt, aber noch ziemlich pfiffig und so lieb, ach, Hunde … es gibt keine rührenderen Wesen als Hunde.«

»Ich sehe das Vieh noch vor mir. Ein Ohr hing schlaff herab, während das andere aufrecht stand. Dein Vater sagte immer: ›Es sieht fast so aus, als würde er mit dem einen Ohr den Hitlergruß machen …!‹ An dem Hund mit seinem Heilhitlerohr konnte man schon sehen, dass die Kerkmeesters Verräter …«

»Ach ja, nun häng ruhig auch noch dem Hund an, dass er im Krieg ein Kollaborateur war.«

Darauf erwiderte sie nichts, sondern fragte: »Und wie ist das heute eigentlich? Leidest du immer noch von morgens bis abends an der Scheißerei?«

»Inzwischen weiß ich, was ich essen kann und wie ich es essen muss, um meine Verdauung einigermaßen zu regulieren. Vorsicht ist bei allen Obstsorten außer Bananen und bei Hülsenfrüchten geboten. Von Sojabohnen muss ich leider die Finger lassen, es sei denn, ich nehme zwölf Stunden später ein warmes Wannenbad und massiere meinen Anus ein wenig. Dann liege ich dort eine halbe Stunde und blubbere wie ein Geysir in Island.«

»Deine Frau ist wirklich zu bedauern … Aber sei froh, dass ihr keine Kinder habt. Stell dir vor, da wär einer wie du dabei, so ein ›Winde wehen um die Felsen‹-Kerlchen, der den ganzen Tag zum Pott rennt und sämtliches Porzellan zerschmeißt und Blutegel mit nach Hause bringt. Was das angeht, war dein Bruder eine echte Erleichterung. Der kackte normal.«

»Dann hast du sicher vergessen«, hielt ich ihr giftig entgegen, »dass er ständig Würmer hatte, Aftermaden.«

»Erinnere mich nicht daran. Was wir damit durchgemacht haben!«

»Selber schuld. Ihr habt das Ganze vollkommen falsch angepackt. Ich sehe es noch heute vor mir, wie du Pleun abends mit dem Bauch nach unten auf die Sitzfläche eines Stuhls gelegt hast. Und wie Vater dann seine Pobacken auseinanderzog. Und dann hast du mit einem nassen Waschlappen die Aftermaden zerquetscht, die sich nach draußen wanden. Als könnte man auf diese Weise die Zehntausende von Eiern einer solchen Made beseitigen. Die wurden dadurch erst recht ins Freie gepresst und landeten auf Pleuns Hintern und auf deinen Händen und sorgten anschließend für eine erneute Ansteckung. Auch ich hätte leicht befallen werden können, es ist ein Wunder, dass ich nie Probleme mit Würmern hatte.«

»Oh, das ist nicht schwer zu verstehen, die Maden mochten dich nicht, die wollten von dir nichts wissen, die gingen vor dir auf die Flucht, vor so einem entsetzlichen Dreckschweinchen.«

»So ein Quatsch, Maden stehen auf Schmutz.«

»Ich bitte dich, sprich nicht weiter darüber, ich will an das ekelhafte Viehzeugs nicht erinnert werden.«

»Ich denke noch oft daran. Ein Grund, weswegen ich später Parasitologie studiert habe, war zweifellos euer Gehannes mit dem Waschlappen. Es ist und bleibt etwas Wunderbares, diese Schöpfung, in der alle Lebewesen mit Parasiten verseucht sind.«

»Darüber will ich nichts hören«, sagte meine Mutter, »und darum lege ich jetzt auf.«

Da saß ich nun also, den Hörer noch in der Hand, und dachte an die bezaubernde, aber oft auch unheimliche Welt der Parasiten. Es gibt Organismen, die durch den Anus in den Menschen hineinkriechen, um anschließend, überall große Verwüstungen in Muskeln und Organen anrichtend, durch den ganzen Körper zu wandern. Am Ende verlassen sie ihn durch die zerstörten Augen. Ob sie wohl unterwegs, wenn sie sich an Milz, Leber, Herz und Nieren gütlich tun, leise Psalm 8 summen? »Wenn ich deiner Hände Werk betrachte, rühm' ich den, der all dies machte.«

Die Werkstatt

Jouris Vater hatte eine auf dem absteigenden Ast befindliche Fahrradwerkstatt übernommen. Das dazugehörige Wohnhaus lag in der Nähe der Kornmühle De Hoop am Zuiddijk. Die Werkstatt befand sich unten am Deich, hinter dem Wohnhaus. Über eine hölzerne Außentreppe konnte man vom Deich zur Werkstatt hinuntersteigen, und mit dem Fahrrad gelangte man von der Fenacoliuslaan aus über einen Trampelpfad dorthin.

Hinter der Werkstatt erstreckte sich »ein weites Feld«, das in früheren Zeiten vielleicht als Blumengarten gedient hatte. Jetzt wuchsen dort im Sommer nur noch Brennnesseln, Holunder, Klettenlabkraut und schmerzhaft stechende Brombeersträucher, die Ende September süße hellblaue Früchte trugen. Ein rostiger Maschendrahtzaun trennte den ehemaligen Garten von der Brache dahinter. Gänsefuß gedieh dort üppig. Diese Fläche wiederum wurde von einem breiten am Gelände der Kistenfabrik De Neef & Co. entlangführenden Wassergraben begrenzt, in dem es von Wassersalamandern nur so wimmelte.

Durch den rostigen Maschendraht schlängelten sich Zaunwinden so geschickt in die Höhe, dass der Zaun den Blicken, um die Zeit der Mittsommerwende, vollständig entzogen war. Sosehr ich heute, da ich selbst mein Gemüse züchte, die Zaunwinde hasse, so grenzenlos war damals meine Liebe zu diesen schneeweißen oder manchmal auch hellrosafarbenen zarten Pisspottblüten. Wenn sie in der Sommerbrise sanft hin und her schaukelten, konnte ich meinen Blick kaum davon abwenden. Nur wenige Insekten summten vor den Kelchen, aber ich liebte sie über alles, eigentlich bis heute. Was reicht an die Zartheit und Lieblichkeit dieser Blüten heran?

Jo Kerkmeester sen. war vorerst nicht in der Lage, die dahinsiechende Fahrradwerkstatt zu einer Blüte zu bringen, die mit der der Zaunwinde vergleichbar gewesen wäre. Sein einziger Konkurrent auf dem Markt, Vlielander, war zwar ein übellauniger Pfuscher, hatte sich aber während des Kriegs ebenso passiv und unauffällig verhalten wie die meisten anderen Niederländer.

Als ich, obwohl dies jedes Mal auf den heftigen Widerstand meiner Eltern stieß, Jouri immer häufiger zu Hause besuchte, da wurde mir auch immer bewusster, dass die Kerkmeesters arm wie die Kirchenmäuse waren. Um nicht zu verhungern, ließ Jouris Mutter von einem Umschlagbetrieb auf der Govert-van-Wijnkade Ballen mit Erbsen kommen, die siebzig Kilo das Stück wogen. Nicht um sie zu essen, sondern um sie zu sortieren. Jouris Schwestern und er selbst bekamen dann einen Suppenteller mit Erbsen vorgesetzt und mussten die faulen herauslesen. Auch Jouris Mutter half mit, und wenn ich, voller Verlangen nach Jouris Büchern über Arretje Nof, bei ihnen aufkreuzte, bekam ich, als wäre es vollkommen selbstverständlich, einen Teller mit Erbsen in die Hand gedrückt.

Neulich klingelte eine liebreizende junge Dame an meiner Haustür und rasselte tüchtig mit einer Sammelbüchse voller Euromünzen. Ob ich auch für eine unter königlicher

Schirmherrschaft stehende Stiftung zur Bekämpfung der Kinderarbeit in der Dritten Welt spenden wollte.

»Liebe Frau«, sagte ich, »als Kind hab ich Erbsen sortiert, Brot ausgefahren, Fleischwaren ausgeliefert, Erdbeeren gepflückt, schwarze Herrensocken gestrickt und noch manches andere gemacht, und von all dieser Kinderarbeit habe ich erstaunlich viel gelernt. Was also ist gegen Kinderarbeit einzuwenden? Als Mozart im zarten Alter von vierzehn Jahren seine wunderschöne *Symphonie A-Dur*, KV 114, komponierte, leistete er da zweifelhafte Kinderarbeit?«

Ach, so eine Spendensammlerin, die glaubt, in jedem Haus auf Mitbürger zu stoßen, die ihr zustimmen, denn welcher vernünftige Mensch redet heute noch der Kinderarbeit das Wort? Um sie ein wenig aufzumuntern, sagte ich: »Das Erbsensortieren habe ich übrigens gehasst wie die Pest. Das war so langweilige Arbeit, sie wurde schlecht bezahlt, und die faulen Erbsen wurden als Viehfutter weiterverwertet. Auch das habe ich gehasst.«

Die Erbsenballen waren den Kerkmeesters zuwider. Sogar Jouri, und das will was heißen, bekam schlechte Laune, wenn ihm wieder ein Suppenteller voller Sortiererbsen vorgesetzt wurde. Und Schorrie knurrte furchterregend, wenn der nächste Ballen gebracht wurde. Manchmal startete er auch einen Angriff auf die Beine des Lieferanten.

Aus diesem Grund hielt Jouris Mutter nach anderen Einnahmequellen Ausschau. Durch einen Erbfall, bei dem auch der Hausrat verteilt wurde, war sie nicht nur in den Besitz einer dreibändigen Bibelkonkordanz von Trommius und einer zehnbändigen Enzyklopädie gelangt, sondern hatte auch eine Sockenstrickmaschine bekommen. Damit versuchte sie, die Not der Familie zu lindern.

Oh, diese Strickmaschine! Zeit meines Lebens habe ich keinen geheimnisvolleren und faszinierenderen Apparat gesehen. Er war groß, er war schwarz lackiert, er war kreisrund, und man musste ihn mit allerlei Klemmen an der Tischkante befestigen. An der Seite war ein Rad angebracht, das mit einer Kurbel versehen war, die man vorsichtig drehen musste. Bei jedem Schlag des Rads tauchten in der kreisrunden Mulde des Apparats gemeine silberne Nadeln aus der Maschine auf, die sich langsam nach oben bewegten, bis sie den höchsten Stand erreicht hatten, und die anschließend wieder langsam hinabsanken. Über eine lotrecht stehende Stange mit einem Auge wurde das Setter-Set-Garn herangeführt, mit dem die Socken gestrickt wurden.

Wenn man zu stricken begann, sah man schon bald das Bündchen der Socke aus der Maschine herauskommen. Das Bündchen war ein Kinderspiel, aber die Ferse erforderte höhere Strickfertigkeiten. Dann musste gemindert und abgenommen werden, und man durfte das Rad nicht lustig rotieren lassen, sondern musste einen halben Schlag vorwärts und einen halben Schlag zurück drehen. Das war ziemlich kompliziert, und jedes Mal, wenn sie bei der Ferse ankam, färbten sich die Wangen von Jouris Mutter tiefrot. Normalerweise war sie anrührend nett, aber dann wurde sie, wie sie es selbst nannte, »kribbelig«. Sie hatte den gleichen sanften Charakter wie Jouri, sie war nie wütend, übellaunig, verbittert oder unfreundlich, aber die Strumpffersen stürzten sie jedes Mal regelrecht in Verzweiflung. Wenn man bei den Kerkmeesters ankam, und man hörte Schorrie bellen, dann wusste man, dass Jouris Mutter gerade eine Ferse strickte.

Schorries Bellen verstummte, als Jouri sich in die Maschine vertiefte. Die Sockenstrickmaschine schien für ihn keine Geheimnisse zu besitzen. Aufmerksam studierte er die beiliegende Gebrauchsanleitung. Danach strickte er aus der aufgeribbelten Wolle eines Pullovers seiner Schwester ruck, zuck zwei himmelblaue Probesocken für mich.

Im 18. Jahrhundert fuhren die Maassluiser Fischer nach Island. Sie nahmen Branntwein und Tabak mit, um diese Waren, obwohl das von den Reedern nicht gerne gesehen wurde, gegen Socken einzutauschen, welche die Isländer in der grauen Winterzeit bei Trankerzenlicht gestrickt hatten. Noch in meiner Kinderzeit hörte ich des Öfteren: Ach ja, die unverwüstlichen Islandsocken, die Qualität sieht man heute nirgendwo mehr. Nun ja, Jouris Socken erwarben sich sehr bald das Prädikat »Islandqualität«. Mit seinen Produkten rettete er die Kerkmeesters. Jouri brachte seinen Schwestern bei, wie sie die Maschine bedienen mussten, er zeigte es mir, denn ich war ganz heiß darauf, und er instruierte auch seine Mutter.

Trotz der nun größeren Fertigkeit der übrigen Familienmitglieder waren Jouris Socken von höherer Qualität als alle anderen. Sie passten genauer, sie umschlossen den Fuß, die Ferse und den Spann besser, kurzum, sie waren perfekt. Sogar für die Klumpfüße von Nachbar Stalin strickte er passgenaue Klumpfußsocken, die den Greis auf seine alten Tage mit neuer Lebenslust erfüllten. Ich konnte es nicht begreifen: Dieselbe Maschine und dieselbe Wolle, aber dennoch erreichten Jouris Socken einen Standard, an den wir nicht einmal tippen konnten. Jouri konnte sogar, falls gewünscht, eine Verzierung in das Bündchen oder den Fuß einstricken, und es gab kaum einen Kunden, der das nicht wollte, denn sie waren alle Nachfahren jener Maassluiser Fischer, die auch seinerzeit die Isländer darum gebeten hatten, farbige Muster in die Socken zu stricken, dort, wo die Fußknöchel sind.

Auch dank der vielfarbigen Verzierungen übertraf die Nachfrage nach Jouris Socken schon bald das zwangsläufig beschränkte Angebot. Ehe Jouri sich überarbeitete, möbelte sein Vater das Fahrrad von Nachbar Stalin auf. Natürlich hieß der Nachbar nicht wirklich so, aber er ähnelte dem russischen Tyrannen derart, dass ein jeder ihn schlicht Josef Stalin nannte, obwohl der Doppelgänger jedes Mal zusammenzuckte.

Anfangs wollte Stalin nichts mit den neuen Nachbarn zu tun haben, doch als er einmal mit Grippe im Bett lag und niemand sich um ihn kümmerte, da brachte Jouris Mutter ihm einen Topf Erbsensuppe. Wieder genesen, meinte Josef, er könnte, wie seinerzeit Stalin selbst, einen Pakt mit den Nazis schließen. In der Praxis sah das so aus, dass er ab und zu auf ein Schwätzchen in die Werkstatt kam. Na ja, Schwätzchen, Stalin war ebenso schweigsam wie meine Mutter und Jouris Vater, der durch seine Haft nach dem Krieg so verbittert war, dass auch er nur selten den Mund aufmachte. Letztendlich begrüßten sie einander nur. Anschließend schlenderte Josef durch die Werkstatt, hob hier und da eine Mutter auf, versuchte eine passende Schraube zu finden, drehte die Schraube ein paar Schläge fest, legte dann die nun zusammengefügten Teile wieder hin und begab sich summend auf den Weg ins Nachbarhaus. Ehe er die Werkstatt verließ, beugte er sich allerdings jedes Mal noch zu Schorrie hinab, um dessen Heilhitlerohr nach hinten zu falten.

Josef Stalin hatte ein Vorkriegsfahrrad, ein traurig aussehendes Stück Eisen mit doppelter Stange und einem zwischen diesen Stangen hin und her schaukelnden Schild, auf dem früher wahrscheinlich einmal ein Firmenname gestanden hatte. Schon von Weitem konnte man Stalins Rad hören, auch wenn daran, anders als bei den oft noch mit Holzklötzen auf den Pedalen versehenen Rädern der Maassluiser Kinder, keine Wäscheklammern an den Schutzblechen befestigt waren, um die Speichen ordentlich klappern zu lassen.

Als Stalin wieder einmal Schrauben und Muttern zusammensuchte, sagte Jo Kerkmeester: »Soll ich dein Rad mal aufmöbeln? Ich hab sowieso nichts zu tun.«

»Ich brauch mein Rad jeden Tag«, erwiderte Josef.

»Dann bring ich es in der Nacht auf Vordermann«, schlug Jo vor.

Als Josef Stalin auf seinem überholten Fahrrad durch die Stadt fuhr, trauten wir unseren Augen nicht. Man hätte meinen können, er säße auf einem nagelneuen Rad der Marke Fonger.

»Allein schon die feinen doppelten Goldstreifen auf dem Rahmen«, hörte man hier und da jemanden seufzen.

Auch Vlielander möbelte Fahrräder auf. Man brachte ein Wrack hin und bekam etwas wieder, das vollkommen präsentabel aussah. Doch Stalins Fahrrad, nach Ansicht von Fachleuten nichts anderes als ein Haufen rostiges Alteisen, hatte sich in ein glänzendes Prachtrad verwandelt.

»Es sieht aus wie ein Sommergoldhähnchen«, meinte mein Vater verblüfft, und ich sagte lieber nicht, dass dies in meinen Augen ein seltsamer Vergleich war.

Während Josef Stalin früher, immer wenn er den Afrol hinauf nach Hause wollte, absteigen und sein bleischweres Rad schieben musste, konnte er jetzt, wenn er auf dem Jokweg Schwung holte, im Sattel bleiben und mühelos auf den Zuiddijk fahren. Ich glaube, das hat uns am meisten erstaunt.

»Man könnte meinen, dieser Kerkmeester hat ihm einen mechanischen Hund eingebaut«, sagte mein Vater. »Wie eine Zwerghuhndaunenfeder schwebt er nach oben.«

Wie viel das Aufmöbeln gekostet habe, wollten die Maassluiser von Josef Stalin wissen.

»'nen Fuffie«, sagte Josef, der nicht preisgeben wollte, dass er mit seinem Nachbarn bereits auf so gutem Fuß stand, dass der ihm das Rad umsonst auf Vordermann gebracht hatte.

In dem Reklameblatt *De Schakel* stießen die Maassluiser auf eine Anzeige, der sie entnehmen konnten, dass man, zu einem absoluten Kampfpreis, bei Jo Kerkmeester sein Rad aufmöbeln lassen konnte.

Danach wurden all die prinzipientreuen Maassluiser scharenweise schwach, und einer nach dem anderen fuhr auf einem Rad, das funkelte, flimmerte, glänzte und glitzerte und dessen Rahmen und Schutzbleche mit wunderschönen Goldstreifen verziert waren. Denn auf die fast fluoreszierenden Streifen, darauf waren die Maassluiser ebenso versessen wie seinerzeit ihre Vorfahren auf die feuerroten Verzierungen in den Islandsocken. Zwei schnurgerade parallele Goldstreifen auf Rahmen und Schutzblech, die waren ihnen beinahe wichtiger als ein bequemer Sattel und federleichtes Treten.

Gewiss, hier und da erhob ein Einzelner die Stimme und wies auf die mehr als zweifelhafte Vergangenheit des Fahrradmonteurs hin, aber die Kerkmeesters brauchten dennoch keine Socken mehr herzustellen, ganz zu schweigen davon, dass sie noch Erbsen sortieren mussten.

Ich hatte zu Hause von der Sockenstrickmaschine erzählt. Meine Mutter war darauf angesprungen und hatte wehmütig gerufen: »Ach, so eine Maschine hatten wir früher in der Heerenlaan auch!« Dies hatte ich wiederum auf dem Zuiddijk berichtet, und als die Maschine dort nicht mehr benötigt wurde, fragte Jouris Mutter, ob meine Mutter sie nicht übernehmen wolle. Es kann übrigens sehr gut sein, dass sie meine Mutter auf diese Weise ein wenig für sich einnehmen wollte.

So gelangten wir in den Besitz einer Sockenstrickmaschine, auf der meine Mutter, bis sie Parkinson bekam, für meinen Bruder und mich Socken fabriziert hat. Keine überragenden Jourisocken, aber durchaus solide Schlumpsocken.

Nachdem die etwas begüterten Maassluiser ihre Drahtesel hatten aufmöbeln lassen, verloren sie plötzlich den Spaß an ihren mit doppelten Goldstreifen verzierten Fahrrädern. Eine neue Mode erschien am Horizont: die Solex.

Wer sollte in Maassluis die Solex-Vertretung übernehmen? Vlielander? Kerkmeester? Aufgrund seiner umstrittenen Kriegsvergangenheit kam Letzterer natürlich nicht in Betracht. Aber Vlielander war alt und brummig, und er hatte keinen Nachfolger. Er schied also auch aus. Maassluis musste also auf einen Solex-Händler verzichten. Wer ein solches Wunderding anschaffen wollte, der musste zum Motorhome Henk Vink in Maasland. Ab und zu rauschte Henk Vinks Sohn – möglicherweise handelte es sich dabei um eine Reklameaktion – auf einer Mini-Solex, die sein Vater extra für ihn in Kindergröße gebaut hatte, quer durch Maassluis hindurch zur Mole. Wer ihn vorbeiflitzen sah, wischte sich den Sabber aus den Mundwinkeln und wollte auf der Stelle zu Fuß in das zwei Kilometer entfernt gelegene uralte Dorf Maasland gehen. Kein Problem natürlich, denn was ist angenehmer, als an einem sonnigen Samstagnachmittag auf dem Treidelpfad entlang des Zuidvliet, vorbei an der Wippersmühle, zum Motorhome Henk Vink zu spazieren? Gegenüber der Auktionshalle lag, von Trauerweiden flankiert, der Ausstellungsraum glitzernd am Wasser. Dort erwarb man dann auf Raten eine Solex, mit der man strahlend am Noordvliet entlang über den »Wegt« zurückfuhr, in der Hoffnung, dabei von möglichst vielen Mitbürgern gesehen zu werden.

Leider zeigte sich bald, dass ein solcher Spaziergang von gut anderthalb Kilometern längst nicht so schön war, wenn die Solex einmal den Geist aufgegeben hatte. Dann musste man die schwere Maschine an der Hand mitführen. Manchmal musste sie sogar regelrecht über den »Wegt« geschoben werden, bis man, keinen Trost mehr aus dem mit weißen Buchstaben auf eine Wand neben Vinks Laden geschriebenen Spruch »Solex Deo Gloria« schöpfend, verschwitzt und abgekämpft bei Henk ankam.

Manch einer hatte dazu keine Lust. Im Schutz der Abenddämmerung schoben sie ihre Solex zu der Werkstatt hinter dem Zaunwindenzaun. Und Jo Kerkmeester reparierte die Solex dann so unglaublich viel besser und billiger als die Maasländischen Monteure im Motorhome Henk Vink, dass schon sehr bald niemand aus Maassluis mehr seine Solex nach Maasland schob. Wie er das in Anbetracht der Tatsache, dass man Ersatzteile für eine Solex nur beim Vertragshändler kaufen konnte, geschafft hat, habe ich nie erfahren. Böse Zungen behaupteten, er habe dafür seine Kontakte aus der Zeit während des Krieges wieder spielen lassen. Man munkelte auch, er habe sich sein Können beim Arbeiten an Motoren der Wehrmacht angeeignet.

Beim Motorhome Henk Vink war man nicht blöd. Man schaltete die niederländische Solex-Zentrale ein. Es wurde Anzeige erstattet, und es kam zum Prozess. Kerkmeester wurde verurteilt und durfte keine Solex mehr anrühren. Aber das brachte nichts. Bei einsetzender Dämmerung machten sich die Kunden auf den Weg in seine Werkstatt. Viele schnurrten im Übrigen auf einer Solex aus zweiter Hand umher, und über die konnte Solex Niederlande ohnehin nicht mehr bestimmen.

Bei den Kerkmeesters stieg der Wohlstand. Er stieg sogar derart, dass Jouris Vater sich zögernd dazu entschloss, ein Grammofon anzuschaffen.

Das Grammofon

Jeder rechtschaffene Mensch begreift, dass der Kauf eines Grammofons ein riesiges Loch in den Familienetat reißt. Folglich fehlen danach die Mittel, eine oder gar mehrere Schallplatten zu kaufen. Dabei gilt es zu bedenken, dass Tonträger damals ein Vermögen kosteten. Als ich während meines Studiums die erste Schallplatte kaufte, lebte ich von zweitausendvierhundert Gulden Stipendium pro Jahr, und eine Langspielplatte kostete zu der Zeit vierundzwanzig Gulden; das war genau ein Prozent meines Jahreseinkommens.

Die Kerkmeesters waren nun also stolze Besitzer eines Grammofons und konnten es sich aus diesem Grund nicht leisten, Schallplatten zu kaufen. Aber das war keine Katastrophe, denn es zeigte sich, dass es bereits ein Riesenvergnügen war, den sich gleichmäßig drehenden leeren Plattenteller zu beobachten, den man zudem noch auf drei Geschwindigkeiten einstellen konnte, 33, 45 und 78 Umdrehungen pro Minute. Stand er auf der schnellsten Stufe, rotierte der Plattenteller unaufhaltsam, und wenn man ein Papierknäuel darauflegte, dann wurde es wild heruntergeschleudert und oft vom aufmerksamen Schorrie gefangen. Sein fröhliches Bellen kompensierte den fehlenden Ton. Hinzu kam, dass beim intensiven Starren auf den sich drehenden Teller, um ein wenig in Trance zu geraten, »keine Nadeln und keine Platten verschleißen«, wie Nachbar Stalin zu Recht bemerkte, als er einmal zu Besuch kam, um das Wunder zu betrachten.

Ein halbes Jahr später bat Puk Corporaal Jouri um ein Paar teerfarbene Socken mit karminroten Verzierungen.

»Ich stricke nicht mehr«, sagte Jouri.

»Nur einmal noch«, bettelte Puk. »Wo sonst kriege ich solche Prachtsocken?«

»Die Maschine steht bei meinem besten Freund zu Hause.«

»Dann strick sie dort, ich werde dich fürstlich entlohnen. Von meinem Onkel Zijpe aus Zeeland, der nach einem fürchterlichen Tritt seines Stiers das Zeitliche gesegnet hat, habe ich eine ganze Ladung Platten geerbt. Darunter befindet sich eine 45er-Scheibe, die mir nicht gefällt. Die kriegst du zusätzlich.«

Ein solch phantastisches Angebot konnte man natürlich nicht ausschlagen. Unter den aufmerksamen Blicken meiner Mutter strickte Jouri an einem freien Mittwochnachmittag in unserem Haus ein Paar schwarzbraune Socken mit feuerroten Verzierungen im Bund und in den Sohlen. Gemeinsam brachten wir die Socken zu Puk Corporaal, der an der Mole wohnte. Dort erhielt Jouri sein Honorar und dazu seine 45er-Schallplatte.

Wer kann sich heute noch vorstellen, wie wir uns fühlten, als wir die Platte, die in einer grauen Hülle steckte, von der Mole über den Bahnübergang und durch die Fenacoliuslaan zum Zuiddijk trugen? Unterwegs sprach uns der Wächter der Kippenbrücke an.

»Was habt ihr denn da?«

»Eine 45er-Schallplatte.«

»Mensch Meier!«

Dann folgte ein längeres Schweigen. Schließlich fragte er uns barsch: »Ehrlich erworben?«

»Für ein Paar Socken bekommen.«

»Welcher Idiot gibt eine Schallplatte für ein Paar Socken her?«

»Puk Corporaal.«

»Der hatte schon immer eine Schraube locker. Aber das stellt alles in den Schatten. Jetzt können sie ihn gleich nach Delft ins Irrenhaus bringen.«

Das fanden wir auch, denn wir konnten es ebenso wenig verstehen. Vorsichtig gingen wir mit der Schallplatte zum Zuiddijk. Nachdem wir sie äußerst behutsam aus der Hülle hatten gleiten lassen, betrachteten wir die Scheibe zunächst von allen Seiten. Es stand nichts anderes darauf als »Seite A« und »Seite B«. Wir stellten den Plattenspieler auf 45 Umdrehungen pro Minute und legten die Platte ehrfurchtsvoll auf den Drehteller. Wir schalteten den Plattenspieler ein und ließen ihn zunächst warm laufen und setzten dann – na ja, wir, das alles tat natürlich Jouri, denn nur seinen geschickten Fingern konnte man solch delikate Aufgaben anvertrauen – unendlich vorsichtig die Nadel in die Rille.

Das alles geschah vor gut einem halben Jahrhundert, doch wenn ich jetzt daran zurückdenke, schießen mir unweigerlich die Tränen in die Augen. Zunächst hörten wir nur das starke Rauschen der Nadel in der noch leeren Rille. Dann erklangen, erst noch zögernd und zurückhaltend, doch allmählich immer klarer und deutlicher, einige Streichinstrumente in dem Rauschen, und es schien fast, als pickten sich die Streicher aus dem riesigen Angebot an Tönen genau die Noten heraus, auf die es ankam. Immer höhere Noten spielten sie und sanken dann wieder hinab, nur um gleich wieder aufs Neue nach dem Mond und den Sternen zu greifen. Und danach ging es wieder von vorne los. Erneut die gleichen Riesenschritte, als sollte mir auf diese Weise eingeprägt werden, dass sich in meiner Seele Kräfte verbargen, von denen ich bis dahin nichts gewusst hatte. Und nicht nur Kräfte, sondern auch Schmerzen, die lieblich gelindert wurden von der Musik, die sie gleichsam hervorrief.

Dann war die A-Seite zu Ende, und Jouri meinte ziemlich enttäuscht: »Geigenmusik.«

Er drehte die Platte um, und wieder erklang dieselbe wunderschöne Riesenschrittmelodie, nun umspielt von quirligen Motiven, die darum herum perlten.

Als es vorbei war, sagte ich heiser: »Noch mal.«

»Bist du sicher? Es ist klassische Musik, denke ich.«

Für mich hatte der Ausdruck »klassische Musik« keine Bedeutung. Für mich galt nur, was ich sicher wusste: Das will ich noch mindestens tausendmal hören.

»Bitte, noch mal«, flehte ich ihn an.

Jouri drehte die A-Seite nach oben, und es fing wieder an, über das kräftige Rauschen hinaus, das ruhige, mutige, kraftvolle Gebet zu einem Gott, von dessen Existenz ich bis zu diesem Zeitpunkt keine Ahnung gehabt hatte.

Weder auf der Platte noch auf der Hülle fanden sich irgendwelche Hinweise darauf, welche Musik die verstaubten Rillen enthielten. Mich kümmerte das nicht. Es war mir damals kaum bewusst, dass ein gewöhnlicher Mensch aus Fleisch und Blut für das Entstehen dieser Musik verantwortlich war. Das Wort »Komponist« fehlte in meinem Wortschatz.

Was mich allerdings bekümmerte, war, dass die Musik

Jouri kaum berührte. Voller Erstaunen und auch ein wenig misstrauisch beobachtete er, wie angetan ich war. Er klopfte mir auf die Schulter. Es war, als wollte er sagen: Kopf hoch, so schlimm ist das alles nicht. Auch seine beiden Schwestern und seine Mutter runzelten die Stirn, als sie die Riesenschrittmusik hörten.

Jouris Vater jedoch, der sonst immer so mürrisch, so brummig, so schweigsam war, ihm klappte, als er ins Wohnzimmer kam und gerade noch die letzten Töne hörte, langsam die Kinnlade herunter. »Lass die Platte noch mal von vorne laufen«, befahl er barsch.

Und da kam es wieder. Ich konnte bereits mitsummen, leise mitpfeifen, wodurch die Musik noch ergreifender wurde, sosehr ich mich auch dafür schämte, dass mein leises Mitpfeifen in Mitflennen ausartete.

»Verdammt schönes Stück«, sagte Jouris Vater mit belegter Stimme.

»Auf der Rückseite geht es noch weiter«, sagte ich.

»Umdrehen«, kommandierte Jouris Vater.

Ich bemerkte einen Tränenschleier in seinen Augen. Gewiss, im Krieg war er ein übler Kollaborateur gewesen, und das blieb unverzeihlich, aber dennoch betrachtete ich ihn auf einmal mit ganz anderen Augen.

Nachdem der letzte Ton verklungen war, fragte er: »Steht nicht drauf, von wem das ist?«

»Nein, nirgends«, erwiderte Jouri.

»Ich schätze, dass es ein Barockstück ist. Von ’nem prima Burschen. Einem Deutschen, natürlich. Woher sonst? So ’n verdammt schönes Stück. Dreh noch mal um.«

»Nein!«, riefen die Schwestern. »Nein!«, rief die Mutter. »Nein!«, rief auch Jouri.

»Keinen Geschmack«, kommentierte der Senior knapp. »Schade, aber nichts zu machen, dann verpasst man eben immer das Beste, Pech gehabt.«

Die Bücher über Arretje Nof, die Pisspötte, die Strickmaschine, seine Mutter, die so unglaublich nett war, das entzückende Hündchen Schorrie mit seinem Heilhitlerohr und natürlich vor allem Jouri selbst – für all dies war ich so oft wie möglich auf den Zuiddijk gestiegen. Nun kam noch etwas hinzu, das alles andere mühelos übertraf: das verdammt schöne Stück.

Jedes Mal, wenn ich zu den Kerkmeesters kam, fragte ich zaghaft: »Darf ich die 45er-Platte noch einmal hören?«

Meistens durfte ich nicht, weil die Damen dank der illegalen Solex-Reparaturen über Mittel verfügten, selbst 78er-Platten zu kaufen, und die gingen natürlich vor. Lieder über Nachtigallen in grünbronzenem Eichenholz und über einsame Cowboys, die ohne Wasser über die Veluweprärie irrten. Niederschmetterndes Mistzeug eben, bei dem lauthals mitgebrüllt wurde. Waren die Damen nicht zu Hause, erbarmte sich Jouri gelegentlich, und dann war sie wieder da, diese unglaubliche Musik, in die meine ganze Seele und Seligkeit hingelegt zu sein schien.

Manchmal kam Jouris Vater aus der Werkstatt hoch, und wir hörten uns zusammen das »verdammt schöne Stück« an. Eines Tages sagte er kurz angebunden zu mir: »Es gibt mehr von dem Zeug. Wenn ich mal wieder ein Sümmchen mit Aufmöbeln verdient habe, kauf ich was davon.«

Er brachte das Dienstfahrrad des Hafenmeisters auf Vordermann, kaufte die LP *Music for the Millions*, Teil eins, und sagte: »Wenn die Banausen weg sind, hören wir uns die zusammen an.«

Music for the Millions war eine Platte mit lauter Evergreens: *Liebestraum* von Liszt, die *Humoreske* von Dvořák, der bekannteste Walzer von Brahms, eine Violinromanze von Beethoven, das *Impromptu Ges-Dur* von Schubert, der *Minutenwalzer* von Chopin. Tja, wer zeit seines Lebens nicht eine einzige Note dieser mehr als bekannten Stücke gehört hat, wer in so einer hoffnungslos dürren Wüste aufgewachsen ist, in der niemals etwas vom lebendigen Wasser der Komponisten, und seien es auch nur die bekanntesten, erklingt, für den ist eine solche Platte eine regelrechte Offenbarung.

Später kaufte Jouris Vater auch *Music for the Millions*, Teil zwei, und im Laufe eines halben Jahres besorgte er sich alle Einzelteile für einen Eigenbauplattenspieler. Wie er das schaffte, entzog sich meiner Wahrnehmung, ebenso wie es ihm gelang, in seiner Werkstatt einen zwar hässlichen, aber vortrefflichen Lautsprecher zu installieren. Dort lauschten wir, Bundesgenossen, die wir waren, dem inzwischen komplett abgenudelten »verdammt schönen Stück«. Und *Music for the Millions*, Teil eins und zwei. Schicksalsverbunden summten wir leise mit.

Jo Kerkmeester war, anders als meine spätere Frau, niemand, der schnippisch ruft: »Ich höre ein Instrument zu viel«, wenn man leise mitsummt. Im Gegenteil, Jo sen. schlug oft mit einem Engländer leise den Takt auf den Speichen oder den Schutzblechhaltern der Fahrräder, die er gerade aufmöbelte.

Wenn ich an die Nachmittage in seiner Werkstatt zurückdenke, erstaunt es mich immer wieder, dass Jo Kerkmeester sen., der sonst nie von seinen Erlebnissen während der Besetzung sprach, in der Pause zwischen zwei Platten, offenbar von der Musik dazu angeregt, ganz nebenbei noch einmal die Ansichten zum Besten gab, derentwegen er nach dem Krieg verurteilt worden war.

»Glaub nicht, dass das Abschaum war, die Männer bei der SS. Das waren Intellektuelle. Das waren Leute, die studiert hatten, Ingenieure, Architekten, Professoren, das war die Elite.«

Zum Glück wusste ich kaum, wofür die Buchstaben SS standen. Weder zu Hause noch in der Schule erfuhr man je etwas über den Krieg. Wenn überhaupt von Kriegshandlungen gesprochen wurde, dann erwähnte man nur die Siege bei Heiligerlee und Nieuwpoort sowie den Überfall im Medway, Ereignisse, die bereits vor mehreren Hundert Jahren stattgefunden hatten. Mein ganzes Wissen über die Besatzungszeit stammte aus Jugendbüchern: *Holländische Burschen in der deutschen Zeit* von Aart Romijn, *Mit Pferden durch die Nacht* und *Schwarzer Tinus, der Verlierer* von J. W. Ooms und der vierbändige Roman von Anne de Vries, der später unter dem Sammeltitel *Im Schatten der Gewalt* veröffentlicht wurde. In diesen Jugendbüchern kam die SS praktisch nicht vor. Erst als ich *Englandfahrer* von Klaas Norel las, verstand ich so richtig, was die beiden Buchstaben bedeuteten.

Ich erinnere mich noch gut daran, dass Kerkmeester sen. nach der *Fünften* von Beethoven plötzlich ausrief: »Blöder Hitler! Erklärt Amerika den Krieg! Das wäre gar nicht nötig gewesen. Dann hätten sich die Amerikaner rausgehalten, und Hitler hätte Stalin locker besiegen können. Dann würden wir jetzt in der verstärkten Festung Europa wohnen. Und wir müssten keine Angst haben, eine Atombombe aus Moskau aufs Dach zu kriegen. Dummer, dummer Hitler. Warum hat er das getan? Amerika den Krieg erklären? Ich meine: Obwohl sie mir ständig auf die Pelle rücken, erkläre ich Solex doch auch nicht den Krieg? Die greife ich von hinten an. Blöder, blöder Hitler.«

Weil ich seine Äußerungen damals nicht recht verstand und »blöder Hitler« sich außerdem gar nicht wie eine Lobpreisung anhörte, war ich über seine Auslassungen nicht erschrocken oder erstaunt. Außerdem war ich vollkommen eingenommen von den Wunderdingen, die dort aus dem von Kerkmeester sen. gebauten Lautsprecher erklangen. Ich weiß noch, dass mein Vater mich einmal fragte, ob Jouris Vater manchmal komische Dinge sage. »Er schimpft oft auf Hitler«, erwiderte ich. »Er ruft ständig: ›Blöder, blöder Hitler!‹«

Woraufhin mein Vater erstaunt sagte: »Ist ihm womöglich doch noch die Erleuchtung gekommen?«

Und meine Mutter fügte hinzu: »Selbst wenn das stimmt, bin ich der Ansicht, dass du lieber einen großen Bogen um die Familie machen solltest. Mit eigenen Augen habe ich gesehen, wie dieser Jouri hier Socken gestrickt hat. Solch schmale Finger, oh, wie grauenhaft geschickt er damit ist. Früher, auf der Heerenlaan, da kam hin und wieder auch so ein fingerfertiges Bürschchen zu uns ins Haus. Der Junge stahl einem die Milch aus dem Kaffee, ohne dass man es bemerkte.«

Trommius

Selbstverständlich begann an der Groen-van-Prinsterer-Schule der Tag bei Lehrer Splunter mit einem Gebet, in dem der Segen auf unsere Rechen- und Sprachstunden herabgefleht wurde. Und sowohl mittags wie auch nachmittags wurde der Unterricht mit einem Dankgebet für die reichen Wohltaten in Form von Brüchen, Diktaten und nützlichen Handarbeiten für die Mädchen beendet. Es spricht für sich, dass wir brav unsere Hände falteten und die Augen schlossen, wenn Lehrer Splunter ankündigte, sich direkt an den Allerhöchsten zu wenden. Wer das nicht tat, lief allerdings kaum Gefahr, erwischt zu werden. Hätte Lehrer Splunter nämlich jemanden dabei erwischt, hätte er implizit zugegeben, dass er selbst während des Gebets die Augen auch nicht geschlossen hatte.

Darum entging es sogar dem Adlerblick von Lehrer Splunter, dass Jouri nie die Hände faltete und die Augen schloss, wenn das Gebet gesprochen wurde. An einem ganz gewöhnlichen sonnigen Schultag im September schlenderte Oberlehrer Koevoet allerdings an unserem Klassenzimmer vorbei, und zwar just in dem Moment, als Lehrer Splunter den Allerhöchsten anrief. Oberlehrer Koevoet stellte sich auf die Zehenspitzen und spähte durch das Oberlicht der Tür in unsere Klasse. Er schaute geradewegs in Jouris weit aufgerissene Augen.

Koevoet wartete, bis er Lehrer Splunter mit erhobener

Stimme »Amen« hatte sagen hören, klopfte dann an, kam herein und donnerte: »Es gibt hier einen Jungen, der die Hände nicht faltet und die Augen nicht schließt.«

»Wer ist es?«, brüllte Lehrer Splunter.

»Dieser Bursche!«, schrie Oberlehrer Koevoet und deutete dabei mit ausgestrecktem Jerobeam-Arm auf Jouri.

Lehrer Splunter nahm sein langes Lineal, als wollte er es wetzen, legte es wieder hin, stieg dann von seinem Katheder mit dem Pult herab und schritt drohend auf unsere Bank zu.

Mein Herz schlug mir bis zum Hals. Es war, als wären es meine Hände und Augen gewesen, die während des Bittgebets so schwer gesündigt hatten.

Jouri lächelte, schaute unbekümmert zum herantigernden Splunter, faltete die Hände und stützte dann sein Kinn auf die abgespreizten Daumen. Man konnte den Eindruck bekommen, er wolle damit zeigen, dass man seine Hände vielmehr aus anderen Gründen als religiösen zusammenlegt.

So wurde es jedenfalls verstanden, denn Oberlehrer Koevoet zischte: »Was für eine Frechheit!« Lehrer Splunter hatte inzwischen unsere Bank erreicht.

»Jouri Kerkmeester, warum hast du deine Hände nicht gefaltet und deine Augen nicht geschlossen, als ich das Gebet sprach?«, polterte er.

»Ich falte die Hände nie, und ich schließe auch meine Augen nicht, Herr Splunter«, erwiderte Jouri überaus freundlich und ohne die Stimme zu erheben.

Offenbar waren weder Oberlehrer Koevoet noch Lehrer Splunter auf ein solch verblüffendes Geständnis vorbereitet. Eine Zeit lang schienen sie nicht in der Lage, adäquat darauf zu reagieren. Beide atmeten schwer und rasselnd, aber es kam kein Wort aus ihnen heraus.

»Ich habe die ganze Bibel daraufhin durchgesehen«, sagte Jouri, »und ich habe keine Stelle finden können, aus der hervorgeht, dass man beim Beten die Hände falten und die Augen schließen muss. Darum sehe ich nicht ein, weshalb ich dabei die Augen schließen und die Hände falten sollte. Beides ist unbiblisch, es ist nur eine Tradition, genau wie die Marienverehrung bei den Katholiken.«

»Ich werde dafür sorgen, dass die Reiter der Apokalypse über deine Rippen galoppieren«, zischte Lehrer Splunter.

»Das schadet an und für sich nicht, aber damit kommen wir hier nicht weiter, Jochem«, wandte Oberlehrer Koevoet ein.

Die Tatsache, dass der Oberlehrer eines der bestgehüteten Schulgeheimnisse – den Vornamen von Lehrer Splunter! – preisgab, unterstrich den Ernst der Lage.

In dem Moment, als Splunter Jouris rechte Hand packte, um ihn aus der Bank zu zerren, legte ich ganz impulsiv meinen Arm um dessen Schulter. Anders als ich, der schon oft als Harfe hatte dienen dürfen, war der brave, immer sehr höfliche, fleißige, zurückhaltende Jouri noch nie mit Splunters Lineal in Berührung gekommen. Sowenig es mir ausmachte, regelmäßig mit dem Lineal traktiert zu werden, so sehr nahm ich es mir zu Herzen, dass er auf Jouris Rippen musizieren wollte. Einen so makellosen Kerl wie Jouri, den schlug man doch nicht?

»So, so, du bewirbst dich also auch um eine Rippentortur«, knurrte Splunter mich an.

»Lass mich ruhig los«, sagte Jouri seelenruhig. »Herr Splunter will mir in seiner prächtigen großen Bibel die

Stelle zeigen, wo steht, dass man beim Beten die Augen schließen und die Hände falten muss.«

Jouri deutete auf die Staatenübersetzung, deren glänzende Kupferschließen auf Splunters Pult im Septembersonnenlicht funkelten, das schräg von der Seite durch die hohen Fenster fiel.

Dass Jouri mit diesem Kompliment für seinen größten Schatz – seine berühmte Staatenübersetzung der Bibel mit Goldschnitt und kupfernen Schließen – Splunter direkt ins Herz traf, scheint mir die wahrscheinlichste Erklärung dafür, dass Splunter seinen Arm wieder losließ und wie ein schlaksiger Gerichtsvollzieher zu seinem Pult stolperte. Dort angekommen, streichelte er über den Rücken seiner Bibel, als wäre es der Rücken einer Dirne. Dann flüsterte er: »Ich werde die Stelle für dich heraussuchen.«

Oberlehrer Koevoet stiefelte zu unserer Bank, sah Jouri streng an und brummte: »Was hast du gesagt, Bürschchen? Die ganze Bibel durchgesehen? Zwölfhundert Seiten voller winziger Buchstaben? Nun mach mal halblang, du Angeber!«

»Herr Oberlehrer«, erwiderte Jouri sehr höflich, »wir haben zu Hause die Konkordanz von Trommius im Regal. Die hat meine Mutter geerbt. Darin habe ich alle Stellen herausgesucht, in denen es um Beten, Falten, Hände, Augen und Schließen geht. Nirgendwo steht, dass man beim Beten die Hände falten und die Augen schließen muss.«

»Ach, und was ist mit Psalm 141, ›mein Händeaufheben wie ein Abendopfer‹?«

»Sind erhobene Hände gefaltet, Herr Oberlehrer?«, fragte Jouri ruhig.

Lehrer Splunter blätterte in seiner Staatenübersetzung und las mit erhobener Stimme vor: »Mein Gebet müsse vor dir taugen wie ein Räuchopfer, mein Händeaufheben wie ein Abendopfer.« Bevor er jedoch den ganzen Vers zu Ende hatte vortragen können, entfuhr gleich nach dem Wort »Räuchopfer« meinen seit der Ankunft von Koevoet krampfhaft zusammengekniffenen Pobacken ein Knatterfurz. Noch Jahre später brachen meine Klassenkameraden, wenn sie mich zufällig trafen, in Lachen aus. Sich die Tränen aus den Augen wischend, sagten sie dann: »Weißt du noch, wie du damals ganz laut einen hast ziehen lassen, als Splunter die Stelle vorlas, wo das Gebet als ein Räuchopfer bezeichnet wird?«

Wenn ich nachts wieder einmal nicht einschlafen kann, erheitert mich die Erinnerung an diese Szene mit dem Gebetsräuchwerk auch, doch an jenem sonnigen Septembertag zerschlug Splunter sein Lineal auf meinem verkrampften Leib.

Als wir nach Hause gingen, fragte Jouri: »Tut es noch weh?«

Ich ließ mir nichts anmerken und sagte: »Nicht so schlimm. Darf ich das Buch von Trommius mal sehen?«

»Aber sicher.« Kurze Zeit später saßen wir bei Jouri im Wohnzimmer und blätterten in den drei dicken Bänden von Trommius. Jouri erklärte mir, wie man das Werk benutzen muss. Man nahm ein Wort, suchte es in der alphabetisch geordneten Liste und fand dann dort alle Bibelstellen, an denen dieser Begriff vorkommt.

Mir kam dieses Werk fast wie ein Wunder vor, doch was mich sehr befremdete, war die Frakturschrift.

»Kannst du diese komischen Buchstaben lesen?«

»Ach, daran gewöhnt man sich«, sagte Jouri, »nenn mir doch mal ein Wort, und dann sag ich dir, wo es in der Bibel überall vorkommt.«

Einen Moment lang schwirrte mir das Wort »Furz« durch den Kopf, aber ich riss mich am Riemen und sagte resolut: »Libelle.«

Jouri blätterte zuerst in Band eins aus dem Jahr 1685, »umfassend alle historischen Bücher von Genesis bis Esther einschließlich«, dann in Band zwei aus dem Jahr 1691, »umfassend alle Lehrbücher und die prophetischen Bücher von Hiob bis Maleachi einschließlich«, und danach in Band drei, »das Neue Testament«.

»Das Wort ›Libelle‹«, sagte er schließlich feierlich, »kommt in der Bibel nirgendwo vor.«

»Keine Libelle?«, fragte ich erstaunt. »Steht ›Libelle‹ nicht drin? Kommen Libellen in der Bibel nicht vor?«

»Libellen werden in der Bibel nicht erwähnt«, bestätigte Jouri.

»Mosaikjungfern denn?«, fragte ich.

Wieder suchte Jouri in allen drei Bänden vergeblich.

Ich weiß noch, dass ich zu Hause, nach dem Abendessen, fassungslos in unserer eigenen Bibel geblättert habe. Sprach das heilige Wort tatsächlich nirgendwo von Libellen und Mosaikjungfern? Aber warum nicht? Die Bibel behandelte doch das ganze Leben? Die Heilige Schrift berührte doch alles, worauf es ankam? Waren Libellen denn nicht wichtig? Gab es etwas Herrlicheres als einen Entwässerungsgraben im Polder mit Mosaikjungfern, die über Krebsscheren schweben? Trotzdem schwieg Gott sich in seinem Buch darüber aus. War der Schöpfer solch wunderschöner Wesen wie der Weidenjungfer, des Frühen Schilfjägers, des Vierflecks, des Blaupfeils, der Herbstmosaikjungfern denn so bescheiden? Ich wurde daraus nicht schlau.

Danach ist die Heilige Schrift für mich nie wieder dieselbe gewesen. Dass in der Bibel nie jemand Schlittschuhe anschnallte, war in Anbetracht des fürchterlichen Klimas im Heiligen Land ja noch verständlich, obwohl es nichts Wunderbareres gibt als die erhabene Stille von zugefrorenen Wasserflächen. Und damit, dass – wie Jouri und ich mithilfe von Trommius feststellten – weder die Stabwanze noch der Wasserskorpion in der Bibel genannt wurden, der Rückenschwimmer ebenfalls nicht, und Spinnen wurden nur zweimal erwähnt, nun ja, damit konnte man leben, und was die Spinnen anging, so musste man natürlich auch auf das empfindsame Gemüt der Hausfrauen Rücksicht nehmen, aber dass die Bibel kein Wort über die zarten, fragilen Wasserjungfern verlor, das kam uns fast wie eine Todsünde vor. Dadurch schien es auf einmal weniger selbstverständlich, dass die Bibel eine Richtschnur für das ganze Leben darstellte.

Im Übrigen kamen weder Splunter noch Koevoet je wieder auf diesen denkwürdigen Septembertag zurück. Mit nicht gefalteten Händen und weit offenen Augen schauten Jouri und ich uns seitdem strahlend an, wenn in der Klasse gebetet und gedankt wurde. Auch während des Gottesdienstes schloss ich fortan meine Augen nicht mehr, wenn der Pastor vorbetete. Ich schaute mich dann um und entdeckte überall Kirchgänger, die die Heilige Schrift offenbar auch gründlich studiert hatten, denn auch sie lehnten es aus biblischen Gründen ab, die Augen zu schließen und die Hände zu falten.

Der Löwe und das Lamm

Weil ich meine Augen nicht mehr schloss, wenn Splunter das Gebet sprach, entdeckte ich, dass es in unserer Klasse noch jemanden gab, der sich fröhlich umsah, während unser Lehrer um Segen für unsere Rechenstunden bat: Ria Dons. Ria war ein kräftiges Mädchen mit dunklen Locken, und sie wohnte in 't Paard z'n Bek. Wegen Fehlverhaltens war sie der öffentlichen Prins-Bernhard-Schule verwiesen worden, und so war sie bei uns gelandet. Erst als ich entdeckte, dass auch sie die Augen nicht schloss, wurde mir allmählich klar, dass sie praktisch nichts über die Existenz unseres Erlösers wusste und dass sie, wenn sich daran nichts änderte, für immer verloren sein würde. Mir schien, dass hier eine Aufgabe auf mich wartete. Aber zunächst wusste ich nicht, wie ich Ria auf ungezwungene Weise mit dem Evangelium vertraut machen sollte.

Als Lehrer Splunter wieder einmal die niederländische Nationalhymne auf meinen Rippen klimperte, bot sich mir eine Gelegenheit. Splunter wollte uns vor Darwin und dessen Evolutionslehre warnen. Rückblickend betrachtet, geschah dies ein wenig voreilig, denn nie zuvor hatten wir Maassluiser Knirpse etwas von dieser Theorie gehört. Hätte Splunter sie nicht erwähnt, ich hätte sie erst sehr viel später kennengelernt.

Splunter erklärte uns, Darwin habe unrecht. Vor sechstausend Jahren seien Himmel und Erde in sechs Tagen von Gott im Handumdrehen geschaffen worden. Anschließend hatten Adam und Eva sich an den Früchten des Baums »mitten im Garten«, des Baums der Erkenntnis des Guten und des Bösen, vergriffen und waren aus dem Garten Eden vertrieben worden. Um zu verhindern, dass sie in den Garten Eden zurückkehrten und auch vom Baum des Lebens aßen, postierte Gott einen Engel mit einem flammenden Schwert am Eingang.

Als Splunter beim »Cherub« und seinem »bloßen, hauenden Schwert« angekommen war, hob Jouri den Finger. Meistens ignorierte Lehrer Splunter Jouris erhobene Hand, doch diesmal, als es darum ging, uns beizubringen, dass das Buch Genesis die Evolutionstheorie unweigerlich widerlegte, nickte er recht wohlwollend.

»Herr Lehrer«, sagte Jouri, »dieses hauende Schwert ist mir immer sehr seltsam vorgekommen. Hatte man denn im Himmel bereits Schwerter, als die auf Erden noch erfunden werden mussten?«

»Aber natürlich«, erwiderte Lehrer Splunter.

»Es gab also Waffen im Himmel. Aber warum? Dort oben herrscht doch absoluter Frieden?«

»Der Löwe ruht neben dem Lamm«, ergänzte ich.

»Halt du dich da raus«, knurrte Splunter.

»Wenn es im Himmel bereits Waffen gab, die auf der Erde erst noch erfunden werden mussten«, sagte Jouri, »warum dann ein Schwert? Warum stellte Gott an den Eingang nicht einen Engel mit einem geladenen Revolver? Da ist die abschreckende Wirkung größer. Oder gibt es im Himmel keine Pistolen?«

»Im Himmel gibt es keine Pistolen«, sagte Splunter gequält.

»Aber warum gibt es denn dann hauende Schwerter?«, wollte Jouri wissen.

»Für heute reicht's, Jouri Kerkmeester«, brüllte Lehrer Splunter, »oder verlangt es dich erneut nach blauen Rippen?«

»Sie hätte man am Eingang zum Paradies postieren sollen, Herr Lehrer«, rief ich, »um allen, die wieder hineinschlüpfen wollten, die Nationalhymne auf die Rippen zu klimpern.«

»Die Nationalhymne gab es damals noch nicht«, sagte Jouri ruhig.

Trotzdem summte Jaap Laferte bereits hinten im Klassenraum das *Wilhelmus*. Hier und da stimmten Klassenkameraden mit ein.

Lehrer Splunter sprang von seinem Podest, rannte zwischen den Bänken hindurch, zerrte mich aus der Bank, klimperte mindestens drei Strophen der Nationalhymne auf meinen Rippen und warf mich schließlich hinaus.

Zwei Minuten später öffnete sich die Klassentür, und er schob auch Ria Dons in den Flur.

»Hat er dich auch geschlagen?«, fragte ich ungläubig.

»Nicht der Rede wert«, sagte sie.

»Warum hat er das getan?«

»Weil ich mich für dich eingesetzt habe.«

Sie ging weg. Ich eilte hinter ihr her.

»Wo willst du hin?«, fragte ich sie.

»Ich gehe nach Hause und erzähle meiner Mutter, dass der Lehrer der christlichen Schule mich mit dem Lineal verprügelt hat. Auf der Prins-Bernhard-Schule wurde ich nie geschlagen. Auch wenn es keine christliche Schule ist, nicht ein Lehrer versohlt dort Schüler mit dem Lineal. Manchmal setzt es eine Ohrfeige, das schon, aber mit einem solch langen Lineal verprügelt werden, das gibt es dort nicht, niemals.«

Ich folgte ihr durch die stillen Flure. Ohne dass uns jemand aufgehalten hätte, verließen wir einfach das Schulgebäude. Nun schien mir der Moment gekommen, den Erlöser zur Sprache zu bringen. Auf der Lange Bonestraat gelang mir das allerdings noch nicht, ebenso wenig wie auf der Brücke über den Noordvliet. Wie sollte ich anfangen? Indem ich einfach sagte: Du musst auch an den Herrn Jesus Christus glauben? Oder sollte ich mit dem Sündenfall im Paradies beginnen? Aber der Sündenfall stand für mich durch das hauende Schwert in einem seltsamen Licht. Hatte Jouri recht mit seiner Bemerkung, es sei höchst merkwürdig, dass es im Himmel, diesem Bollwerk des Friedens und der Glückseligkeit mit Straßen aus Gold, offenbar bereits Waffen gab, die auf der Erde erst noch erfunden werden mussten?

Wir gingen durch den Lijndraaierssteeg, erreichten die Brücke über den Zuidvliet und gelangten dann in das ausgedehnte Viertel mit den für unbewohnbar erklärten Häusern.

»Bringst du mich nach Hause?«, fragte Ria fröhlich.

»Darf ich?«

»Ich find's prima«, antwortete sie.

Wir bogen ab, in die Sandelijnstraat. Am Ende der langen Straße kamen wir in die St. Aagtenstraat, die immer 't Paard z'n Bek genannt wurde.

»Kommst du noch kurz mit rein?«, fragte Ria.

»Gern«, antwortete ich.

Als wir ins Haus kamen, stellten wir fest, dass ihre Mutter nicht da war. Ria sah mich mit funkelnden Augen an und fragte: »Willst du mich küssen?«

Mich überraschte diese Bitte. Von etwelchen Verhaltensmustern aus dem recht eintönigen, bemerkenswert vorhersagbaren und, im Vergleich etwa zum Haubentaucher, armseligen Ethogramm des menschlichen Balzverhaltens hatte ich damals noch keine Ahnung. Weil Ria mich jedoch erwartungsvoll ansah, nickte ich vorsichtig mit dem Kopf.

»Für fünf Cent«, sagte sie.

Weil ich keinerlei Verlangen spürte, sie, gleich wo, mit meinen Lippen zu berühren, dachte ich, sie wolle mir fünf Cent für einen Kuss geben, weil sie sich danach sehnte. Fünf Cent waren damals für mich ein Vermögen. Diesmal nickte ich also schon freudiger.

»Für zehn Cent darfst du auch ein bisschen anfassen.«

Erst jetzt wurde mir klar, dass ich bezahlen sollte.

»Ich habe kein Geld dabei«, sagte ich. »Ich habe nie Geld dabei.«

»Aber du bekommst doch bestimmt Taschengeld von deinem Vater?«

»Fünf Cent. Samstags um ein Uhr.«

»So wenig? Oh, darum, dann kannst du mich natürlich nicht bezahlen. Tja, schade.«

»Ich gehe jetzt lieber nach Hause«, sagte ich.

»Na, dann tschüs«, erwiderte sie.

Obwohl ich nicht über Geld verfügte, um sie für einen Kuss zu bezahlen, fragte sie mich am nächsten Tag nach der Schule: »Bringst du mich wieder nach Hause?«

Unterwegs sagte sie: »Trag doch Zeitungen aus. Damit verdienst du Geld, und dann darfst du mich küssen. Und für zehn Cent darfst du auch anfassen.«

Offenbar ging sie davon aus, dass ich eines Tages vermögend genug sein würde, sie zu bezahlen, denn auch am Tag darauf durfte ich sie nach Hause begleiten. Weil ich sie vor der ewigen Verdammnis retten wollte, brachte ich sie schweigend nach Hause, wobei ich mich, je näher wir der Hoekerdwaarsstraat kamen, immer mehr fragte, wie ich ihr die frohe Botschaft ebenso knapp wie effektiv verkünden sollte. Inzwischen verbreitete sich in unserer Klasse bereits die frohe Mär, dass Ria und ich miteinander gingen.

Nachdem ich so eine Woche lang mit ihr zusammen gewesen war, hielt Jouri den Moment für gekommen, mich vor ihr zu warnen.

»Weißt du, warum sie von der Prins-Bernhard-Schule geflogen ist?«

»Nein«, antwortete ich.

»Weil sie allen Jungs den Kopf verdreht und ihnen dann gesagt hat, dass sie sie für zehn Cent anfassen dürften.«

Dass sie mir das gleiche Angebot unterbreitet hatte, verschwieg ich. Weil dieses Angebot damals für mich noch vollkommen unverständlich war, konnte ich darin nichts Falsches entdecken. Zu Jouri sagte ich nur: »Sie weiß, dass ich kein Geld habe.«

»Pass bloß auf. Nachher verliebst du dich in sie und fängst zu sparen an.«

»Sparen? Wovon?«

»Von deinem Taschengeld.«

Darauf erwiderte ich nichts. Es war zwar vorstellbar, dass ich die samstägliche Fünf-Cent-Münze aufbewahrte, um mit dem Taschengeld der Woche darauf zehn Cent zu haben, dass ich aber anschließend mein Erspartes Ria gab, »um ein bisschen anzufassen«, war so vollkommen undenkbar, dass ich nicht das geringste Bedürfnis hatte, Jouri darüber Auskunft zu geben. Schon der Ausdruck »anfassen« sagte mir nichts. Anfassen? Wo denn? Und wozu überhaupt?

So ging ich ein Dutzend Tage nach der Schule neben ihr her, über zwei Brücken, durch die Hoekerdwaarsstraat, die ganze Sandelijnstraat entlang bis ganz hinten in 't Paard z'n Bek. Jeden Dienstag wurde unsere Klasse aufgeteilt. Die Mädchen lernten von drei bis vier nützliche Handarbeiten, während wir Jungen mit den Grundprinzipien der Buchhaltung vertraut gemacht wurden. Ich sehe es noch haargenau vor mir, wie wir an jenem Dienstag zur Schule hinausstürmten. Von den handarbeitenden Mädchen war noch nichts zu sehen. In null Komma nichts waren alle Jungs verschwunden, und der verlassene Schulhof flimmerte wieder in der Nachmittagssonne. Ich blieb und wartete auf Ria.

Ich hörte Schritte. Jouri, der auch losgelaufen war, kehrte durch die Lange Bonestraat zurück, gesellte sich zu mir und fragte: »Wartest du auf Ria?«

»Ja«, erwiderte ich.

»Pass bloß auf«, sagte er, »nachher gibst du ihr noch dein Taschengeld.«

»Quatsch nicht«, entgegnete ich.

Gesittet verließen die Mädchen das Schulgebäude. Ria kam auf mich zu, und ich machte Anstalten, sie zu begleiten.

Jouri sah sie an und sagte ganz ruhig: »Heute werde ich dich nach Hause bringen.«

»Das ist prima«, erwiderte sie erfreut und spazierte an seiner Seite vom Schulhof. Einmal schaute sie sich noch um, mit triumphierendem Blick, und ich stand da und war total verdattert. Als sie an den Büros der Vereinigten Seilfabriken in der Lange Bonestraat vorbeikamen, nahm Jouri ihre Hand, und sie ließ es zu. Seelenruhig schlendernd, verschwanden sie, in die Nauwe Koestraat einbiegend, Hand in Hand aus meinem Blickfeld.

Als ich am Nachmittag des nächsten Tages auf sie wartete, sagte Ria mit leuchtenden Augen zu mir: »Von heute an bringt Jouri mich nach Hause.«

Es war keine Tragödie. Ich litt kaum. Ich glaube, ich war sogar einigermaßen erleichtert. Ich war der schweren Aufgabe, sie zu bekehren, entledigt. Irgendwann habe ich Jouri eröffnet, dass ihm nun die Aufgabe zugefallen sei, Ria Dons das Evangelium zu lehren. Daraufhin sagte er: »Das Evangelium …? Ich? Das wird wohl nicht gehen, denn wir küssen uns die ganze Zeit. Und anfassen darf ich auch schon ein bisschen.«

»Wo kriegst du all das Geld her?«, fragte ich erstaunt.

»Ich muss nicht bezahlen«, sagte er in aller Gemütsruhe.

Der Teufelspakt

Ria Dons verursachte vorerst keine Entfremdung zwischen Jouri und mir. Durch den Plattenspieler entstand allerdings ein kleiner Riss in unserem Teufelspakt, wie Lehrer Splunter unsere Freundschaft jedes Mal missbilligend nannte. Jouri teilte weder meine Liebe für das »verdammt schöne Stück« noch die für alles, was aus den Rillen der 33er-Platten mit *Music for the Millions* erklang. Das hätte mich mehr betrübt, wenn ich im Hause Kerkmeester keinen einzigen Verbündeten gehabt hätte. Zum Glück aber hatte sein Vater in Sachen Musik die gleichen Empfindungen wie ich – oder ich die gleichen wie sein Vater, je nachdem, wie man es betrachten will. Und selbst wenn die Musik eine mögliche Bruchstelle war, so schweißte der Widerstand, den wir in der Schule erfuhren, uns nur umso fester zusammen.

Als wir in die vierte Klasse kamen, ließen wir den klimpernden Splunter hinter uns, und Herr Passchier wurde unser Lehrer. Der behandelte Jouri und mich ebenfalls wie Zwillingsbrüder. Von Missbilligung konnte allerdings keine Rede sein. Auch von einem Teufelspakt sprach er nie; wohl aber von einem Überfliegerpakt. Er behandelte uns mit großem Respekt und wiederholte leider immer wieder, dass wir Wunderknaben unsere Mitschüler, die er verächtlich als Dummschnute und Hohlköpfe titulierte, bei Weitem überragten. Das nahm man uns ziemlich übel. Vor neun Uhr, in den Pausen und vor allem nach vier mussten wir oft um unser Leben rennen.

Nachdem Lehrer Passchier unsere Flucht einmal beobachtet hatte, sagte er: »Bleibt nach dem Unterricht hier, dann geht ihr den Holzköpfen aus dem Weg, und ich gebe euch ein halbes Stündchen Englischunterricht.«

Und so paukten wir, während der mit Koks geheizte große Ofen hinten in der Klasse langsam erlosch, die Anfangsgründe der englischen Sprache. Ob wir dafür, gerade mal zehn Jahre alt, schon reif waren, ist eine andere Frage, denn woran ich mich in erster Linie erinnere, ist, dass wir ziemlich absurde Fragen stellten. Ich wollte wissen, ob es im Englischen auch so viele Wörter für »Stuhlgang« gibt. Gab es ebenso viele Synonyme für Kot, Scheiße, Kacke, Wurst, Dreck, Haufen?

»Natürlich«, sagte Lehrer Passchier leutselig, und er zählte verschmitzt auf: »Poop, crap, dung, filth, much, turd.« Dann sagte er: »Ach, Jungs, die Sprache ist so reich, so verschwenderisch. Oft gibt es unglaublich viele Ausdrücke für eine Handlung oder ein Objekt. Nehmt nur einmal das Wort ›gehen‹. Was es da nicht alles an Synonymen gibt: marschieren, schreiten, schlendern, wandern, stolpern, rennen, hasten, trödeln, flanieren, umherschweifen, watscheln, lustwandeln, promenieren, stapfen.«

»Und wetzen, Herr Lehrer, das sagt man auf Goeree-Overflakkee.«

»Wunderbar, wetzen, das kommt mit auf die Liste. Bestimmt gibt es noch andere Wörter, die uns jetzt gerade nicht einfallen.«

»Aber promenieren ist doch nicht dasselbe wie stapfen, Herr Lehrer«, wandte ich ein.

»Was ist der Unterschied? Was ist der Unterschied zwischen rennen und laufen? Warum gibt es zwei Wörter für die schnelle Fortbewegung zu Fuß? Was ist der Unterschied zwischen schlendern und flanieren? Warum ist die Sprache so erstaunlich verschwenderisch?«

»Stolpern ist etwas anderes als wandern.«

»Gewiss, aber in beiden Fällen setzt man einen Fuß vor den anderen. Mehr als ein Dutzend Wörter für ein und dieselbe Tätigkeit, die, ob sie nun schnell oder langsam ausgeführt wird, im Prinzip immer die gleiche ist: zuerst den einen Fuß nach vorne setzen, dann den anderen. Oh, oh, die Sprache, welch eine Verschwendung! So viele Wörter, das ist überflüssiger Luxus.«

Obwohl ich stolz darauf war, nun Englischunterricht zu erhalten, bedauerte ich andererseits, dass ich jetzt nach vier Uhr kaum noch Zeit hatte, bei Jouris Vater in der Werkstatt zu sein. Und auch Jouris Vater war darüber alles andere als begeistert. Jedenfalls wenn ich Jouri glauben durfte. Erst als wir bereits einige Jahre studierten, hat er dazu einmal gesagt: »Du ahnst nicht mal ansatzweise, wie viel es meinem Vater, den man überall nur mit dem Hintern angesehen hat, bedeutete, dass so ein Bürschchen wie du nach vier immer zu ihm kam, um Platten zu hören. Er hat, das kann ich jetzt ruhig sagen, extra dafür Schallplatten gekauft. Die musste er sich regelrecht vom Munde absparen, aber er dachte: Dem Bürschchen wird… komm, nenn mal ein Stück… ich kenne mich da nicht aus. Mich interessiert klassische Musik nicht die Bohne.«

»Wie schade! Das ist fast ein Grund, dir die Freundschaft aufzukündigen.«

»Damit kommst du aber ein bisschen spät. Das hättest du in den Tagen von Lehrer Passchier tun müssen. Aber gut, wir sprachen von etwas anderem. Was ich dir erzählen wollte, ist, dass er damals extra eine Platte gekauft hat, von der er annahm, er könnte damit bei dir punkten. Und du fandest all dieses steife Zeugs wunderbar, wenn es nur von einem Haufen Geigen, von einem ganzen Orchester gespielt wurde und einigermaßen angenehm klang, und mit dieser Platte, die er damals extra für dich gekauft hat, hat er tatsächlich einen riesigen Treffer gelandet. Den ganzen Abend über war er allerbester Laune, wir wussten gar nicht, was los war… Tja, welche Platte war das bloß… auf der Hülle waren tanzende Bauernmädchen in langen karierten Röcken zu sehen… komm, du erinnerst dich bestimmt noch daran, welche Platte…«

»Dvořák«, sagte ich, »die *Neunte.* Damals nannte man sie noch die *Fünfte. Aus der Neuen Welt.* Mensch, hat er die wirklich extra für mich gekauft?«

»Einzig und allein für dich«, sagte Jouri feierlich.

»Und wie die Musik klang, dort in der Werkstatt, inmitten der vielen verschiedenen Solex-Modelle, der Pfefferdos, der OTO! Dvořák, und währenddessen sucht dein Vater die ganze Zeit nach einer Kolbenbolzensicherung.«

Ich summte das Hauptthema der *Neunten.*

»Da siehst du's«, sagte Jouri, »bei solch einer netten, frivolen Melodie, da wirst du schwach. Volkstänze auf Holzschuhen um die Dorfpumpe herum.«

»Klotzloch«, sagte ich.

»Was 'n das?«

»Eine Kreuzung aus Klotzkopf und Arschloch«, erklärte ich.

»Wozu Biologen heute fähig sind! Es fehlt nicht viel, und sie klonen zufällig Prionen, die die Menschheit auslöschen.«

Haargenau kehrte die Erinnerung an jenen Nachmittag zurück, an dem ich zum ersten Mal die *Neunte* gehört hatte. Zwischen den Werkbänken wuselte hechelnd das Kerkmeesterhündchen mit seinem Heilhitlerohr herum. Habe ich bereits damals, beim ersten Hören, Dvořák in mein Herz geschlossen? Oder brauchte ich mehrere Hördurchgänge, ehe ich hin und weg war? So viel steht fest: Schon damals wurde der Keim gelegt für eine tiefe, große, warme Liebe für den wunderlichen, frommen katholischen Metzgerssohn aus Nelahozeves mit seinem einmaligen Talent für warmherzige Melodien.

Eine Woche lang hatten wir diesen Dvořák, nach vier, zweimal laufen lassen. Am Ende der Woche bemerkte Jo Kerkmeester ganz nebenbei: »Da siehst du's, die Tschechoslowakei. Schönes Land, mit phantastischen Komponisten, Dvořák, und da gibt es noch einen, so einen Mann mit einem furchtbar strengen Gesicht und einer Kassenbrille auf der Nase, komm, wie heißt der auch gleich ... der von der *Moldau*, oh ja, Smetana: Ich hab mal gehört, das ist das tschechische Wort für ›Schlagsahne‹; na ja, Verdi, das heißt ›grün‹ auf Italienisch, Giuseppe Verdi bedeutet nichts anderes als Jupp Grün, tja, und der könnte ja sozusagen auch hier im Stronikaadje wohnen, also von daher ... was ich aber sagen wollte: Ist doch gar nicht so dumm, dass der Führer die Tschechoslowakei dem Reich einverleibt hat, wirklich gar nicht so dumm, die meisten Tschechen haben sowieso Deutsch gesprochen, Dvořák vielleicht auch und dieser Herr Schlagsahne ganz bestimmt. Nein, nein, der Führer … so eine verrückte Idee war das wirklich nicht. Und wenn es ihrer Meinung nach eine verrückte Idee gewesen wäre, dann hätten sie eben protestieren müssen. Das haben sie aber nicht getan. Sie haben die Tschechoslowakei verschleudert, Chamberlain hat sie verschleudert. Ihn trifft die Schuld, nicht den Führer. Ach, wenn alles anders gelaufen wäre, dann würden wir jetzt in der verstärkten Festung Europa leben, ohne Angst vor Bomben aus Moskau … ach, dann würde man mir das alles auch nicht so vorwerfen … Was quatsche ich da bloß die ganze Zeit, wo in Gottes Namen ist nur die Kolbenbolzensicherung … verdammt, so kann man doch nicht arbeiten, woher kriege ich in Gottes Namen neue Ersatzteile für die Pefferdos … da hocken sie bei Solex mit dem nackten Hintern drauf … was sind das nur für Mistkerle, zum Glück bekommt man auf der Gebrauchtteilebörse inzwischen alles … Hier ist das Kurbelgehäuse, die Kolbenbolzensicherung müsste also … ha, da liegt sie. Was bin ich doch nur für ein Schafskopf. Da liegt das Ding vor meiner Nase, und ich übersehe es die ganze Zeit, ja, ja, der Führer … der hat die Tschechoslowakei jedenfalls nicht übersehen …«

Mir entging natürlich nicht, was er dort in seiner Werkstatt im Zusammenhang mit Dvořák verlauten ließ, aber weil es mir, damals jedenfalls, recht unschuldig in den Ohren klang und mir auch kein bisschen bei der Beantwortung der Frage weiterhalf, die mich im Bett oft beschäftigte – »War Jouris Vater so jemand wie der Schwarze Tinus in den beiden Büchern von Ooms?« –, ließ ich das subversive Gerede einfach über mich ergehen, ohne darauf zu reagieren. Was mich erst sehr viel später wunderte, ist, dass er offenbar in all den Jahren seinen ganzen zersetzenden Ansichten unvermindert die Treue gehalten hatte und dass er sie auch einem kleinen Jungen gegenüber äußerte, der zwar größtenteils ein unbeschriebenes Blatt war, der aber auch gerade deswegen leicht alles hätte ausplaudern können. Dass ich damals nichts sagte, erstaunt mich noch immer. Es ist fast, als wäre ich dadurch mitschuldig. Oder wäre das zu viel gesagt? Fühle ich mich schuldig, weil ich ein Mensch bin, so wie alle anderen Menschen, so wie alle Deutschen? Was sich zwischen 1933 und 1945 in Europa abgespielt hat, lässt sich zwar einerseits absolut nicht nachempfinden und ist vollkommen unvorstellbar, andererseits ist es aber auch die genau geplante und fachmännisch durchgeführte Arbeit von Menschenhänden, und dadurch sind folglich alle Menschenhände endgültig und unwiderruflich gezeichnet.

Aufnahmeprüfung

Ich fand es wieder einmal an der Zeit, meine Mutter zu besuchen, und wartete auf günstigen Wind. Als er kräftig aus Norden blies, rief ich sie an. »Morgen schaue ich bei dir vorbei.«

Um fünf Uhr fuhr ich los, um in aller Frühe bei meiner Mutter frühstücken zu können. Sie mag das ebenso wie ich, vorausgesetzt, ich behellige sie nicht am Sonntag. Dann muss natürlich alles hinter *Hour of Power* zurückstehen.

Auf dem Treidelpfad entlang des Trekvliet brauste ich südwärts. In Höhe der Naturschutzgebiete sah ich weit vor mir einen dunkelhaarigen Mann mit einer tiefblauen Baseballkappe. Immer öfter schaute er sich nach mir um und schwenkte schließlich in die Mitte des Wegs. Ich meinte zu wissen, welcher Gedankengang unter der Baseballkappe Gestalt annahm: »Es ist noch früh am Morgen, niemand ist unterwegs, also kann der Mann nicht auf Hilfe hoffen, wenn ich ihm sein teures Konga-Rad abnehme. Dann komme ich schneller vorwärts, während er zu Fuß gehen muss.«

Ein brillanter Einfall. Zweifellos. Aber ich wollte mein Konga-Rad nicht hergeben. Vor mir ging allerdings, langsam jetzt und sich mitten auf dem Weg breit machend, der finstere Kerl. Weder links noch rechts blieb genug Platz, um an ihm vorbeizuflitzen. Was tun? Ich verlangsamte die

Fahrt und überlegte mir: Ganz bestimmt geht er davon aus, dass ich links an ihm vorbei will. Plötzlich stellte ich mich auf die Pedale, beschleunigte und rauschte, laut klingelnd (Lärm ist in einer solchen Situation mit das Wichtigste) und das Steuer im letzten Moment herumwerfend, rechts an ihm vorüber. So überrascht er auch war, es gelang ihm dennoch – weil ich ganz dicht an ihm vorbeimusste –, meinen Gepäckträger zu ergreifen. Damit hatte ich jedoch gerechnet. Mit meinem linken Fuß trat ich so kräftig wie nur irgend möglich nach seinem rechten Arm. Er schrie auf und ließ los. Im Stehen radelte ich weiter. »He, Mann!«, rief er.

Der Kerl spurtete los. Auf den hundert Metern hätte er keine schlechte Figur abgegeben, aber mich einzuholen schaffte er nicht. Gegen einen Radfahrer mit kräftigem Wind im Rücken hat ein Marathonläufer keine Chance.

Kurz vor halb sieben kam ich bei meiner Mutter an. Mit Brötchen und einer großen Kanne Tee erwartete sie mich bereits. Als ich mit diesem Göttertrank versorgt war, berichtete ich ihr vergnügt, dass mein Fahrrad um ein Haar gestohlen worden wäre. Aus meiner Mitteilung, es habe sich um einen dunkelhaarigen Mann gehandelt, folgerte sie zu Unrecht, dass er Ausländer war.

»All diese Mistkerle, diese Türken und Marokkaner und die Leute von den Antillen, die müssen rausgeworfen werden«, brummte sie, »weg damit, kurzen Prozess.«

Um sie abzulenken und in der Hoffnung, dass ihre Schweigsamkeit endgültig der Vergangenheit angehörte, fragte ich sie: »Warum warst du damals eigentlich so dagegen, dass ich aufs Gymnasium gehen sollte? Als du hörtest, dass ich die Aufnahmeprüfung machen würde, hast du tagelang geweint. Warum, um Himmels willen, fandest du das so schrecklich?«

»Ich hatte Angst, dich endgültig zu verlieren.«

»Aber ich wollte doch so gern aufs Gymnasium.«

»Genau, du wolltest weg, du wolltest dich von deinem Vater lösen und von deiner Mutter und vielleicht sogar damals schon von Gott.«

»Ich wollte einfach nur weiterlernen, das war alles. Und du hast die ganze Zeit gesagt: ›Das schaffst du doch gar nicht. Du hast ja jetzt schon ständig Kopfschmerzen, und wenn du aufs Gymnasium gehst, dann wirst du deine Kopfschmerzen nie wieder los.‹ Ich hatte solche Angst, du könntest Gott verlieren. Ständig redetest du von Noah und seiner Arche. Deiner Ansicht nach war in der Arche gar nicht genug Platz für all die Tiere. Lange Listen mit Tieren hast du gemacht, Vögel, Schlangen, Spinnen, Löwen, Bären und so weiter. Immer wieder hast du über das Känguru nachgegrübelt. Wie war es von Australien aus zur Arche gelangt? Obwohl nichts so wunderbar ist, dass Gott es nicht bewirken könnte. Und dabei liegen die Dinge hier ganz einfach. So ein Känguru, das kann doch sehr weit springen, stimmt's? Tja, es hat also tüchtig Anlauf genommen und ist dann mit einem Riesensprung von Australien nach Neuguinea gehopst und dann mit etwas kleineren Sprüngen von Insel zu Insel. Ich habe die Namen all dieser Inseln in der Schule noch auswendig lernen müssen: Ambon, Buru, Ceram, Bali, Java, Sumatra. Und von Sumatra aus ist es dann nach Singapur gesprungen, und von dort aus konnte es einfach zur Arche spazieren.«

Sie schwieg und sagte dann beleidigt: »Warum lachst du?«

»Ich lache doch gar nicht.«

»Du schlürfst ganz eifrig deinen Tee, damit ich nicht merke, dass du dich über deine uralte Mutter totlachst. Aber ich sage dir, für Gott ist nichts unmöglich. Die Kängurus kamen einfach von Australien aus mit großen Sprüngen angehopst.«

Es erschien mir wenig sinnvoll, dagegen etwas zu sagen. Einmal hatte sie, als ich ihr darlegte, dass es keinen Fisch gebe, der groß genug sei, Jona in seinem Magen zu beherbergen, einfach gesagt: »Dann hat Gott schnell einen Fisch geschaffen, der groß genug war.« Dem hatte ich heftig widersprochen, aber mehr als feuerrote Köpfe, geballte Fäuste und langes, beleidigtes Schweigen hatte das nicht gebracht.

Ich sagte: »Trotzdem verstehe ich das nicht. Du wolltest nicht, dass ich aufs Gymnasium gehe, weil du dachtest, ich entferne mich von Gott. Aber das Groen-van-Prinsterer-Gymnasium ... eine christlichere Schule kann man sich kaum vorstellen ... Dort wurde man für Zeit und Ewigkeit ausgebildet, wie der Direktor immer sagte, da konnte man sich doch nicht von Gott lösen?«

»Das war auch nicht der einzige Grund. Ich wollte es auch deshalb nicht, weil ich dachte, dass du, wenn du wie die meisten anderen zur Realschule gehen würdest, endlich von diesem Bürschchen erlöst wärest.«

»Von Jouri?«

»Ja, genau, von diesem Kerl mit seinen geschickten Tentakelfingern. Warum warst du mit dem nur so gut befreundet?«

»Weil er Klassenbester war.«

»Oh nein, du warst der Beste.«

»Mir war immer schon klar, dass er der Beste war. Ich war brav, ich arbeitete hart, doch er schluderte dauernd mit den Hausaufgaben und hatte trotzdem gute Noten.«

»Weißt du, was du wolltest? Du wolltest nicht aufs Gymnasium, du wolltest mit Jouri aufs Gymnasium, du wolltest immer alles mit ihm zusammen tun, immer hieß es Jouri hier und Jouri da, du warst für die Kerkmeesters fast so etwas wie ein zweiter Sohn. Was hatten sie bloß, was wir nicht hatten?«

»Eine Strickmaschine, um nur ein Beispiel zu nennen.«

»Ach ja, die schöne Strickmaschine, um mich zu ködern, hat Jouris Mutter mir die geschenkt! Nein, die konnten mir gestohlen bleiben, diese Kerkmeesters, so nett Jouris Mutter auch war, aber schließlich war Krieg gewesen. Ach, wenn du doch nur auf die Realschule gegangen wärst, dann ginge es dir heute besser.«

»Ich darf nicht dran denken, an die Realschule.«

»Was ist denn an der Realschule so schlecht? Dein Bruder ist auf die Realschule gegangen, und der hat viel besser die Kurve gekriegt. Der muss nicht Rad fahren, wenn er seine alte Mutter besuchen will. Mit seinem Auto steht er in weniger als zwanzig Minuten hier vor der Tür!«

Grimmig schlürfte sie eine Zeit lang Tee durch einen Strohhalm, schließlich sagte sie: »Was ich im Hinblick auf Jouri am allerschlimmsten fand, war, dass du die ganze Zeit bei seinem Vater mehr oder weniger auf dem Schoß gesessen hast. Wie oft habe ich mir nicht von diesem oder jenem anhören müssen: ›Ich hab meine Solex zu Kerkmeester in die Werkstatt gebracht, und weißt du, wer dort saß? Dein Sohn. Wohnt der vielleicht da?‹«

Sie fixierte mich durch ihre funkelnden Brillengläser

wie ein Ermittlungsbeamter. »Was faszinierte dich an dem Mann? Im Krieg hat er mit den Deutschen kollaboriert; allein die Tatsache, dass er …«

»Davon habe ich doch inmitten der ganzen Solexe nichts gemerkt! Was wusstest du als Kind vom Ersten Weltkrieg? Niemand sprach darüber, das hat erst später angefangen. In der Schule erfuhren wir bis ins Detail, wie die Wassergeusen Den Briel erobert haben und wie Jan de Bakker in Den Haag wegen seines Glaubens verbrannt wurde; aber über die Zeit von 1940 bis 1945 sprach damals keiner. Ich hatte keine Ahnung.«

»Ebendarum. Das machte es ja noch schlimmer. Du warst noch ein unbeschriebenes Blatt. Er konnte dich in alle möglichen Richtungen schieben.«

»Das ist nicht geschehen, also Schwamm drüber.«

»Nein, aber etwas viel Schlimmeres ist passiert, ach, wärst du doch auf die Realschule gegangen. Dann wäre es dir erspart geblieben, fünf Jahre neben Jouri in der Schulbank sitzen zu müssen. Ich gebe zu, er war damals ein artiger Junge, ordentlich, freundlich, zuvorkommend, da war nichts dran auszusetzen, aber trotzdem war ich froh, als du auf dem Gymnasium einen neuen Freund fandest, diesen Tonny Koster. Warum ist nie was draus geworden?«

»Weil er mich, als wir noch auf dem Deich fuhren, gefragt hat: ›Du wohnst doch bestimmt nicht in einem dieser Armeleutehäuser unten am Deich?‹ Aber dort wohnte ich sehr wohl. Und darüber ist der Notarssohn aus Schiedam nie hinweggekommen. Danach war's dann sofort aus mit unserer Freundschaft.«

»An mir hat es damals nicht gelegen. Tonny gegenüber bin ich immer sehr freundlich gewesen.«

Sie sah mich wieder mit diesem Ermittlungsbeamtenblick an und sagte dann: »Schau mir einmal gerade in die Augen, und sag mir ganz ehrlich, Jouris Vater und du … war das … wie soll ich es nur ausdrücken. Man hört da heute so viel darüber, alte Kerle, die mit kleinen Jungen rummachen. War das bei euch auch so?«

»Nein, das war es nicht«, sagte ich ruhig. »Es war etwas ganz anderes. Er hatte in seiner Werkstatt einen Plattenspieler, und er war unglaublich geschickt, er hatte einen sehr ordentlichen, recht großen Lautsprecher gebaut, und wir hörten in der Werkstatt immer Musik, wirkliche Musik. Nirgendwo sonst bekam ich wirkliche Musik zu hören, obwohl ich doch so danach verlangte.«

»Ich verstehe das nicht. Von wem könntest du diese Marotte nur haben? Ich habe einmal bei meinen Tanten übernachtet, und im Radio kam Musik von … nenn doch mal einen Namen, einen ganz bekannten …«

»Beethoven.«

»Nein, der war es nicht, es war ein anderer, ein armer Schlucker.«

»Bach?«

»Auch nicht. Noch ein anderer.«

»Mozart?«

»Ja, dieser Habenichts war's. Ich sehe es noch vor mir. Drüben im Westgaag kullerten meinen Tanten die Tränen über die Wangen, als aus ihrem schwarzen Bakelitradio Geigenmusik ertönte. Ich wusste nicht, woran ich war. Ich höre meine Tante noch sagen: ›Diese Musik spielt man im Himmel.‹ Als ob im Himmel jemals etwas gespielt werden könnte, was aus dieser sündigen Welt stammt.«

»Im Himmel wird also kein Mozart gespielt?«

»Natürlich nicht. Auch dessen Musik ist mit der Sünde befleckt, ist mit Sünde getränkt, von Sünde durchzogen, durch Sünde geprägt, in Sünde gewaschen und mit Sünde beschmutzt.«

»Kein Mozart im Himmel? Tja, dann will ich gar nicht dorthin.«

»Sag doch nicht immer so schreckliche Dinge. Der Herr wird dich dafür bestrafen.«

Um sich selbst ein wenig zu beruhigen, trank sie durch ihren Strohhalm ein paar Schlucke Tee. Dann sagte sie: »Es war also wirklich nur dieses Gefiedel, weshalb du dich zwischen den Solexen aufgehalten hast? Na, da fällt mir ein Stein vom Herzen. Wenn man bedenkt, was heute so alles passiert! Sogar in unserer Kirche denkt man über die Schwulenehe nach. Also, wenn das kommt, dann trete ich umgehend aus. Dann werde ich auf meine alten Tage noch christlich-reformiert. Denn unsere Kirche ... sie will sich mit der niederländisch-reformierten Kirche und noch so einem dämlichen Verein zusammentun ...«

»Mit den Lutheranern.«

»Genau, mit diesen lendenlahmen Lutheranern. Na, dann kann man sich ja an fünf Fingern ausrechnen, dass nie wieder die alten Reimfassungen gesungen werden. Es ist unbegreiflich, dass sie einfach alles dafür tun, einem alten Menschen wie mir das Leben zu vergällen. Sogar in der Kirche, vor allem in der Kirche.«

Flusenpusten

Ungeachtet der heldenhaften, tränenreichen Offensive meiner Mutter machte ich, zusammen mit Jouri, die Aufnahmeprüfung für das Gymnasium. Beide bestanden wir sie mit sehr guten Noten, wobei ich noch eine Idee besser war.

An einem sonnigen Tag Anfang September radelten wir zu dem soeben fertiggestellten Neubau des Groen-van-Prinsterer-Gymnasiums am Rotterdamseweg in Vlaardingen. Während das Realgymnasium von Anton Wachters nicht einmal über ein Portal verfügte, gab es hier einen Haupteingang mit einem riesigen Vordach und einer durchbrochenen breiten Treppe, auf der man fast hochzuschweben schien. Einen solch prächtigen Eingang durften die Schüler natürlich nicht benutzen. Sie mussten hintenrum und durften das Gebäude nur durch den Fahrradkeller und auf verschlungenen Wegen betreten, wie Ratten aus der Kanalisation.

Schon sehr bald bemerkten Jouri und ich, dass wir in der Jungenklasse 1 E der Einführungsstufe aus der Reihe fielen. Unsere Klassenkameraden konnten auf Väter mit angesehenen Berufen verweisen. Das waren keine Fahrradmonteure, die heimlich eine Solex-Werkstatt betrieben. Ganz zu schweigen davon, dass einer von ihnen Grabmacher war. Ängstlich verschwiegen wir, womit unsere Väter ihr Geld verdienten. Auf Nachfrage gab ich allenfalls preis, dass mein Vater »Gemeindebeamter« sei, doch was das bedeutete, erläuterte ich nicht weiter. Jouri behauptete stolz, sein Vater sei »Operator«. Keiner in der Klasse wagte es zuzugeben, dass er nicht wusste, was ein »Operator« ist. Mit diesem Wort, dass er mit einem Lehrer-Passchier-Akzent aussprach, konnte er sich also gut aus der Affäre ziehen.

Dennoch geriet Jouri mit dem Begriff »Operator« nach einigen Monaten in Schwierigkeiten. Vermutlich dem Motto folgend »Verleib dir ein, was du nicht bekämpfen kannst«, bot die Generalvertretung von Solex, die offenbar der vergeblichen Prozesse müde war, die sie gegen Jouris Vater geführt hatte, Kerkmeester sen. die Leitung einer Servicestation am Schiedamseweg in Vlaardingen an. Jouris Vater zögerte. Seiner Meinung nach hatte die stolze Solex ihre besten Zeiten hinter sich. Wie lange würden sich die Solex-Fahrer noch an der Nase herumführen lassen? Wie lange würden sie noch glauben, dass Solexine, das sie ausschließlich bei den Solex-Servicestationen kaufen konnten, der einzige sichere Treibstoff für ihre Fahrzeuge war? »Mörderische Konkurrenz rückt näher«, sagte Jouris Vater voraus, »die Mobylette und die Berini werden die Solex hinwegfegen.«

Trotzdem ließ Jo Kerkmeester sich überreden. Obwohl es nie laut ausgesprochen wurde, war mir nur allzu klar, warum: Anders als in Maassluis kannte in Vlaardingen niemand seine Kriegsvergangenheit. Er konnte dort einen Neuanfang machen. Hinzu kam natürlich noch, dass Ende der Fünfzigerjahre niemand mehr über die Besatzungszeit sprach. Die Verarbeitung dieses großen Traumas begann erst sehr viel später. Als Kerkmeester sen. die Werkstatt am Schiedamseweg übernahm, musste Jouri jedoch damit rechnen, dass unsere Klassenkameraden entdeckten, was sich hinter dem Begriff »Operator« eigentlich verbarg.

Meine Mutter war heilfroh, als die Kerkmeesters umzogen. Vorbei, vorbei und, ach, endgültig vorbei war die Zeit, in der ich meine freien Stunden in der Werkstatt von Jouris Vater verbummelte. Das hatte sie gut erkannt, denn ich kam tatsächlich kaum noch dazu, in der neuen Werkstatt Dvořák zu hören. Der Unterricht am »Groen« begann um zehn vor acht. Meist fuhr ich morgens in aller Frühe in Maassluis los, doch viel Zeit, noch bei Jouris Vater vorbeizuschauen, hatte ich nicht. Manchmal schafften wir es gerade so, das »verdammt schöne Stück« anzuhören. Die 45er-Platte war inzwischen allerdings auch so abgenudelt, dass man die Musik kaum noch vom Rauschen unterscheiden konnte.

»Wir müssen mal rausfinden, von wem das verdammt schöne Stück ist, und dann kaufen wir eine Langspielplatte davon«, sagte Jouris Vater jedes Mal.

»Das wäre großartig«, erwiderte ich, »aber wie kriegt man so etwas raus?«

Das wusste Jouris Vater ebenso wenig wie ich, und daher blieben wir auch weiterhin auf das erhabene Nebenprodukt von einem Paar Socken angewiesen.

Auf dem »Groen« endete der Vormittagsunterricht um zwanzig vor eins. An einem Tag hatten wir noch eine sechste Stunde bis halb zwei, und an zwei anderen Tagen hatten wir auch am Nachmittag Unterricht. Alle, die von weiter weg kamen, aus De Lier, Maasdijk, Maasland, Hoek van Holland, Rozenburg, Maassluis und sogar aus Schiedam (wo man nicht über den Luxus eines christlichen Gymnasiums, das für Zeit und Ewigkeit ausbildete, verfügte), blieben über Mittag in Vlaardingen. Der Unterricht begann wieder um Viertel vor zwei und endete um Viertel nach vier. Wer mittags dablieb, durfte in der Kantine seine mitgebrachten Butterbrote essen.

Als Jouri gerade umgezogen war, ging ich oft mit, um die Mittagszeit bei ihm zu Hause zu verbringen. Doch schon sehr bald, das heißt im zweiten Jahr, erlag ich der Versuchung, mittags in der Schule zu bleiben. Die mitgebrachten Brote konnte man in der Kantine innerhalb von zehn Minuten in sich hineinschlingen, und danach blieb einem bis Viertel vor zwei noch jede Menge Zeit, in der alle Dagebliebenen an den Geschäften in der Van Hogendorplaan vorbeiflanierten. Es zeigte sich, dass die Zeit sogar reichte, ein Stück weiter zu spazieren, bis zu einem kleinen Park jenseits einer neu gebauten Kirche.

Was dieser Unternehmung einen gewissen Zauber verlieh, waren vor allem die aus der Geneverstadt Schiedam stammenden Mädchen aus den Parallelklassen.

Wie die Mädchen schlenderte man natürlich nie allein. Immer war man mit einem Klassenkameraden unterwegs. Mein ständiger Begleiter war Leendert, ein molliger Bursche aus De Lier. Während wir so umherflanierten, hoben wir schüchtern den Blick und schauten zu den anmutigen Wesen aus Schiedam. Leendert lächelte einfach hinüber, und sein Lächeln wurde tatsächlich erwidert. Na ja, Lächeln, es war eher etwas, das zwischen Lächeln und verlegenem Kichern lag. Auch ich versuchte es mit Lächeln und wurde ebenfalls mit unterdrücktem Gekicher belohnt.

Mein Lierer Kumpel und ich schlenderten also zu dem kleinen Park, und auf der anderen Straßenseite spazierten die kichernden Genevermädchen auch in Richtung der winzigen Grünanlage. Sehr bald schon flanierten wir jeden Tag zum kleinen Park, und auf der anderen Straßenseite spazierten die beiden Mädchen aus Schiedam, deren Namen mein Begleiter auf Umwegen hatte in Erfahrung bringen können: Wilma und Carry. Sehr verwirrend war, dass Wilma und Carry in einigem Abstand immer ein drittes Mädchen folgte, ein eigenartiges Wesen, das noch hüpfte und sprang, als käme es gerade aus dem Kindergarten. Aber obwohl es fast noch wie ein kleines Kind wirkte, wenn es uns frech ansah, funkelte Spott in seinen Augen.

An einem Oktobertag mit Nebelschleiern und tief hängenden Wolken gingen mein Freund und ich im Schutz der Koestler'schen *Sonnenfinsternis* geradewegs von der Kantine zu dem kleinen Park. Wir spazierten im Uhrzeigersinn auf den schmalen Pfaden und trafen jedes Mal Wilma und Carry, die entgegen dem Uhrzeigersinn gingen. Frech Laubblätter in unsere Richtung tretend, hüpfte das seltsame Wesen hinter ihnen her, das uns Albträume bereitete.

Wie lange wir in diesem Stadium blieben? Erstaunlich lange, denn erst im darauffolgenden Frühjahr, als der Park sich gelb färbte – Osterglocken, Forsythien –, machten wir den nächsten Schritt. Mitten in dem kleinen Park stand ein Geräteschuppen, den man umrunden konnte. Ein ungeschriebenes Gesetz besagte, dass der Junge linksherum ging und das Mädchen rechtsherum. Hinter dem Schuppen stieß man dann buchstäblich auf den anderen, weil der Pfad dort sehr schmal war. Wollte man eine Kollision verhindern, musste man einen Schritt zur Seite machen und landete inmitten der in die Höhe schießenden Frühjahrsbrennnesseln. Selbstverständlich konnte man von einem

Mädchen nicht erwarten, dass es in die Nesseln auswich. Aber wenn man selbst es auch nicht tat, dann gab es nur noch eine einzige Möglichkeit: Man musste sich gegenseitig festhalten. Einander linkisch umarmend, trat man dann hinter dem Geräteschuppen hervor. Selbst wenn man sich dann beim Wiedersehen mit den beiden Begleitern losließ, so galt doch, dass man von nun an »miteinander ging«. Rechen und Harken, im Schuppen verborgen, hatten die Betreffenden zusammengebracht.

Auf diese Weise geschah es, dass Wilma mit mir und Carry mit Leendert ging. Wie aus heiterem Himmel – nun ja, aus heiterem Himmel, besser könnte man sagen: nach einem halben Jahr Schlendern – hatte ich auf einmal eine Freundin! Stolz erzählte ich Jouri, wie ich mit pochendem Herzen um den Geräteschuppen herumgegangen war, wie ich dahinter Wilma getroffen und sie umarmt hatte, um zu verhindern, dass sie in den Brennnesseln landete.

»Zeig sie mir«, sagte Jouri in der Pause.

Stolz deutete ich auf Wilma, die zusammen mit Carry über den Schulhof spazierte.

»Mein Gott, ist die aber groß«, sagte Jouri naserümpfend.

»Sie ist nicht größer als ich.«

»Für mich zu groß.« Jouri deutete auf das seltsame Mädchen, das immer zwei Schritte hinter Wilma und Carry herhüpfte.

»Wer ist das?«, fragte er.

»Ich weiß nicht, wie sie heißt«, erwiderte ich, »die rennt ständig hinter Wilma und Carry her. Die tickt nicht ganz richtig.«

»Ist aber viel hübscher als diese Wilma«, sagte Jouri.

»Warum hast du die nicht hinter dem Geräteschuppen zwischen Brombeeren und Brennnesseln umarmt?«

»Die ist vielleicht was für dich«, sagte ich.

»Ich werd mich drum kümmern«, meinte er.

Es war die Zeit der asiatischen Grippe. Viele Lehrer und Schüler erkrankten, ich auch. Unterrichtsstunden wurden zusammengelegt, sodass das Schulschwimmen unserer um die Hälfte der Schüler geschrumpften Klasse zusammen mit dem der ebenfalls dezimierten Parallelklasse stattfand, in die Wilma und Carry gingen.

Später erzählte mir Leendert entrüstet, dass Jouri Wilma »mindestens vier-, fünfmal«, geschickt den Auftrieb des jedes Mal übertrieben gechlorten Wassers im Kolpa-Bad nutzend, hochgehoben hatte. Damals stand mir noch nicht der Ausdruck »archimedisches Balzverhalten« zur Verfügung. Den habe ich mir erst sehr viel später ausgedacht, doch über das Ergebnis dessen, was damals noch namenlos bleiben musste, konnte es kein Vertun geben. Als ich nämlich wieder während der heiligen Mittagsstunde mit Wilma, Carry und Leendert aus De Lier durch den kleinen Park schlenderte, unterzogen mich die beiden Mädchen einem Kreuzverhör, in dem es um Jouri ging. Ich erinnere mich noch genau daran, wie ich dort unter dem dichten Laub des bereits sommerlich wirkenden Parks der Anfechtung widerstand, Jouri nach Strich und Faden anzuschwärzen. Wie leicht wäre das möglich gewesen! Ich hätte ihnen sagen können, dass sein Vater im Krieg ein Kollaborateur gewesen war. Ich hätte ihnen – aber hätte sie das in irgendeiner Weise beeindruckt? – berichten können, dass sein Vater mir einmal in seiner Werkstatt anvertraut hatte: »Die Leute von der SS, das darfst du nie vergessen, das waren lauter Intellektuelle, Ingenieure, Rechtsanwälte, Schriftsteller, Gelehrte. Wie wir liebten sie wirkliche Musik. Das war ganz bestimmt kein Abschaum, im Gegenteil, das war die Elite, das waren die Allerbesten.« Hätte ihnen das zu denken gegeben? So viel steht fest: Obwohl ich Jouri dort im Park bei unserem rituellen Gang hinter den Geräteschuppen nur ein wenig anschwärzte, übrigens ohne die Vergangenheit seines Vaters zu erwähnen, hielt Wilma das ein paar Wochen später nicht davon ab, mit ihm auf einer Party Flusen zu pusten.

Auch ich wurde von dem hüpfenden Engelchen eingeladen, das immer hinter Wilma und Carry hertanzte. Bei ihr zu Hause sollte die Party stattfinden.

»Nach Schiedam«, sagte meine Mutter mit deutlicher Missbilligung in der Stimme, »spätabends noch mit dem Fahrrad nach Schiedam?«

»Eine Feier«, flehte ich.

»Kommt nicht in die Tüte«, sagte meine Vater. »Junge Mädchen und junge Burschen, das heißt die Sünde heraufbeschwören.«

»Nur eine kleine Party«, versuchte ich es noch einmal.

»Selbst wenn es zwei kleine Partys zur gleichen Zeit wären«, entschied mein Vater, »wir wollen nicht, dass du dorthin gehst, deine Mutter will es nicht und ich ebenso wenig. Und ich verstehe auch nicht, weshalb du plötzlich so wild auf Feste bist. Wenn deine Mutter oder ich Geburtstag haben und das Haus voller Gäste ist, willst du dich auch nicht zu uns setzen.«

»Dann ist die Luft ganz blau vor Rauch«, erwiderte ich.

»Das würde dich nicht stören, wenn du auch einmal eine Zigarette versuchen würdest.«

»Auf der Hogendorplaan habe ich während der Mittagspause schon mal eine probiert. Ein Junge aus meiner Klasse hat sie mir gegeben. Ich nahm einen Zug und habe mich auf der Stelle übergeben. Außerdem musste ich sofort dringend aufs Klo. Ich bin losgerannt, aber bis zur Toilette in der Schule habe ich es nicht mehr geschafft. In den Sträuchern neben der Schule habe ich meine Unterhose leeren müssen.«

»Erspar mir deine Verdauungsgeschichten.«

»Ich habe mir jedenfalls vorgenommen, nie wieder zu rauchen.«

»Quatsch! Das ist normal, dass man bei der ersten Zigarette Bröckelhusten kriegt. Du musst einfach weiterrauchen.«

»Ich finde Zigaretten ekelhaft.«

»Und so was will mein Sohn sein! Lass dir das gesagt sein: Eine Zigarette, das ist das Höchste, das ist wirklich das Allerköstlichste, was es gibt, dafür begeht man sogar einen Mord. Wenn du den Krieg miterlebt hättest ... da hatten wir keinen Tabak, da haben wir Heckenblätter geraucht, ach, ach, dieser Krieg, da gab's nur Zigaretten der Marke Buchenlaub. Und wenn man auf der Straße die Kippe einer echten Zigarette fand, dann fiel man fast in Ohnmacht.«

»Bitte, erlaubt mir, zu diesem Fest zu gehen.«

»Nichts da, vielleicht wird dort ja sogar getanzt.«

»Bestimmt nicht.«

»Bestimmt doch«, sagte mein Vater entschieden. »Schiedam, früher hat man nicht umsonst gesagt: ›Viele falsche Fuffziger, wenig schöne Schillinge.‹«

Soweit ich weiß, wurde auf der Party tatsächlich nicht

getanzt. Die Gäste verbrachten den Abend mit Flusenpusten, einem Spiel, bei dem die Teilnehmer, wenn ich es richtig verstanden habe, um einen Tisch herum sitzen, und zwar Jungen und Mädchen abwechselnd. Mitten auf dem Tisch liegt eine Fluse, und dann fängt man an, wie wild zu pusten. Fällt die Fluse zwischen einem Jungen und einem Mädchen hindurch vom Tisch, dann müssen die beiden einander unter dem Tisch oder unter einem Tuch einen Kuss geben. Der Clou an dem Spiel ist, dass ein Junge und ein Mädchen, die gern zusammen unter den Tisch kriechen möchten, dies sehr leicht bewerkstelligen können, indem sie absichtlich nicht so kräftig pusten.

Tatsache ist jedenfalls, dass Jouri und Wilma wiederholt unter den Tisch oder unter das Tuch geschickt wurden. Leendert, der zu der Party hatte gehen dürfen, obwohl De Lier weiter von Schiedam entfernt ist als Maassluis, traute sich nicht, mir hinterher zu erzählen, wie oft Wilma und Jouri unter dem Tuch gewesen waren. Nein, das berichtete mir das Hüpfengelchen, einfach so, auf dem Schulhof. Als wollte es sich für etwas rächen, als wollte es etwas zurechtrücken.

Noch am selben Abend radelte ich wütend, verletzt, eifersüchtig, tief enttäuscht nach De Lier. Mein Parkfreund empfing mich an der Hintertür seiner elterlichen Gärtnerwohnung. Als ich ihn fragte, ob Wilma und Jouri einander unter dem Laken jedes Mal geküsst hatten, nickte er nur. Nach dem Nicken radelte ich auf dem überaus langen Burgerweg nach Maasland und anschließend durch den Westgaag und über den Noorddijk zurück nach Maassluis. Selbst als ich total verschwitzt zu Hause ankam, war meine Wut noch nicht verraucht.

Auf der Hogendorplaan führte ich mit Wilma ein letztes Gespräch.

»Ist es aus zwischen uns?«

»Ja«, flüsterte sie, »es tut mir leid.«

Ich antwortete nicht und sah sie tieftraurig an.

»Jouri ist so nett«, sagte sie.

»Netter als ich?«

Sie nickte.

»Bist du jetzt mit Jouri zusammen?«

Wieder nickte sie.

Auch Jouri stellte ich diese Frage.

»Bist du jetzt mit Wilma zusammen?«

»Wie kommst du darauf?«, fragte Jouri erstaunt. »Mit diesem grobknochigen Schiedamer Schätzchen? Was denkst du von mir?«

Es war nur allzu deutlich. Aus Mangel an Spinnengräbern hatte er sie mithilfe der Auftriebskraft des Wassers von mir wegbewegt. Anschließend hatte er irgendwo im finsteren Schiedam, in den Verbrannten Höfen, so geschickt die Fluse gepustet, dass er wiederholt mit ihr unter dem Laken gelandet war. Ihrer Ansicht nach war sie nun mit ihm zusammen, seiner Ansicht nach ganz und gar nicht. So viel stand aber fest: Mit ihr und mir würde es nie wieder etwas werden. Und ich verstand nur allzu gut, warum. Sie hatte Jouri geprüft, sie hatte ihn sogar geküsst, und Jouri überragte mich nun mal in jeder Hinsicht. Er war charmant, hatte feucht glänzende dunkelbraune Augen, das Lächeln eines Engels und zusammengewachsene Augenbrauen. Er war schlauer als ich, viel schlauer, er furzte nicht, war freundlich und zuvorkommend, und er hatte, obwohl er aus Goeree-Overflakkee stammte, gute

Manieren. Das Einzige, was ihm fehlte, war Sinn für wirkliche Musik, aber mir war von vornherein klar, dass dies für Wilma keine Rolle spielte. Wenn diese Geschichte mir eines deutlich machte, dann vor allem, dass jedes Mädchen auf dieser Welt Jouri den Vorzug vor mir gab. Das war an und für sich kein Problem, wenn nur genug Mädchen für mich übrig blieben, für die Jouri sich nicht interessierte. Dennoch wurde mir, auch wenn ich damals noch keinen Zusammenhang zwischen dem Spinnengrab, den Gratisküssen von Ria Dons und dem Flusenpusten sah und ich auch noch nicht die Finessen dieser bizarren Konstellation durchschaute, bereits auf dem Weg von De Lier nach Maassluis bewusst, dass Jouri, um ein Mädchen zu erobern, erst dann seinen überwältigenden Charme in die Waagschale warf, wenn ich in das Mädchen verliebt war und das Mädchen in mich. Er musste sich unbedingt zwischen uns drängen.

Ach, Flusenpusten, das ist schon so lange her. Jetzt kann ich darüber nur noch lächeln, doch damals hat mir das Ganze sehr wehgetan. Doch so weh es auch tat und so wütend ich auch auf Wilma war, Jouri blieb dabei außen vor. Auf Jouri konnte ich nicht wütend sein, auch wenn ich es noch so sehr gewollt hätte. Sobald ich ihn wiedersah, mit ihm sprach, war es, als wäre nie etwas geschehen, dann war er unveränderlich der Jouri, mit dem ich in schlammigen Wassergräben nach Kammmolchen und Stabwanzen gefischt hatte.

Hebe

Hebe wohnte in dem uralten Solex-Dörfchen Maasland, wo ihr Vater Notar war. Durch die Zuidbuurt radelte sie jeden Tag zum Groen-van-Prinsterer-Gymnasium. Unterwegs holte sie auf einem Bauernhof bei der Blauwe Brug ihre Busenfreundin ab. Zusammen fuhren sie dann wie eine unantastbare Zweieinigkeit ohne jede Eile zum Rotterdamseweg. Sie gingen früher aus dem Haus als ich, radelten aber langsamer. Auf halber Strecke, bei einer kleinen Schleuse, holte ich sie jeden Morgen ein. Manchmal schaute ich mich so unauffällig wie möglich kurz zu ihnen um. Hebe hatte ebenso glänzende Lippen wie Jouri. Hebe konnte ebenso bezaubernd lächeln wie Jouri. Ihre Augenbrauen schienen ebenso zusammengewachsen zu sein wie die von Jouri, doch im Gegensatz zu ihm epilierte sie wahrscheinlich das Verbindungsstück über der Nasenwurzel. Wenn ich von Hebe träumte, dann erschien sie mir im Schlaf immer als Jouris Schwester.

Bereits am ersten Schultag war Hebe mir aufgefallen. Ich hegte eine stille Liebe für sie und erzählte Jouri davon nichts. Zu Hebe schaute ich auf. Sie war ein rätselhaftes Wesen aus einer anderen Welt, in der es für solch einen Schlemihl wie mich nicht einmal ein Plätzchen im Heizraum gab. Ein Mädchen wie Hebe, das war für mich unerreichbar.

Eine oder zwei Wochen nach der Tragödie mit Wilma flanierten Jouri und ich in der Pause über den Schulhof. Ich sagte zu Jouri: »Eigentlich hast du recht, Wilma ist ein grobknochiges Schiedamer Scheusal. Nein, dann lieber Hebe.«

»Wer ist Hebe?«

Ich zeigte sie ihm.

»Ach, das ist Hebe? Warum hast du sie früher nie erwähnt? Oder hast du dich erst jetzt in sie verliebt?«

»Ich bin nicht verliebt in sie.«

»Was bist du denn?«

»Ich bewundere sie.«

»Du spinnst!«

Es war merkwürdig, dass ein solches an einem windigen Oktobertag geführtes Gespräch, das aus nicht mehr bestand als – um mit dem Dichter Gerrit Achterberg zu sprechen – »ein paar Worten, die sehr rasch in die Atmosphäre entschwanden«, nach einem halben Jahr fortgesetzt wurde, als sei in der Zwischenzeit nichts geschehen. Nach dem Ende des Großen Abends im Stadttheater am, wie sollte es anders sein, Schiedamseweg verließen Jouri und ich den Zuschauerraum. Im Foyer bemerkten wir Hebe. Jouri sagte: »Was hast du gesagt? Du bewunderst sie? Das ist deine Chance. Offenbar ist sie ganz allein. Sie muss zurück nach Maasland, und bestimmt hat sie keine Lust, sich allein auf die lange, anstrengende Fahrt durch die Zuidbuurt zu machen. Sogar dich würde sie jetzt als galanten Begleiter mit Kusshand begrüßen.«

»Sie ist bestimmt nicht allein.«

»Was hält uns davon ab, sie zu fragen?«

»Würdest du dich das trauen?«

»Wieso nicht, dafür braucht man doch keinen Mut.«

»Ich würde mich nicht ...«

»Verstehe ich, denn du bewunderst sie, und Adorieren geht oft einher mit Sich-Zieren.«

Jouri ging kurzerhand auf Hebe zu. Er fragte sie etwas, sie antwortete. Dann lächelten sie einander an. Zusammen kamen sie auf mich zu.

»Hebe würde gern von dir nach Hause gebracht werden«, sagte Jouri.

Ich konnte es kaum glauben, und weil ich auch kein Wort herausbekam, nickte ich nur. Kurze Zeit später radelten wir den Schiedamseweg entlang. Ich fuhr mindestens zehn Meter vor Hebe und Jouri her. Hinter mir hörte ich die beiden reden und lachen. Was sagten sie zueinander? Worüber amüsierten sie sich so?

Als wir bei der Solex-Werkstatt von Jouris Vater ankamen, hörte ich Hebe sagen: »Schade, dass du nicht weiter mitfährst.«

»Ich finde es auch schade, dass ich schon zu Hause bin. Doch keine Trübsal geblasen, ich vertraue dich meinem besten Freund an, er wird dich durch die Zuidbuurt bis nach Maasland begleiten. Vielleicht bringt er dich sogar bis zur Haustür.«

»Oh, das muss nicht sein.«

Ich fuhr schon wieder los, doch Hebe folgte mir nicht. Sie blieb stehen, hatte mit Jouri noch dies und jenes zu bereden, und Jouri hatte ihr offenbar auch noch das eine oder andere mitzuteilen. Sie hörten nicht auf, sich zu unterhalten. Hin und wieder grinsten sie sogar, und es schien fast, als lachten sie mich aus. Ich schaute nach hinten und stieg wieder ab. Hell leuchtete eine bissige, messerscharfe

Mondsichel auf die beiden herab. Was hatte Jouri bloß mit ihr zu besprechen?! Und sie mit ihm? Und warum scherzte sie dabei so angeregt mit ihm?

Schließlich stieg sie doch auf und radelte in meine Richtung. Ich fuhr schon langsam los, und kurze Zeit später radelten wir, während sich die Mondsichel beleidigt hinter Wolken zurückzog, den Schiedamseweg entlang. In der Zuidbuurt, wo es keine Straßenlaternen gab, fuhren wir in die Dunkelheit hinein. Es war so finster, dass ich von Hebe nur verschwommene Konturen sehen konnte. Sie fuhr neben mir her, auf einem niedrigen Damenrad mit heruntergebogenem Lenker, sodass sie wie ein Radrennfahrer tief nach vorne gebeugt saß. Auf meinem aufgemöbelten Herrenrad thronte ich hoch über ihr.

Pausenlos überlegte ich, was ich zu ihr sagen oder sie fragen könnte. Wenn es mir denn gelang, etwas zu finden, antwortete sie kurz, und dann herrschte wieder Stille. Erst als wir ungefähr bei der Schleuse waren, wo ich sie morgens immer einholte, und ich über Jouri zu reden begann, wurde sie gesprächiger.

»Was für ein netter Kerl«, sagte sie. »Schade nur, dass er nicht bei mir in der Klasse ist.«

»Und nicht nur nett«, sagte ich, »sondern auch schlau, sehr schlau. In Chemie haben wir einen Test über Ionen geschrieben, und der Lehrer hatte die Fragen absichtlich so schwierig gestellt, dass alle ein fettes Ungenügend bekamen. Nur Jouri hatte als Einziger ein Ausreichend, eine Vier minus.«

»Das ist ja Schikane, einen so schweren Test schreiben zu lassen. Ich bin froh, dass ich diesen Sklaventreiber nicht habe.«

»Er ist kein Sklaventreiber, er stellt einfach hohe Anforderungen.«

»Kennst du Jouri schon lange?«

»Ja, schon seit dem Kindergarten. Er wurde neben mir in den Sandkasten gesetzt und grub dort ein Spinnengrab. Meine Freundin Ansje war davon so begeistert, dass sie gleich zu ihm rübergerutscht ist.«

»Das hätte ich auch getan. Tja, Jouri … was für ein toller Typ!«

Dieser Ausdruck summte mir die ganze Zeit in den Ohren. Es war, als wäre damit, so unerträglich banal es sich auch angehört hatte, das Urteil über mich gesprochen worden. Natürlich, ein Mädchen wie Hebe, davon brauchte ich noch nicht mal zu träumen, geschweige denn, dass ich so vermessen gewesen wäre, mich in sie zu verlieben. Aber Jouri? War es Jouri vergönnt, von ihr zu träumen? Und wenn ja, warum bestand dann zwischen Jouri und mir ein so großer Unterschied, obgleich wir doch seit dem Kindergarten so unzertrennlich waren, dass man hätte meinen können, wir seien Zwillingsbrüder?

Verfolgung

Ich erinnere mich an einen anderen Sommerabend. Jouri und ich kamen mit dem Fahrrad aus Schiedam. Auf mein Drängen hin hatten wir dort in der öffentlichen Bibliothek nach *Der Arzt und das leichte Mädchen* von Simon Vestdijk gesucht, einem Roman, den es in der Christlichen Öffentlichen Bibliothek in Vlaardingen nicht gab. Leider stellte sich heraus, dass dieses Buch mit dem verheißungsvollen Titel auch in Schiedam fehlte.

Am Bahnhof Vlaardingen-Ost warteten wir vor einer roten Ampel. Gleich vor der Haltelinie stand auch ein Mädchen. Sie schaute über die Schulter. Ich starrte sie an. Sie war schlank, trug einen dunkelbraunen Pullover und eine dunkelgrüne Hose. Langes, glattes Haar umrahmte ihr ovales Gesicht. Heute würde mir dieses Mädchen wahrscheinlich nicht auffallen, doch damals, an jenem Sommerabend, berührte mich das hübsche Gesicht zutiefst. Es war, als könnte ich erraten, was sie gerade dachte: Der komische Kerl starrt mich an, widerlich, wie kann er es wagen, dieser Idiot.

Dann wanderte ihr Blick langsam zu Jouri, der, in heitere Meditation versunken, seine Augen auf die Ampel gerichtet hielt. Ihr Mund öffnete sich ein wenig, in ihren Augen war ein kurzes Flackern zu sehen, in dem Panik, Erstaunen und Unglauben lagen. Sie schloss den Mund, sah mich dann wieder an und lächelte unsicher.

Die Ampel sprang auf Grün. Jouri fuhr sofort los. Das Mädchen wartete einen kurzen Moment und fuhr dann neben ihm her. Sie drehte sich um, mit triumphierendem Blick, als wollte sie sagen: So, jetzt fahre ich neben deinem Freund! Lange gelang ihr das nicht. Sie schaute wieder zu mir nach hinten. Der Triumph war Panik gewichen. Plötzlich beschleunigte sie und flitzte in die Van Hogendorplaan. Sie bog nach links in eine Seitenstraße.

Jouri hatte nichts bemerkt und fuhr in aller Ruhe weiter. Er bemerkte auch nicht, dass sie bald danach wieder aus einer Seitenstraße aufgetaucht war und hinter uns fuhr. Dann stemmte sie sich in die Pedale und überholte uns mit schwindelerregender Schnelligkeit, wobei ihr Fahrrad heftig hin und her schlingerte. In dem Augenblick, als sie an uns vorbeijagte, schaute sie Jouri an, als wollte sie ihn verschlingen. Einen kurzen Moment lang schaute sie auch zu mir, und ein eigenartiges, verschmitztes, verlegenes Lächeln flog dabei über ihr Gesicht. Es war, als wollte sie mir sagen: »Nun denn, um deines Kameraden willen bin ich bereit, dich als Vasallen, Leibeigenen, Schildknappen dieses Prachtkerls zu akzeptieren.«

Ach, die Worte »Vasall«, »Leibeigener« und »Schildknappe« werden nicht durch die Synapsen in diesem hübschen Kopf geschossen sein. Sie war nur, in einem Sekundenbruchteil, in Jouris Bann geraten und konnte sich daraus offenbar nicht mehr befreien. Sie fuhr die ganze Zeit vor uns her, bog dann in eine Seitenstraße ein, wartete, bis wir vorbeigeradelt waren, und fuhr wieder hinter uns her. Schlingernd überholte sie uns anschließend, wobei sie Jouri so eindringlich wie möglich ansah. Dass er davon nichts bemerkte, ist mir ebenso unbegreiflich wie die Tatsache, dass ich ängstlich den Mund hielt. Vielleicht lag es an Jouris Predigt, die er mir gerade hielt: »Wozu solch einen Aufwand für einen Roman von Vestdijk? Was findest du nur an diesem Autor? Ich habe einmal ein paar Seiten von *Das fünfte Siegel* gelesen. Klarheit? Nein. Einfachheit? Auch nicht. Eher das Gegenteil davon, alles ist unnötig kompliziert. Nicht alle Autoren schreiben so fürchterlich, Bordewijk ist besser, aber dennoch: Wozu sind Romane nütze? Was ist Belletristik anderes als die konsequente Weigerung, die beängstigende Banalität und die schreckenerregende Alltäglichkeit des nackten Daseins zu akzeptieren?«

»Nun mach mal halblang, das ist doch nur hochtrabender Unsinn«, erwiderte ich. »Dank guter Romane gewinnt man eine gewisse Erkenntnis ...«

»Ach, was, Erkenntnis! Was dich benebelt und berauscht, ist allenfalls gekonnter Sprachgebrauch ... und das ist nichts anderes als geschicktes Gaukeln mit Wörtern, und so, wie dich der Taschenspieler hinters Licht führt, so wirst du auch hier betrogen.«

»Und wie kommst du zu diesen Erkenntnissen?«

»Indem ich alles auf Maß und Zahl reduziere. So wie wir jetzt hier fahren, Reisegeschwindigkeit 18 Kilometer pro Stunde, Windstärke 3, 19 Uhr und 32 Minuten, auf dem 52. Grad nördlicher Breite ... so könnte man unsere Fahrt von A bis Z in Zahlen fassen, und nur damit kann man rechnen. Nicht, dass es dabei etwas zu ergründen gäbe, denn zu ergründen gibt es nichts, aber man könnte, wenn man so rechnet, möglicherweise Vorhersagen machen – viel mehr kann man auch nicht verlangen, aber du würdest einsehen, dass alles, was ist, logisch aus dem folgt, was bereits war, ohne dass man dabei mit Begriffen wie Motiv, freier Wille, Plan, Absicht, Schuld, Buße, Strafe, Vergeltung arbeiten müsste – denn das ist alles vollkommener Unsinn.«

Während er weiterschwadronierte, eine These eigenartiger und ungewöhnlicher als die andere, fuhr sie hinter uns her, vielleicht weniger aus freiem Willen als vielmehr aufgrund der Tatsache, dass sie von Jouri verzaubert war. Als wir bei der Solex-Servicestation ankamen, verschwand sie blitzschnell in einer Seitenstraße. Sie kam erst wieder daraus hervor, als Jouri ins Haus gegangen war. Sie schaute eine Weile zur Servicestation hinüber, schüttelte dann den Kopf und stieg aufs Fahrrad. Ganz kurz hob sie die Hand, als wollte sie mich grüßen. Dann fuhr sie in Richtung Binnensingel davon.

Später habe ich Jouri gefragt, ob er bemerkt habe, dass er an der Ampel ein Mädchen verzaubert habe.

»Ich? Ein Mädchen verzaubert? Wie kommst du darauf? Du siehst Gespenster, Phantome, Fata Morganas.«

Frederica

Wir waren bis zur Abiturklasse vorgedrungen. Als Pubertierende konnte man uns kaum noch bezeichnen. Vielleicht waren wir es sogar nie gewesen. Jouri und ich hatten uns zu mächtigen Lehnsherren in der beeindruckenden Schulbibliothek hochgearbeitet. Bedauerlicherweise machten die Schüler des Groen kaum Gebrauch von den Angeboten der »Prinsterer Librye«. Wenn man am Mittwochnachmittag Bibliotheksdienst hatte, konnte man froh sein, wenn mehr als drei Schüler Bücher ausleihen wollten. Darum wechselten Jouri und ich uns ab, nachdem wir zunächst gemeinsam den Dienst versehen hatten, auch wenn ich die bange Vermutung hatte, dass er, wenn ich nicht da war, den sowieso schon unwilligen Lesern der vorgeschriebenen Bücherliste von »Romanen und solchen Sachen« entschieden abriet.

In dieser Zeit habe ich übrigens die Magie des Worts »Dienst« kennengelernt. Immer noch komme ich in den Genuss dieser Entdeckung. Ruft mich jemand an, um mich zu überreden, irgendetwas zu tun, wozu ich keine Lust habe, dann sage ich einfach: »Tut mir leid, da kann ich nicht, da habe ich Dienst.« Dann wird nicht weiter gefragt. Dienst, natürlich, da muss alles andere zurückstehen.

Wie dem auch sei, eines Mittwochs im Oktober, etwa sieben Monate vor dem Abitur, hatte ich Dienst. Es war ein ruhiger Nachmittag, niemand besuchte die Bibliothek.

Draußen prasselten ab und zu, gleichsam als kleiner Vorgeschmack auf den Winter, Hagelkörner gegen die Fensterscheiben. Um für ein bisschen Abwechslung zu sorgen, heulten auch Windstöße über die Hockeyfelder des Groen. Manchmal klarte es kurz auf, und dann schien die Sonne grell und mit gleißendem Licht auf die glänzenden Arbeitstische der Bibliothek. Während eines solchen sonnigen Intermezzos klopfte es leise an die Tür.

»Herein!«, rief ich.

Quälend langsam öffnete sich die Tür.

»Du musst hier nicht anklopfen«, sagte ich zu der Schülerin der Mädchenrealschule, die sich, die Zögerlichkeit in Person, schließlich über die Schwelle wagte. Sie schloss die Tür hinter sich, sah mich an, als wollte sie sich bei mir krankheitshalber abmelden, fasste sich dann ein Herz und schritt mit ihren langen Beinen auf den Tisch zu, hinter dem ich mich verschanzt hatte.

»Das wusste ich nicht«, sagte sie.

Damals war ich unglaublich schüchtern, ich wagte kaum, ein Mädchen anzusprechen. Wenn ich aber Dienst hatte, ließ ich meine Verlegenheit hinter mir, und manchmal schaffte ich es sogar, einen vollständigen Satz zu sagen. Die Unterstützung, die ich der Bedeutung meines »Dienstes« verdankte, brauchte ich an diesem Nachmittag mehr denn je, denn vor mir stand das Mädchen, das, per Akklamation von allen, als das mit Abstand hübscheste Wesen des weiblichen Geschlechts auf dem Groen betrachtet wurde: Frederica Sprenger van Eijck. Sie war sehr blond und sah Catherine Deneuve unheimlich ähnlich, sie spielte hervorragend Hockey und hatte dem Chemielehrer den Kopf verdreht. Angefangen hatte sie auf dem Gymnasium. Nachdem sie dort sitzen geblieben war, war sie auf dem Realgymnasium gelandet, und nachdem sie dort ebenfalls eine Ehrenrunde hatte drehen müssen, war sie schließlich zur Endstation weitergereicht worden: der Mädchenrealschule.

Jouri und ich hatten sie – natürlich umringt, gefolgt, umdrängt von Hofdamen – oft während der Frühstückspause über den Schulhof stolzieren sehen. Nie hatten wir über sie gesprochen, ganz zu schweigen davon, dass wir *mit* ihr gesprochen hätten, erstens weil sie älter war als Jouri und ich, zweitens weil schon unsere Klassenkameraden den lieben langen Tag pausenlos über sie redeten, drittens weil wir wussten, dass es zwecklos war, wenn wir unseren Blick auf eine so schöne Reederstochter warfen, deren Vater über etwa drei Viertel der Vlaardinger Heringsflotte bestimmte und dazu noch über allerlei dubiose Logger unter ausländischer Flagge.

Nun stand sie auf ihren hohen Absätzen und in ihrer ganzen Würde vor dem Tisch, an dem ich saß.

»Möchtest du ein Buch ausleihen?«, fragte ich sie.

»Nein, ich will mit dir reden.«

»Worüber?«

»Über Jouri.«

»Was ist mit Jouri?«

»Er ist doch dein bester Freund?«

»Ja«, antwortete ich stolz.

»Wie lange kennst du ihn schon?«

»Seit dem Kindergarten.«

»So lange schon?«

»Ja, er kam von Goeree-Overflakkee hierher und wurde neben mir in den Sandkasten gesetzt. Dort schaufelte er dann in aller Ruhe ein Spinnengrab.«

Sie sah mich an, und ich dachte: Vielleicht ist sie ja sogar noch schöner als Hebe, doch wie kommt es dann, dass ich mich mit ihr unterhalten kann?

»Wozu …?«, hob sie an.

Sie schwieg, und auch ich wusste nicht, was ich sagen sollte. Die Hagelkörner prasselten gegen das große Fenster.

»Was für ein Wetter«, sagte sie. Dann fuhr sie fort: »Ich weiß nicht, wie ich mich ausdrücken soll, wie ich anfangen soll, aber vielleicht weißt du schon, worauf ich hinauswill.«

Leider wusste ich das nicht; möglicherweise wollte ich es auch nicht wissen. Ziemlich erstaunt starrte ich sie an.

Sie errötete und fragte erschrocken: »Werde ich rot?«

»Ja, aber das steht dir phantastisch.« Ich war selbst erstaunt, dass mir ein solch prächtiges Kompliment nicht nur zur Verfügung stand, sondern dass ich mich auch traute, es auszusprechen.

Sie schaute mich lange an, beugte sich dann zu mir hinunter und flüsterte: »Ich bin in Jouri verknallt.«

Es war schön, dass die Hagelkörner erneut wütend gegen die Scheiben prasselten. Das gab uns beiden nach diesem Geständnis ein wenig Bedenkzeit.

»Was für ein Wetter«, stotterte ich anschließend hilflos.

»Ich bin in Jouri verknallt«, sagte sie verträumt. »Ich bin schon sehr lange in ihn verknallt, aber er … Es ist, als wäre ich Luft für ihn, er bemerkt mich nicht, obwohl die meisten Jungs hier an der Schule … stimmt's oder nicht? … ich übertreibe sicher nicht … findest du, ich übertreibe?«

»Nein, alle Jungen in meiner Klasse finden, dass du das schönste Mädchen der Schule bist.«

»Zum Teufel, was hab ich davon? Was kann ich mir dafür kaufen? Aber gut, wenn sie das denken, warum …

Jouri … Ich versteh es nicht … er ist so toll … ständig sehe ich euch beide über den Schulhof schlendern, und du … du schaust mich immer an, du kannst deine Augen einfach nicht von mir abwenden, deine Blicke saugen sich an mir fest, stimmt's? Aber dein Freund, dieser Jouri … er bemerkt mich einfach nicht, er schaut über mich hinweg, an mir vorbei … Ich … was soll ich bloß tun … So, nun weißt du's, deswegen bin ich hier. Vielleicht kannst du mir ja einen Rat geben.«

So macht man das also, wenn man ein schönes Mädchen ist, dachte ich, ein wenig schwindelig im Kopf und verwirrt. Man wartet nicht, bis der Traumjunge etwas unternimmt, nein, nein, man spricht einfach seinen besten Freund an.

Die Röte in ihrem Gesicht verschwand allmählich. Trotzdem waren ihre Wangen immer noch recht rosig. Ich sah sie an und fand sie jetzt, nach diesem intimen Geständnis, noch attraktiver, als sie es in meinen Augen immer schon gewesen war. Und darum blieben mir die Worte im Halse stecken, und ich wusste absolut nicht, was ich sagen sollte.

Nachdem wir eine Weile geschwiegen hatten, wiederholte sie das zuvor Gesagte: »Vielleicht kannst du mir einen Tipp geben.«

»Vielleicht …«, wiederholte ich mechanisch.

»Welche Art von Mädchen gefällt ihm?«

»Ihm gefallen nur die Mädchen, die mir gefallen.«

»Gefalle ich dir denn nicht?«

»Du gefällst mir sehr, aber ich dir nicht.«

»Stimmt, du bist nicht mein Typ.«

»Deshalb«, sagte ich.

Nasse Schneeflocken glitten an den Bibliotheksfenstern hinunter. Ohne zu lesen, blätterte ich ein wenig in Ferdinand Bordewijks Buch *Blütenzweig*, das vor mir auf dem Tisch lag.

An einen anderen Titel Bordewijks denkend, sagte ich: »Jouri hat einen etwas seltsamen Charakter, Jouri ist ziemlich merkwürdig konstruiert, Jouri verhält sich … Nein, das stimmt nicht, so einfach ist es nicht … Ich sollte mit dem Kindergarten beginnen. Dort spielte ich mit Ans im Sandkasten. Ans war damals meine Freundin, ich brachte sie immer nach Hause. Dann wurde Jouri zu uns gesetzt. Er buddelte ein Spinnengrab, und Ans rutschte durch den Sand zu ihm hinüber, und danach hat er sie immer nach Hause begleitet. Später, in der Schule, ging ich mit Ria. Ich brachte sie nach Hause, und dort hätte ich sie, wenn ich reich genug gewesen wäre, für fünf Cent küssen dürfen. Dann tauchte Jouri auf und brachte Ria nach Hause, und er musste fürs Küssen nicht einmal bezahlen.«

Frederica lachte laut auf, und dieses unerwartete, helle, prasselnde Lachen, das sich so wunderbar mit den gegen die Fensterscheibe trommelnden Hagelkörnern verband, munterte mich auf und machte mich übermütig.

»Und hier auf der Schule, als wir in der achten Klasse waren, da ergab es sich in der Mittagspause, dass Wilma und ich miteinander gingen. Dann aber hob Jouri sie im Kolpa-Bad hoch, und auf einer Party pustete er Flusen mit ihr, und da war es mit Wilma und mir aus und vorbei. Er hat sie im Kolpa-Bad hochgehoben, weil er das auf der Straße nicht geschafft hätte; sie ist nämlich groß, und er ist klein, er brauchte den Auftrieb des Wassers, und trotzdem ist es dabei passiert, und ich war sie los.«

Frederica hatte mir sehr aufmerksam zugehört, runzelte ihre wunderbare Stirn und fragte: »Was willst du damit sagen?«

»Dass Jouri mir schon seit der Kindergartenzeit meine Freundinnen ausspannt.«

»Und trotzdem ist er immer noch dein bester Freund?«

»Ja.«

»Wie kann das sein?«

»Ach, so schlimm ist es nun auch wieder nicht, dass er mir ständig die Freundin ausspannt. Er macht das wirklich nicht absichtlich, er… es ist ein bisschen merkwürdig, und ich weiß auch nicht, woher das kommt, aber er würde niemals von sich aus zu mir sagen: ›Ich finde, das ist ein nettes Mädchen.‹ Es ist, als könnte er ein Mädchen erst dann nett finden, wenn ich es eine Weile nett finde und es mich seinerseits auch nett findet. Ihm gehen immer erst die Augen auf, wenn ich mich ein bisschen in ein Mädchen verliebe und es auch ein wenig in mich verliebt ist. Dann wacht er plötzlich auf, dann will er dieses Mädchen auch hochheben. Aber dafür ist er nicht stark genug, er würde dich… Schau, ich könnte dich ganz leicht hochheben. Das glaubst du vielleicht nicht, aber ich bin bärenstark, ich hebe dich problemlos über einen Zaun. Aber er… Wenn er dich hochheben wollte, bräuchte er dazu den Auftrieb des Wassers.«

»Er hat dir also immer die Mädchen ausgespannt. Was für ein gemeiner Schuft.«

»Ja, es ist merkwürdig, aber trotzdem… so ist es, ich kann es auch nicht ändern.«

»Wenn du also zu ihm sagst: ›Achte mal auf Frederica…‹«

»Vielleicht funktioniert's, ich kann es versuchen, aber ich weiß nicht, ob das reicht. Sein Interesse wird erst geweckt, wenn ich mich in ein Mädchen verguckt habe.«

»Du musst also verknallt sein in mich …«

»Das ist nicht so schwer«, sagte ich verlegen.

»Ich hab nichts dagegen«, erwiderte sie verschmitzt. »Mach ruhig, verlieb dich in mich.«

»Tja, da gibt's nur ein Problem …«, warf ich betrübt ein.

»Welches denn?«

»Ich glaube nicht, dass es reicht, wenn ich mich in dich verliebe. Du müsstest dich auch ein bisschen in mich verlieben.«

»Dass das passiert, kann ich mir wirklich nicht vorstellen«, sagte sie entschieden. »Du bist, wie ich schon sagte, überhaupt nicht mein Typ.«

»Tja, dann geht's eben nicht, Jouri mischt sich erst ein, wenn … wenn wir …«

Sie sah mich mit einem Blick an, aus dem ich damals nicht schlau wurde, von dem ich heute aber sagen würde, dass sie damit sagen wollte: »So, so, was für ein gewiefter, spezieller, außergewöhnlicher Anmachtrick!«

Sie sagte: »Ich glaube, ich weiß jetzt ungefähr, woran ich mit Jouri und dir bin. Wann sitzt du wieder hier?«

»In zwei Wochen. Nächste Woche hat Jouri Dienst. Dann solltest du herkommen. Vielleicht bemerkt er dich, wenn du dir jedes Mal bei ihm ein Buch ausleihst.«

»Ich bin mindestens zehnmal hier gewesen, wenn Jouri Dienst hatte«, erwiderte sie gereizt. »Ich habe jedes Mal dasselbe Buch mitgenommen und wieder zurückgebracht, und ihm ist nicht einmal aufgefallen, dass ich immer nur *Zurück zu Ina Damman* ausgeliehen habe. Er hat mich stets sehr freundlich bedient, aber es war beinah so, als existierte ich für ihn einfach nicht, als schaute er über mich hinweg, als wäre ich ein Dienstmädchen, ein Fußabtreter, ein Nichts.«

Sie schwieg eine Weile, wischte mit der Hand imaginären Staub von dem Tisch vor ihr und sagte dann: »Das bleibt aber unter uns, ja, das, was wir hier gerade besprochen haben?«

»Ich rede mit niemandem darüber, auch nicht mit Jouri.«

»Gib mir die Hand drauf.« Sie nahm meine Hand in ihre, drückte sie kräftig und sagte: »Versprochen.«

Vierzehn Tage später kam sie erneut in die Prinster-Bücherei, diesmal ohne anzuklopfen. Es war inzwischen November. Draußen hingen die bleigrauen Wolken gleichsam bis zu den Fenstern herunter. Ein feiner Nieselregen bedeckte die Scheiben wie Dunst.

»Vorige Woche war ich auch hier«, sagte sie.

»Und?«

»Ich habe zu Jouri gesagt, dass ich dich sehr nett finde.«

»Was hat er darauf erwidert?«

»Nichts. Er sah mich an, als hätte ich nicht alle Tassen im Schrank. Also sagte ich daraufhin zu ihm: ›Er ist doch dein bester Freund, oder? Dann müsstest du doch der Erste sein, der versteht, dass andere Menschen ihn auch nett finden können?‹«

Sie kniff ihre behutsam geschminkten Augen zusammen, als wollte sie sich genau ins Gedächtnis rufen, was Jouri darauf erwidert hatte.

»›*Nett*‹, sagte er schnippisch, ›*nett*, das ist sowieso ein

Scheißwort. Und um ihn zu charakterisieren, taugt es schon mal gar nicht. Er scheint ein Tollpatsch zu sein, ein Stümper, er wirkt ein wenig plump und ungeschickt, aber vertu dich nicht: Er ist bärenstark und superschlau. Immer und überall ist er der Beste. Als wir im zehnten Schuljahr in Chemie eine Klassenarbeit über den Stoff des neunten Schuljahrs schreiben mussten, da hatte er eine Eins. Ich hatte eine Drei und alle anderen in der Klasse ein Ungenügend.«

Frederica schwieg einen Moment, sah mich an und fragte dann: »Stimmt das?«

»Ich hatte drei Wochen lang pausenlos für diese Arbeit gelernt«, antwortete ich, »aber Jouri hatte nichts dafür getan, Jouri ist viel schlauer als ich. Ich muss ständig büffeln, muss meine Hausaufgaben machen. Er rührt keinen Finger, und trotzdem hat er immer gute Noten. Wenn er ebenso hart arbeiten würde wie ich, sähe ich kein Land mehr. Ich bin nur der Beste, weil er keinen Handschlag tut.«

»Hat er dir davon erzählt, dass ich vorige Woche hier war und dich in den Himmel gelobt habe?«

»Nein.«

»Das funktioniert also nicht. Vielleicht müssen wir ja doch … Wie sollen wir es anpacken? Wenn du einfach einmal … freitags habt ihr doch immer sechs Stunden, genau wie wir. Wir wär's, wenn du mich nächsten Freitag nach Hause brächtest? Meistens radelst du mit Jouri zum Schiedamseweg. Was machst du dort?«

»Dort bekomme ich von Jouris Mutter etwas zu essen, und danach geh ich in die Werkstatt seines Vaters. Um Schallplatten zu hören, Beethoven, Brahms, Dvořák.«

»Magst du diese Musik?«

»Oh ja, sehr.«

»Nicht zu glauben! Klassik! Mir dreht sich dabei der Magen um, aber mein Brüderchen hört das auch gern. Das trifft sich gut. Du bringst mich also am Freitag nach Hause und kriegst bei uns etwas zu essen. Und ich frage meinen Bruder, ob du anschließend in seinem Zimmer Platten hören darfst.«

Am Freitag schien tatsächlich die Sonne. Der Novemberhimmel war hellblau. Am Ausgang des Fahrradkellers wartete ich auf Frederica. Zu Jouri sagte ich so beiläufig wie möglich: »Ich komm nachher zu euch. Erst muss ich Frederica kurz nach Hause bringen.«

»Soll meine Mutter etwas zu essen für dich aufbewahren?«, fragte Jouri.

»Nein, Frederica hat gesagt, ich könnte bei ihnen eine Kleinigkeit essen.«

Misstrauisch starrte Jouri mich an. Er fragte: »Wie ist das möglich? So plötzlich?«

»Plötzlich? Nein, nein, nicht plötzlich. Immer wenn ich Dienst hatte, kam sie, um neue Bücher auszuleihen. Sie fragte mich, ob wir auch Bücher über Musik hätten. Für ihren Bruder. Der sei total verrückt nach Beethoven und wolle jetzt etwas über ihn lesen. Daraufhin sagte ich, dass auch ich Beethoven zutiefst verehre, und sie meinte: ›Dann komm doch mal mit zu uns nach Hause, dann spielt mein Bruder dir Schallplatten vor.‹«

Als ich stolz neben Frederica her über den Schulhof radelte und in den Rotterdamseweg einbog, bemerkte ich, dass sowohl ihre als auch meine Klassenkameraden uns erstaunt nachsahen. Im Lehrerzimmer bewegten sich die

Vorhänge. Durch einen Spalt wurden wir heimlich beobachtet. Mir kam es so vor, als kreischten sogar die Lachmöwen, die ständig über den Wasserflächen am Rotterdamseweg segelten, lauter als sonst.

Mit pochendem Herzen fuhr ich an Fredericas Seite. Der Novemberhimmel war trügerisch blau. Ich musste mich nicht umsehen, um zu wissen, dass Jouri – er musste in dieselbe Richtung – in angemessener Entfernung hinter uns herfuhr. Wir verließen den Rotterdamseweg, bogen auf den Schiedamsedijk ab und fuhren am Oranjepark vorbei, der in Vlaardingen schlicht »het Hof« genannt wird.

In der Binnensingel lehnte ich mein Fahrrad an die Fassade einer Villa, in der Frederica, so hatte sie mir zu verstehen gegeben, wohnte. Kurz darauf betrat ich ein atemberaubendes Vestibül. Wir gingen weiter und gelangten in eine Wohnküche, wo mir von einem Dienstmädchen in einem schwarzen Kleid mit weißer Schürze gebratene Eier mit Speck, herrliches braunes Brot sowie Tomaten- und Gurkenscheiben serviert wurden.

Nach dem Essen gingen wir wieder ins Vestibül. Frederica rief: »George!«

Oben öffnete sich eine Tür. Ein schlaksiger, großer Bursche, viel älter als ich, erschien an der Balustrade. Er trug einen Anzug mit Weste und Krawatte.

Er kam die Treppe hinunter, reichte mir die Hand und sagte: »Du möchtest also gern ein paar Sachen aus meiner Sammlung hören?«

Ich nickte.

Über die mit Teppich ausgelegten breiten Stufen schwebten wir nach oben. Er zeigte mir sein Zimmer. Als ich mich dort behutsam auf einem Stuhl niederließ, sagte er: »Neulich habe ich etwas gekauft, wovon ich total begeistert bin. Die *Concerti grossi* von Händel. Soll ich davon eines für dich auflegen? Das letzte? Das finde ich selbst nämlich am schönsten. Einverstanden?«

Er wartete nicht auf meine Antwort. Wenn ich etwas mutiger gewesen wäre, hätte ich vielleicht gesagt: »Händel, dafür habe ich eigentlich nicht besonders viel übrig. Der klingt immer so gewollt fröhlich. Mir gefallen Beethoven und Bach besser.«

Er legte eine Platte auf, ließ sich tief in einen Lehnstuhl fallen, schloss die Augen, faltete die Hände und senkte den Kopf.

Da ich mich im Laufe der Zeit an heftiges Rauschen und eine schlechte Anlage gewöhnt hatte, waren die erstaunliche Klarheit der Aufnahme und der ebenso verblüffend schöne Klang seines hervorragenden Lautsprechers eine Riesenüberraschung für mich. So wie Händel dort klang, mit dem seltsamen, trügerischen hellblauen Novemberhimmel jenseits der Fensterscheibe, war mir, als sollte mir eingebläut werden, dass ich mich bisher in Bezug auf diesen Komponisten geirrt hatte. Als der schnelle erste Satz zu Ende war, schaute Fredericas Bruder mich strahlend an und sagte: »Herrlich, nicht?« Dann versank er wieder im Gebet.

Plötzlich erklang aus dem schönen, schwarz lackierten Lautsprecher vollkommen unerwartet die Musik, mit der für mich alles angefangen hatte. Zunächst konnte ich es kaum glauben. Ich musste dem Drang widerstehen, zum Lautsprecher zu gehen und ihn zu betasten. Oh, da war es, und es wurde so unvorstellbar schön gespielt, es klang so rein, so ewig, so echt, ja, vor allem so unglaublich echt.

Wieder wurden die Riesenschritte gemacht, und was für Schritte, sie berührten mich bis in die tiefsten Tiefen meiner Seele. Und dann wurde wiederholt, und danach folgten die ausgelassenen Hüpfer, die kleinen Nadelstiche, hoch und tief und überall. Händel, es war also von Händel, was Jouris Vater und ich all die Jahre so bewundert hatten. Nicht Bach, nicht Albinoni, nicht Telemann, sondern Händel, Georg Friedrich Händel, den ich nicht einmal bewunderte, jedenfalls sehr viel weniger bewunderte als Beethoven und Dvořák. Als der Satz verklungen war, wollte ich nur noch eines: aufstehen und losrennen, um Jouris Vater die große Neuigkeit zu überbringen: »Es ist Händel, *Concerto grosso h-Moll* Opus 6 Nummer 12.«

Natürlich blieb ich sitzen, bis das ganze Konzert zu Ende war. Dann sagte ich: »Ich muss jetzt gehen.«

»Schon? Willst du dir nicht noch etwas anhören?«

»Das würde ich gern, aber ich habe eine Menge Hausaufgaben auf, ich muss jetzt wirklich los.«

»Ich bring dich zur Tür. Kommst du nächste Woche wieder?«

»Gern.«

»Willst du dich noch von Frederica verabschieden?«

»Ja.«

Es zeigte sich jedoch, dass Frederica schon wieder weg war. »Zum Tennis«, sagte ihre Mutter.

»Wie schrecklich nachlässig behandelt Frederica bloß ihre Freunde«, sagte ihr Bruder. »Man merkt, dass sie ebenso leicht welche findet wie Spatzen Samen in Pferdeäpfeln.«

Ein paar Minuten später rannte ich keuchend in die Werkstatt der Solex-Servicestation. Jouris Vater schraubte an einer Cymota und sagte missbilligend: »Made in England! Tja, das lässt Schlimmes ahnen. Hört sich ja gut an, ohne Benzinpumpe und mit einem Vergaser ohne Schwimmer, aber mir ist eine Solex lieber.«

»Händel!«, rief ich atemlos, »es ist Händel, *Concerto grosso*, Opus 6 Nummer 12.«

»Was?«, fragte Jouris Vater erstaunt.

»Unser ›verdammt schönes Stück‹, es ist von Händel.«

»Das ist eine bedeutende Neuigkeit und eine wunderbare zudem. Denn ganz klar, so etwas Schönes, das kann nur von einem Deutschen sein.«

»Der den größten Teil seines Lebens in England verbracht hat.«

»Der Punkt geht an dich.«

In diesem Moment betrat Jouri die Werkstatt. Wütend sah er mich an. Er sagte spitz: »Dachte ich doch, dass ich deine Stimme höre. Komm sofort mit in mein Zimmer.«

Dort angekommen, fragte er mich ganz erzürnt: »Du willst doch nicht etwa sagen, dass du was mit Frederica Sprenger van Eijck hast?«

»Sie kam zu mir in die Bibliothek und erzählte, ihr Brüderchen ... ja, sie sagte tatsächlich ›Brüderchen‹, obwohl er viel älter ist als sie ... habe eine ganze Menge Platten, und er würde bestimmt die eine oder andere für mich auflegen, und da bin ich mit zu ihr nach Hause gefahren. Das ist alles.«

»Nimm dich in Acht, vergeude dich nicht an so eine Schlampe.«

»Glaubst du, sie ist eine Schlampe?«

»Sie hat den Chemielehrer ... der musste deswegen die Schule wechseln ... sie ist ...«

»… keine Schlampe«, unterbrach ich ihn, »so etwas sagt man nicht von einem Realschulmädchen.«

»Sie hat jedenfalls im Oranjepark, und außerhalb davon sicher auch, schon ordentlich mit dem ganzen Schiedamer Gymnasiastenabschaum rumgemacht.«

»Gerüchte«, sagte ich, »nichts davon ist wahr.«

»Sie ist eine Schlange.«

»Vielleicht, allerdings eine schöne Schlange.«

»Du findest sie schön? Ist das dein Ernst? Ihr Haar ist blond gefärbt. Sie schminkt ihre Lippen schon ein wenig. Pfui, lass die Finger von ihr, geh nicht mehr mit zu ihr nach Hause, bitte. Versprichst du mir das?«

»Ich habe ihrem Bruder bereits versprochen, dass ich nächste Woche wieder vorbeikomme, um Platten anzuhören.«

»Zu ihrem Bruder, meinetwegen, wenn du nur um sie einen großen Bogen machst.«

»Wie streng du bist. Ich verstehe das nicht. Du hast mich noch nie vor einem Mädchen gewarnt, und jetzt auf einmal …«

»Sie ist eine Schlange, eine Schlampe, ein Luder, eine Petticoatmetze, eine Hu… Wirklich, ich will mit ihr nichts zu tun haben.«

»Du musst mit ihr auch nichts zu tun haben.«

»Wenn du mit ihr zu tun hast, habe ich ebenfalls mit ihr zu tun, und sei es auch nur, weil du mein bester Freund bist. Pass auf, sie verdreht dir den Kopf, und dann bin auch ich der Dumme, dann gehe auch ich vor die Hunde, bitte, halt dich fern von ihr. Du warst doch so hinter Hebe her … fahr mit ihr nach Hause, sie ist doch auch bildhübsch, und sie findet, dass du ein netter Kerl bist.«

»Davon habe ich nie etwas bemerkt.«

»Aber ja doch, neulich erst habe ich mit Hebe über dich gesprochen, im Geheimen ist sie schon ein bisschen in dich verliebt, du musst dich nur ein wenig um sie kümmern … ganz bestimmt … mach dich an sie ran, wenn du unbedingt hinter einem Mädchen her sein musst, aber lass dieses Scheusal, dieses in der Wolle gefärbte, gewiefte Fischweib, diese Frederica Sprenger in Ruhe, meide sie, du kannst dir mit meinem Vater klassische Musik anhören, dafür brauchst du ihren Bruder nicht.«

»Er hat Platten, die dein Vater nicht hat. Und dieser Klang, der aus dem pechschwarzen Lautsprecher kommt, oh, der ist so unglaublich.«

Mozart

In den hintersten Bänken unserer Abschlussklasse saßen bejahrte Sitzenbleiber und Kraftprotze, die in der Regel mehr als eine Klasse wiederholt hatten. Große, mürrische Kerle waren das. Während der langen Sommerferien fuhren sie bereits auf Küstenschiffen in die Ostsee. Dort im hohen Norden, so flüsterte man sich, hatten sie in den Ostseehäfen schon des Öfteren mit schwedischen Mädchen geschlafen. Von oben schauten die missmutigen Burschen auf uns herab, auch wenn wir in unseren Arbeiten bessere Noten hatten.

Wenn Turnen auf dem Stundenplan stand, wurden jedes Mal zwei dieser Ostseeflegel auserkoren, um Mannschaften zu bilden. Abwechselnd wählten die beiden ihre Mitstreiter. Jouri und ich, mager, ungelenkig, blieben immer als Letzte übrig. Dann lehnten die Rabauken es ab, sich zwischen uns zu entscheiden. Unter Hohngelächter wurden wir schließlich vom Turnlehrer jeweils einer Mannschaft zugeteilt. Wir konnten froh sein, wenn es bei dem höhnischen Lachen blieb. Nicht selten protestierten die Rüpel heftig, wenn wir ihren Mannschaften einfach zugeordnet wurden.

Das war verständlich. Beim Volleyball, beim Basketball und beim Fußball handelten Jouri und ich jedes Mal blindlings nach dem Prinzip: Halt dich immer so weit wie möglich vom Ball entfernt.

Als wir jedoch am Montag nach dem besagten Freitag, an dem ich Frederica nach Hause begleitet hatte, wieder Sport hatten und das Auswahlprozedere erneut über die Bühne ging, da wurde ich schon sehr bald von einem der Grobiane in seine Volleyballmannschaft berufen. War mein Ansehen plötzlich gestiegen? War ich nicht länger ein blöder Waschlappen mit lauter Einsen und Zweien? Was mich am meisten erstaunte, war, dass ich – sogar ohne mit Jouri darüber auch nur zu reden – unglaublich stolz darauf war. Und ich merkte zudem, dass ich diese Ansehenssteigerung gerne behalten hätte. Schon deswegen sah ich der Fahrradfahrt am Freitag nach der sechsten Stunde begierig entgegen.

An diesem Freitag schauten die Ostseeflegel Frederica und mir wieder hinterher. Im Lehrerzimmer bauschten sich die Vorhänge, als wehte eine kräftige Brise durch sie hindurch. Vom Treppenabsatz starrte der Direktor uns nach, heftig an seiner riesigen Zigarre ziehend.

»Es läuft gut«, sagte Frederica unterwegs. »Vorgestern war ich in der Bibliothek. Dort saß Jouri, und er meinte spitz: ›Warum nimmst du immer dasselbe Buch mit?‹ Endlich hat er mich bemerkt. Und er sagte auch, ich solle dich in Ruhe lassen. Ich habe darauf erwidert: ›Dein Freund fährt mit mir zu meinem Bruder, um sich in dessen Zimmer Schallplatten anzuhören. Worüber machst du dir Sorgen?‹«

»Das klingt noch nicht so, als hätte er bereits ein Auge auf dich geworfen«, sagte ich.

»Macht nichts. Es ist schon ein Fortschritt, dass er mich nicht mehr ignoriert, dass er nicht mehr an mir vorbeischaut.«

»Ich weiß nicht, ob er …«

»Wart's ab! Er fürchtet sich ein bisschen vor mir, genau wie du. Er hat Bammel. Und genau so soll es sein. Wer sich fürchtet, verliebt sich.«

Mir schien dies, während wir an den rauschenden Trauerweiden im Oranjepark vorbeifuhren, eine rätselhafte, ja unsinnige Bemerkung zu sein. Doch heute, mehr als vierzig Jahre später, bin ich in erster Linie darüber erstaunt, dass ein Mädchen, das sowohl auf dem Gymnasium als auch auf dem Realgymnasium gescheitert war, damals offenbar schon mit einem so genauen Blick auf die verschlungenen Pfade der Liebe gesegnet war. Immer wieder habe ich in meinem Leben bestätigt gefunden, dass Angst der beste Nährboden für tiefe Zuneigung ist. Sogar Hunde lieben die Person am meisten, vor der sie die größte Angst haben. Offenbar wird Angst in Liebe verwandelt, um auf diese Weise die scharfen Kanten des negativen Gefühls zu brechen. Frauen verlieben sich in die Terroristen, die sie als Geiseln genommen haben.

Bei Frederica zu Hause wurde ich vom Dienstmädchen wieder mit Eiern und Speck verwöhnt. Dann stieg ich die geschwungene Treppe im Vestibül hinauf. George, eine dünne Zigarre rauchend, erwartete mich bereits in seinem Zimmer.

»Was soll ich dir heute mal vorspielen?«, fragte er.

»Beethoven«, erwiderte ich, »eine Symphonie. Ich kenne die *Fünfte* und die *Sechste*. Hast du vielleicht die *Siebte*?«

»Die hab ich nicht«, sagte George, »aber ich habe vor Kurzem eine andere Symphonie gekauft. Mal sehen, wie du die findest. Ich sag noch nicht, von wem sie ist.«

Bald darauf erklang aus dem schwarzen Lautsprecher

grazile Musik, die einen leichteren Klang als die Beethovens hatte. Zierlicher war sie, liebreizender und munterer.

»Wie gefällt dir das Stück?«, fragte Fredericas Bruder nach dem ersten Satz. »Ist es nicht unglaublich? Als der Komponist dieses Werk schrieb, war er genauso alt wie du jetzt.«

»Mozart?«, fragte ich erstaunt.

»Mozart«, erwiderte er feierlich, »*Symphonie A-Dur* KV 201.«

Durch dieses Erlebnis fühlte ich mich, gut eine Stunde später, veranlasst, Jouris Vater in seiner Werkstatt zu fragen: »Warum legen Sie nie etwas von Mozart auf?«

»Ist mir nicht robust genug«, erwiderte er, »nicht muskulös genug, nicht entschlossen genug, zu subtil.«

Dann tauchte Jouri auch schon wieder auf, um mich erneut zu beschwören, Frederica zu meiden. Daraufhin sagte ich ziemlich erzürnt: »Red keinen Unsinn. Ich habe vorhin die *Neunundzwanzigste Symphonie* von Mozart gehört.«

»Neunundzwanzig«, sagte Jouri erregt, »das ist eine Primzahl. Weißt du, wie viele er insgesamt komponiert hat?«

»Auf der Plattenhülle steht einundvierzig.«

»Unglaublich, schon wieder eine Primzahl! Das ist bestimmt kein Zufall. Finde einmal für mich heraus, ob die Primzahlsymphonien die besten sind.«

»Werde ich machen, denn ich möchte sie unheimlich gern alle kennenlernen.«

»Andere Frage«, sagte er, »hast du sie schon geküsst?«

»Wie kommst du darauf?«

»Du gehst doch mit ihr? Und wenn man mit einem Mädchen geht, küsst man es doch, oder?«

Als ich eine Woche später wieder mit Frederica zu ihr nach Hause radelte, sagte ich ganz beiläufig: »Jouri wollte wissen, ob wir uns schon geküsst haben.«

»Oh«, sagte sie erfreut, »die ganze Zeit über habe ich gedacht, du hättest mir nur etwas vorgelogen, du hättest mir die hübsche Geschichte von dem Spinnengrab nur erzählt, um dich an mich heranzumachen, aber tatsächlich, es funktioniert ... Ich habe es ja gewusst, er ... er hat ein bisschen Angst, oh, wie gut. Und was hast du darauf erwidert?«

»Dass wir uns noch nie geküsst haben.«

»Ach, was bist du doch nur für ein Schatz. Was bist du doch nur für ein erstaunlich lieber, lieber Junge. Hättest du nur ...«

Nachdem ich in der Küche wieder verwöhnt worden war, sagte sie: »Du kannst gleich nach oben, zu George, aber zuerst gehen wir kurz in den Garten.«

Sie sagte dies mit so viel Autorität, dass ich ihr, ohne zu fragen, warum, über den Kiesweg zu einer hohen Mauer folgte. Davor wuchs ein unscheinbarer Strauch, von dem ich erst Jahre später erfuhr, dass er Schneeflockenbaum genannt wird. Es herrschte ruhiges, sonniges Dezemberwetter. Als wir die hohe Mauer erreichten, schlang sie, während ein Rotkehlchen heftig protestierend und panisch zwitschernd aus dem Schneeflockenbaum wegflog, ihre Arme plötzlich um mich und drückte dann ihre Lippen auf meine. Ich erschrak. Sie schmeckte so seltsam. Und es war auch so vollkommen anders, als ich mir Küssen immer vorgestellt hatte. Es war so körperlich, so direkt, so unverblümt. Sie war so unglaublich nahe. Ich konnte spüren, wie sie atmete, ich konnte ihren Atem riechen.

Es kümmerte sie nicht, dass ich ihren Kuss kaum erwiderte. Sie streichelte meine Wangen, küsste mich erneut auf den Mund und sagte: »Nun musst du auch ein bisschen zurückküssen.« Ich gehorchte und presste meine Lippen kräftig auf ihren schönen Mund. Weil sie so vorsichtig war und mich so wunderbar streichelte und mir immer wieder zuflüsterte: »Lieber, lieber Junge« und »Du riechst so herrlich«, begann ich allmählich, Gefallen an der Sache zu finden, auch wenn ich mich noch durch allerlei Gerüche belästigt fühlte. Sie sagte: »Das war jetzt Küssen. Und nun zeige ich dir, was ein Dauerbrenner ist.« Daraufhin schob sie ihre Zunge ein kleines Stück weit in meinen Mund, bis sie meine Zunge berührte.

Wie lange wir uns dort hinten im Garten geküsst haben, weiß ich nicht. Eine Viertelstunde? Viel länger wird es doch nicht gedauert haben?

Als wir wieder zur Villa zurückgingen, sagte sie: »Und erzähl Jouri nicht, dass wir uns geküsst haben!«

Wie verblüffend schlau sie war, um nicht zu sagen: wie ausgekocht. Wenn ich denn erwogen hätte, Jouri zu verheimlichen, dass wir uns hinten im Garten geküsst hatten, dann hätte ich den Gedanken nach dieser dringenden Bitte ganz bestimmt verworfen. Die Vorstellung, etwas vor Jouri verschweigen zu müssen, weckte in mir den Widerstandsgeist. Als ich am selben Freitagnachmittag noch die Solex-Werkstatt betrat und Jouri wieder herbeieilte, sagte ich also feierlich: »Sie hat mir verboten, es weiterzusagen, aber wir haben uns geküsst.«

Er sah mich an, als wollte er mir mit einem Statorflansch zu Leibe rücken. Um seine Wut ein wenig zu mildern, fügte ich hinzu: »Es war irgendwie unheimlich.«

»Was du nicht sagst«, zischte er entrüstet.

Wie lange es danach gedauert hat, bis sie auch ihn dort hinten im Garten geküsst hat, haben die beiden mir nie verraten. Sowohl Jouri als auch Frederica haben vor mir immer sorgsam verschwiegen, wie sie während der Weihnachtsferien ein Paar geworden sind. Offenbar wollten sie meine Gefühle nicht verletzen. Dennoch tat es erstaunlich weh, als ich bemerkte, dass sie ihr Ziel erreicht hatte. Mein ganzer Prestigegewinn bei den Ostseerabauken schmolz augenblicklich dahin. Doch das war nicht das Schlimmste; das Schlimmste war zu wissen, dass sie fortan Jouris Wangen streicheln und ihm »Lieber, lieber Junge« zuflüstern würde, meinem Freund Jouri, der mich, wohlgemerkt, vor ihr gewarnt hatte.

Nach den Weihnachtsferien kam sie noch ein einziges Mal am Mittwochnachmittag in die Bibliothek. Großzügig sagte sie: »Du bist immer herzlich willkommen, wenn du bei meinem Bruder Platten hören willst.«

Ligusterhecken

Wir machten Abitur. Wir lasen eine Broschüre mit dem Titel *Nach dem Abitur studieren?*. Das war eine Frage, auf die wir bereits eine Antwort wussten. Jouri und ich wollten nichts lieber als das. Aber wo und was? Die Grobiane machten sich endgültig auf zu den schwedischen Mädchen. Viele andere Klassenkameraden blieben in der Nähe ihres Elternhauses. Sie gingen zur Technischen Universität in Delft. Jouri und ich waren die Einzigen, die in Leiden studieren wollten. Der hochbegabte Jouri liebäugelte natürlich mit Mathematik und Physik. Ich fand, dafür sei ich nicht schlau genug, und weil ich schon seit frühester Kindheit von Schlamm und Blutegeln, Rückenschwimmern und Wasserstabwanzen, kurzum: von allem, was in Tümpel und Graben herumschwamm und herumkroch, fasziniert war, entschied ich mich für Biologie.

Nach dem Abitur im Frühsommer tat sich ein riesiges Zeitloch von vier Monaten auf. Die Vorlesungen in Leiden begannen erst am 3. Oktober. Während dieser vier Sommermonate nahm Frederica den sich nur halbherzig wehrenden Jouri voll und ganz in die Zange. Im Nachhinein kommt es mir so vor, als wäre ich an den mondlosen Abenden jener Sommermonate ebenso zwanghaft wie niedergeschlagen hinter Frederica und Jouri her über die Westhavenkade und den Maasboulevard geschlendert. Was sich in der Erinnerung an diesen Kummer um den Verlust meines Mädchens, das ich – um mit Simon Vestdijk zu sprechen – »nie besessen hatte«, immer wieder nach vorne drängt, ist der scharfe Duft der vielen Ligusterhecken, an denen wir am frühen Abend auf dem Weg zum Maasboulevard vorbeispazierten. Wenn ich im Sommer den scharfen Duft von Liguster wahrnehme, dann schlendere ich wieder über den Maasboulevard, obwohl es gerade dort, glaube ich, kaum Ligusterhecken gibt. Der Wind kommt vom Meer her und lässt meine Augen tränen. Durch die Tränen hindurch sehe ich die tanzenden Lichter am anderen Ufer des Flusses. Das ewige Licht über der Ölraffinerie in Pernis stöhnt und ächzt. Auf dem Nieuwe Waterweg flattern weiße Laken an den mittschiffs gespannten Wäscheleinen auf den Binnenschiffen, die in Ufernähe vorbeigleiten.

Es ist, als würden die Abende im Rückblick zu einem einzigen erstaunlich langen Sommerabend verschmelzen, der wie ein Film vor meinem inneren Auge abläuft. Was ich damals, weil ich mich so elend fühlte, nicht bemerkte, sehe ich im Rückblick haargenau vor mir: einsame Mädchen auf verwitterten Bänken am Maasboulevard, die mich schüchtern anstarren, in den Augen sowohl Angst als auch Sehnsucht. Sie fürchten, dass ich mich neben sie setzen könnte, und zugleich wünschen sie nichts mehr. Ein Filmmädchen sitzt da und schluchzt leise; einem anderen, ein Stück weiter, kullern geräuschlos Tränen über die Wangen, und an mir gehen zwei gut gekleidete Herren mit Hut vorbei, die, wie ich heute annehme (damals habe ich sie kaum bemerkt), auf dem Weg von einem Hausbesuch zu Nächsten sind, Presbyter also, und der eine sagt: »Lass Gerrit van Eersel auf der Orgel der Pniëlkirche ruhig machen«, und der andere erwidert: »Nein, wir sollten seinen Bruder Kees holen, der ist noch viel besser.«

Warum trieb ich mich dort bloß herum? Was brachte mich dazu, Frederica und Jouri heimlich zu folgen, was sag ich, mich regelrecht wie ein Stalker an ihre Fersen zu heften. Im Nachhinein kann man es mir nicht vorwerfen, dass ich mich allabendlich mit dem Fahrrad nach Vlaardingen begab. Fredericas Bruder war ein typischer Liebhaber klassischer Musik, der sich vorzugsweise den ganzen Abend lang Schallplatten anhörte, möglichst in Gesellschaft von Gleichgesinnten. Ich war ihm also immer willkommen. Doch wenn ich bei George war, entging es mir nie – und das einmal sogar inmitten der Gewalt von Sibelius' *Zweiter Symphonie* –, wenn Frederica und Jouri das Haus verließen, um noch einen kleinen Spaziergang über den Maasboulevard zu machen. Und dann wollte ich hinter den beiden her, dann wollte ich jedes Mal bestätigt sehen, dass Jouri sich immer ein wenig wehrte, wenn sie ihn zwischen den blühenden Ligusterhecken innig an sich drückte. Meistens fiel mir eine Ausrede ein, und wenn nicht, dann sagte ich einfach zu George: »Ich muss jetzt leider gehen«, und folgte den beiden in entsprechendem Abstand die Ligusterhecken entlang.

Jouri ist ihrer längst müde, dachte ich dann, genauso wie er auch von Ansje, Ria, Wilma und all den anderen bald die Nase voll hatte. Wahrscheinlich wollte er Frederica nur unbewusst von mir weglocken, so wie er auch Ansje, Ria und Wilma von mir weggelockt hatte. Schon sehr bald würde er mit Frederica Schluss machen.

Wenn ich zu dieser Folgerung kam, war es, als versengte mich der Duft des Ligusters, denn ich wusste genau, dass

Frederica mir, auch wenn Jouri mit ihr Schluss machte, nie wieder hinten im Garten den Unterschied zwischen einem Kuss und einem Dauerbrenner erklären würde. Dann murmelte ich einige Zeilen aus einem Gedicht von Theodor Storm: »Und wieviel Stunden dir und mir gegeben, wir werden keine mehr zusammen leben«, und mir kullerten ebensolche Tränen über die Wangen wie dem Mädchen auf der Bank. Manchmal gelang es mir dennoch, mich zu ermannen, und dann summte ich die übermütige, wunderbare Trostmusik von Mozart, die *Neunundzwanzigste*, sodass ich heute, wenn ich diese Musik erneut höre, augenblicklich wieder an den Ligusterhecken entlanggehe und mich darüber wundere, dass ich einmal im Leben so viel Trauer um etwas empfinden konnte, was im Nachhinein ein Hirngespinst gewesen zu sein scheint. Oder verhält es sich andersherum, bin ich inzwischen so alt und abgestumpft, dass ich nicht mehr fähig bin, wegen einer verlorenen Liebe zu leiden?

Otter

Während der Ligusterzeit fasste ich einen Entschluss. In Leiden würde ich Distanz wahren. Schwer sollte mir das nicht fallen, denn schließlich studierten Jouri und ich unterschiedliche Fächer. Jetzt reichte es. Mein bester Freund, aber gleichzeitig… immer wieder archimedisches Balzverhalten!

Aber das war leicht gesagt, denn wenn ich ihn sah, schmolz meine ganze Entrüstung sofort dahin. Dann neigte sich, wie die Bibel sagt, mein Herz ihm nach, so wie sich mein Herz immer, ganz selbstverständlich, nach ihm geneigt hatte, trotz Ansje, Ria, Wilma und Frederica.

Wie herrlich war es außerdem, während der sonnendurchfluteten Erstsemestertage im September mit einem Vertrauten durch das unbekannte Leiden zu streifen und in einer Jugendherberge zu übernachten. Es war auch sehr beruhigend, gemeinsam Zimmer zu suchen. Bei der studentischen Wohnungsvermittlung bekamen wir eine Liste mit Adressen. Zuerst fuhren wir in den Hogewoerd. Nachdem wir geklingelt hatten, öffnete eine mürrische Person die Tür und führte uns über eine schmutzige Treppe in ein im Hinterhaus gelegenes Souterrain mit niedriger Decke. Ein Fenster bot Aussicht auf das kabbelige, trübe Wasser des Nieuwe Rijn. Neben dem Fenster war im Halbdunkel eine Tür zu erkennen.

»Wohin führt die?«, wollte ich wissen.

Der Zimmerwirt antwortete nicht, sondern stieß die Tür auf. Gleich dahinter, knapp über dem Wasser, war undeutlich ein kleiner Steg zu sehen. »Da kannst du im Sommer ein Sonnenbad nehmen.«

»Oh, wie herrlich«, sagte ich, »hier könnte man problemlos einen Otter halten.«

»Haustiere sind verboten«, sagte der Mann.

»Ach, ein Otter, das kann doch kein Problem sein. Tagsüber ist er unterwegs und schwimmt umher. Wenn er will, kann er auf dem Steg übernachten, und ganz selten kommt er schüchtern ins Haus. Otter sind so wunderbare Tiere, im Mittelalter waren sie die beliebtesten Haustiere. Sie bereiten mehr Freude und weniger Arbeit als ein Hund, vorausgesetzt, es gibt Wasser in der Nähe, und das ist hier der Fall.«

»Junger Mann«, sagte der Vermieter drohend, »ich habe gesagt: keine Haustiere.«

»Dann glaube ich nicht, dass ich dieses Zimmer ...«

»Das glaube ich auch nicht«, sagte der Mann brummig. »Sie sind außerdem zu groß, Sie würden sich hier ständig den Kopf stoßen.« Dann wandte er sich an Jouri. »Und wie finden Sie das Zimmer? Sie sind klein genug. Oder möchten Sie auch so einen Otter ...?«

»Nein, nein«, erwiderte Jouri sehr freundlich, »nein, ein Otter, das wäre mir zu arbeitsaufwendig. Aber ich könnte mir durchaus vorstellen, hier ein Sonnenbad zu nehmen.«

»Sie nehmen das Zimmer also?«

»Ja, es sei denn, Sie hätten etwas dagegen.«

»Wenn Sie mir dann gleich die Miete für den ersten Monat bezahlen würden.«

Jouri entrichtete eine Monatsmiete, bekam den Schlüssel überreicht und sagte, er werde das Zimmer demnächst möblieren. Anschließend fuhren wir zur nächsten Adresse: Uiterste Gracht 171.

Unterwegs sagte ich zu Jouri: »Da willst du einziehen? Bei einem derart mürrischen Kerl?«

»Der Mann ist bestimmt gar nicht so übel. Und so eine Souterrainwohnung mit einem Fluchtweg zum Steg, was will man mehr? Aber du bist ja vielleicht ein verrückter Spinner! Faselst was von einem Otter!«

»Und dieser Mann erst! Der dachte, ich wolle im Ernst einen Otter halten. Weiß der denn nicht, dass Otter in den Niederlanden ausgestorben sind?«

»Nein, das weiß so jemand nicht.«

Auf der Uiterste Gracht öffnete eine Frau die Tür, die ebenso breit wie groß war. Wenn man sie um neunzig Grad gedreht hätte, hätte sie in etwa genau die gleiche Figur gehabt, und man hätte sich höchstens gefragt: Warum sitzen die klobigen Schuhe mit Knöpfen an der Seite? Sie trug eine Brille, in die Vergrößerungsgläser eingebaut waren. Sie schaute Jouri an, strahlte über das ganze Gesicht und sagte: »Sie kommen wegen des Zimmers?«

»Ja«, antwortete Jouri, »aber ich bin bereits versorgt; mein Freund hier ...«

Darauf ging sie nicht ein. Wir folgten ihr durch einen langen Flur, stiegen eine Treppe hinauf und gelangten in ein recht großes Zimmer mit hässlicher Blümchentapete und deprimierender Aussicht in einen farblosen Innenhof. Die Blumenwand wurde jedoch zum größten Teil von einem irrsinnig hohen Klavier verdeckt, an dem altmodisch Kerzenständer befestigt waren.

Mein Herz hüpfte vor Freude. »Darf darauf gespielt werden?«, fragte ich die Frau.

»Wenn keiner zu Hause ist«, sagte sie zu Jouri.

»Unter diesen Umständen würde ich das Zimmer gern nehmen.«

»Dann bitte eine Monatsmiete im Voraus«, sagte sie zu Jouri.

Ich überreichte ihr das Geld. Sie stellte sogleich eine Art Quittung aus und gab sie Jouri.

»Bis bald«, sagte sie zu Jouri.

Als wir wieder auf der Straße standen, sagte ich: »Die wird bestimmt komisch gucken, wenn ich demnächst hier auftauche.«

»Wohl kaum«, meinte Jouri, »die Frau ist nahezu blind, sie sieht keinen Unterschied zwischen dir und mir.«

Sogar diese Frau, dachte ich später, hat nur Augen für Jouri und übersieht mich einfach. Daher war ich heilfroh, als wir am letzten Tag der Erstsemestereinführung, nach Studienfächern getrennt, verschiedene Wege gingen.

Ehe ich mich bei den Biologen einschrieb, begab ich mich zur Musikschule, wo ich mich zum Klavierunterricht anmeldete. Danach marschierte ich zur Raamgracht und stieg die Betontreppe zum Reichsmuseum für Naturgeschichte hinauf. Im obersten Stockwerk stand bereits die Tür zu einem dunklen Hörsaal offen, in den nur durch Fenster unter der hohen Decke natürliches Licht drang. Überall standen Huftierskelette und hingen Schädel, mit Geweihen darauf. Inmitten der Skelette sollte sehr bald ein stattlicher Friese, der Institutsleiter Professor Boschma, zu uns sprechen.

Professor Boschma stand bereits hinter einem Katheder und schaute sich der Reihe nach die zukünftigen Biologen an. Ich betrachtete währenddessen die Rücken und Hinterköpfe meiner bereits anwesenden Mitstudenten. Fünfzehn Jungen und sieben Mädchen. Während ich dem Institutsleiter schüchtern zunickte und mich hinsetzte, fiel mein Blick auf den Hinterkopf eines der Mädchen. Das ist doch Hebe, dachte ich ganz erstaunt, wie kann das sein? Will sie hier auch Biologie studieren? Aber warum weiß ich davon nichts? Und warum hat sie sich die Haare wachsen lassen?

Das Sonnenlicht, das sich gleichsam über die hoch oben angebrachten Fenster hinweg in den Saal ergoss, streichelte liebkosend über den goldblonden Schopf des Mädchens. Eine Dreiviertelstunde später, als wir den Raum verließen, fiel ich fast um vor Erstaunen. Ich war mir so sicher gewesen, Hebe vor mir zu haben, dass ich es kaum glauben konnte, dass die goldblonden Haare einem anderen Mädchen mit wachsbleichen Wangen und kornblumenblauen Augen gehörten. Sie war durchaus hübsch, aber entsetzlich blass! Trotzdem nahm ich mir auf der Stelle vor: Dir werde ich im Oktober gleich den Hof machen. Leider hatten, wie ich einen Monat später feststellen musste, vierzehn andere Erstsemester den gleichen Entschluss gefasst.

Am Freitag, dem 4. Oktober, Punkt ein Uhr, begann mein Biologiestudium mit einer Physikvorlesung. Gleich darauf folgte das erste praktische Seminar. Von zwei bis halb sechs zeichneten wir im Praktikumssaal des zoologischen Laboratoriums Präparate von Einzellern, die unter einem Mikroskop lagen. Und das taten wir in der Folge jeden Nachmittag, von montags bis freitags, bis Weihnachten.

Sehr bald fanden wir heraus, dass man Vorlesungen ruhig schwänzen konnte, dass aber bei sämtlichen Praktika sehr genau auf Anwesenheit geachtet wurde. Sogar wenn man, wie ich am Mittwochnachmittag, eine halbe Stunde früher gehen wollte, um pünktlich zum Katechismusunterricht zu kommen, musste man den Praktikumsleiter um Erlaubnis bitten. Und die wurde nur sehr mürrisch erteilt.

»Wie? Katechismusunterricht? Gott existiert doch gar nicht!«

Ob ich damals auch schon dieser Ansicht zuneigte, weiß ich nicht mehr genau, weil mein Glaube an Gott sehr allmählich verdunstet ist. Trotzdem wollte ich unbedingt zum Katechismusunterricht, weil ich dort, im ersten Studienjahr jedenfalls, Jouri wiedersah. Anschließend gingen wir zum Essen in die Mensa und tauschten unsere Erfahrungen aus.

»Es ist schrecklich«, beklagte ich mich bei ihm, »jeden Nachmittag haben wir von zwei bis halb sechs Praktikum. Querschnitte von Schwämmen und Bandwürmern zeichnen oder von Meristemoiden, grauenhaft.«

»Das ist nichts gegen Mathematikvorlesungen, die kein Aas versteht. Man kapiert nichts. Zehn von uns haben bereits die Flinte ins Korn geworfen. Fach gewechselt, spurlos verschwunden oder endgültig aufgehört. Bei euch auch?«

»Bei uns sind drei Jungs nicht mehr dabei und ein sehr hübsches Mädchen, Giselle, das übrigens erst nach den Einführungstagen aufgetaucht ist. Sie hat aufgehört, weil sich auf einmal herausstellte, dass sie schwanger ist.«

»Von einem deiner Mitstudenten?«

»Soweit ich weiß, nicht. Wahrscheinlich von einem Burschenschaftler.«

»In meinem Semester gibt es kein einziges hübsches Mädchen, schlimmer noch, es gibt überhaupt kein Mädchen. Mathematik ist anscheinend zu schwierig für das weibliche Geschlecht. Und wie ist das bei Biologie?«

»Lauter Wesen mit Dutt und Friedhofsgesicht«, log ich.

Über Julia mit dem langen goldblonden Hebe-Haar schwieg ich. Im Oktober ließ sie sich die Haare schneiden, sodass ich jedes Mal, wenn ich sie von hinten sah, für einen Moment auf die falsche Fährte gelockt wurde und meinte, Hebe vor mir zu haben. Manchmal, am Ende eines schier endlosen Praktikumstags, wenn einer meiner Mitstudenten heimlich reinen Praktikumsalkohol mit Fruchtsaft verdünnte und das Getränk in kleine Bechergläser verteilte, erschien, wenn sie auch ein Schlückchen getrunken hatte, tatsächlich so etwas wie ein Anflug von Farbe auf ihren Wangen. Dann zündete sie sich jedes Mal eine Zigarette an, und ein Mitstudent nach dem anderen schlenderte zu ihr hin, um durch ihr Mikroskop zu sehen und ihre Zeichnung bewundernd zu kommentieren. Ich blieb stur auf meinem Platz sitzen und war mir der Tatsache nur allzu bewusst, dass ich bei Weitem nicht der Einzige war, der sie nett fand.

Dann und wann ging ich zu meinem Mitstudenten Toon hinüber, der schräg hinter mir saß und auch immer stur hocken blieb, wenn sie mithilfe einer Zigarette ihren Männermagneten aktivierte. Toon war der Auffälligste in unserem Semester. Sein schlohweißes Haar wuchs wie eine Biwakmütze um seinen Kopf herum. Mit seinem ebenfalls schlohweißen Bart sah er aus wie ein krummer Gartenzwerg. Nur die Zipfelmütze fehlte. Toon redete pausenlos, nicht mit einer bestimmten Person, sondern mit allen, die zufällig in der Nähe waren. Und wenn keiner da war, redete er einfach weiter. Wie ein begeisterter Sportreporter kommentierte er die Querschnitte, die er unter seinem Mikroskop betrachtete. Er verglich das, was er sah, mit dem, was er früher bereits gesehen hatte, zitierte Lehrbücher und stellte Fragen, auf die er selbst sogleich eine vorläufige Antwort formulierte. Von all meinen Semesterkollegen war dieser sprachgewandte Albinognom, dieses genetische Monstrum, wie Mitstudent Gerard ihn nannte, die kurioseste Erscheinung. Freunde hatte er nicht, und er knüpfte auch keine Freundschaften. Er wohnte nicht in einem Studentenzimmer, sondern bei seinen Eltern am Pieterskerkhof.

An einem regnerischen Winternachmittag spazierte Julia mit ihrer glühenden Zigarette zu Toon, schaute durch sein Mikroskop und fragte ihn dann geradeheraus: »Glaubst du an Gott?«

Er sah nicht auf, zeichnete seelenruhig weiter und antwortete: »Gott? Mich dünkt, dass man im vorhandenen Angebot der leider so fahrlässig beschränkten Propositionssammlungen, die als ebenso viele Religionen die Menschheit plagen, kaum ein schlüssiges Theorem zu entdecken vermag, das einem vernünftigen Menschen auch nur eine Sekunde zusagen kann, und die minimalistische Asymptotenvariante, die als Monotheismus bezeichnet wird, scheint mir von vornherein bereits ungerechtfertigt, weil die Welt nun einmal gemäß den Prinzipien der Stochastik funktioniert, wobei die Prädestinationslehre wohl die allerdeterministischste Variante dieses Typs von ständig Unheil vorhersagenden, kasuistisch gefärbten Konzepten ist.«

Julia

Mir gelang es während des ersten Semesters nicht ein einziges Mal, Julias Aufmerksamkeit auf mich zu lenken. Sehr geduldig wechselte sie, vier ganze Quartale lang, von einem Mitstudenten zum anderen. Kurze Techtelmechtel, die keine wirklichen Beziehungen waren. Es schien, als teste sie spielerisch jeden Jungen, um sich dann wieder von ihm zu trennen. Ich litt darunter, dachte aber trotzdem: Wenn sie alle ausprobiert, landet sie am Ende ja vielleicht auch bei mir. Obwohl wir einander jeden Nachmittag beim Praktikum sahen, habe ich dennoch während unseres ersten Studienjahrs nicht ein einziges Mal eine Chance gesehen, etwas zu ihr zu sagen oder sie etwas zu fragen. Selbst als wir zum Abschluss des ersten Jahres, aufgeteilt in kleine Gruppen, mit verschiedenen Professoren Exkursionen unternahmen und ich zu ihr in die Gruppe kam, gelang es mir nicht, auch nur ein Wort mit ihr zu wechseln. Die Professoren belegten sie jedes Mal sofort mit Beschlag. Noch heute sehe ich haargenau vor mir, wie unser hochberühmter Professor Wolvenkamp sich inniglich mit ihr am Wassergraben niederlässt, um sie auf eine Libellula aufmerksam zu machen, die blauer noch als ein Türkis gemalet.

Heutzutage fotografiert alle Welt, doch damals gab es nur einen einzigen Mitstudenten, der sich berufen fühlte, unsere Unternehmungen zu dokumentieren. Es ist geradezu erstaunlich, wie prophetisch viele seiner Aufnahmen sich im Nachhinein erwiesen haben. Auf einem seiner Schnappschüsse hockt Julia in hoher Zittergrassegge neben unserem Kommilitonen Rudi. Schon damals wusste er, der spätere Bearbeiter der berühmten *Flora der Niederlande* von Hendrik Heukels, alles über Pflanzen. Sie raucht gelassen eine Zigarette, während Rudi eifrig eine Pflanze bestimmt. Von einer Beziehung zwischen den beiden war damals noch keine Rede, aber wenn man sich das Foto genau ansieht, wundert man sich nicht, dass die beiden sich im zweiten Studienjahr verlobten.

Ehe es so weit war, gingen wir im Juni 1963 eine Woche lang auf Exkursion nach Ellecom. Mit dem Kommilitonen Theo streunte Julia am ersten Abend durch den Middachter Wald, mit Kees verschwand sie am zweiten Abend jenseits der Ijssel, hinten auf dem Motorroller von Cees fuhr sie am dritten Abend nach Arnheim. Ich beobachtete alles, ich litt, und ich las Biografien großer Komponisten. Ich dachte: Dauerte diese Exkursion doch nur einen Monat. Dann käme ich vielleicht auch noch an die Reihe.

Nichtsdestotrotz gelang es mir in Ellecom zum ersten Mal, von ihr beachtet zu werden. Sobald es hell wurde, stand ich auf, und im Juni wird es ziemlich früh hell. Ich setzte mich dann auf einen Zaun und las im Mozart-Buch von Hermann Abert. Als ich an einem dieser Sommermorgen wieder in aller Frühe auf dem Zaun saß und ein musikalisches Pferd auf der Wiese dahinter seinen Kopf auf meine Schulter legte, um mitzulesen, trat auf einmal aus dem Schatten der Jugendherberge, in der wir untergebracht waren, ein Mädchen hervor. Die Sonne schien mir in die Augen, und ich dachte: Ist das etwa Julia?

Das Mädchen trug eine hellblaue Hose und einen weißen Pullover. Sie bemerkte mich, kam langsam auf mich zu und streichelte zärtlich die Nüstern des Pferds, das auch etwas über Mozart erfahren wollte.

»Warum sitzt du hier?«, fragte Julia.

»Weil ich hier in Ruhe lesen kann.«

»Es ist so schönes Wetter, und du hockst hier und liest?«, fragte sie erstaunt und auch einigermaßen entrüstet.

»Ja, warum nicht?«

»Weil man jetzt wunderbar spazieren gehen kann. Sollen wir?«

Und dann spazierte ich mit Julia in aller Frühe durch den duftenden Middachter Wald. Es roch so herrlich, die von Wald umgebenen Weiden dampften. Im Wald selbst war noch niemand zu sehen, und wir gingen einfach drauflos; wir schwiegen beide. Wie in Gegenwart von Hebe war ich mit Stummheit geschlagen. Was hätten wir einander auch sagen können, nachdem wir schon ein Jahr lang nichts zueinander gesagt hatten? Was mein Herz erfüllte – das, was ich soeben über Mozart gelesen hatte –, darüber wagte ich nicht zu sprechen. Schon so oft war ich, wenn ich gegenüber meinen Mitstudenten von wirklicher Musik sprach, ins Leere gelaufen. Was für mich so glorreich an die Stelle des »einzig Nötigen« getreten war, hatte für die anderen keine Bedeutung.

Wir überquerten einen unbewachten Bahnübergang. Kaum waren wir auf der anderen Seite wieder im Wald, da donnerte laut pfeifend ein Zug an uns vorüber.

»Mannomann, da fehlte nicht viel«, kicherte Julia aufgekratzt. »Um ein Haar wären wir zusammen gestorben. Da hätten die anderen aber komisch geguckt.«

Ein verirrter Frosch hüpfte über den Waldweg.

»Ach, du armer Wicht«, sagte sie, »wie kommst du denn hierher? Sollen wir ihn mitnehmen? Wenn wir an einen Bach kommen, können wir ihn dort ans Ufer setzen.«

Ich trug den Frosch durch den Middachter Wald. Als wir auf einen kleinen Bach stießen, nahm sie ihn mir ab und setzte ihn äußerst vorsichtig zwischen eine der schönsten Bachuferpflanzen: Gegenblättriges Milzkraut.

Nach Ellecom begannen die lächerlich langen akademischen Ferien. Als wir im Oktober nach Leiden zurückkehrten, waren Rudi und Julia unerwarteterweise ein Paar. Wir anderen fanden, die beiden passten ganz und gar nicht zueinander, und waren verärgert, eifersüchtig, unzufrieden, neidisch. Wir sahen zu und litten.

Am Ende des zweiten Jahres sah das Curriculum eine Exkursion nach Gulpen vor. Anders als in Ellecom, wo wir in großen Schlafsälen untergebracht waren (Jungen und Mädchen natürlich getrennt), schliefen wir diesmal in kleinen Zimmern mit riesigen Doppelbetten. Toon und ich teilten ein Zimmer. Am ersten Abend faltete er die Laken doppelt. Er wickelte sich in ein Laken, ich wickelte mich in das andere, und wir legten uns so weit wie möglich voneinander entfernt hin. Ängstlich versuchten wir, jeden körperlichen Kontakt zu vermeiden. Am Ende der Exkursionswoche wachten wir jedes Mal brüderlich aneinandergeschmiegt auf. Manchmal schreckte ich nachts aus dem Schlaf, weil Toon unser Bett und das Zimmer verließ. Schlafwandelnd irrte er durch die Flure und jagte so etlichen Mitstudenten Schauer über den Rücken, vor allem wenn er vor der steilen Treppe stutzte und erst nach langem Zögern kehrtmachte.

Dort in Gulpen fingen wir Laubfrösche, Geburtshelferkröten und Gelbbauchunken. Toon brachte die heute unter Naturschutz stehenden Amphibien in unserem Doppelbett unter. Einmal kam Julia abends vorbei, um unsere Geburtshelferkröten zu betrachten. Da Toon zusammen mit Gerard unterwegs war, um das Gulpener Nachtleben zu studieren, schlug ich die Decke zurück und holte für sie unsere Frösche, Kröten und Unken vorsichtig am Fußende des Bettes hervor. Julia schlug vor, zwei Laubfrösche auf dem Bettvorleger um die Wette hüpfen zu lassen. Sie zählte bis drei, und dann berührte jeder seinen Frosch kurz am Hinterteil. Gewonnen hatte, wessen Frosch den weitesten Sprung machte.

Dies erwies sich als ein überaus spannendes Spiel. Die Laubfrösche absolvierten für uns einen regelrechten Weitsprungwettbewerb. Wir wollten gerade die beiden besten Frösche gegeneinander antreten lassen, da stürmte plötzlich Rudi ins Zimmer. Er zertrat Julias Rekordfrosch und warf mich aufs Bett. Dann bearbeitete er mich, unverständliche Drohungen ausstoßend, gezielt mit seinen spitzen Ellenbogen. Ich kam nicht auf den Gedanken, mich zu wehren. Dafür war ich zu verblüfft. Als er seine Wut ausgetobt hatte, zog er Julia brüsk zur Tür hinaus und schleppte sie über den Gang hinter sich her. Die Tür blieb offen, ich lag auf dem Bett, und die verdutzten Laubfrösche veranstalteten einen zweiten Durchgang, bei dem etliche auf dem Flur landeten. Ein paar Gelbbauchunken sonderten vor Schreck so viel Gift ab, dass sich auf ihrer Haut Schaum bildete.

Ein paar Tage später erzählte Julia mir, sie habe von zwei Schlangen geträumt. Bei der einen handelte es sich um einen liebreizenden, seltenen Bücherwurm. Dennoch wurde er von der anderen Schlange mitleidlos verschlungen. »Ach, der arme Wicht«, sagte sie.

»Mach dir keine Sorgen«, versuchte ich sie zu beruhigen, »Träume haben keine Bedeutung. Durchs Träumen leeren wir die Mülleimer in unserem Hirn.«

»Es war schrecklich. So ein nettes kleines Bücherwürmchen. Es tat mir so leid.«

Selbst nach einigen Tagen war sie noch immer ganz durcheinander, und auch später hat sie diesen Traum noch oft erwähnt.

Im dritten Studienjahr mussten wir uns zwischen der systematischen und der experimentellen Biologie entscheiden. Rudi wählte die systematische Richtung, Julia und ich die experimentelle. In diesem Jahr standen vor allem Übungen, bei denen man in Zweiergruppen arbeitete, auf dem Programm. Die Übungen der Systematiker fanden im Herbarium und im Museum statt, während die experimentellen Übungen im zoologischen Laboratorium abgehalten wurden. Bei der Übung zur Genetik arbeitete ich mit Julia zusammen. Das gefiel uns beiden gut. Vor ihrem Biologiestudium hatte sie eine Ausbildung zur Chemielaborantin gemacht. Die kam ihr hier zugute. Sie war überaus sorgfältig, konnte hervorragend titrieren (man muss wissen: Nichts auf dieser Welt, mit Ausnahme von Klavierspielen, ist schwieriger als titrieren!), Schnitte machen und kleinste Chemikalienmengen abwiegen. Mir fallen solche Arbeiten immer schwer, zum einen, weil ich zu hastig arbeite, zum anderen, weil ich dieses Gefummel hasse. Aber sämtliche Theorie, die im Rahmen dieser Übungen aus Büchern und Anleitungen herausgesucht werden musste, barg für mich keine Geheimnisse, und ich konnte sie Julia so erklären, dass sie sie verstand. »Ich habe noch nie jemanden getroffen«, sagte sie jedes Mal, »der schwierige Dinge so anschaulich machen kann.« Dann schwoll meine Brust vor Stolz.

Auf die Genetikübung folgte eine Morphologieübung, an der alle Biologiestudenten teilnehmen mussten, und natürlich tat Julia sich dort mit ihrem Verlobten Rudi zusammen. Die beiden stritten sich ständig. Ich arbeitete mit Toon zusammen, doch leider waren wir ein sehr schlechtes Team. Am Ende bekam ich nur ein Ausreichend für die Übung. Ach, hätte ich dieses Seminar doch nur auch mit Julia machen können! Dann hätte sie diese schrecklichen Schnitte für mich gemacht, und ich hätte mindestens eine gute Zwei gekriegt. Für alle Übungen, die ich im Duett mit Julia absolvierte, habe ich lauter Einsen und Zweien bekommen. Und sie ebenfalls.

Wie dem auch sei, nach der Morphologie war die Ethologie an der Reihe. Diese Übung mussten die Systematiker nicht machen. Also arbeitete ich wieder mit Julia zusammen, und aufgrund der Tatsache, dass Julia und ich ein hervorragendes Team waren und wir so vielversprechende Untersuchungen zum Balzverhalten von Buntbarschen anstellten, hinterließen wir beim Übungsleiter einen guten Eindruck. Er fragte uns gleich nach dem Ende der Übung, ob wir nach der Zwischenprüfung wiederkommen wollten, um bei ihm unsere Diplomarbeit zu schreiben. Weil ich damals bereits mit der Parasitologie liebäugelte, fragte ich ihn, ob ich das Verhalten von Buntbarschen untersuchen dürfte, die von Karpfenläusen parasitiert werden. »Aber sicher, was für eine gute Idee«, sagte er.

Julia und ich machten unsere Buntbarschuntersuchungen im großen Aquariumssaal des zoologischen Laboratoriums. Wenn wir mit unseren Experimenten begannen, zogen wir einen Leinenvorhang zu. Dahinter saßen wir dann von neun bis fünf Uhr. In der zweiten Woche balzte eines unserer Versuchstiere, Kareltje, so erstaunlich einfallsreich zu jeder vollen Stunde auf ein und dasselbe Weibchen, dass wir um fünf Uhr hinter dem Vorhang sitzen blieben. Ob er wohl weiter in regelmäßigen Abständen balzen würde? Das tat er, und als er kurz nach sieben wieder pünktlich seinem Weibchen den Hof machte, beendeten wir unsere Beobachtung. Wir gingen durch das menschenleere Laboratorium zum Ausgang. Draußen sangen die Amseln in der hellen Dämmerung des Frühlingsabends so ausgelassen, als deuteten sie auf die *Matthäuspassion* hin, die am selben Abend im Städtischen Konzerthaus aufgeführt werden sollte.

Als wir im allmählich einsetzenden Zwielicht die Treppe zum zoologischen Laboratorium hinuntergingen, seufzte Julia plötzlich: »Wieder einen Abend allein.«

»Wo ist Rudi denn?«, fragte ich sie.

»Es ist aus«, erwiderte sie tonlos.

Ich verstand sie nicht richtig und meinte zu hören: »Er ist aus.« Erst als ich, mein Fahrrad schiebend, im milden, hellen Dämmerlicht neben ihr herlief, drang es zu mir durch, dass sie »Es ist aus« gesagt hatte.

Bis zur Breestraat ging ich mit ihr. Ich brachte kein Wort über die Lippen. Sie sagte: »Es sieht fast so aus, als würdest du mich begleiten.«

In mir stritten so widersprüchliche Gefühle miteinander, dass ich nicht wusste, was ich erwidern sollte.

Sie sagte: »Es ist besser, du gehst jetzt. Ich muss allein sein, ich muss meine Gedanken ordnen, ich muss das erst verarbeiten.«

»Ist gut«, sagte ich.

Am Tag darauf saßen wir wieder hinter dem Vorhang, und Kareltje balzte exakt um neun Uhr auf ein Weibchen, dasselbe tat er zu jeder vollen Stunde, den ganzen Tag lang, als wollte er unsere heftigen Emotionen beschwören. An diesem Dienstagabend bin ich dann zu Rudi gegangen. Im Nachhinein denke ich, dass ich so vermessen war, mich in die Höhle des Löwen zu begeben, weil ich auch von ihm das Ende der Beziehung mit Julia bestätigt haben wollte.

Rudi wohnte an der Ecke zur Oktoberstraat 3 in einem ehemaligen Ladenlokal. Im Schaufenster kochte er Kaffee. Er sagte: »Es ist schiefgegangen, ich habe sie nicht halten können.« Dann verglich er sich selbst mit einem blinden Gaul. Er berichtete, sie habe immer wieder zu ihm gesagt, sie fände mich viel netter als ihn. Er hielt mir vor, sie sei in mich verliebt und ich in sie. Dann verpasste er sich, als wollte er wiedergutmachen, dass er mich in Gulpen mit den Ellenbogen misshandelt und en passant einen Frosch zertreten hatte, ein paar wohlgezielte Ohrfeigen. Anschließend führte er aus, wie wunderbar sie küssen konnte. Ich erzählte ihm, dass sie den ganzen Tag über hinter dem Vorhang ein Papiertaschentuch nach dem anderen vollgeschnieft habe. Daraus schöpfte er neuen Mut. Nachdem ich gegangen war, ist er sogleich mit dem Fahrrad zu ihr gefahren.

Julia berichtete mir am nächsten Tag, dass er sie am Abend noch besucht hatte. Worüber sie gesprochen haben – sie hat es mir nie gesagt, aber von etwelcher Traurigkeit war danach nichts mehr zu spüren. Das Einzige, was sie sagte, war: »Ich bin vorläufig nicht bereit für eine neue Beziehung.« Mich kümmerte das nicht, denn ich war davon überzeugt, dass sie mich netter fand als alle anderen Jungen, so wie auch ich sie netter fand als alle anderen Mädchen. Wenn das so blieb, würde das Ganze von allein ein gutes Ende nehmen.

Auch bei der nächsten Übung, Pflanzenphysiologie, arbeiteten Julia und ich zusammen. Den ganzen Monat Mai und Anfang Juni sahen wir einander jeden Tag. Sie fuhr mit mir zu meinem Zimmer auf der Uiterste Gracht, ich fuhr mit ihr zu ihrem Zimmer an der Haarlemmertrekvaart. Dort hörten wir uns – denn sie hatte wahrhaftig Sinn für wirkliche Musik – jedes Mal eine der Suiten aus dem Ballett *Romeo und Julia* von Prokofjew an. Wenn ich diese Suiten heute höre, dann sitze ich wieder in ihrem Zimmer, und es ist, als müsste ich meine Augen wegen des glitzernden Sonnenlichts auf den Wellen der Trekvaart zukneifen.

Aus den dafür in Betracht kommenden Buchstaben ihres Vor- und Nachnamens stellte ich ein Thema zusammen, auf das ich eine Fuge in E-Dur komponierte. Dies ist praktisch die einzige Komposition, die ich jemals geschrieben habe, und sie ist bestimmt nicht weniger gelungen als die Fugen, die Simon Vestdijk geschrieben hat. Julia jedenfalls war entzückt, als ich sie ihr auf dem Klavier vorspielte.

Während der Übung Pflanzenphysiologie haben wir uns am Abend des 1. Mai versprochen – so feierlich, wie es in diesem Alter noch möglich ist –, dass wir, ganz gleich, was in Zukunft mit uns geschehen würde und mit wem wir eventuell unser Leben teilen würden, am 1. Mai des Jahres 2000 einen ganzen Tag miteinander verbringen wollten.

»Daraus machen wir dann einen ganz wahnsinnigen Tag«, sagte Julia.

Wie seltsam, dieses feierliche Versprechen! Als hätten wir damals bereits gewusst, dass wir, obwohl wir bei den Übungen ein ganz wunderbares Paar waren, das im großen Stil Einsen und Zweien einfuhr, unser Leben nicht miteinander teilen würden. Trotzdem war ich damals noch davon überzeugt, dass wir unweigerlich zueinanderfinden würden. Doch eines Abends fuhren wir zu mir. Unterwegs war ich mir sicher: Heute passiert es, heute werde ich sie in den Arm nehmen, heute werde auch ich sie küssen, streicheln, küssen. Es störte mich nicht, dass schon so viele andere Jungen sie geküsst hatten. All die Zeit war sie ja schließlich blind gewesen, sie hatte noch nicht gewusst, dass ich jahraus, jahrein auf sie gewartet hatte, so wie Jakob auf Rachel.

In meinem Zimmer angekommen, schaltete ich das Radio ein. Nachdem ich einen Moment gelauscht hatte, sagte ich entzückt: »Ah, Mozart, die *Haffner*.«

Daraufhin sah sie mich mit ihren großen kornblumenblauen Augen völlig erstaunt an. Dann ließ sie sich schwer in einen verschlissenen Sessel fallen und sagte ziemlich verächtlich und gereizt: »Mozart, pfui, dieses ganze Geschnörkel.«

Diefsteeg

Um auf ganz eigene Weise das Ende meines dritten Studienjahres zu feiern, begab ich mich an einem milden Frühsommerabend zum Städtischen Konzerthaus. Unter Leitung von Willem van Otterloo sollte dort das Residentieorkest vor der Pause seine eigene Orchesterbearbeitung der *Fantasie f-Moll* von Franz Schubert sowie die Ouvertüre *De getemde feeks* von Johan Wagenaar aufführen. Nach der Pause stand noch die *Siebte Symphonie* von Antonín Dvořák auf dem Programm.

Bei jedem Konzert strömten die Besucher in der Pause, wenn das Wetter es zuließ, massenhaft ins Freie, um in der Breestraat ein wenig frische Luft zu schnappen. Wenn ich mich unter diese Besucher mischte, dann konnte ich, wenn die Klingel schrillte, die das Ende der Pause verkündete, mit den anderen in den Saal schlendern. Mithilfe dieses kleinen Betrugsmanövers hatte ich schon eine Reihe von Konzerten gehört.

War ich deshalb ein Schnorrer? Aber was sollte ich sonst machen, als Student, mit einem Stipendium von 2400 Gulden pro Jahr?

Die Pause würde, so schätzte ich, gegen zehn nach neun beginnen. Vielleicht ein wenig früher. Um auf keinen Fall zu spät zu kommen, schlenderte ich bereits um Viertel vor neun vom Pieterskerkhof und durch den Diefsteeg kommend in Richtung Breestraat. Im dunklen Diefsteeg brannten die Straßenlampen noch nicht. Aus dem chinesischen Restaurant *Woo Ping* schimmerte fahlrotes Licht in den Diefsteeg, das dem engen Gässchen etwas Unheimliches verlieh. Einen Moment lang überlegte ich umzukehren, um dann durch den Pieterskerkkoorsteeg zur Breestraat zu gehen. Aber ich fasste mir ein Herz, tauchte in die Zone mit dem blassroten Zwielicht ein und ging hastig an dem Restaurant vorüber.

Woo Ping ist ein recht großes Lokal. Links und rechts vom Eingang gibt es jeweils zwei große Fenster. Die beiden Restauranthälften sind durch einen Gang voneinander getrennt.

Als ich am zweiten Fenster vorbeimarschierte, schaute ich kurz ins Restaurant. Nicht auf etwas Bestimmtes, sondern einfach nur, um meinen Blick ein wenig schweifen zu lassen. Ich summte das Hauptthema der *Fantasie f-Moll*. Selbst im erstaunlichen Œuvre Schuberts ist diese *Fantasie* einer der absoluten Höhepunkte, eine beispiellose Komposition. Es wunderte mich, dass van Otterloo sich daran vergriffen und eine Orchesterbearbeitung geschrieben hatte.

Wie dem auch sei, ich summte Schubert, warf einen flüchtigen Blick in das Restaurant und ging dabei ruhig weiter, im Takt der Musik.

Vor der Eingangstür blieb ich abrupt stehen. Täuschte ich mich? Saß dort nicht Julia? War sie noch in Leiden? Am Ende der Übung zur Pflanzenphysiologie hatte sie doch zu mir gesagt, sie werde am selben Tag noch zu ihren Eltern fahren?

Ich ging zurück und schaute gezielter in das Restaurant. Ja, da saß sie, mit dem Rücken zu mir an einem Tisch in der Mitte des Lokals. Ich kannte sie inzwischen gut genug, um sofort zu erkennen, dass sie beschwingt und fröhlich war und sich wohlfühlte. Ihr blondes Haar glänzte und wogte prachtvoll um ihren Hinterkopf. Wenn sie deprimiert war, war es immer ganz struppig.

Während sie die ganze Zeit auf die Person neben ihr einredete, aß sie ab und zu einen Bissen. Im *Woo Ping* sind alle Tische durch hohe rote Zwischenwände voneinander getrennt, sodass ich ihre Begleitung, die von einer solchen Wand verdeckt wurde, nicht erkennen konnte. Wer saß dort? Eine Freundin aus dem Studentenklub? Ein Biologe? Ihre Tante, die auch in Leiden wohnte? Eine Weile stand ich da und spähte wie Robert aus Patricia Highsmith' Roman *Der Schrei der Eule*. Wie angeregt sie sich unterhielt! Wie verblüffend fröhlich sie angesichts ihrer Neigung zur Melancholie war. Wer verstand es, ihre hypochondrische Seele so angenehm zu kneten und zu formen, dass sie in höhere Sphären aufstieg? Hatte sie mich, nachdem wir einander wegen Mozarts Geschnörkel nicht in die Arme gefallen waren, bereits nach so kurzer Zeit durch einen neuen möglichen Liebhaber ersetzt?

Weil das Restaurant aus zwei voneinander getrennten Abteilungen besteht, kann man durch den einen Speisesaal hindurch bis ganz nach hinten zur Küche gehen und von dort in den anderen Speisesaal gelangen. Ich durchquerte also den Teil, wo Julia und ihr Begleiter nicht saßen, ging kurz um die Ecke und warf einen Blick auf Julias Tisch. Von ihr und ihrem Tischnachbarn konnte ich nur die rot beleuchteten Scheitel sehen, doch das war bereits mehr als genug, um zu wissen, mit wem Julia da einen so netten Abend verbrachte.

»Mein Herr, wollen essen?«, fragte eine chinesische Kellnerin. »Tisch für Sie suchen?«

»Nein danke. Ich wollte nur schauen, ob ein Freund, mit dem ich beim Chinesen verabredet bin, hier ist. Leider habe ich vergessen, in welchem Restaurant wir uns treffen wollten. Aber er ist nicht hier, bestimmt sitzt er im *Kota Radja*.«

»Auf Wiedersehen, mein Herr, guten Abend, mein Herr.«

Ich ging auf demselben Weg zurück und hinaus in den Diefsteeg. Julia in Begleitung von Jouri? Wie war das möglich? Wo und wie hatte er sie kennengelernt? Wusste er, dass Julia und ich gemeinsam Übungen besucht hatten? Hatte er erfahren, dass wir einander auf der Uiterste Gracht am Ende doch nicht geküsst hatten, weil die *Haffner-Symphonie* dazwischengekommen war? Oder wusste er nichts von all dem? Hatte die Tatsache, dass er mit Julia chinesisch essen ging, nichts mit meinem Werben um sie zu tun? Mir schien es, jetzt, da er mit ihr dort saß, undenkbar, dass er nichts von meiner Verehrung für Julia wusste, dem Geschnörkel zum Trotz, und dass sie mich, nachdem sie fast alle meine Mitstudenten gewogen und für zu leicht befunden hatte, auch einmal einer näheren Untersuchung unterziehen wollte. Oder irrte ich mich in diesem Punkt? Fand sie mich ebenso attraktiv wie ich sie? War es vielleicht echte Liebe? Warum nicht?

Jouri und Julia beim Chinesen. Nein, die Welt war nicht untergegangen, sie rotierte noch stets in vierundzwanzig Stunden um ihre eigene Achse und raste auf ihrer Bahn um die Sonne durchs All, und auch ich lebte noch und stieg zur etwas höher als der Diefsteeg gelegenen Breestraat hinauf und sah dort die festlich gekleideten Konzertbesucher bereits auf der Straße flanieren. Ich mischte mich unter sie und ging dann mit ihnen in Richtung des Konzertsaals. Im Foyer wurde ich jedoch von einem Logenschließer angesprochen.

»Dürfte ich bitte Ihre Eintrittskarte sehen, mein Herr?«

»Die habe ich leider verloren.«

»Ich bedaure, aber dann bin ich leider verpflichtet, Ihnen den Zutritt zum Saal zu verwehren. Sie versuchen nicht zum ersten Mal, sich kostenlos Einlass zum zweiten Teil des Konzerts zu verschaffen. Sie stehen inzwischen auf unserer schwarzen Liste und werden genau beobachtet.«

»Ich bin ein armer Student«, warf ich ein.

»Mein Herr, Studenten haben jede Menge Freizeit. Suchen Sie sich eine Arbeit, dann haben Sie Geld und können sich ordnungsgemäß eine Konzertkarte kaufen.«

Ich machte kehrt und ging mit gesenktem Kopf in Richtung Ausgang. Bevor ich draußen war, tippte mir jemand auf die Schulter. Ich schaute mich um und starrte in das Gesicht des Logenschließers.

»Aber, mein Herr«, sagte er. »So schlimm ist es doch auch nicht. Sie müssen sich das doch nicht so zu Herzen nehmen. Sie gehen fort, als führte man Sie zum Schafott. So war das nun auch wieder nicht gemeint. Dieses Mal will ich noch beide Augen zudrücken. Gehen Sie also ruhig hinein.«

Ich sah ihn an, drehte mich um und ging in Richtung des Saals.

»Was ist, mein Herr? Fühlen Sie sich nicht gut?«

»Doch, doch«, stotterte ich.

»Soll ich Ihnen ein Glas Wasser holen?«

»Nein, vielen Dank.«

»Mein Herr, Sie wirken, als seien Sie fix und fertig. Wie ich schon sagte, Sie dürfen hinein, einmal drücke ich noch beide Augen zu, sehen Sie nur.« Er kniff die Augen zu.

»Es geht schon wieder«, sagte ich, »wenn ich erst einmal sitze …«

Ehe ich den Saal betrat, schaute ich noch kurz über die Schulter. Mit großen, besorgten Augen sah der Logenschließer mir nach. Als ich schließlich einen Platz gefunden hatte, kam er noch mal in den Saal und spähte umher, bis er mich entdeckte. Er nickte mir kurz zu.

Dvořáks *Siebte* ist ein grandioses Meisterwerk. Es steht auf einer Stufe mit seinen anderen großen Meisterwerken, dem *Requiem* und den beiden *Streichquartetten*, Opus 105 und 106. Ich hörte Dvořáks *Siebte* an diesem Abend zum ersten Mal. Mir kam es so vor, als stünde diese düstere, dramatische Symphonie einzig und allein deshalb auf dem Programm, um mir noch einmal in aller Deutlichkeit meinen Schmerz bewusst zu machen. Jouri und Julia beim Chinesen – nun war also alles verloren. Wieder hatte er getan, was er schon so oft getan hatte, wieder hatte er einem geliebten Mädchen gezeigt, dass ein Mann viel charmanter, gewinnender, herzlicher, einfühlsamer sein konnte, als ich es selbst in meinen besten Augenblicken jemals sein würde. Aber warum? Und wie hatte er von ihr erfahren, obwohl ich es doch sorgfältig vermieden hatte, von ihr zu sprechen? Was sollte ich, angenommen, es würde irgendwann eine neue Freundin auf der Bildfläche erscheinen, tun, um ihn fernzuhalten? Sogar jetzt hatte er, obwohl ich den Namen Julia in seiner Gegenwart nie hatte fallen lassen, Wind von dieser noch so jungen aufkeimenden Frühlingsliebe bekommen. Aber wie, in Gottes Namen?

Der zweite Satz begann, die am stärksten die Seele berührende Musik, die Dvořák je geschrieben hat. Damals wusste ich noch nicht, dass Dvořák hier *Tristan und Isolde* zitiert, aber dennoch war diese Musik für mich eine Offenbarung. Etwa zehn Takte vor dem Ende begann irgendwo hinter den Kulissen eine Katze wie wild zu miauen. Das ganze Publikum brach in Gelächter aus, und wie mit einem Zauberschlag war meine Überzeugung verschwunden, Dvořák habe mir mit dieser Musik die Mittel an die Hand gegeben, diesen bizarren Schicksalsschlag zu parieren.

Was sollte ich tun? Auf welche Weise konnte ich in Erfahrung bringen, wie Jouri meine Julia kennengelernt hatte. Sollte ich ihn ganz beiläufig fragen: »Wie bist du mit Julia bei *Woo Ping* gelandet?« Oder sollte ich sie das quasi ganz nebenbei fragen? Angenommen, ich bekam eine befriedigende Antwort, was brachte mir die? Selbst wenn ich bis in alle Einzelheiten herausfand, wie sie sich kennengelernt hatten, hatte ich immer noch keine Garantie, dergleichen in Zukunft verhindern zu können.

Einen Umweg durch den Diefsteeg machend, ging ich nach Hause. Die beiden saßen nicht mehr in dem Restaurant. War sie mit ihm zu seinem Zimmer in der Hogewoerd gefahren? Oder war er bei ihr in der Haarlemmertrekvaart? Ich überlegte, ob ich mein Fahrrad holen und zu den beiden Adressen fahren sollte. Doch als ich zu Hause ankam, war ich nicht nur todmüde, sondern mir auch sehr genau bewusst, dass ich, ganz gleich, was ich unternahm, hoffnungslos ins Hintertreffen geraten war und dass ich besser sofort unter die Decke kroch.

Dort wälzte ich mich dann stundenlang und zermarterte mir das Hirn nach einer befriedigenden Antwort auf die Frage: Wie haben die beiden sich kennengelernt? Erst im Morgengrauen schlief ich ein, nachdem ich mir selbst geschworen hatte, am nächsten Tag herauszufinden, wie es so weit hatte kommen können.

Rechenschaft

Obwohl ich mir, ungeachtet des mir selbst gegebenen Versprechens, sagte, dass eine Antwort auf die quälende Frage mir nicht weiterhelfen würde, radelte ich dennoch gegen Mittag zu Julia. Es war Ende Mai, das akademische Jahr neigte sich bereits dem Ende zu, und die Blütenkerzen der Kastanien vertrockneten allmählich. Friedlich kräuselte sich das Wasser im Kanal, die trägen Wellen glitzerten im überschwänglichen Frühlingslicht. Nichts deutete darauf hin, dass Jouri tags zuvor Julia bei *Woo Ping* getroffen hatte. Unter den ersten Kastanienkerzen angekommen, dachte ich sogar daran umzudrehen. Es war eh schon alles verloren.

Trotzdem fuhr ich weiter, bis ich schließlich den Teil der Haarlemmertrekvaart erreichte, wo die Bebauung allmählich dünner wurde und wo das Haus stand, in dem Julia wohnte. Es erschien mir wenig klug, sie, wenn sie denn überhaupt zu Hause war, zu fragen, warum sie den Besuch bei ihren Eltern verschoben hatte. Lieber wollte ich zuerst versuchen zu erfahren, wie sie mit Jouri bei *Woo Ping* gelandet war.

Auf mein Klingeln hin öffnete ihre Zimmerwirtin die Tür.

»Sie wollen zu Julia? Heute Morgen habe ich Schritte gehört, ich glaube, sie ist da.«

Ich stieg die Treppe hinauf und klopfte an ihre Tür.

»Herein!«, rief sie.

Vorsichtig drückte ich die Klinke hinunter. Ihr Spiegelbild starrte mich mit großen, fragenden Augen an. Sah sie mich überhaupt?

»Hi«, sagte sie.

Sie trat einen Schritt zur Seite und tauchte aus der imaginären Glaswelt des Spiegels auf.

»Und«, fragte sie, »steht mir das?«

Sie trug ein Kostüm, das einen Hauch heller war als ihr platinblondes Haar. Wenn ich auf dem Weg zu ihr noch zu hoffen gewagt hatte, sie habe das mit dem Geschnörkel nicht gesagt, um mich zu verletzen, und Jouri sei nicht mir ihr zum Chinesen gegangen, um sie mir abspenstig zu machen, so ließ dieses wunderschöne Kostüm, worin sie wie eine junge Königin aussah, die inkognito Ferien macht, all meine Illusionen in tausend Scherben zerspringen.

»Gestern gekauft«, sagte sie, »zusammen mit meiner Tante. Die hat es auch bezahlt. Sie meinte, ich sollte mir endlich einmal etwas zulegen, worin ich wirklich ordentlich aussehe. Wie findest du es?«

»Es steht dir wirklich phantastisch.«

»Ja, das sagte meine Tante auch. Ich selbst muss mich erst noch daran gewöhnen. Es fühlt sich an, als wäre man jemand anders. So könnte ich nicht auf Exkursion gehen. Ich traue mich kaum, mir eine Zigarette zu drehen, und zu rauchen erst recht nicht. Wenn man ein solches Kostüm trägt, muss man feste Zigaretten in einer langen silbernen Spitze rauchen. Und eigentlich muss man sich auch ein wenig schminken. Und flache Schuhe kann man dazu auch nicht tragen.«

»Ein weißer Hut oder ein weißes Barret würde gut dazu passen.«

»Ja, mach dich nur lustig! Nein, das lassen wir vorläufig noch bleiben. Das reicht so. Nachher fahre ich in diesem Aufzug nach Hause. Bin gespannt, was meine Eltern dazu sagen.«

»Darin willst du fahren? Dann kommst du schmuddelig an. So schön dieses Kostüm ist, so empfindlich ist es auch.«

»Das hättest du besser nicht gesagt. Nun habe ich unterwegs keine ruhige Minute.«

»Nun ja, aber …«

»Kein Wort mehr. Mach es nicht noch schlimmer. Ich wollte übrigens gleich aufbrechen. Hast du Zeit und Lust, mich zum Bahnhof zu bringen?«

»Ja, natürlich.«

Also gingen wir kurze Zeit später an dem glitzernden, sich kräuselnden Wasser entlang zum Bahnhof. Aus den Kastanien taumelten weiße Blütenblätter herab. Man hätte meinen können, es schneite. Sie ging neben mir her in ihren sahneweißen Schuhen. Während ich mit einer Hand mein Fahrrad schob, hielt ich mit der anderen ihren Koffer, der auf dem Gepäckträger stand.

In Höhe der Heen-en-weerbrug hatte ich genug Mut gefasst, sie ganz beiläufig zu fragen: »Gestern, als ich zum Städtischen Konzerthaus ging, bin ich durch den Diefsteeg gekommen, und da meinte ich doch tatsächlich, dich im *Woo Ping* zu sehen.«

»Mich? Ich bin den ganzen Tag mit meiner Tante unterwegs gewesen und habe bei ihr zu Hause eine Kleinigkeit gegessen. Mich kannst du unmöglich im *Woo Ping* gesehen haben. Das muss eine andere Frau mit kurzen blonden Haaren gewesen sein, die mir ähnlich sieht.«

Einen Moment lang glaubte ich ihr, auch weil sie so ruhig verneinte, dort gesessen zu haben, und zudem noch eine triftige Begründung parat hatte.

»Und ich hätte schwören können …«, sagte ich verdutzt.

»Es war ein toller Tag gestern mit meiner Tante, ein ganz toller Tag.«

Mehr noch als das empfindliche sahneweiße Kostüm, das sie in ein unerreichbares Mannequin verwandelte, schuf dieses so unbekümmert geäußerte Dementi einer Tatsache, die ich mit eigenen Augen gesehen und im *Woo Ping* zudem noch verifiziert hatte, eine unüberbrückbare Distanz. Sie log mich an, also war es tatsächlich zu Ende, definitiv aus und vorbei. Natürlich, ich hatte es bereits gewusst, als sie voller Abscheu »Mozart, pfui, dieses ganze Geschnörkel« gesagt hatte, aber dennoch wäre da noch ein Kompromiss möglich gewesen. Sie mochte schließlich Prokofjew, und das war unglaublich, wenn man bedachte, dass fast alle auf den Knien lagen vor dem betrüblichen Unsinn, den die Beatles, die Rolling Stones und Elvis Presley absonderten. Aber knallharte Lügen in einem so frühen Stadium der Liebe, das ging ganz und gar nicht. Dann wurde Misstrauen gesät, wo vollkommen selbstverständliches wechselseitiges Vertrauen wachsen und erblühen sollte.

Am Bahnhof angekommen, trug ich ihr Gepäck zum bereitstehenden Zug. Ich stieg sogar ein, um ihr den Koffer ins Gepäcknetz zu wuchten. Dann musste ich mich beeilen, um vor der Abfahrt wieder auszusteigen, denn es ertönte bereits der schrille Pfeifton. Julia öffnete das Fenster, rief »Auf Wiedersehen« und winkte eifrig mit ihren sahneweißen Armen. Das tat sie noch, als der Zug kreischend die Kurve zum Bahnhof Leiden-Lammerschans nahm. Es schien, als dächte sie: Da es nun das letzte Mal ist, will ich ihm ausführlich zuwinken.

Vom Bahnhof aus ging ich geradewegs in die Hogewoerd. Auch Jouri traf ich zu Hause an. So bedächtig, ruhig und beherrscht er für gewöhnlich war, so aufgeregt war er jetzt.

»Was ist los?«, fragte ich ihn.

»Ich habe Neuigkeiten, wirklich phantastische Neuigkeiten. Und du bist der Erste, der davon erfährt. Ich habe einen Brief bekommen.«

Er wedelte mit einem Umschlag und rief ausgelassen: »Rate mal!«

»Ich erkenne dich kaum wieder. Du bist doch sonst immer so ruhig. Was könnte dich so aus der Fassung bringen?«

»Champagner, ach, hätte ich jetzt nur Champagner oder zumindest Perlwein, dann würden wir uns draußen auf den Steg setzen und uns besaufen.«

»Ist es etwas so Großartiges, dass es gefeiert werden muss?«

»Ja, ich bin im Rahmen eines Austauschprogramms mit der Universität Harvard ausgewählt worden. Ich darf ein Jahr lang dort studieren, man ist der Ansicht, ich sei einer der brillantesten Mathematikstudenten hier in Leiden. Gestern habe ich es bereits vertraulich vom Dekan erfahren, und heute Morgen kam der Brief mit der offiziellen Bestätigung. Wie findest du das? Es ist wirklich unglaublich! Jouri Kerkmeester von Goeree-Overflakkee. Unglaublich!«

»Mich wundert das nicht. Du warst schon in der Schule brillant.«

»Ach was, du warst in allen Fächern besser, du hättest Mathematik studieren sollen, dann würden wir jetzt zusammen nach Harvard gehen. Wie werde ich dich dort vermissen! Wir müssen einander oft schreiben. Mensch, Harvard, ich kann es einfach nicht fassen. Eigentlich müsste ich jetzt erst Frederica schnell anrufen.«

»Wieso? Bist du immer noch mit Frederica zusammen?«

»Warum sollten wir nicht mehr zusammen sein?«

»Schon seit Monaten habe ich nichts mehr von ihr gehört.«

»Was hätte ich dir denn von ihr berichten sollen?«

»Das ist nicht die Frage. Die Frage ist: Warum hast du kein Wort über sie verloren?«

»Weil ... müssen wir das jetzt besprechen?«

»Fahr fort: Weil ...«

Er seufzte und murmelte dann: »Weil ich den Eindruck habe, es schmerzt dich noch immer, dass Frederica dich hat sitzen lassen, um mit mir ...«

»Sie hat mich nicht sitzen lassen. Ich war nur ihr Schleichweg zu dir.«

»Meiner Meinung nach ist dir das Ganze doch ziemlich nahegegangen. Ich tröste mich immer mit dem Gedanken, dass Frederica nichts für dich wäre.«

»Aber für dich?«

»Nein, für mich eigentlich auch nicht, aber wir wollen ehrlich sein: Ich habe dich eindringlich vor ihr gewarnt, ich habe gesagt: ›Sie verdreht dir den Kopf, und dann bin auch ich der Dumme, dann geh auch ich vor die Hunde.‹ Aber nein, du musstest sie unbedingt küssen, und darum … und jetzt … jetzt bin ich …«

Er starrte mich an, als wollte er mir die Schuld geben. Doch ehe ich etwas zu meiner Verteidigung vorbringen konnte, schaute er mich mit seinen braunen Augen bereits wieder mitleidsvoll an und sagte: »Soll ich dir einmal einen guten Rat geben? Brillant bin ich als Mathematiker, vielleicht bin ich es ja auch in Herzensangelegenheiten. Du studierst Biologie, doch das tust du mit dem Hirn, nicht mit dem Herzen. Deine ganze Liebe gehört der klassischen Musik. Such dir ein Mädchen, das klassische Musik ebenso liebt wie du, dann wirst du glücklich werden.«

Ehe ich ausrufen konnte: »Glücklich werden? Das will ich gar nicht! Ich will im Leben Großes erreichen!«, war er bereits aufgestanden und zur Tür gegangen. Er sagte: »Ich kaufe noch schnell auf der Hogewoerd eine Flasche Champagner. Stell du schon mal Stühle auf den Steg.«

Als wir uns dort kurze Zeit später niederließen und ich gierig mein Glas Champagner hinuntergestürzt hatte, schien es, als überkäme mich der Geist Gottes, der seinerzeit über den Wassern geschwebt hatte, sodass mein Geist nun über das trübe Wasser des Nieuwe Rijn flatterte. Wie heiter ich mich plötzlich fühlte, und es war auf einmal nicht mehr so wichtig, dass Julia mich, wie eine Besessene winkend, verlassen hatte. Nach dem zweiten Champagner auf leeren Magen war mir, als schwebte der Steg selbst. Die Wolken zogen nicht von Westen nach Osten am Himmel entlang, sondern von oben nach unten.

Ich hörte mich selbst sagen: »Frederica wird nicht begeistert sein, wenn du für ein Jahr nach Harvard gehst.« Und aus der Ferne vernahm ich Jouris Antwort: »Was kümmert mich das? Ehrlich gesagt, habe ich gar nichts dagegen, sie eine Weile nicht zu sehen. Sie belegt mich zu sehr mit Beschlag. Vielleicht findet sie ja in dem Jahr einen anderen. Ich glaube nicht, dass ich ihr eine Träne nachweinen würde.«

»Einen anderen? Vielleicht wieder mich... ob sie mich...?«

»Sie spricht oft von dir, sie ist verrückt nach dir, aber bitte, halt dich von ihr fern. Sie wird dich ersticken, sie wird dich erdrücken, wir werden sie niemals los, wenn du wieder in ihren Armen landest.«

»Aber sie ist wunderschön, und sie... sie kann...« Ich wollte sagen: »Sie kann so wunderbar den Unterschied zwischen einem Kuss und einem Dauerbrenner erklären«, aber ich beherrschte mich, denn so betrunken ich inzwischen auch war, so spürte ich doch, dass es wenig angebracht war, diesen Vorfall mit ihrem zukünftigen Ehemann zu diskutieren. Es kündigte sich zudem eine vage Übelkeit an. Um zu verhindern, dass ich auf Jouris Steg kotzte, stand ich nach diesem unvollendeten Satz auf und sagte: »Ich muss dann mal los.«

»Gut«, sagte Jouri, »dann werde ich jetzt tun, was ich vorhin vorhatte, als du hereingeschneit kamst, und Frederica anrufen.«

In Schlangenlinien fuhr ich über die Hogewoerd davon und spuckte den Champagner in Höhe der Deckenfabrik wieder aus. Nun wieder einigermaßen nüchtern, fragte ich mich erstaunt: Warum hatte ich seinen Ausflug ins *Woo Ping* mit keinem Wort erwähnt? Hatte ich Angst, auch er würde mich anlügen, sodass ich ihm in Zukunft nie wieder hätte vertrauen können? Oder wollte ich seine Freude darüber, dass er für Harvard ausgewählt worden war, nicht trüben? Aber ich hätte Julia doch problemlos erwähnen können, als wir gemütlich draußen auf dem Steg saßen und becherten? Oder kann es sein, dass ich eigentlich gar nicht wissen will, wie er mit Julia in diesem Restaurant gelandet ist?

Ich fuhr immer weiter, aus Leiden hinaus und quer durch Leiderdorp hindurch, bis ich zum Ruige Kade kam. In den Wassergräben dort wächst noch Krebsschere, und manchmal fliegt ein Schwarm Trauerseeschwalben darüber hinweg. An jenem Tag ließ sich dieser prächtige Vogel aus der niederländischen Fauna leider nicht blicken. Also fuhr ich weiter zum Wijde Aa, wo ich überall entlang des sich kräuselnden Wassers die himmelblauen Blüten der Bachbunge aufleuchten sah.

Ich setzte mich ans Ufer. Mir war speiübel, und ab und zu musste ich mich übergeben, obwohl längst kein Champagner mehr in meinem Magen war. Als ich mich wieder etwas besser fühlte und versuchte aufzustehen, dachte ich: Verbirgt sich dahinter, dass die Beziehung zwischen Jouri und Frederica nicht zerbricht, obwohl er sich offenbar lieber von ihr trennen würde, nicht vielleicht doch eine gewisse Logik? Solange ich ihretwegen leide, bleibt sie für ihn attraktiv. Könnte ich Frederica vergessen, dann wäre sie für ihn sofort uninteressant. Schade also, dass das mit Julia nichts wird. Sie wäre vielleicht geeignet, Frederica aus meinem Herzen zu vertreiben. Aber wenn Jouri sich dann von Frederica trennt, macht er mir danach Julia abspenstig. Er hat schon damit angefangen, bereits gestern … gestern bereits war er mit ihr chinesisch essen. Ich hätte die Geschichte doch ansprechen sollen. Harvard hin oder her.

Solange ich die Sache nicht mit ihm ausdiskutiere, steht sie zwischen uns. Aber wie fange ich das an, ohne wie ein Jammerlappen dazustehen?

Schon damals war mir bewusst, dass ich irgendwann einmal voller Scham an solche amourösen Angelegenheiten zurückdenken würde. Ich starrte auf die eigensinnigen Wellen des Wijde Aa und hörte in weiter Ferne die Turmuhr von Woubrugge drei Uhr schlagen. Es war Zeit, wieder zur Uiterste Gracht zurückzufahren.

Toon

Weil Toon während des Praktikums hinter mir saß, hörte ich ihn, auch wenn niemand bei ihm war, ständig reden. Ich ärgerte mich darüber jeden Tag mehr. Was bildete dieser seltsame Kerl sich eigentlich ein? Warum musste er mit seinem unglaublich hohen Stimmchen allen so furchtlos widersprechen? Und warum musste er jedes Mal hartnäckig so lange weiterdiskutieren, bis man sich geschlagen gab und ihm beipflichtete? Nicht einmal die Praktikumsassistentin hatte bei ihm auch nur die Spur einer Chance. Wo immer man sich im Saal aufhielt, überall hörte man Toon quatschen. Dieses eigenartige dünne, klare Geräusch klang insistierend, auch wenn niemand neben ihm stand. Dann redete er einfach auf sein Mikroskop ein. Seine Stimme war wie eine kleine Eisensäge. Niemand hatte ein Mittel gegen diese Wortflut. Eine schnippische Mitstudentin versuchte ab und zu, ihn zu stoppen, doch auch sie sah sich anschließend mit einer Sturzflut von langen Sätzen konfrontiert. »Ja, ja, ich gebe zu, dass mein Idiom durchgehend hochtrabend, umständlich und kompliziert wirkt und dass mein Wortschatz ungewöhnlich ist, aber das Dasein lässt sich nun mal nicht in einfache Formulierungen fassen«, sagte er.

Bereits 1962 war Toons Rücken so krumm wie eine Sichel. Sein kugelrunder Kopf mit der weit hervorragenden Brille war mit einer gewaltigen Menge schneeweißer

Haare bedeckt, die an seinem Kinn ebenso üppig sprossen wie auf dem Schädel. Auch neben seinen bleichen Wangen wucherten so viele weiße Locken, dass seine Ohrmuscheln nicht zu sehen waren. Schon damals wusste er alles über sämtliche Invertebrata, die sich in niederländischen Gewässern herumtrieben. Seine Spezialität war der Schiffsbohrwurm. Schon bald sprach sich herum, dass sein Name in einem Standardwerk über die *Teredinidae* in einer Fußnote erwähnt wurde!

Es gab das Gerücht, er habe keine Freunde. Niemand wollte Umgang mit so einem seltsamen, eigenwilligen Besserwisser pflegen. Der Rektor des Leidener Gymnasiums hatte einen unserer Professoren vor ihm gewarnt: »Erteile ihm nie das Wort, denn dann bekommst du es nie wieder.«

Sehr rasch zeigte sich, dass Toon erstaunlich schlau war. Ich bin nie, Jouri einmal ausgenommen, einem intelligenteren Menschen begegnet. Und dennoch hatte er, vielleicht weil er so unglaublich pfiffig war, ein Handicap: Dummheit lag jenseits seines Horizonts. Er konnte sich nicht vorstellen, dass es Hirne gibt, die schlecht funktionieren. Wenn er etwas erklärte, ging er davon aus, dass sein Gesprächspartner von rascher Auffassungsgabe war. Darum konnte ihm kaum jemand folgen, wenn er verzweifelt versuchte, etwas zu erläutern. In seiner Verzweiflung ging er dazu über, die Menschheit in »Dummköpfe« und »Durchblicker« zu unterteilen. Der letzten Kategorie gehörten seiner Meinung nach erschreckend wenige Personen an.

Während meines zweiten Studienjahrs ereignete sich um die Weihnachtszeit ein großes Wunder. Es zeigte sich, dass Toon mich in die sehr exquisite, äußerst kleine Gesellschaft der Durchblicker aufgenommen hatte. Natürlich weckte allein schon die Tatsache, dass er so unerschrocken zu verstehen gab, keine weiteren Mitstudenten unseres Jahrgangs in diese Gruppe aufnehmen zu wollen, große Verärgerung.

Im ersten Studienjahr erschien es wenig wahrscheinlich, dass ich mich irgendwann einmal mit Toon anfreunden würde. Für Musik interessierte er sich überhaupt nicht. Nach eigener Aussage war er ebenso tontaub wie ein Manteltier. Die Literatur verhöhnte er genauso tollkühn wie Jouri, allerdings mit anderen Argumenten. »In Romanen wird die Welt beschrieben, als sei sie deterministisch«, sagte er, »während das ganze Leben stochastisch ist und aus Punktprozessen und Markowketten besteht. Außerdem treiben die Romanautoren permanent und ohne genauer definierte oder auch nur hinreichend umschriebene Randbedingungen auf unverantwortliche Weise Schindluder mit dem Zeitrahmen. Einmal beschreiben sie etwas, das zwei Minuten dauert, auf fünf Seiten und dehnen dabei den Zeitrahmen irrsinnig in die Länge, und im nächsten Moment schreiben sie, den Zeitrahmen dabei auf ein Minimum zusammenschrumpfen lassend: Sieben Jahre waren vergangen.« Lyrik bezeichnete er als Nabelschau. In der 21. These seiner Doktorarbeit merkt er dazu spitz an: »Die einzige Welterkenntnis, die man durch Nabelschau erwerben kann, ist Erkenntnis über den Nabel.«

Während unseres zweiten Studienjahrs saß ich allerdings einige Monate lang jeden Nachmittag im Praktikum Pflanzenanatomie neben ihm und lernte ihn besser kennen. Am Ende dieser langen Seminare lud er mich ein, mit zu ihm nach Hause zu gehen. Er wohnte bei seinen Eltern am Pieterskerkhof, oder besser gesagt: bei Toon sen. und Edith. Schon die Tatsache, dass er seine Eltern mit dem

Vornamen anredete, war für mich etwas Unvorstellbares. So etwas gab es in Maassluis nicht. Ach, alles, was sich dort am Pieterskerkhof vor mir entfaltete, war von einer glanzvollen Ungewöhnlichkeit. Wenn man den Flur betrat, fiel der Blick auf allerlei malaiische Dolche, Säbel, Klewangs, Hirschfänger, Pistolen, Bajonette und Wurfspeere, die so kunstvoll an der Wand befestigt waren, dass sie eine riesige ineinandergreifende Waffencollage bildeten. Toons Großmutter, eine rüstige alte Dame, die ich auch einige Male erleben durfte, hatte ambonesische Vorfahren. Daher die ganzen Waffen. Übrigens war die südmolukkische Herkunft von Toon der Grund für meinen Mitstudenten Gerard, ihn als »genetisches Monstrum« zu bezeichnen. Für ihn war es unbegreiflich, dass solch ein weißhaariger Albino von dunkelhäutigen Vorfahren abstammen sollte.

Auch Toons Mutter sah man nicht an, dass sie die Enkeltochter eines ambonesischen Großfürsten war. Sie war blond, hatte sehr helle Augenbrauen und lange, ebenfalls sehr helle Wimpern, die fast wie Schmetterlinge aussahen. Sie waren so lang, dass man die Augen dahinter kaum erkennen konnte. Wenn sie redete, und sie redete mindestens ebenso viel wie ihr einziger Sohn – man lauschte also immer einem Duett, wenn man mit den beiden in einem Zimmer war, denn das Verb »schweigen« kam in ihrem Wortschatz nicht vor –, dann flatterten ihre Hände auf und ab wie die noch nicht voll ausgebildeten Flügel eines jungen Vogels, der Flugübungen macht. Am merkwürdigsten war ihre Oberlippe. Dort befanden sich noch mehr blonde Wimpern.

Inmitten dieser Wortflut musste Toons Vater sich behaupten. Er war alt, steinalt sogar. Früher einmal war er

Turnlehrer gewesen. Bereits lange vor der Sturmflutkatastrophe im Jahr 1953 hatte er das Pensionsalter erreicht. Ganz selten äußerte er einen kurzen Satz, doch meistens saß er da und brummte leise vor sich hin. Es war unmöglich, etwas zu sagen, wenn Edith und Toon zusammen redeten. Edith sagte übrigens immer wieder zu Toon: »Jetzt halt mal deinen Mund!«

Es war nie geplant gewesen, dass Toons Vater und seine Mutter heiraten würden. Edith war mit dem Sohn des Turnlehrers verlobt. Dieser Sohn wurde Toon Eins genannt. Zu Beginn des Kriegs war Toon Eins ums Leben gekommen, und da hatte Edith eben dessen Vater, Toon Null, geheiratet. Aus dieser erstaunlichen Verbindung war Toon Zwei hervorgegangen. Da Edith sich beruflich auch mit Körperbewegung beschäftigte – sie hat mich einmal gebeten, irgendeine Art von Gesundheitsgymnastik, die sie wöchentlich mit einer Gruppe von Mädchen betrieb, durch Klavierspiel im Dreiviertel- und Viervierteltakt auszuschmücken –, muss es für Toons Eltern ein schwerer Schlag gewesen sein, als sie entdeckten, dass sie einen Sohn gezeugt hatten, der von Sport und Gymnastik nichts wissen wollte und sich stattdessen von Kindesbeinen an nur für Schiffsbohrwürmer und Punktprozesse interessierte und am Zeitrahmen rütteln wollte.

In der großen, aber dunklen Mansarde, die Toon bewohnte, befanden sich eine ganze Reihe von Aquarien. Darin hielt Toon Schiffsbohrwürmer, Seeanemonen und rote Seescheiden, die ständig mit Pipetten und Pinzetten versorgt werden mussten. Die Aquarien blubberten und rauschten beruhigend. Mitten im Zimmer stand ein großer hölzerner Hund, aus dessen Rücken eine kleine Metallkette hing. Wenn man daran zog, öffnete der Hund das Maul und stieß ein furchterregendes Knurren aus. Auf einem kleinen Tisch befand sich ein Käfig mit einer einsamen weißen Maus. Diese Maus wurde zu Toons großem Erstaunen immer wieder schwanger. Wir tauften sie daher Maria.

In der Dachrinne züchtete Toon in länglichen Blumentöpfen *Origanum vulgare*, auch wilder Majoran genannt. Warum er ausgerechnet diesen Lippenblütler so hartnäckig zum Blühen zu bringen versuchte, enthüllte er mir an einem der vielen Abende, die wir in seiner Mansarde verbrachten. Er war, so erzählte er mir, seit Jahren in ein Mädchen verliebt, das Marjolein hieß. Leider habe ich diese Marjolein nie zu Gesicht bekommen. Ich bin auch gar nicht so sicher, ob es sie überhaupt gab. Doch wie dem auch sei: Wenn Toon sie, so hat er berichtet, samstags auf dem Leidener Markt gesehen hatte, war er tagelang fix und fertig.

Was den Besuchen bei Toon jedes Mal eine zusätzliche Dimension verlieh, war der Umstand, dass allabendlich gegen neun im Nebenhaus begeisternde Klaviermusik erklang. Ein majestätisches Klavierkonzert. Ich kannte es damals noch nicht, aber ich fand es wunderbar, wie es durch die Mauer hindurch und von draußen über die Dachrinne und den wilden Majoran in Toons wundersame Seeanemonenwelt gelangte. Ich summte es mit, während Toon seine Anemonen und Manteltierchen reinigte. Was ich hörte, aber das habe ich erst sehr viel später herausgefunden, war das *Zweite Klavierkonzert* von Rachmaninow. Wenn ich es heute höre, denke ich nicht an den Film *Das verflixte siebente Jahr*, sondern ich befinde mich wieder in Toons Heiligtum am Pieterskerkhof.

Ich war gern dort! Weil Toon ständig mit seinen Aquarien und seinen Anemonen beschäftigt war und damit auch nicht aufhörte, wenn man ihn besuchte, hatte ich den Eindruck, dass es ihn nicht störte, wenn ich so oft vorbeikam. Eines Abends klingelte ich wieder einmal erwartungsvoll. Toon erschien in der Türöffnung und sagte, er müsse noch weg. Enttäuscht schlenderte ich davon. Als ich in Höhe des Berkendaalsteegje war, sah ich einen Kommilitonen bei Toon klingeln. Die Tür öffnete sich, Toon tauchte auf, und ich hörte, dass er den Mitstudenten nicht nur erfreut begrüßte, sondern auch hineinbat. Verdutzt beobachtete ich, wie der andere im Haus verschwand.

In diesem Moment schoss mir durch den Kopf, dass mir an den Abenden vorher ein paarmal Edith die Tür geöffnet und mir mitgeteilt hatte, dass Toon leider nicht zu Hause sei. Jetzt wurde mir klar, dass dahinter eine wohlüberlegte Taktik steckte, um mich auf Abstand zu halten. Ich hatte, wie es in englischen Romanen heißt, »outstayed my welcome«. Diese Entdeckung schmerzte mich zutiefst! Mir war, so gern ich mich darüber entrüstet hätte, dass man mich angelogen hatte, nur allzu bewusst, dass Edith und Toon notgedrungen geschwindelt hatten und dass ich ihnen regelrecht die Bude eingerannt hatte. Seitdem traue ich mich kaum noch, Freunde zu besuchen. Und wenn ich irgendwo bin, dann gehe ich auch so schnell wie möglich wieder. Diese halbe Minute im Berkendaalsteegje hat mich zu einem Wesen werden lassen, das nur Blitzbesuche macht.

Ich glaube, es war im dritten Studienjahr, als ich eines Tages an Toons Tür abgewiesen wurde. Auf jeden Fall passierte es, lange nachdem ich mit ihm, wie bereits berichtet, eine Woche lang in Gulpen ein Doppelzimmer geteilt hatte. In Gulpen wachte ich in der ersten Nacht unseres Aufenthalts in der Pension auf. Toon saß kerzengerade neben mir, die Augen geschlossen. Trotzdem schob er die Decke und das Laken, in das er sich sorgfältig eingewickelt hatte, beiseite und stieg aus dem Bett. Anschließend ging er, die Augen immer noch geschlossen, zur Zimmertür. Er öffnete sie und verschwand auf den Flur. Geht er zur Toilette?, fragte ich mich. Er blieb lange weg. Ich hörte ihn hin und her gehen. Es dauerte eine Weile, bis mir klar wurde, dass er schlafwandelte. Ich ging hinaus auf den Flur, wo ich Toon, nicht mit ausgestreckten Armen, wie man es oft in Comics sieht, auf und ab spazieren sah.

Auch Gerard war aus seinem Zimmer gekommen und kicherte leise vor sich hin. Gerard, unser nettester, fröhlichster, lustigster, unterhaltsamster Kommilitone – ein seeländischer Sam Weller –, konnte seine Beobachtung natürlich nicht für sich behalten. In der nächsten Nacht standen eine Reihe von Mitstudenten in ihren Zimmertüren, um das eigenartige Phänomen mit eigenen Augen zu sehen, das man für gewöhnlich nur aus Büchern kennt oder höchstens dann beobachten kann, wenn man einer Vorstellung der Opern *La sonnambula* von Bellini oder *Macbeth* von Verdi beiwohnt. Tatsächlich sah man nichts anderes als einen weißhaarigen Jungen, der erstaunlich bedächtig mit geschlossenen Augen den langen Flur auf und ab ging. Wenn er bei der Treppe ankam, legte er eine Hand aufs Geländer, stand längere Zeit still und drehte sich schließlich um. Vor allem diese Pause jagte mir Angst ein. Aber offenbar weiß ein Schlafwandler: Hier fängt die Treppe an, ich sollte besser umkehren. Übrigens sagte Gerard, als Toon das erste

Mal zögernd an der Treppe stand: »Wenn er nicht aufpasst, fällt er noch aus dem Zeitrahmen.«

Nach drei Nächten hatten ihn fast alle Exkursionsteilnehmer durch den Flur schlafwandeln sehen. Dann war das Ganze nicht mehr interessant, und Toon konnte fortan unbeobachtet seinen Spaziergang machen. Wenn er aus dem Bett stieg, wachte ich jedes Mal auf und konnte nicht wieder einschlafen, bis er zurückgekehrt war, weil ich mir Sorgen machte, ihm könnte etwas passieren. Aber er kam stets nach etwa zwanzig Minuten wieder ins Zimmer und wickelte sich in Decke und Laken.

Bevor ich – zu Recht oder nicht – bei ihm zu Hause keinen Einlass mehr fand, begleitete ich Toon oft zu Disputationen. Beim Platondisput der Studentenvereinigung Catena hielt er in einem abschüssigen Zimmer über einem Antiquariat an der Langebrug einen Vortrag über Boolesche Algebra. Weil er wusste, dass es in dem Zimmer keine Tafel gab, hatte er alle mathematischen Formeln auf die Rückseite einer Tapetenrolle geschrieben. Regelmäßig zog er die Rolle, die über einer offenen Tür hing, ein Stückchen weiter nach oben. Die erschöpften Teilnehmer der Platondisputation hatten nach einer Stunde Boolescher Algebra nur noch Augen für die Rolle. Wann kam das Ende? Als es so weit war und sie erleichtert aufatmeten, holte Toon eine zweite Rolle aus seiner Tasche. Ein kollektiver Seufzer ging durch den Raum, der eine Windmühle stundenlang angetrieben hätte!

Ein halbes Jahr später, bei einem Mitarbeiterkolloquium, sprach er über die Räuber-Beute-Beziehung. Er hatte einen Artikel über einen Forscher ausgegraben, der seine Sekretärin mit verbundenen Augen in einem großen

Zimmer ein Stück Schmirgelpapier hatte suchen lassen. Aus der Beobachtung des Suchverhaltens der Frau hatte der Biologe ein Modell destilliert, das zeigt, wie ein Räuber seine Beute sucht. Das Modell beschrieb auch, wie ein Parasit einen Wirt sucht. Ohne dass Toon auch nur eine Spur von Erstaunen oder Argwohn darüber zeigte, dass ein Wissenschaftler seine Sekretärin mit verbundenen Augen Schmirgelpapier suchen lässt, schrieb er, rasend schnell sprechend, riesige mathematische Formeln an die Tafel des Hörsaals. Das Ganze nahm kein Ende. Nach anderthalb Stunden hatte ich den Faden verloren, und ich fragte ihn: »Toon, das p dort in der Formel, ist das die Abkürzung für ›Prädator‹, für ›Population‹ oder für ›Parasit‹, oder steht p für ›Wahrscheinlichkeit‹?« Daraufhin unterbrach Toon seine Ausführungen und studierte eine Weile die vielen p in den Formeln. Schließlich sagte er leicht gereizt: »Es spielt keine Rolle, wofür dieses p steht.«

Eine Frage, die wir uns, umgeben von Seeanemonen, immer wieder stellten und leider ohne jeden Funken von Humor diskutierten, war, ob es auch Durchblickerinnen gibt.

Toon bezweifelte das. »Mir ist noch nie eine begegnet«, sagte er.

»Auch Marjolein nicht?«, wollte ich wissen.

»Nein, sie ist zwar überaus hübsch, wenn man sie im richtigen Zeitrahmen betrachtet, aber sie ist ganz bestimmt keine Durchblickerin.«

»Und in unserem Studienjahrgang gibt es also auch keine Durchblickerinnen?«

»Nein«, sagte Toon, »die Mädchen sind nicht einmal durchschnittlich schlau.«

»Julia auch nicht?«

»Julia? Die ist schrecklich schwer von Begriff.«

»Das schon, aber sie ist nicht dumm. Weil sie immer so bedächtig zu Werke geht, scheint sie schwer von Begriff zu sein, aber dumm ist sie wirklich nicht.«

»Tja, Julia ...«

»Fast alle Jungen unseres Semesters sind oder waren in sie verliebt.«

»Ach, das musst du als eine Art Epidemie betrachten. Zu Beginn gab es eine große Dichte von Anfälligen, und man hätte mit einer einfachen Annäherungsformel für die asymptotische Verbreitungsgeschwindigkeit einer sich im Raum ausbreitenden Epidemie, wobei man den Zeitrahmen ein wenig hätte ausdehnen müssen, recht leicht die teilweise oder vollständige Infektion unserer gesamten Jungenpopulation in einer mehr oder weniger willkürlich gewählten Richtung beziffern können. Du bist auch infiziert gewesen, aber soweit ich sehe, hast du es überstanden.«

»Und du?«

»Natürlich gehöre ich nicht zu der Population der Anfälligen.«

Querflötenlehrerin

Wenn ich in der Musikschule auf dem Rapenburg Klavierunterricht hatte, dann tönten mitten durch meine Durtonleitern hindurch aus den verschiedenen Etagen, aus allerlei Schlupfwinkeln, Molltonleitern, Dreiklänge, verminderte Septakkorde und Solfeggienübungen. »Schöne Sachen kannst du besser zu Hause spielen«, sagte mein Klavierlehrer jedes Mal, »denn Schönes kommt hier nicht zu seinem Recht.«

Dennoch spielte ich dort an einem grauen Nachmittag die dreizehnte zweistimmige *Invention* von Bach. Genau über uns waren die schrillen Töne einer schlecht angeblasenen Querflöte zu hören, die eine Tonleiter anstimmte.

»Nicht mehr lange«, sagte mein Klavierlehrer, »und sie fängt wieder an, mit den Schuhen zu unterrichten.«

Er meinte die Querflötenlehrerin. Mit den Füßen aufstampfend, äußerte sie immer ihr Missfallen über die meist armseligen Leistungen ihrer Schüler.

»Eine temperamentvolle Dame«, sagte mein Lehrer, »und das verstehe ich und heiße es gut. Unterrichten ist schließlich nichts anderes, als gut dafür bezahlt werden, dass man sich schlecht gespielte Musik anhört. Aber wenn sie da oben gleich so wütet, dass der Putz von der Decke und in den Flügel fällt, dann renne ich rauf und schleif sie hier rein. Dann kann sie mal sehen, was sie angerichtet hat.«

Seine Drohung war vergeblich. Über uns war die Tonleiter noch nicht verklungen, da brach auch schon ein wahres Pandämonium aus. Es hörte sich an, als stampfte die Querflötenlehrerin mit beiden Füßen auf den Boden. In unserem Unterrichtsraum rieselten riesige Kalkschneeflocken herab. Mein Lehrer sprang auf, rannte raus und schnellte die Treppe hinauf. Offenbar kostete es ihn seine ganze Überredungskraft, sie davon zu überzeugen, dass sie mit ihm runterkommen müsse, denn es dauerte eine Weile, bis er mit ihr wiederkam.

Als ich sie sah, war ich völlig erstaunt, dass eine so zierliche Erscheinung, eine so zarte, schlanke, dürre Frau so viel Putz von der Decke stampfen konnte. Sie hatte kurze rote Locken, große Augen, recht volle Lippen, kaum Busen. Sie trug einen meergrünen Pullover und – damals noch sehr ungewöhnlich – eine Jeans. Dazu stabile flache Schuhe mit Profilsohlen. Natürlich, denn mit hohen Absätzen kann man längst nicht so gut stampfen.

»Schau«, sagte mein Lehrer, »frischer Kalk. Auf dem Flügel, im Flügel, auf meinem Schüler, auf dem Fußboden. Gerade eben heruntergekommen, als dir wieder mal die Hutschnur gerissen ist. Ich gebe zu, die Schüler machen einen manchmal wahnsinnig, aber das geht zu weit. Wenn du trampeln willst, dann unterrichte auf Socken.«

»Wir können den Raum tauschen«, sagte sie bestimmt. »Du oben, ich unten, dann wirst du nicht belästigt, wenn ich explodiere.«

»Der Flügel oben ist eine Katastrophe. Darauf unterrichte ich nicht.«

»So schlimm ist er nicht.«

»Ich gehe nicht nach oben. Es wäre eine kleine Mühe für dich, nicht zu stampfen.«

»Ich verspreche gar nichts.«

Verärgert verließ sie den Raum. Auf der Treppe nach oben klangen ihre Schritte wie Donnerschläge.

»Was für eine Kratzbürste«, sagte mein Lehrer.

Am Samstag darauf schlenderte ich über den Wochenmarkt, der damals noch auf der Hooglandsekerkgracht abgehalten wurde. An einem Gemüsestand vernahm ich eine bekannte wütende Stimme.

»Viel zu teuer, der Porree, geh mit dem Preis runter.«

Neugierig, ob es ihr gelingen würde, den Porree billiger zu bekommen, blieb ich stehen.

»Gute Frau, gestern auf dem Großmarkt kostete Porree einen Gulden fünfzig das Kilo. Ich kann ihn wirklich nicht billiger verkaufen.«

»Eins fünfzig das Kilo, und jetzt wollen Sie eins fünfzig für das Pfund haben. Das macht einen Gewinn von fünfzig Prozent, das ist unglaublich!«

»Fünfzig Prozent?«, sagte ich erstaunt. »Von wegen, das sind einhundert Proz...«

»Halt dich da raus«, fuhr sie mir ins Wort. Erst dann besah sie mich genauer. Sie runzelte die Augenbrauen und sagte gereizt: »Ich kenne dich irgendwoher. Aber woher?«

»Putz«, sagte ich, »in der Musikschule.«

»Oh, warte... du hattest Klavierunterricht, als Henk mich ausgeschimpft hat. Du hast Bach gespielt, und zwar nicht schlecht. Ich habe eine Schülerin, die auch Bach spielt, die Flötensonaten. Die sucht schon lange jemanden, der sie begleitet. Wäre das nichts für dich?«

»Ich habe wenig Erfahrung im gemeinsamen Musizieren, ich ...«

»Gute Frau, wollen Sie den Porree nun haben oder nicht?«

»Ja, schon, wenn er nicht mehr kostet als eins fünfundsiebzig das Kilo.«

»Sie können mir den Buckel runterrutschen!«

»Sie mir auch.«

Gemeinsam verließen wir den Gemüsestand.

Ich sagte: »Ich würde es gern machen, aber ich habe noch nie begleitet, und ich weiß nicht, ob ich das kann.«

»Wenn du halbwegs durch die schwierigen *Inventionen* kommst, kannst du bestimmt auch einige der Flötensonaten begleiten. Bist du taktfest?«

»Ziemlich.«

»Dann muss es gehen.«

Sie musterte mich, als läge ich auch als überteuerter Porree an einem Gemüsestand, und fragte dann: »Hast du Lust, bei mir zu Hause schon mal zu üben? Ich habe auch ein Klavier.«

»Meinetwegen.«

»Dann erledige ich meine übrigen Einkäufe später, ich wohne hier ganz in der Nähe, über dem Kurzwarengeschäft am Nieuwe Rijn.«

Ohne weitere Formalitäten und ohne mir vorab auch nur eine Tasse Tee oder Kaffee anzubieten, setzte sie mich sogleich an ihr weißes Klavier, stimmte ihre Querflöte, stellte dann die Noten der *Flötensonate e-Moll* BWV 1034 auf den Notenständer, schlug den langsamen Satz auf und sagte: »Andante. Müsste gehen. Wir versuchen's.«

Ich spielte langsam die einleitenden Takte.

»Etwas schneller«, sagte sie, »und ein bisschen mehr ›body‹. Nicht solche schlappen Blubbertöne. Los, mit Elan voran!«

Ich spielte ein wenig schneller. Wieder unterbrach sie mich.

»Noch ein wenig konsequenter im Takt, bitte. Und deutlicher artikulieren. Noch einmal.«

Schließlich gelang es mir tatsächlich, die ganze Einleitung zu spielen, ohne von ihr unterbrochen zu werden, auch wenn ich sie ab und zu Furcht einflößend schnauben hörte. Sie setzte ein. Nie werde ich es vergessen. Ich kannte die Sonate nicht. Man hört sie selten, denn über die Frage, ob sie wirklich von Bach stammt, wurden ganze Bücher geschrieben. Dennoch kann man sich kaum vorstellen, dass die Noten des Andante nicht von Bach sind. Möglicherweise hat einer seiner Söhne ein Stück komponiert, und Vater Bach hat dann hier und da ein paar Noten verändert, gestrichen oder hinzugefügt. Wie dem auch sei, während ich den Basso continuo so gut wie möglich zu spielen versuchte, erklang vor diesem Hintergrund plötzlich ihr voller, warmer Ton. Es war, als flehte ihre Stimme, sich auf Flügeln emporschwingen zu dürfen, und als würden meine Bassnoten sie zurückhalten, wodurch ihre Stimme mit der Zeit etwas Schmerzliches bekam. Ja, natürlich, sie war eine hervorragende Flötistin, und darum klang ihre Partie auch phantastisch, und ich wurde dadurch mitgerissen, wuchs über mich selbst hinaus. Ich hatte Tränen in den Augen, als wir gemeinsam die Schlussnote erreichten.

Sie bemerkte es, hob erstaunt die Augenbrauen und sagte ruppig: »Das war gar nicht so schlecht. Wie lange hast du Unterricht?«

»Seit ich hier in Leiden studiere, seit vier Jahren also.«

»Davor nie Unterricht gehabt?«

»Nein, ich hätte gerne Stunden genommen, aber Klavierunterricht, das war bei uns zu Hause undenkbar. Eitles, weltliches Vergnügen, das einen nur vom einzig Nötigen abhielt, von Gott, dem Herrn, und von seinem Dienst.«

»Schade, denn man kann eigentlich nicht früh genug anfangen. Man hört, dass deine Finger noch nicht geschmeidig genug sind. Tonleitern, Tonleitern und nochmals Tonleitern, das muss deine Devise sein. Sollen wir das Andante noch einmal spielen?«

Wir spielten das Andante noch einmal. Wieder schossen mir Tränen in die Augen, wieder war es, als hielte die Oberstimme ein Plädoyer für ein wenig mehr Freiheit und als hielte die Hauptstimme die Oberstimme im Zaum und zwänge sie so zu einem bewegenden, liebreizenden Klagegesang. Als wir fertig waren, musste ich mich schnäuzen.

Sie sagte kühl: »Hier, ein Papiertaschentuch.« Dann fragte sie mich etwas weniger distanziert: »Lust, was zu trinken?«

»Hättest du eine Tasse Tee für mich?«

Während sie irgendwo hinten in der Wohnung Tee kochte, spielte ich die *Sonate G-Dur* von Haydn, deren Noten ich schon aufgeschlagen neben dem Flügel hatte liegen sehen. Obwohl das Wasser laut im Kessel brodelte, hörte sie offenbar, dass ich mich ständig verspielte. Sie kam nämlich laut stampfend ins Zimmer gerannt und rief: »Stümper! Da steht ein as, und du spielst jedes Mal ein a.«

»Entschuldige«, sagte ich kleinlaut.

Sie ging zurück in die Küche. Ich wagte es kaum noch zu spielen. Nachdem sie den Tee eingeschenkt hatte, fragte sie: »Was machst du?«

»Ich studiere Biologie. Ich habe meine Zwischenprüfung gemacht und muss nun in drei Abteilungen nach Wahl meine Diplomprüfung machen. Zurzeit bin ich bei den Parasitologen, und ich hoffe, dass ich nach meinem Diplom dorthin zurückkann. Parasiten sind so faszinierend. Alle Organismen werden von Parasiten geplagt, und manche Parasiten wiederum werden von anderen Parasiten geplagt, die ihrerseits von wieder anderen Parasiten befallen sind, manchmal bis zur vierten Potenz sozusagen. Das ist alles so bizarr, oft auch so erschreckend grausam. Wenn dahinter ein Schöpfer steckt, dann muss es einer mit unglaublich morbiden Phantasien sein.«

»Parasiten? Was meinst du damit? Bandwürmer und so was?«

»Ja.«

»Pfui Teufel. Und das gefällt dir?«

»Es ist faszinierend.«

»Du spinnst.«

»Wenn du das Leben und die Evolution verstehen möchtest, dann musst du dich in die Parasitologie vertiefen. Sex – eigentlich ein überflüssiges Phänomen, denn Klonen ist tausendmal effizienter und kostengünstiger – ist wahrscheinlich die Antwort auf den allgegenwärtigen Parasitismus. Ein Rettungssprung, durch den die Organismen all den Viechern, die sich in ihren Muskeln, Därmen und Organen, ja sogar in ihrem Hirn und in ihren Augen einnisten, besser die Stirn bieten können.«

»Pfui, wie eklig.«

»Wenn man wenig Ahnung von der Materie hat, kann man das Ganze so sehen, aber der Faden der Ariadne im Labyrinth des Lebens, das ist ein langer Bandwurm, lass dir das gesagt sein.«

»Da ist mir die Musik lieber. Die reicht mir. Sollen wir noch etwas spielen?«

»Ja, gern.«

Und so spielten wir weiter, den ganzen Samstagvormittag über, wir aßen ein paar Butterbrote und übten bis in den Nachmittag hinein.

Schließlich sagte sie: »So, auf zum Markt, denn jetzt wird alles zu Schleuderpreisen verkauft.«

Wir gingen also wieder gemeinsam über den Markt, und ich dachte: Was würde Jouri denken, wenn er mich jetzt sähe? Würde er auf der Stelle eingreifen? Oder würde er sofort sehen, dass diese dürre Querflötenlehrerin mit ihren flachen Schuhen und ihrer flachen Brust viel zu alt für mich ist? Und viel zu schnippisch außerdem. Ganz abgesehen davon, dass sie es offenbar hasst, sich auch nur ein bisschen elegant zu kleiden.

Seltsamerweise dachte ich, sie müsse sehr viel älter sein als ich. Kam das daher, weil sie bereits berufstätig war? Wie dem auch sei, als wir zum zweiten Mal über den Markt gingen und dabei feststellten, dass der Preis für Porree inzwischen auf eins fünfzig das Kilo gefallen war, fragte sie mich plötzlich nach meinem Sternzeichen.

»Ende Juli geboren. Löwe.«

»He, ich bin Anfang Juli geboren. Krebs.«

»Krebs? Aber Krebse sind doch, wenn man den Astrologen glaubt, wahnsinnig feinfühlig.«

»Ach, du meinst also, ich bin nicht feinfühlig?«

»Jemand, der wutentbrannt den Putz von der Decke stampft?«

Disziplin

Sie hatte mir die Klavierstimmen von Bachs Flötensonaten mitgegeben mit dem Auftrag: »Üben, bis du umfällst.« Kraft welchen Gesetzes bin ich dazu verpflichtet?, dachte ich jedes Mal, wenn ich in der darauffolgenden Woche das Notenheft aufschlug. Trotzdem studierte ich die Klavierstimmen, jedenfalls die von BWV 1034, so gut wie möglich ein. Zuerst wollten wir diese Sonate vollständig spielen, danach würden wir weitersehen.

Nach einer Woche Üben begab ich mich am Samstag wieder zu dem Kurzwarengeschäft am Nieuwe Rijn. Ich klingelte, sie öffnete, sah mich böse an und sagte: »Du kommst aber früh.«

»Wir waren doch um zehn Uhr verabredet?«

»Um zehn? Bist du sicher? Nächstes Mal um elf. Zehn Uhr ist mir viel zu früh.«

Nach diesem herzlichen Empfang ging wirklich alles schief. Zunächst gelang es ihr nicht, ihre Flöte richtig zu stimmen. Immer wieder musste ich ein a anschlagen, und dann drehte und zog sie ein wenig an den Enden ihres Instruments. Sie pustete auf die Klappen, sie zog eine Art Wischlappen, der in einer Öse an einem dunkelbraunen Stab befestigt war, durch die Flöte, aber nichts half. Ein sauberes a wollte ihr nicht gelingen.

»Dann erst etwas trinken«, meinte sie mürrisch.

Wir tranken Tee.

Ich fragte: »Stammst du aus Leiden?«

»Nein«, sagte sie kurz angebunden, »aus Stavoren.«

»Ach, du bist die kleine Frau von Stavoren, aus der bekannten Sage!«

»Quatsch nicht.«

Erschrocken blies ich den Dampf von meinem Tee, hob dann, um mich mit der Wärme zu trösten, die Tasse mit beiden Händen hoch und sagte: »Sollen wir ein andermal spielen? Heute scheint ...«

»Gib mir ein wenig Zeit, in die Gänge zu kommen. Brauchst du vielleicht etwas vom Markt? Dann geh erst einkaufen; währenddessen kann ich hier noch ein bisschen rumfuhrwerken.«

»In Ordnung«, erwiderte ich. »Um elf bin ich wieder da.«

Kurz darauf spazierte ich auf der Hooglandsekerkgracht zwischen den Marktständen herum. Laut rufend, priesen die Marktleute ihre ausgestellten Waren an. Ich schlenderten inmitten der vielen Käufer mit großen Einkaufstaschen umher, schaute in den Himmel, holte tief Luft und dachte: Du bist bescheuert, wenn du zurückgehst. Diese Frau ist eine Hexe.

Tja, ich hatte nun einmal gesagt, ich würde um elf Uhr wiederkommen, und darum klingelte ich auch pünktlich an ihrer Tür.

Sie öffnete, lächelte tatsächlich und sagte: »Entschuldige wegen vorhin. Ich bin unmöglich, ich weiß.«

Sie stimmte ihre Flöte erneut und blies ein astreines a.

»Warum klappt es jetzt und vorhin nicht?«, fragte ich.

»Ich habe meine Flöte in der Zwischenzeit warm gespielt«, antwortete sie.

Wir spielten BWV 1034. Der erste Satz, das Adagio, gelang recht ordentlich, aber der zweite Satz, das Allegro, mein Gott, welch eine Kraftprobe. Ich meinte, ich hätte diesen Satz ziemlich gut einstudiert, doch überall ließ ich Noten aus, um im Takt zu bleiben. Bei jeder Note, die ich ausließ, zuckte sie zusammen.

Als wir den Doppelstrich erreicht hatten, sagte sie: »Noch einmal, jetzt aber langsamer, und Gnade deinen Fingern, wenn du wieder Noten auslässt.«

Wir spielten und wiederholten diesen Satz so lange, bis sie mehr oder weniger zufrieden war. Ich war verärgert, wütend sogar. Was gab ihr das Recht, mir immer wieder zuzurufen: »Genauer! Pass auf hier! Disziplin, das ist das Zauberwort! Nicht so abgehackt, bitte! Zierlicher, einfacher! Lass es wie einen Tanz klingen. Bei Bach tanzt die Musik! Sein ganzes Werk wurzelt in all den alten Tänzen: die Gigue, das Menuett, die Allemande, die Courante, die Sarabande. Sogar der Schlusschor der *Matthäuspassion* ist eine Sarabande. Du musst tanzen, hüpfen, komm schon, du kannst es. Schummeln ist unnötig.«

Und dann spielten wir wieder das Andante. Wieder durfte ich den schönen Basso continuo spielen, der unerschütterlich fortschreitet. Und sie spielte die wunderbaren Melismen darüber, und ich dachte: Wie ist es bloß möglich, dass so ein Drache es vermag, derart herrliche, warme, volle Töne aus einer Flöte zu zaubern? Sie muss ein großes, warmes Herz haben, sonst könnte sie nicht so herrlich spielen. Nachdem die Schlussnote verklungen war, reichte sie mir wieder ein Papiertaschentuch. Sie sagte kühl: »Du bist aber schnell gerührt. Wie kommt das?«

»Ich finde das Stück so überwältigend.«

»Ein ganz normales Andante. Bach hat eine ganze Menge solcher Stücke komponiert. Es stimmt, es ist schön, aber es reicht nicht an die *Sonate h-Moll* heran. Das ist mit Abstand seine beste Flötensonate.«

»Dann müssen wir sie einstudieren.«

»Sie ist noch zu schwer für dich, fürchte ich, aber wenn du meinst, dann lass uns den Anfang probieren, das Hauptthema.«

Sie stellte die Klaviernoten vor mich hin und stimmte ihre Flöte. Vorsichtig spielte ich all die Noten, und sie blies ihre Partie dazu, doch schon beim vierten Takt ging es schief, und sie sagte: »Da siehst du's, zu schwierig.«

»Spiel deine Partie noch mal«, sagte ich. »Irgendwas darin kommt mir bekannt vor.«

Sie spielte ihre Noten.

Ja, da war es wieder. Was verbarg sich in den Sechzehnteln? Welche Melodie hatte Bach darin versteckt? Ich starrte auf die Noten, summte leise vor mich hin, spielte ihre Partie auf dem Klavier nach. Plötzlich sah ich es, hörte ich es, und ich sagte: »Weißt du, welche Choralmelodie Bach in deiner Partie versteckt hat?«

Und feierlich spielte ich »Aus tiefer Not schrei ich zu dir«.

»Hast du's gehört?«, sagte ich.

Sie sah mich mit großen Augen an. »So etwas entdeckst du einfach so?«

»Schon beim ersten Mal hab ich etwas Bekanntes gehört.«

»Du bist … du hättest … von wegen widerliche Parasiten … du hättest Musik studieren sollen … Unglaublich.«

»Komm«, sagte ich, »lass uns rausgehen, Erdbeeren und Kirschen kaufen.«

»›Aus tiefer Not schrei ich zu dir‹, unglaublich.« Sie schaute sich ihre Partie noch einmal aufmerksam an und sagte dann: »Im Unterricht habe ich diese Sonate mit meinem Lehrer Note für Note durchgenommen, aber er hat nicht erwähnt, dass Bach hier ›Aus tiefer Not‹ variiert. Er hat es bestimmt nicht gewusst, aber für die Interpretation ist das sehr wichtig. Es ist ein Hinweis darauf, wie man das Stück spielen muss. Nicht munter, nicht fröhlich, sondern ernst und feierlich – aus tiefer Not.«

»Ich sehe, du hast noch so ein altes Koffergrammofon mit einem Lautsprecher als Deckel. Hast du vielleicht eine Schallplatte mit der ›Aus tiefer Not‹-Sonate? Ich würde sie gern mal hören.«

»Ich höre nie Schallplatten«, erklärte sie spitz.

»Warum nicht?«, fragte ich erstaunt.

»All die Musik aus der Dose – wertlos. Musik muss man selbst machen. Passiv hören, das ist genauso, wie Fotos von Schmetterlingen betrachten. Schmetterlinge muss man draußen beobachten, lebendig, wenn sie in der Sommersonne umherflattern.«

»Ja, schon, aber die großen Symphonien …«

»Die muss man im Konzertsaal hören. Live.«

»Was für strenge Ansichten! Aber trotzdem hast du ein Koffergrammofon.«

»Ein altes Ding aus meinem Elternhaus. Mein Vater hat es mir aufgedrängt und dort hingestellt.«

»Du hörst also nie Platten? Hast du denn auch keine?«

»Ich besitze eine einzige. Zu Hause geklaut. Weil ich sie so schrecklich schön finde. Brahms, ein paar Lieder und die *Altrhapsodie* mit Kathleen Ferrier.«

»Ich kenne die *Altrhapsodie* nicht.«

»Du kennst sie nicht? Das ist mein Lieblingsstück.«

»Lass hören.«

»Gut, aber denk dran: Lass es mich nicht merken, wenn sie dir nicht gefällt, denn sonst will ich dich nie wiedersehen.«

Schön fand ich die *Altrhapsodie* anfangs überhaupt nicht. Welch eine bestürzende Traurigkeit. Was für durch und durch graue Akkorde. Und dann die trägen, klagenden, jammernden Männerstimmen im Hintergrund. Woran anschließend jedoch, wenn man mehr oder weniger zerschmettert ist von so viel grausiger Grauheit, die Musik plötzlich nach C-Dur aufklart und eine schwere Altstimme singt: »Ist noch ein Psalter«. Einverstanden, es ist eine Art Psalm, den Brahms dort anstimmt, aber zugleich auch der bewegendste Psalm, der je einem Menschenherzen entsprungen ist.

Obwohl ich höllisch aufpasste, mich in ihrem Beisein nicht gehen zu lassen – *ein* Papiertaschentuch, das war wirklich genug gewesen –, und obwohl ich ebenso verbissen gegen die Tränen ankämpfte, wie ich seinerzeit im Kindergarten mit meinen Verdauungsproblemen gerungen hatte, konnte ich es doch nicht verhindern, dass plötzlich Tränen über meine Wangen kullerten.

Sie schloss die Augen und tat so, als habe sie nicht bemerkt, dass ich wieder leise vor mich hin flennte. Als die Musik schon lange zu Ende war und ich auf das Glitzern der Wellen im Nieuwe Rijn starrte, sagte sie nur: »Du bist vielleicht schnell gerührt. Herzallerliebst ist das.«

Ich wusste nicht sogleich, was ich darauf erwidern sollte. Trotzdem wollte ich vergessen machen, ungeschehen machen, dass ich mir erneut in die Karten hatte schauen lassen. Also sagte ich einfach: »Fast jeder in unserem Alter schwört auf die Beatles oder die Rolling Stones oder Elvis Presley, obwohl es doch wirkliche Musik gibt, Bach, Brahms, Händel, Mozart und so weiter. Kannst du das verstehen?«

»Ach, die Beatles sind gar nicht so übel.«

»Nun, ich finde, das sind Stümper, und die Stones, das ist nichts anderes als betrüblicher Tinnef, von dem geleckten Fettsack aus Memphis ganz zu schweigen. Aber gut, wie dem auch sei. Der Punkt ist, dass man, wenn man den ganzen Mist nicht mag, überall außen vor bleibt.«

»Mich kümmert das nicht. Ich komme im Musikschulorchester nur mit Menschen zusammen, die die Beatles und die Stones wie du verabscheuen. Das ist genauso spießig. Lass den Leuten doch die Beatles! Es ist doch gerade schön, dass nicht alle Brahms lieben. Wenn du Brahms verehrst, dann bist du in exquisiter Gesellschaft. Was will man mehr?«

Deckmantel

Schon seit meinem ersten Besuch über dem Kurzwarengeschäft bereitete ich mich darauf vor, wie ich reagieren würde, wenn Jouri erfuhr, dass ich mit einer Querflötenlehrerin Bach spielte. In Gedanken führte ich regelrechte Gespräche mit ihm über Katja. Darin sagte ich zum Beispiel: »Ach, hab dich nicht so. Alles ist in bester Ordnung. Wir musizieren zusammen, das ist alles, so what? Du weißt doch auch, dass ich mich niemals in solch eine schnippische, kratzbürstige, mürrische Leptosome verlieben könnte. Zugegeben, sie hat wunderschöne meergrüne Augen, und ihre roten Locken sind entzückend, aber sie weigert sich, etwas anzuziehen, worin sie noch besser aussähe. Immer lange Hosen, nie einen hübschen Rock. Immer flache, stabile Halbschuhe, nie schöne Sandalen mit halbhohem Absatz. Von Pfennigabsätzen ganz zu schweigen. Und das, obwohl sie so klein ist. Und niemals auch nur das kleinste bisschen Make-up. Sag selbst, solch eine Frau, das ist doch nichts für mich. Ein wenig Glamour finde ich toll, hohe Absätze und rauschende Röcke.«

Darauf hörte ich ihn antworten: »Ich weiß nicht. Du gehst in letzter Zeit so oft in Richtung Nieuwe Rijn.«

»Nur deshalb, weil es so befriedigend ist, mit ihr zu musizieren. Sie ist eine Hexe, aber wenn sie spielt, zaubert sie solch einen warmen, lieblichen, herrlichen Klang aus ihrer Querflöte hervor, dass man ihr auf der Stelle ihre ganze Kratzbürstigkeit und all ihre Wutanfälle verzeiht.«

»Aber wenn sie so gut spielt, dann muss es doch für sie eine Qual sein, mit dir zusammen zu spielen?«

»Wieso?«

»So gut bist du doch nicht? Du hast erst seit Kurzem Unterricht. Wenn sie also trotzdem gern mit dir spielt, steckt noch etwas anderes dahinter.«

»Sie unterrichtet mich, weil sie eine Schülerin hat, die jemanden sucht, der sie begleitet.«

»Hast du diese Schülerin schon gesehen?«

»Nein, aber sie wird bestimmt irgendwann auftauchen.«

»Seltsam.«

»Sie spielt mit mir zusammen, weil sie, soweit ich weiß, sonst niemanden zum Musizieren hat. Und selbst wenn ich nicht auf ihrem Niveau spiele, ich übe wie verrückt.«

»Aha! Und warum tust du das, wenn nicht, weil du doch ein bisschen verknallt bist in sie?«

»Ich? Verknallt? In so einen Feger, in so eine Hexe, in so eine Xanthippe?«

»Vielleicht gerade deswegen. Es könnte durchaus sein, dass du es liebst, ausgeschimpft und erniedrigt zu werden.«

»Ach, hör doch auf, es bleibt nicht beim Ausschimpfen. Neulich geriet sie wegen eines falschen Akkords derart in Rage, dass sie ihren Halbschuh ausgezogen und mir eine ordentliche Abreibung verpasst hat.«

»Und du hast dich nicht gewehrt?«

»Ich ertrug es gelassen.«

»Du bist ein Masochist, dir gefällt das. Darum hast du dich auch immer nach der Musik von Splunter gedrängt.«

Diese imaginären Dialoge mit Jouri erschöpften mich. Solche Geistergespräche wollte ich nicht führen. Jouri sollte mit dieser Geschichte nichts zu tun haben, er durfte nie erfahren, dass ich mit einer Hexe am Nieuwe Rijn Bach spielte. »Geh schleunigst nach Harvard«, flehte ich in Gedanken.

Leider würde er erst im Herbst abreisen, und wir hatten noch den ganzen Sommer vor uns, den er natürlich zum größten Teil in Vlaardingen verbringen würde, in der Nähe von Frederica, der blühenden Ligusterhecken und der Lichter von Pernis in der Abenddämmerung.

Solange er jedoch noch in Leiden war, musste ich aufpassen, dass er mich nicht doch einmal am Nieuwe Rijn in das Kurzwarengeschäft gehen sah. Besonders weit war die Hogewoerd davon nicht entfernt. Aus diesem Grund machte ich jedes Mal, wenn ich zu Katja ging, einen komplizierten Umweg. Über den Oude Rijn, die Hooglandeskerkgracht und die Nieuwstraat schlich ich zur Ecke des Nieuwe Rijn. Dort schaute ich mich eine Weile sorgfältig nach Jouri um. Erst wenn ich sicher war, dass er nicht in der Nähe war, flitzte ich zum Kurzwarengeschäft und klingelte.

Ich schätzte mich glücklich, dass Katja keine Verbindungen zur Universität hatte, und ich war auch überzeugt, dass der unmusikalische Jouri niemanden von der Musikschule kannte. Er wusste wahrscheinlich nicht einmal, dass es eine derartige Institution gab.

Das Risiko erschien mir nicht sehr groß, doch ich war alles andere als beruhigt. Bei Julia war ich mir auch sicher gewesen, dass er keine Ahnung hatte, und siehe da: Lachend, plaudernd und scherzend und zweifellos auch seinen ganzen Charme einsetzend, hatte er mit ihr bei *Woo Ping* einen netten Abend verbracht, dessen war ich mir sicher. Und anschließend hatte Julia umgehend mit mir Schluss gemacht. Seitdem hatte ich nichts mehr von ihr gehört. Hockte sie bei ihren Eltern und glänzte in ihrem wunderbaren Kostüm? Oder war sie wieder in Leiden? Ein paarmal fuhr ich, ungeachtet ihrer Lügen, an ihrem Haus an der Haarlemmertrekvaart vorbei. Einmal klingelte ich sogar. Ihre Zimmerwirtin öffnete und sagte, Julia sei schon seit Langem nicht mehr in ihrem Zimmer gewesen.

Nach der Pleite mit Julia kam es nun darauf an, dass Jouri nie etwas von Katja und mir erfuhr. Nicht, weil zwischen Katja und mir irgendetwas war, nein, weit gefehlt, sondern weil jetzt einfach einmal damit Schluss sein musste, dass Jouri sich in alle meine wie auch immer gearteten Beziehungen zum anderen Geschlecht einmischte. Im Fall von Katja war er vermutlich Manns genug, unser wunderbares gemeinsames Musizieren zu stören.

Dann erhielt ich, als sollten meine krampfhaften Bemühungen, meine doch so unschuldige Beziehung zu Katja zu verheimlichen, mit dem Gegenteil von Verheimlichen beantwortet werden, eine Einladung auf handgeschöpftem Büttenpapier zur offiziellen Verlobung von Jouri und Frederica. Lange starrte ich auf das protzige Schreiben und fragte mich: Bin ich dafür verantwortlich, dass er sich mit so einem unglaublich schönen Glamourmädchen verlobt, das überhaupt nicht zu ihm passt? Es ließ sich nicht leugnen, dass ich beim Zustandekommen dieser Beziehung eine Rolle gespielt hatte. Ebenso wenig konnte ich leugnen, dass es mich immer noch ziemlich schmerzte, diese beiden Namen nebeneinander auf dem dicken Büttenpapier zu sehen. Ständig musste ich an die sinnenraubende Umarmung hinten in ihrem Garten denken, die Umarmung, bei der sie mir, wie sie es ausdrückte, den Unterschied zwischen einem Kuss und einem Dauerbrenner beigebracht hatte.

»Warte mit der Verlobung, bis du aus Harvard zurückkommst!«, rief ich ihm in Gedanken zu. »Wer weiß, vielleicht triffst du dort eine brillante Mathematikerin. Und drüben, in den Vereinigten Staaten, da wimmelt es von riesigen Spinnen, da kriechen sogar Schwarze Witwen herum, da kannst du dir also mit Spinnengräbern unsterbliche Verdienste erwerben. Warte doch mit der Verlobung.«

Aber er wartete nicht. An einem Sommerabend im Juni radelte ich zur Binnensingel in Vlaardingen. Sowohl das Haus als auch der mit Lampions geschmückte Garten waren voller umherschlendernder Menschen, die ich nicht kannte. Sie taten sich gütlich an Kaviarhäppchen, an grünen Heringen, an rohem Thunfisch, an Lachsstückchen. Frederica sah bezaubernd aus. Jouri schaute ziemlich bedeppert drein.

An dem denkwürdigen Ort hinten im Garten blühte überschwänglich und im vollen Glanz ein Zierstrauch. Weiße Blütenbüschel hingen herab, es hatte etwas Unwirkliches. Die Blüten sahen aus wie schneebedeckte Händchen. Dort, bei den weißen Händchen, traf ich Jouris Eltern. Kerkmeester sen. trug tatsächlich einen Dreiteiler. Er war fast nicht wiederzuerkennen und strahlte übers ganze Gesicht. Es war, als habe er nun endgültig die schwere Last seiner Kriegsvergangenheit abgeschüttelt. Auch Jouris Mutter strahlte, so wie seine beiden Schwestern übrigens auch, die inzwischen bereits verheiratet waren und sogar schon jeweils ein Kind zur Welt gebracht hatten, um – wie Larkin so schön sagt – das Elend weiterzureichen.

Als Jouris Vater mich mit meiner Champagnerflöte und meinem Teller mit Fischhäppchen kommen sah, sagte er: »Wie schön, dich mal wiederzusehen. Schau mal wieder in der Werkstatt vorbei. Ich habe zwei neue Superboxen gebaut, denn wir gehen einer neuen, großen Zeit entgegen. Das Monozeitalter liegt hinter uns, das Stereozeitalter bricht an. Stereo, das wird der ganz große Renner, das ist die Zukunft, denk an meine Worte. Ich bin bereit.«

»Stereoplatten sind durchschnittlich zwei Gulden teurer als Monoplatten«, sagte ich sparsam.

»Nicht mehr lange. Bald wird es gar keine Monoplatten mehr geben.«

Es war ein schwülwarmer Sommerabend, erfüllt vom schweren Duft des Jasmin, der noch an Intensität zuzunehmen scheint, wenn die Nacht kommt und die ersten Sterne zu funkeln beginnen.

Ich konnte mich nicht losreißen von der Stelle hinten im Garten, wo Frederica und ich uns geküsst hatten. Als es so dunkel war, dass man die anderen kaum noch erkennen konnte, stand ich noch immer dort und betrachtete die leuchtenden weißen Blütenbüschel des Zierstrauchs. Aus dem Dunkel kam jemand auf mich zu. Frederica. Sie legte die Hände auf meine Wangen, küsste keusch ebendiese und drückte ihre Lippen dann ebenso langsam wie vorsichtig auf meinen Mund.

»Ich danke dir«, flüsterte sie, »oh, ich bin so glücklich, vielen, vielen Dank.«

Erst als ich durch die finstere Zuidbuurt zurückradelte, dort, wo mich keiner sah, in Höhe der Schleuse, wo ich

Hebe immer überholt hatte, schluchzte ich meinen Kummer hinaus, obwohl ich mich, so dunkel es war, dafür schämte. Zwischen dem mannshohen Sumpfziest und der duftenden Minze habe ich mich sogar ans Wasser gesetzt, um zur Ruhe zu kommen. Dabei fragte ich mich die ganze Zeit, warum ich so große Trauer über den Verlust eines Mädchens empfand, das meiner Ansicht nach nicht einmal gut genug war für meinen besten Freund. Ich konnte nicht aufhören, das schönste Gedicht zu flüstern, das ich kannte, und das beruhigte mich. Ich kann jedem nur empfehlen, Gedichte auswendig zu lernen und sie sich in den unmöglichsten Situationen aufzusagen. Sie erweisen sich als Beschwörungen, als Zaubersprüche, um sich selbst zu beruhigen. Mich munterte es dort bei der Schleuse enorm auf, Rilke zu zitieren. Es war, als sagte ich damit zu mir selbst: »Du kannst sie zurückgewinnen, irgendwann einmal, auch wenn Jahre darüber vergehen.«

Lösch mir die Augen aus: ich kann dich sehn,
wirf mir die Ohren zu: ich kann dich hören,
und ohne Füße kann ich zu dir gehn,
und ohne Mund noch kann ich dich beschwören.
Brich mir die Arme ab, ich fasse dich
mit meinem Herzen wie mit einer Hand,
halt mir das Herz zu, und mein Hirn wird schlagen,
und wirfst du in mein Hirn den Brand,
so werd ich dich auf meinem Blute tragen.

Ichthus

Im September reiste Jouri nach Harvard ab. Wir verabschiedeten uns von ihm in Schiphol – Frederica, ihre Eltern, seine Eltern, seine Schwestern und ich. Jouris Angehörige blieben noch ein wenig, weil sie Sightseeing machen wollten. Wir fuhren im Wagen von Fredericas Eltern zurück. Frederica und ich saßen hinten. Ständig trocknete sie mit einem Papiertaschentuch ihre Augen. Ich streichelte ihre linke Hand und flüsterte: »Beruhige dich, er kommt ja wieder.«

»Wer weiß, wen er dort kennenlernt«, schluchzte sie.

»Jouri ist besessen von Zahlen«, erwiderte ich, »aber nicht von Mädchen, ist er im Übrigen auch nie gewesen.«

In Leiden setzten sie mich in der Korevaarstraat ab. Als ich, nachdem ich Frederica keusch auf die Wange geküsst hatte, aus dem Auto stieg, hinein ins goldene Spätsommerlicht, da verspürte ich einen leichten Schwindel, der durch eine seltsame Erregung hervorgerufen wurden.

Jetzt geht's los, dachte ich, jetzt bin ich endlich frei. Jetzt beginnt das angenehme Jahr des Herrn. Jetzt kann ich ungehindert, ungebremst, ohne Aufpasser den Mädchen nachsteigen. Oh, oh, die Hormone donnern durch meine Adern, ich möchte so gern vögeln. Vögeln will ich, vögeln, vögeln, vögeln.

Noch am selben Abend begann ich, inspiriert von Wim Paardt aus *Wie die Alten sangen* von Simon Vestdijk, mit meiner Jagd nach Straßenmädchen. Wie meinte Wim Paardt gleich wieder? Bei den ersten fünf Mädchen, die man auf der Straße anspricht, holt man sich einen Korb, aber das sechste geht mit.

Das Epizentrum meiner Jagd bildete der Donkersteeg. Dort trieben sich nach neun, wenn die Ladeneingänge bereits in Dunkelheit gehüllt waren, immer etliche leichte Mädchen herum. Auch auf der Hoogstraat und vor allem auf der langen Haarlemmerstraat traf man überall kichernde, flanierende Flittchen. Auf hohen Absätzen wankend, spazierten sie von Schaufenster zu Schaufenster. Gemäß der damaligen Mode hatten sie oft stark toupierte Frisuren. Außerdem waren Mitte der Sechzigerjahre ultrakurze Kleider oder Röcke sowie Netzstrumpfhosen obligatorisch. Die Haarlemmerstraatmädchen sahen unglaublich ordinär aus, aber von den Frisuren, Röckchen und Netzstrumpfhosen war ich hin und weg. Merkwürdig eigentlich, denn zu diesem Outfit gehörten Schmalztollen und die Musik der Beatles, der Rolling Stones und des Pomademonsters aus Memphis, und sowohl die Schmalztollen als auch die Musik verabscheute ich aus tiefstem Herzen.

Was meine schizophrene Jagd auf ein solches Netzstrumpfmädchen erheblich erschwerte, war der Umstand, dass sie immer zu zweit und oft untergehakt durch den Donkersteeg schlenderten. Um sich an sie ranmachen zu können, musste man selbst auch zu zweit unterwegs sein. Dann konnte man selbst auf der linken und der Freund auf der rechten Seite neben so einem untergehakten Paar hergehen. Man machte einen Scherz, ulkte ein wenig herum, und nach einiger Zeit legte man vorsichtig einen Arm um seine Nachbarin und schaute, ob dieser Arm nicht gleich wieder entrüstet weggestoßen wurde. Wenn nicht, hatte man einen Treffer gelandet, dann ließen die Mädchen einander früher oder später los, und zwei gemischte Paare spazierten weiter.

Das war die Methode. Ich armer, einsamer Mädchenjäger beobachtete dieses Prozedere so oft, dass mir sehr bald klar war: Du brauchst einen Kumpel. Doch wo bekam ich den her? Mein einziger echter Freund war Jouri, und der war gerade in Amerika, um dort die Geheimnisse der Primzahl zu enträtseln. Außerdem war mir im Übrigen klar, dass Jouri sich niemals für die Jagd auf leichte Mädchen hergegeben hätte.

Obwohl ich wusste, dass ich die Sache falsch anging, spazierte ich stur Abend für Abend durch den Donkersteeg und über die Haarlemmerstraat. Das Flanieren und Gucken an sich war pures Vergnügen, vor allem wenn es leicht nieselte und man, um mit dem Dichter J. C. Bloem zu sprechen, in einer Atmosphäre von Nebel und Seligkeit von Schaufenster zu Schaufenster ging. Irgendwann, dessen war ich mir recht sicher, würde es gelingen, irgendwann würde ich auf der Hoogstraat so ein durch und durch nuttiges Mädchen mit einem riesigen Schopf toupierter Haare treffen, ein Mädchen auf hohen Wackelabsätzen, mit kräftig rot bemalten Lippen und langen, spitzen, feuerrot lackierten Fingernägeln, das wundersamerweise mutterseelenallein von der Hoogstraat zur Haarlemmerstraat wankte.

An einem Abend Ende Oktober streifte ich wieder durch die Gassen, die zur Haarlemmerstraat führen. Ich hatte einen anstrengenden Tag im parasitologischen Labor hinter mir. Wir hatten versucht, mithilfe von Röntgenstrahlen durch ein binokulares Mikroskop zu filmen, wie eine

Schlupfwespe ein Getreidekorn anbohrt, in dem sich ein Kornkäfer verschanzt hat. Immer noch sah ich gestochen scharf die Bilder vor mir, die am Tag über meine Netzhaut geglitten waren. Schlupfwespen trommeln mit ihren dünnen Beinen auf ein Getreidekorn und stellen so offenbar fest, ob sie es mit einem unversehrten Korn zu tun haben oder mit einem, in dem ein Kornkäfer haust. Ist Letzteres der Fall, bringt die Wespe ihren Legestachel in Stellung. Der Kornkäfer hat das Trommeln auch gehört. Offenbar weiß er, dass er in großer Gefahr ist, denn er krümmt sich und wartet. Flüchten kann er nicht, weil er sich vollgefressen hat und nun im Korn feststeckt. Wenn die Schlupfwespe zu bohren beginnt, hat er noch eine kleine Chance. In dem Moment, wo der Legestachel durch die Kornschale hindurch ins Innere eindringt, muss der Käfer das Ende des Legestachels zwischen seinen Kiefern zermalmen. Dies gelingt allerdings nur höchst selten, denn der Kornkäfer weiß nicht genau, wo der Stachel die Schale durchstößt. Meistens kommt er zu spät, und der Legestachel dringt ungehindert in seinen Körper ein, wodurch der Käfer gelähmt wird. Die Schlupfwespe legt ihre Eier in den Kornkäfer, und wenn die Jungen schlüpfen, futtern sie den gelähmten, aber immer noch lebenden Käfer von innen her auf. Oh, oh, wie wunderbar die Natur doch ist! Und Gott sah, dass es gut war.

An Kornkäfer, Schlupfwespen und Legestachel denkend und mich über den Geist – eines Schöpfers? – wundernd, der sich solche »intelligent design«-Grausamkeiten in beinahe unendlicher Zahl ausgedacht hat, spazierte ich durch den Maarsmansteeg in Richtung Visbrug. Am frühen Abend hatte es geregnet. Die Straßen glitzerten, und die Schaufenster waren noch mit Regentropfen besprenkelt, die langsam herunterrannen.

Als ich aus dem Maarsmansteeg kam, packte eine Bö, die über den breiten Wassern des Nieuwe Rijn Fahrt aufgenommen hatte, die Schöße meines Mantels. Einen Moment lang musste ich mich gegen den Wind stemmen. Die schweren Wolken hingen tief, sodass es, obwohl hier und da Straßenlampen brannten, erstaunlich dunkel war.

Ganz allein und mit, wie Herman de Man sagen würde, »lustwandelndem Schritt« kam sie den langen, abschüssigen Weg, der vom Nieuwe Rijn zur Visbrug führt, Richtung Hoogstraat herauf, das Superluder meiner Träume. Ein riesiger, stark toupierter Haarschopf, ein kurzes Mäntelchen aus Kunstpelz, ein ultrakurzer Rock, schwarze Netzstrümpfe, hohe Absätze, tiefrosa gefärbte Lippen und dazu noch lange, spitze, ebenfalls tiefrosa gefärbte Fingernägel. Mir blieb das Herz stehen.

Sie sah mich kurz an und ging an mir vorbei in die Hoogstraat, in Richtung Donkersteeg. Beim erstbesten Schaufenster blieb sie stehen und beobachtete mich aus den Augenwinkeln. Erregung wogte durch meinen Körper, meine Knie zitterten. Jetzt oder nie, dachte ich, und mit bleischweren Beinen machte ich ein paar Schritte auf sie zu. Sie schlenderte äußerst langsam zum nächsten Schaufenster. Wieder stolperte ich unendlich behäbig hinter ihr her, bis ich schließlich neben ihr stand.

»Na«, sagte sie, »allein unterwegs?«

»Ja«, keuchte ich heiser, »du auch?«

»Ja«, sagte sie.

»Sollen wir ein Stück zusammen spazieren gehen?«

»Meinetwegen«, antwortete sie.

Wir gingen in den Donkersteeg. Was jetzt, dachte ich verzweifelt, was jetzt? Zum Van-der-Werff-Park? Der liegt aber in der anderen Richtung.

Einfach schweigen, das ging nicht, so viel war klar. Aber was sollte ich um Himmels willen sagen? Mir fiel nichts anderes ein als: »Was für herrliche Fingernägel du hast.«

»Findest du? Erschrick nicht, die sind nicht echt. Mein Schwager hat sie für meine Schwester aus England mitgebracht. Eyelure, longline. Meine Schwester war total sauer auf ihren Mann. ›Du glaubst doch nicht, dass ich mir solche abscheulichen Nägel auf die Finger klebe‹, hat sie gesagt und wollte sie in den Mülleimer werfen. Ich stand daneben und bat darum, sie behalten zu dürfen. So bin ich zu den Fingernägeln gekommen.«

»Sie sind phantastisch.«

»Finde ich auch.«

Dann herrschte Schweigen. Wir verließen den Donkersteeg und bogen in die Haarlemmerstraat ein.

»Gehst du oft abends allein spazieren?«, wollte sie wissen.

»Ja.«

»In der Hoffnung, ein Mädchen aufzureißen?«

»Ja«, seufzte ich.

»Dann ist dir das heute Abend gelungen. Wohin gehen wir. Zu dir? Zu mir?«

»Ich wohne auf der Uiterste Gracht.«

»Ich habe ein Häuschen hier ganz in der Nähe, in der Vrouwenkerkkoorstraat. Sollen wir dorthin gehen?«

Häuschen, dachte ich, sie hat schon ein Häuschen? Und da wurde mir bewusst, was ich eigentlich schon gleich zu Beginn bemerkt hatte: Das hier war kein leichtes Mädchen von zwanzig Jahren, das war eine erwachsene, etwa dreißigjährige Frau, die sich als zwanzigjähriges Flittchen verkleidet hatte.

Mich kümmerte das nicht weiter und meine Männlichkeit erst recht nicht. Sie pochte unverwandt gegen den harten Stoff meiner Hose, sodass ich wie ein lahmes Huhn vorwärtsstolperte. Zum Glück war es nicht weit bis zur Vrouwenkerkkoorstraat.

Sie schloss dort die Tür des dritten Häuschens auf: »Komm rein.« Als wir ins Wohnzimmer kamen, fragte sie: »Was hältst du von einer Tasse Tee?«

Sie schaltete das Licht an. Wie alt sie trotz der vielen Schminke aussah! Und schön war sie auch nicht gerade, auch wenn das durch ihr toupiertes Haar weniger auffiel. Mir egal, dachte ich, ich will vögeln. Außerdem hat sie herrliche Fingernägel. Wenn sie damit sanft meinen Schwanz streichelt ... Ich musste meine Phantasie zügeln, um nicht jetzt schon zu ejakulieren.

Ich schaute mich im Zimmer um. An der Wand, über einer Art Kommode, hing ein großes Holzkreuz. An einer anderen Wand war mit glitzernden Heftzwecken ein altes Sonntagsschulbild befestigt: Jesus spricht von einem Berg zu der Menge in der Tiefe. Ein akustisches Wunder, denn wer hoch steht und spricht, den versteht man unten nicht, während in einem Amphitheater die Stimme bis in die obersten Sitzreihen trägt.

An einer dritten Wand hing ein Bild von Jesus, wie er über das Wasser schreitet und Petrus die Hand reicht, der bis zum Bauch eingesunken ist. In einer Nische neben dem Fenster hing ein Plakat der Studentengemeinde.

Wo bin ich hier gelandet, dachte ich. Dies ist das Heim einer durch und durch christlichen Frau.

Wie christlich sie war, zeigte sich kurze Zeit später, als sie mit zwei dampfenden Bechern ins Wohnzimmer kam. Unumwunden fragte sie: »Kennst du den Herrn, Jesus Christus?«

»Von Hause aus bin ich synodal-reformiert«, brummte ich.

»Wenn du von Hause aus Jesus kennst, warum streunst du dann draußen herum, um ein aufgedonnertes Straßenmädchen aufzugabeln?«

»Ich …«

»Schändliche Lust«, herrschte sie mich an, »einzig und allein schändliche Lust, gib's ruhig zu, schändliche Lust, dieweil du weißt, dass dein Leib ein Tempel des Heiligen Geistes ist.«

Um Zeit zu gewinnen, trank ich einen großen Schluck Tee. Ich erwiderte nichts.

»Du brauchst einen Schubs«, fuhr sie fort, »einen Schubs in die richtige Richtung. Schließ dich unserer Gideonsbande an.«

Sie deutete auf ein großes Poster, das an der Wohnzimmertür befestigt war. Ich hatte es vorher nicht bemerkt, weil die Tür offen gewesen war, während sie in der Küche Tee gekocht hatte.

»Evangelisierungsgruppe Ichthus«, sagte sie, »schließ dich uns an, stell dich zu seinem Wagen, wie das Wort sagt. Wirklich, es wird nicht mehr lange dauern, bis der Herr Jesus durch die Wolken des Himmels wiederkommt. Die Spanne ist kurz. Wir müssen retten, was noch zu retten ist, denn der große, erhabene Tag kommt bald. Schließ dich uns an. Wir werden dich mit offenen Armen empfangen.«

Als ich weiter meinen Tee schlürfte, ohne etwas zu erwidern, sagte sie: »Ich habe dich schon ein paar Abende beobachtet. Du bist jemand mit festen Gewohnheiten. Jedes Mal kamst du genau um halb neun aus dem Maarsmansteeg und bist den Nieuwe Rijn entlanggegangen. Ich bin dir dann eine Weile in sicherer Entfernung gefolgt. Es war so rührend. Du bist viel zu schüchtern, um ein Mädchen anzusprechen. Mich hast du gar nicht bemerkt, weil ich meine normalen Kleider anhatte.«

»Und darum hast du dich … um … deshalb bist du heute als Flittchen auf die Straße gegangen?«

»Sehe ich aus wie ein Flittchen? Um mich zu tarnen, habe ich meine Campusklamotten mal wieder aus dem Schrank geholt. Die habe ich in Harvard getragen, als ich dort ein Praktikum als Ichthusevangelistin …«

»Du bist in Harvard gewesen, um dort ein Praktikum als Evangelistin zu machen?«, fragte ich erstaunt.

»Nein, nein, ich habe dort ein Jahr lang Psychologie studiert, im Rahmen eines Austauschprogramms, und bin Mitglied einer amerikanischen Evangelisierungsbewegung geworden, der Gruppe *Flirty Fishing*. Wir haben uns immer so hip wie möglich gekleidet, wenn wir loszogen, das Evangelium zu verkünden. Man kam dann viel leichter ins Gespräch. Tja, für Jesus war uns keine Mühe zu groß.«

Ich starrte sie eine Weile an und sagte dann: »Trotzdem muss es dir auch Spaß gemacht haben, dich so auffällig herauszuputzen. Du siehst atemberaubend aus.«

Sie errötete tatsächlich, fasste sich aber sehr schnell und erwiderte spitz: »Das habe ich nur für Jesus getan.«

»Bist du sicher? Hat es dir nicht auch gefallen, sehr gut gefallen sogar? Vielleicht wolltest du ja nur gern wieder einmal aussehen wie ein Straßenmädchen. Du hast dich jedenfalls schwer ins Zeug gelegt. Sogar die Fingernägel deiner Schwester hast du aufgeklebt!«

»In Harvard hatten fast alle Campusmädchen solche Nägel«, sagte sie entrüstet.

»Ich geh auch nach Harvard«, sagte ich spöttisch.

»Es kam mir vor allem darauf an, deine Aufmerksamkeit zu erregen«, sagte sie mürrisch, »ich hatte dich schon ein paar Abende beobachtet, ich fand dich nett und rührend, ich wollte dich auf den rechten Pfad zurückführen, aber du hast mich nicht einmal bemerkt, also habe ich mein Campusoutfit, meine *Flirty-Fishing*-Uniform, mal wieder angezogen … ich habe zu Jesus gebetet, und er hat zu mir gesagt: ›Putz dich so schön wie möglich heraus.‹«

»Und dann hast du gesagt: ›Herzlich gern, Jesus, denn tief in meinem Herzen will ich eigentlich so nuttig wie möglich herumlaufen.‹«

»Schweig«, sagte sie, »deine Worte werden dir vom Satan eingeflüstert, wirklich … ich … ich habe den ganzen Tag mit mir gerungen und den Herrn gefragt: ›Soll ich hier genauso herumlaufen wie in Harvard? Mit Lippenstift, toupiertem Haar und Eyelurenägeln?‹ Und darauf erwiderte der Herr: ›Ja, Tina, es muss sein, denn diesen Jungen, diesen lieben Jungen, den musst du auf den rechten Pfad zurückführen.‹«

»Ich geh dann mal«, sagte ich.

»Jetzt schon?«, fragte sie erschrocken. »Nein, nein, der Abend hat erst angefangen. Lass uns erst noch ein ordentliches Stück aus der Bibel lesen, aus einem der Briefe des Apostel Paulus, und dann beten wir zusammen, wir flehen den Herrn an, dass du dich bekehrst und Mitglied bei Ichthus wirst.«

Während ich ihr fachmännisch toupiertes Haar und ihre wunderbaren spitzen, tiefrosafarbenen, langen Fingernägel betrachtete, dachte ich: Sie mag sich selbst einreden, dass sie sich auf Bitten Jesu so herausgeputzt hat, aber irgendwo tief in ihrem Innern verbirgt sich eine Frau, die sich vielleicht ebenso leidenschaftlich danach sehnt zu vögeln wie ich, und darum hat sie sich so aufgedonnert, Jesus hin oder her. Wenn ich nun also die Lesung aus dem Neuen Testament geduldig über mich ergehen lasse und anschließend auch noch geduldig mit ihr für meine Bekehrung bete, wer weiß, vielleicht wird dann ja doch noch was draus.

Darum blieb ich vorerst sitzen und starrte wie gefesselt auf ihre Fingernägel.

Laut las sie einige Kapitel aus dem zweiten Paulusbrief an die Thessalonicher. Dann sagte sie fromm: »Nun werde ich ein Gebet für dich sprechen«, und ich erwiderte: »Gut, lass uns die Hände ineinanderlegen.«

Misstrauisch sah sie mich kurz an, nahm dann aber meine Hände in ihre, und wir falteten sie zu einem großen Ball zusammen. Ich spürte ihre spitzen Nägel und seufzte auf.

Sie betete so lange, dass meine Hände zu kribbeln begannen. Schließlich erklang das erlösende »Amen«. Dann sagte sie: »Hast du Lust, mit zu Ichthus zu gehen? Wir haben heute Abend eine Versammlung.«

»In Ordnung«, sagte ich, immer noch davon ausgehend, dass wir nach der Versammlung Zeit für die schändlichen Lüste haben würden, von denen sie so verächtlich gesprochen hatte.

»Mann, wie toll, dass du mitgehst! Das ist mehr, als ich zu hoffen gewagt hatte. Der Herr Jesus zieht noch an dir, jawohl, er zieht noch an dir. Hier, noch eine Tasse Tee, trink noch etwas, dann werde ich mich in der Zwischenzeit ein bisschen zurechtmachen, kurz etwas Anständiges anziehen und das Gesicht waschen. Du verstehst bestimmt, dass ich dort so nicht auftauchen kann. Die Leute von Ichthus sind noch nicht reif für *Flirty Fishing*, aber Jünger von David Berg haben mir Prospekte und Broschüren versprochen, und ich hoffe, dass es mir damit gelingt, auch hier *Flirty Fishing* einzuführen. Welch ein Ansporn es wäre, wenn du mir beistehen würdest; zu zweit hat man immer einen besseren Stand.«

»Wenn du *Flirty Fishing* bei Ichthus einführen willst, darfst du dich jetzt nicht anständig anziehen. In Harvard war dies doch dein normales Verkündigungsoutfit?«

»Ja, schon, aber hier geht das wirklich noch nicht, hier muss man die Leute erst noch davon überzeugen, wie wirkungsvoll *Flirty Fishing* sein kann.«

»Du könntest doch sagen, dass du dich so angezogen hast, um mich, so wie es in Harvard üblich war, leichter von der Straße auflesen zu können, und dass wir anschließend geradewegs ...«

»Das wäre gelogen.«

»Nicht doch, du ... nein, zieh dich nicht um, du siehst so gut aus.«

»Wenn wir zu Ichthus gehen, sollte ich wirklich weniger auffällig aussehen.«

Ich hörte sie die Treppe hinaufgehen, hörte sie über mir herumfuhrwerken und dachte traurig: Sie zieht all die herrlichen Sachen aus. Angeblich hat sie sich auf Befehl des

Herrn so angezogen, obwohl sie sich heimlich, vielleicht ohne sich dessen bewusst zu sein, danach gesehnt hat, nicht nur in Harvard, wo es offenbar nicht so auffällt, sondern auch hier herrlich nuttig herumzulaufen. Welch eine seltsame, gestörte Frau. Wie kompliziert Menschen manchmal sind.

Dann dachte ich: Mit zu Ichthus? Ich bin doch nicht total bescheuert. Es ist nur allzu deutlich, dass aus dem Vögeln heute nichts mehr wird. Das wäre mit so einem Jesusmädchen erst gestattet, nachdem man verheiratet ist. Tja, dann eben nicht.

Ich stand auf und schlich mich leise aus dem Wohnzimmer. Vorsichtig öffnete ich die Haustür. Draußen regnete es. Ich hob den Kopf gen Himmel und ließ das kalte Wasser über mein Gesicht laufen.

Ich bin schon zweiundzwanzig, dachte ich, und auch wenn ich mit Frederica hinten im Garten ein wenig rumgeknutscht habe, richtig gevögelt habe ich noch nie. Das ist doch wirklich kaum zu glauben.

Flirty Fishing

Damals hatte ich natürlich nicht die geringste Ahnung, was ich mir unter dieser erstaunlichen Jesusbewegung vorstellen sollte. Durch Tina mit ihren *Flirty-Fishing*-Strümpfen war aber meine Neugierde geweckt. Damals sah ich nur eine Möglichkeit, mehr über *Flirty Fishing* zu erfahren: Ich musste Jouri fragen. Dem würde es in Harvard bestimmt gelingen, das eine oder andere für mich herauszufinden. Ich schrieb ihm also einen Brief, worin ich ihm berichtete, was so in Leiden los war. Zum Schluss erwähnte ich ganz beiläufig, dass ich einen angehenden Psychologen getroffen habe, der als Austauschstudent in Harvard Mitglied der *Flirty-Fishing*-Bewegung geworden sei. »Weißt Du mehr über diese Gruppe?«, fragte ich Jouri.

Heutzutage kann man bei Google das Suchwort »Flirty Fishing« eingeben und wird prompt mit allerlei ziemlich widersprüchlichen Informationen zu dieser Bewegung versorgt. Auf der niederländischen *Wikipedia*-Seite liest man: »Die Bewegung entstand 1968 aus der Strandevangelisation als eine Reaktion auf die Hippiebewegung, die sich gegen die etablierte Ordnung wehrte und mit Drogen und freier Liebe experimentierte. Der Gründer von *Flirty Fishing* war David Berg (1917–1994) alias Moses Berg. (...) Die Mitglieder waren wegen ihrer Sexualmoral berüchtigt, was sie in manchen Ländern in Konflikt mit Polizei und Justiz brachte.« 1968 entstanden? Meine Begegnung mit Tina fand bereits einige Jahre früher statt, sodass die Jahreszahl wahrscheinlich nicht stimmt.

Das Ganze klingt insgesamt, abgesehen von der Sexualmoral, recht unschuldig, aber auf einer anderen Internetseite liest man: »*Flirty Fishing (FFing)* war eine Form der religiösen Prostitution, die von den Children of God / The Family ab 1974 praktiziert wurde, bis sie 1987 im Zusammenhang mit Aids eingestellt wurde. *Flirty Fishing* bedeutete: durch den Einsatz von Sexappeal und Geschlechtsverkehr Leute dazu zu bringen, sich zu Gott zu bekehren.«

Man liest auch: »Beim *FFishing* bezeugt man die Liebe Jesu durch die ernste Absicht, Sex und Sexappeal als Köder zu benutzen.« Und auf die Frage, ob dies auch bedeute, dass man zu »kissing and light petting« übergehe, lautet die Antwort: »Wir schlagen vor, du gehst nur zu Masturbation, Oralverkehr und echtem Geschlechtsverkehr über. Es geht um alles oder nichts, Halleluja!«

Den Frauen der Bewegung wurde gesagt, sie müssten Gottes Prostituierte sein und »Hookers for Jesus«. Wäre ich, wenn ich das alles damals schon gewusst hätte, öfter durch die Vrouwenkerkkoorstraat geschlendert, oder hätte ich diese Straße gemieden?

Letzteres wohl nicht, aber dennoch: Als ich nach einigen Wochen Antwort von Jouri bekam, erschauderte ich, als ich las:

Elender Scherzkeks! Du versuchst, mich reinzulegen. Du schreibst, Du hättest einen Austauschpsychologen getroffen. Hier in Harvard kann man exakt recherchieren, wer in den letzten Jahren aus Leiden nach Harvard gekommen ist, und darunter ist nicht ein einziger Psychologe. Wohl aber eine Psy-

chologin, Tina Huiberdina Wüst, von der man mir hier sogar ein hübsches Foto zeigen konnte. Allmächtiger Gott, was für ein aufgedonnertes Weibsbild! Genau die Richtige für Dich, um Dich in sie zu verlieben. Mensch, gebrauch Deinen Verstand, Kerl, halt Dich ja von ihr fern, sie ist um einiges älter als wir, sie hat ein komplett falsches Fach studiert, und sie ist hier tatsächlich Mitglied der Flirty-Fishing-Bewegung geworden, nach der Du gefragt hast, ein irres, gruseliges Evangelisierungs-»movement«, von denen es hier so viele gibt. Die weiblichen Mitglieder geben sich die allergrößte Mühe, so schlampig wie möglich auszusehen, sie sind fürchterlich aufgetakelt mit Brokatminiröcken, Zuckerwattefrisuren, hohen Absätzen, feuerroten Lippen und »real vampire«-Fingernägeln – alles nur dazu gedacht, nette Studenten ins Bett zu locken, um sie anschließend irgendeinem alten Dreckskerl vor die Füße zu legen. David Berg heißt er, wenn ich richtig informiert bin, und der massiert sie dann, während er ihnen ihr ganzes Stipendium aus der Tasche zieht, in Richtung Wiedergeburt.

Warum hast Du mich angelogen? Warum hast Du in Deinem Brief verschwiegen, dass du offensichtlich in die Fänge einer Frau geraten bist, die hier nicht nur solch ein Unsinnsfach wie Psychologie studiert hat, sondern auch die Methoden des Flirty Fishing? Fürchtest Du, ich könnte sie Dir, sogar über den Atlantik hinweg, aus den Armen reißen? Liebend gern würde ich das tun, denn genau wie in früheren Fällen, ich denke da an Ria Dons und Wilma Wijting, wäre es eine Sünde, wenn Du Dich an jemanden verschwenden würdest, der Deiner nicht wert ist. Was ich hier über diese Dame erfahren habe, veranlasst mich, Dich zu ermahnen, äußerst vorsichtig zu sein. Halt Dich, ich wiederhole es noch einmal, von dieser Person fern. Ehe Du es merkst, steckst Du, sogar Du, bis über beide Ohren in der Tinte und bist, nach einer ordentlichen Gehirnwäsche durch diese Psychologin (denk dran: Sie hat Gehirnwäsche studiert), Mitglied solch einer gruseligen amerikanischen Revivalbewegung, von denen es leider nur so wimmelt, Mormonen, Zeugen Jehovas, Pfingstler.

Hier gibt es sogar eine christliche Bewegung von Schlangenhochhebern, die sich auf Markus 16, Vers 18, beruft: »Schlangen werden sie aufheben.« In ihren Gottesdiensten praktizieren sie das sogenannte »serpent-taking«. Dabei sterben regelmäßig Gläubige, weil sie von einer Klapperschlange gebissen werden, und dann sagen die übrig gebliebenen Gemeindemitglieder: »Da siehst du's, das war kein wirklich Gläubiger, denn ein echter Gläubiger kann, so hat Jesus es gesagt, ohne Furcht eine Schlange hochheben.«

Für Dich könnte diese Bewegung der Schlangenhochheber noch eine echte Herausforderung sein, doch über den Atlantischen Ozean hinweg beschwöre ich Dich: Halt Dich vom Flirty Fishing fern. Um der Bekehrung willen praktizieren diese Leute eine lockere Sexualmoral. Verführung als Köder zum ewigen Heil. Die Realität ist aber: Ehe Du es merkst, hast Du Dir irgendeine unangenehme Krankheit gefangen oder einen Pilz. Oder hast du es darauf abgesehen als zukünftiger Parasitologe?

Typisch Jouri, dachte ich, als ich seinen Brief zusammenfaltete. Er warnt mich schon wieder, so wie er mich früher schon vor Ria und Wilma und Frederica gewarnt hat. Man könnte beinahe meinen, wir haben es hier mit einem festen Verhaltensmuster zu tun, es sieht fast so aus, als könnte er nicht anders. Immer stimmt er dieselbe Leier an, dieser

Spinnentotengräber. Aber wenn er hier wäre, würde er mir Tina augenblicklich abspenstig machen, um sie anschließend achtlos fallen zu lassen. Wie schön, dass er so weit weg ist.

Seereise

Dank des *Flirty Fishing* fand meine Karriere als Rumtreiber ein abruptes Ende. Sogar tagsüber hatte ich, wenn ich durch die Leidener Innenstadt ging, das Gefühl, Ichthusaugen wären auf mich gerichtet. Einmal noch wagte ich mich am Abend in den Donkersteeg. Hier und da sah ich schon ein paar aufgedonnerte ältere, einsame Bordsteinschwalben. Waren das bereits von Tina angeworbene Mitglieder der Evangelisationsbewegung *Flirty Fishing*, die inkognito durch das Zentrum streunten?

Am Reformationstag traf ich gegen Mittag im Burchtsteeg das *FFing*-Luder, mit dem ich in der Bibel gelesen und gebetet hatte. Weil sie normale Alltagskleidung trug, erkannte ich sie nicht auf Anhieb. Sie aber erkannte mich sofort und rief nach mir, als ich an ihr vorbeiging. Erstaunt sah ich mich um. Sie winkte mir zu, und ich ergriff die Flucht.

Anfang November traf ich sie etwa zur gleichen Zeit erneut. Diesmal auf der Breestraat, und zwar wieder als aufgedonnertes Flittchen. »Heute hat der Herr dir aber seinen Tagesbefehl schon früh erteilt«, dachte ich spöttisch. Im dunkelgrauen Novemberlicht sah sie vielleicht noch überzeugender aus als an jenem schicksalhaften Abend. Man drehte sich nach ihr um, pfiff ihr sogar hinterher. Mich bemerkte sie zum Glück nicht. Dennoch war ich versucht, ihr zu folgen und sie anzusprechen. Wenn Jesus ihr den Befehl gab, sich die Haare zu toupieren, um eine Seele zu retten, dann konnte er ihr doch auch befehlen, mit einem Sünder ins Bett zu gehen, um ihn auf den rechten Pfad zurückzuführen. Aber ich sah mich schon wieder in dem gruseligen Zimmer mit dem verzweifelten Petrus, der bis zur Hüfte im See von Genezareth versunken ist, und ich verwarf den Gedanken sofort wieder.

Als ich wieder im Labor war, zeigte sich, dass sich ihr Bild in meine Netzhaut eingebrannt hatte. Schaute ich in mein binokulares Mikroskop, sah ich keine Kornkäfer und Schlupfwespen, sondern einen Schopf mit wild toupierten Haaren, einen Minirock und Netzstrümpfe. Drüben in der Vrouwenkerkkoorstraat brannte zweifellos ein ebensolcher hormonaler Kanonenofen, wie er auch in meinem Innersten glühte. Wie konnte ich es schaffen, die Verteidigungslinie des Evangeliums zu durchbrechen, um mich daran zu wärmen?

Am späten Nachmittag wurde ich zum Institutsleiter gerufen.

»Wir haben ein Problem. Heute Abend sollte Joop die Nachtfähre von Hoek van Holland nach Harwich in England nehmen und nach London weiterreisen, um dort morgen früh Schlupfwespeneier auszutauschen. Die Kollegen dort haben Arten, die wir noch nicht besitzen, und wir verfügen über *Mellitobia*, die sie unbedingt haben wollen. Die Sachen per Post zu schicken geht leider nicht, denn das gibt jedes Mal Probleme beim Zoll. Wenn man aber ein Röhrchen mit Getreidekörnern, in denen parasitierte Kornkäfer stecken, in das Mantelfutter einnäht, kommt man meistens problemlos durch den Zoll. Wie ich schon sagte, Joop sollte fahren, aber er ist krank geworden. Ich wollte dich fragen: Könntest du für ihn einspringen?«

»Heute Abend noch nach England?«, fragte ich erstaunt.

»Ja, und morgen mit der Nachtfähre wieder zurück.«

»Zwei Nächte auf dem Schiff?«

»Du hast eine Kabine. Du kannst schlafen.«

Einen Moment lang widersetzte ich mich noch diesem Ansinnen. Aber: Ich war Student, ich war ambitioniert, ich fühlte mich geschmeichelt, weil man mich für diese Aufgabe ausgewählt hatte, und so ließ ich mich überreden. Fachmännisch nähte der technische Dienst das Röhrchen mit den von *Mellitobia*-Weibchen bearbeiteten Getreidekörnern in mein Mantelfutter. Ach, was für ein wunderbares Geschöpf, *Mellitobia*! Auf vierhundert Weibchen kommt ein Männchen, und die muss es, sobald es aus dem Ei kommt, rasend schnell befruchten. Orientierungslos läuft das Männchen auf den Getreidekörnern umher, auf der Suche nach den vierhundert Weibchen. Augen hat es nicht, sein ganzer Körper ist ein einziger Sack voller Sperma. Sogar im Kopf schwimmen Samenzellen herum. Von Kopf bis Fuß ist es auf Liebe eingestellt.

Man überreichte mir Joops Tickets sowie ein paar englische Pfund. Ich fuhr zur Uiterste Gracht, nahm meinen Pass und aß, obwohl ich vor Aufregung kaum Appetit verspürte, noch schnell ein Butterbrot. Dann begab ich mich zum Bahnhof. Ich ging den Weg, den ich von meinem Zimmer aus immer nahm: Uiterste Gracht, Groenesteeg, Hooigracht, Haarlemmerstraat.

In Höhe der Coelikerk pochte mir das Herz in der Kehle. Sogleich kam ich an der Vrouwenkerkkoorstraat vorbei. Vorbei? Ich konnte doch auch durch diese Straße, über den Vrouwenkerkhof und durch die Caeciliastraat zum Bahnhof gehen? Das war bestimmt etwas kürzer. Ich bog ab, in die Vrouwenkerkkoorstraat. Ich verlangsamte meinen Schritt. Ich hatte noch jede Menge Zeit. Der Zug zur Fähre fuhr erst in anderthalb Stunden.

Es war bereits dunkel. Die Straßenlaternen brannten, und aus Tinas Häuschen schimmerte Licht. Die Vorhänge waren offen. Ich wechselte auf die andere Straßenseite, denn es erschien mir nicht klug, genau an ihrem Fenster vorbeizugehen. Ich sah sie im Lampenlicht sitzen, genauer gesagt, sah ich ihr wild toupiertes Haar. Was machte sie? Las sie ein Buch? Die Bibel vielleicht? Sie trug einen quietschrosafarbenen Angorapullover. Darunter schimmerte derselbe Minirock, den sie auch in der Breestraat getragen hatte. Langsam blätterte sie um. Hauchdünnes Papier, jede Wette also, dass es sich um eine Bibelseite handelte.

Da sie mit dem Rücken zur Straße saß, wagte ich es, die Straße zu überqueren. Ich spähte hinein. Nun konnte ich sie besser sehen und bemerkte ihre herrlichen grünen Netzstrümpfe und die hohen Absätze. Am meisten faszinierte mich jedoch das gelbe Lampenlicht auf den Eyelure-longline-Fingernägeln. Es war, als stünden ihre Fingerspitzen in Flammen.

Regungslos starrte ich durchs Fenster und dachte die ganze Zeit: welch ein seltsames, verrücktes, verklemmtes Wesen. Wieder blätterte sie eine der hauchdünnen Seiten mit ihren Flammennägeln um. Offenbar las sie wieder im Neuen Testament, wahrscheinlich den Hebräerbrief: »Denn ihr seid nicht gekommen zu dem Berge, den man anrühren konnte und der mit Feuer brannte, noch zu dem Dunkel und Finsternis und Ungewitter, noch zu dem Hall der Posaune und zu der Stimme der Worte, da sich weigerten, die sie hörten, dass ihnen das Wort ja nicht gesagt würde; denn sie mochten's nicht ertragen, was da gesagt ward.«

Lies nicht das Neue Testament, redete ich in Gedanken auf sie ein, lies das Alte. Genesis 38. Die Geschichte von Tamar, das ist deine Geschichte. Plötzlich drehte sie sich mit einem Ruck ihres toupierten Haarschopfs zum Fenster. Sie schaute mir geradewegs ins Gesicht, doch ob sie mich auch tatsächlich sah, weiß ich nicht. Meistens erkennt man kaum etwas, wenn man aus einem erleuchteten Zimmer auf eine dunkle Straße schaut. Trotzdem stand sie sofort auf. Ich hörte, wie hinter mir die Haustür geöffnet wurde. Dann erklang auf dem Pflaster das wütende Klappern von Pfennigabsätzen.

Sie wird noch fallen, dachte ich, und wartete daher, bis sie mich eingeholt hatte.

»Du?«, sagte sie ganz außer Atem.

»Ja«, sagte ich.

»Lust auf eine Tasse Tee?«

»Lust schon, aber keine Zeit. Ich muss den Zug zur Fähre kriegen. Ich fahre heute Nacht nach England.«

»Dann begleite ich dich ein Stück.«

»Meinetwegen.«

»Warum bist du beim letzten Mal heimlich abgehauen?«

»Ich hatte keine Lust, zu Ichthus zu gehen.«

»Das hättest du mir doch sagen können.«

»Das hätte ich tun können, ja.«

»Der Herr Jesus …

»… hat dir heute Abend wieder befohlen, deine Haare zu toupieren. Wen musst du denn heute retten?«

»Das wusste ich noch nicht, als er heute Nachmittag zu mir sagte: ›Mach dich fertig.‹ Jetzt weiß ich's: dich.«

»Du spinnst.«

Auf der Steenstraat schauten sich fast alle Männer nach uns um. Manche pfiffen leise zwischen den Zähnen.

»Weißt du«, sagte ich, »hier gibt es jede Menge Arbeit für dich. Aber sei vorsichtig. Du solltest besser mit einer Freundin zusammenarbeiten. Gibt es bei Ichthus nicht noch ein Mädchen, das sich wie ein *Flirty-Fishing*-Flittchen anziehen will, um Seelen zu retten?«

»Leider nicht.«

»Selbst in der kleinen Hafenstadt, aus der ich stamme und wo wie bekloppt evangelisiert wird, habe ich niemals eine Frau im Minirock auf die Straße gehen sehen, um Männer wieder auf den rechten Pfad zu führen. Was für eine irrwitzige Ausrede, um solch einen wunderbaren engen Angorapullover anziehen zu dürfen!«

Sie lächelte. »Da siehst du, dass das, was ich mache, gar nicht so blöd ist. Wenn ich einen solchen Pullover anziehe, errege ich damit deine Aufmerksamkeit und schaffe es vielleicht, dich in Jesu Arme zurückzuführen.«

»Dazu braucht es mehr als nur einen roten Angorapullover. Soll ich mich in England nach etwas Schönem für dich umsehen?«

»Wenn du zufällig welche findest, könntest du mir vielleicht ein paar Sets Eyelure-longline-Fingernägel kaufen. Die kriegt man hier nämlich nicht.«

»Und auf die kannst du bei der Verkündigung nicht verzichten?«

»Lass deine Scherze.«

»Ich werde die Augen offen halten«, sagte ich, »und dir die Sachen in den Briefkasten werfen, wenn ich am Freitagmorgen wieder nach Hause gehe.«

»Nein, das möchte ich nicht, du musst sie mir persönlich geben. Dann kann ich dir auch deine Unkosten erstatten. Freitagmorgen muss ich arbeiten, komm am Abend vorbei.«

»In Ordnung.«

»Dann also bis Freitag. Ich gehe jetzt zurück. Gute Reise.«

Auf dem Bahnsteig ging ich aufgeregt hin und her. Was hatte ich getan? Warum war ich durch die Vrouwenkerkkoorstraat gegangen? Warum hatte ich mich erneut mit dieser durchgeknallten Missionarin eingelassen? Wir hatten uns sogar verabredet. Wie schade, dass Jouri nicht in der Nähe war. Wenn ich ihn mit den bestellten Artikeln zu ihr geschickt hätte, wäre ich wahrscheinlich alle Probleme auf einen Schlag los gewesen.

Im Zug beruhigte ich mich dank der hohen Geschwindigkeit wieder einigermaßen. Wir hielten in Schiedam, donnerten an Vlaardingen-Ost vorüber, vorbei an den Rückwänden der Fischhallen am Hauptbahnhof, und in einem Nu hatten wir Maassluis durchquert. Es erschien mir undenkbar, dass jemand seine Jugend in solch einem armseligen Kaff verbracht haben konnte, wo nur Trichterwinden sprossen und wo es nicht einmal einen Solex-Händler gab.

Hoek van Holland. Die *Konigin Juliana*. Obwohl kaum Wind wehte, herrschte auf dem offenen Meer eine kräftige Dünung. Ich irrte über die Decks und sah an der Reling eine Frau in einem schönen langen Mantel stehen, der ihr bis zu den Knöcheln reichte. Im fahlgelben Licht der Schiffslampen glänzten ihre roten Locken. Sie war klein, stand aber so kerzengerade, dass sie in dem langen Mantel recht groß wirkte. Ich wollte ihr Gesicht sehen und schlenderte an ihr vorbei. Sie sah sich nicht um, sondern starrte auf die grauen Wogen. Ich stellte mich ein Stück entfernt an die Reling, beugte mich vor und versuchte, einen raschen Blick auf das von roten Locken umrahmte Gesicht zu werfen. Als aus dem grauen Dämmern ein Schwarm Strandläufer auftauchte, schaute sie kurz in meine Richtung.

Verdammt, dachte ich, ich glaube, das ist Katja.

Erneut schlenderte ich an ihr vorüber. Ich spitzte die Lippen und pfiff »Aus tiefer Not schrei ich zu dir«.

Abrupt drehte sie sich um.

»Katja«, sagte ich, »du hier? Fährst du nach England?«

»Was für eine Frage«, erwiderte sie spöttisch, »wohin sollte ich mit diesem Schiff sonst fahren?«

»Spielst du in London?«

»So berühmt bin ich noch nicht. Nein, ich fahre für ein paar Tage zu meinem Bruder. Der wohnt im Süden von London. Ich passe auf die Kinder auf, damit er und seine englische Frau mal rauskommen. Und du?«

Ich erzählte ihr von meinem Auftrag am parasitologischen Labor der Londoner Universität.

»Mein Gott, schon wieder diese widerlichen Parasiten! Was du daran nur findest?«

Fast ängstlich klammerte sie sich an die Reling und fragte dann schüchtern: »Warum haben wir so lange nicht mehr zusammen musiziert?«

»Du spielst hundertmal besser als ich. Ich klimpere wie ein Holzhacker, du bist ein Profi. Das passt doch nicht zusammen! Der Niveauunterschied ist zu groß.«

»Das hat mich nie gestört. Und du … eine derart brillante Entdeckung … ›Aus tiefer Not‹ in dieser *h-Moll-So-*

nate… nicht einmal mein Lehrer hat das je erwähnt. Ich fände es schön, wenn wir wieder zusammen spielen würden. Hast du Lust, nächste Woche zum Essen zu kommen? Und anschließend spielen wir Bach.«

»In Ordnung«, sagte ich, »ich gehe dann jetzt mal in meine Kabine.«

»Ja, es wird Zeit, unter die Decke zu schlüpfen. Es ist wirklich schrecklich kalt hier.«

Als ich in meiner Kabine lag, konnte ich nicht einschlafen. Aber das war nicht das Schlimmste; schlimmer war, dass jedes Mal, wenn ich mich streckte, ein leichtes Schmerzgefühl durch meinen Magen schoss, ähnlich dem, das man empfindet, wenn man auf einer Schaukel nach unten saust. Ich setzte mich aufrecht hin. Augenblicklich wurde der Schmerz geringer. Doch wirklich wohl fühlte ich mich nicht. Ich zog meinen Mantel wieder an und kontrollierte, ob das Röhrchen noch da war. Es befand sich noch an seinem Platz. Frische Luft würde mir guttun.

Kühler Nieselregen fiel auf das Deck. Es störte mich nicht. Wie angenehm, die frische, kalte Außenluft zu atmen. Aufmerksam beobachtete ich die Wogen. Wenn ich wusste, wie sich das Schiff im nächsten Augenblick neigte, konnte ich mich darauf einstellen, und der Magen rebellierte nicht. Doch ganz gleich, wie peinlich genau ich die Wellen im Auge behielt, jedes Mal ging eine unerwartete Bewegung durch das Schiff, die sich mit erschütternder Gemeinheit meines Magens bemächtigte.

Erst um drei Uhr in der Nacht musste ich spucken. Dass ich es so lange aushielt, ehe ich, um mit meinem Vater zu sprechen, »aus dem Mund schiss«, verdankte ich dem Umstand, dass ich draußen geblieben und die verdammten

Wellen genau beobachtet hatte. Im Übrigen war ich nicht der Einzige, der seinen Mageninhalt über die Reling hinweg dem Meer anvertraute. Aber das tröstete mich nicht, im Gegenteil, ich fühlte mich hundeelend. Denn als es losging, gab es kein Halten mehr, und ich musste mich immer wieder übergeben, bis ich, vollkommen durchgefroren und nur noch ein elendes Häufchen Mensch, über der Reling hing, um das letzte bisschen Galle aus meinem leeren Magen zu pressen.

So seekrank wie damals bin ich später nie wieder gewesen. Ich war überhaupt nicht darauf vorbereitet, dass dies passieren könnte, und hatte keinerlei Vorkehrungen getroffen, es zu verhindern. Selbst als wir kurz vor Harwich in eine Art Bucht mit ruhigerem Gewässer fuhren, nahm das Würgen kein Ende.

»Oh weh«, hörte ich hinter mir eine Stimme. Ich versuchte, mich umzudrehen, was mir jedoch wegen aufkommender Übelkeit nicht gelang.

»Die ganze Nacht nicht geschlafen«, sagte ich matt, »seit drei Uhr pausenlos gespuckt.«

»Das war bestimmt schrecklich.«

Erst als wir im nackten, unbarmherzig grauen Morgenlicht auf dem Kai standen, verschwand die schlimmste Übelkeit.

»Hier, iss einen trockenen Creamcracker«, sagte Katja, »die habe ich immer in der Tasche, für den Notfall. Und nachher im Zug, da trinkst du vorsichtig eine Tasse dünnen Tee. Wirst sehen, wie schnell du dann wieder der Alte und auf dem Damm bist.«

Vorsichtig knabberte ich an dem Creamcracker.

»Ich darf gar nicht daran denken, dass ich heute Abend

wieder zurückmuss«, sagte ich. »Noch so eine schlaflose Nacht an der Reling, das überlebe ich nicht.«

»Ach, Junge, erspar dir das lieber. Eine Stunde vor Abfahrt stopfst du dir den Bauch voll Weißbrot. Das wird nur langsam verdaut, und so ist dein Bauch lange gefüllt. Dann nimmst du eine Tablette gegen Seekrankheit. Ich habe welche dabei, davon gebe ich dir eine. Hätte ich bloß gestern Abend daran gedacht! Und was du auch noch tun kannst, ist, eine Schlaftablette zu nehmen. Dann pennst du garantiert eine ganze Weile und überstehst die Nacht wahrscheinlich recht gut.«

»Noch so eine Nacht wie die letzte, und ihr könnt mich begraben.«

Rund anderthalb Stunden lang saßen wir in einem uralten, rumpelnden, quietschenden, knarrenden Zug, bis wir in die grauen Katakomben der Liverpool Street Station einfuhren. Ich war noch nie in England gewesen, daher war es für mich ein großer Schock, als ich sah, wie armselig, verfallen, hässlich und schmutzig alles war, die Züge, die Häuser entlang der Schienen, das Personal auf den Bahnsteigen, die Bahnhöfe.

»Welch ein Dreck«, sagte ich zu Katja.

»Dort, wo mein Bruder wohnt, im Süden von London, sieht es besser aus.«

»Wie kommst du dahin?«

»Mit der U-Bahn von Liverpool Street Station nach Waterloo Station. Dort in den Zug. Umsteigen in Clapham Junction und dann noch eine knappe Stunde. Wo musst du hin?«

»In eine Seitenstraße der Tottenham Court Road. Dort befindet sich das Laboratorium.«

»Dann kannst du am besten auch die U-Bahn nehmen.«

Wie es da unten roch! Eine Grabesluft! Dort in der Tiefe, die zweifelhaft riechende Luft einatmend und mich immer wieder vor den plötzlich und geisterhaft aus den Tunneln auftauchenden Bahnen erschreckend, verabschiedete ich mich von Katja.

»Danke für die Creamcracker«, sagte ich. »Und für die Tablette.«

»Hier, nimm die angebrochene Packung mit. Für morgen früh.«

»Vielen Dank! Bis Sonntag in einer Woche.«

»Ja, bis Sonntag.«

Wir winkten einander zu. Ich sah sie im unterirdischen Labyrinth verschwinden. Ich murmelte vor mich hin: »Sie ist netter, lieber und herzlicher, als ich auf den ersten Blick gedacht habe. Schade, dass sie immer Hosen trägt, denn so ein langer Mantel sieht noch besser aus, wenn man darunter einen ganz kurzen Rock anhat, der ab und zu für einen Moment zu sehen ist. Schade auch, dass sie offenbar immer flache Schuhe trägt. Und keine Spur Make-up, nichts, pur Natur. Na ja, es hat durchaus auch etwas für sich, die ganze Schminke, das ist schließlich nur Schwindel.«

Während ich tagsüber durch London ging, musste ich noch öfter an sie denken. Allein auf der Tottenham Court Road sah ich zwei Dutzend Mädchen in winzigen Röcken und Netzstrumpfhosen, die atemberaubend aussahen. Obwohl es kalt war, trugen sie keinen Mantel, sondern waren halb nackt unterwegs.

Nach einigem Herumirren fand ich schließlich in einer unansehnlichen Seitenstraße das parasitologische Laboratorium. Es war in einer alten Schule untergebracht, der jegliche Repräsentativität fehlte: ein verdreckter Eingang, unangenehm finstere Gänge, verwohnte Räume.

Und in den Gängen begegnete ich Wissenschaftlern, die wie Müllmänner aussahen. Aber sie waren über die Maßen freundlich und zogen ihre Kaffeepause vor, weil ich Getreidekörner mit Kornkäfern brachte, die wiederum voller *Mellitobia*-Eier steckten.

Als wir beim ekligen englischen Pseudokaffee voller Satz hockten, kamen Studenten mit kleinen Boxen herein, in denen allerlei Mücken tanzten. Jedem Mitarbeiter wurde eine solche Box auf den entblößten Unterarm gesetzt, »to feed the gnats«. Es war ein unvergesslicher Anblick: All die nackten Unterarme mit den darauf schwankenden Boxen, in denen sich ausgehungerte Mücken drängelten, um durch die dünne Gaze hindurch massenhaft in den Arm zu stechen.

»Gibt es auch eine Box für mich?«

»Yes, Sir, of course, Sir«, sagte ein Mädchen in Minirock mit Netzstrümpfen darunter. Auch hier gab es sie also! Das Mädchen ging fort und kam mit einer Box wieder, die auf meinem entblößten Unterarm befestigt wurde. Mannhaft ertrug ich die sich auf mich stürzenden Mücken.

»Real Dutch blood. They like it immensely!«, wurde gerufen.

Viele Jahre später, als ich, inzwischen selbst Parasitologe, das Laboratorium wieder besuchte, erinnerte man sich noch daran, wie ich bei meinem ersten Aufenthalt freiwillig die Mücken gefüttert hatte. Ohne mir damals dessen bewusst zu sein, hatte mir dies sehr viel Sympathie eingebracht, von der ich später profitierte.

Die durchwachte Nacht und die Seekrankheit – mit

den Mücken auf dem Arm kam mir dies wie ferne Vergangenheit vor. In meinem Leben habe ich immer wieder die Erfahrung gemacht, dass eine Nacht ohne Schlaf mich nicht sonderlich beeinträchtigt. Ich fühle mich danach zwar nicht wohl, kann aber all das tun, was ich sonst auch mache.

Als ich, belebt vom vortrefflichen englischen Tee und ein wenig Blutverlust, mit einem anderen Röhrchen voller Getreidekörner im Mantelfutter wieder quer durch das Swinging London der Sechzigerjahre ging, hatte ich, ungeachtet der vergangenen Nacht, das Gefühl, die Welt erobern zu können.

Im Schlepptau all der wunderbar aufgedonnerten Mädchen, die im noch recht warmen Novembersonnenlicht in den gewagtesten Kreationen über die Oxford Street paradierten, landete ich schließlich in der Carnaby Street. Das war die Apotheose. Überall Mädchen in wahnsinnigem Outfit, mit langen bunten Fingernägeln, in Geschäften, vor Schaufenstern, in den Ladeneingängen. Durch die Regent Street ging ich zurück zur Oxford Street. Es war einfach zu viel, dort in der Carnaby Street.

Ich machte mich auf die Suche nach einem Geschäft, wo ich Eyelure für Tina kaufen konnte. Gab es solche Dinge in einer Drogerie? Dann sah ich ein Schaufenster, auf dem mit Riesenlettern das Wort »Sale« stand. In der Auslage entdeckte ich allerlei künstliche Fingernägel und Wimpern, stark verbilligt. Für einen Shilling bekam man drei Sätze Eyelure und einen Streifen künstliche Wimpern, der einen Meter lang war. Von dem Streifen musste man, wie mir die Verkäuferin in beinahe unverständlichem Cockney erklärte, zwei passende Stückchen abschneiden und auf die Augenlider kleben. Sie selbst hatte das auch gemacht und sah phantastisch aus. Bei ihr kaufte ich auch ein paar Schlaftabletten. In einer Bäckerei besorgte ich mir noch zehn weiße Brötchen, die ich im Zug nach Harwich mit einem Becher englischen Tees verputzte.

Als wir ablegten, war das Meer vollkommen ruhig. Dennoch schaukelte das Schiff, als ob kräftiger Seegang herrschte. Ich ging aufs Achterdeck und versuchte, die nächste Bewegung vorauszuberechnen. Am schlimmsten waren die kleinen seitlichen Stöße. Auch wenn das Schiff sich plötzlich über den Bug senkte, machte mir das sehr zu schaffen.

Katjas Tablette gegen Seekrankheit beruhigte mich zwar, doch leider hatte ich den Eindruck, dass sie mich nicht ausreichend gegen plötzliches Schaukeln des Schiffs wappnete. Schweren Herzens schluckte ich also auch noch eine Schlaftablette. Eigentlich lehne ich derartige Mittel ab, aber der Gedanke an eine weitere schlaflose Nacht an der Reling verursachte mir großes Unbehagen. Ich schlief tatsächlich ein. Als ich jedoch um vier Uhr aus dem Schlaf schreckte, war ich sofort so hellwach, dass für die restliche Nacht an Schlaf nicht mehr zu denken war.

Ich ging an Deck. Das Schiff stampfte und schlingerte. Als ich in der grauen Morgendämmerung in der Ferne bereits undeutlich die Küste sah, übergab ich die teuren englischen Brötchen schließlich doch noch dem Meer.

Im Zug nach Leiden knabberte ich Katjas Creamcracker, wobei ich die ganze Zeit mit einem Gefühl des Bedauerns an sie dachte. Wie leicht könnte sie sich mit ihrer schlanken, kerzengeraden Figur in so ein entzückendes Carnabymädchen verwandeln.

Erschöpft erreichte ich mein Zimmer auf der Uiterste Gracht. Erst einen Moment ausruhen, ehe ich meine Schmuggelschlupfwespen ins Labor bringe, dachte ich. Ich legte mich hin und wachte erst wieder auf, als der Nachmittag beinahe vorüber war. Ich eilte zum Laboratorium, wo man mir eine Standpauke hielt, weil ich so spät kam. Als ich mich mit dem Hinweis auf meine Seekrankheit und die durchwachten Nächte entschuldigte, sah man mir meine Verspätung aber gnädig nach.

An diesem Abend begab ich mich schweren Herzens in die Vrouwenkerkkoorstraat. Ich werfe die Fingernägel und den Wimpernstreifen in ihren Briefkasten, und dann mache ich mich aus dem Staub, nahm ich mir vor. Mir war, als könnte ich erneut seekrank werden. Die erleuchteten Schaufenster in der Haarlemmerstraat wogten auf und ab. Sogar das Pflaster schien sich zu bewegen. Je weiter ich mich der Vrouwenkerkkoorstraat näherte, umso unsicherer wurde mein Schritt. Schließlich schlich ich an ihrem Haus vorbei. Drinnen brannte Licht. Petrus war noch immer nicht von Jesus aus dem Wasser gezogen worden. In ihrem Angorapullover, das Gesicht von der Straße abgewandt, saß sie da und blätterte wieder in der Bibel.

Nicht reingehen, dachte ich, ich drücke ihr die Sachen an der Tür in die Hand. Als sie jedoch erneut eine der hauchdünnen Bibelseiten mit langen, tiefrosafarbenen Fingern umblätterte, gab ich mich geschlagen. Ich klopfte leicht ans Fenster.

Sie sprang auf, öffnete die Haustür und sagte freudig erregt: »Da bist du ja. Ich war mir nicht sicher, ob du kommen würdest.«

»Ich gehe auch gleich wieder. Ich habe zwei schreckliche Nächte auf dem Schiff hinter mir, ich konnte kaum schlafen.«

»Seekrank?«

»Vor allem auf der Hinfahrt. Wie dem auch sei, ich habe die Fingernägel, sie waren runtergesetzt und kosten nichts. Außerdem habe ich einen Meter künstliche Wimpern für dich gekauft.«

»Was soll ich mit einem Meter falsche Wimpern?«

»Die Verkäuferin hat mir erklärt, dass man Stücke in der passenden Länge abschneiden muss. Die klebt man dann auf die Augenlider.«

»Wie spannend. Das will ich gleich mal ausprobieren.«

Und so kam es, das ich eine Viertelstunde später einer Frau gegenüberstand, die nun erst recht wie ein unheimlicher Vamp aussah.

»Wie steht mir das?«, fragte sie.

»Phantastisch, das ist der ›finishing touch‹, jetzt bist perfekt ausgestattet, um Jungs wie mich zum Thron der Gnade zurückzuführen.«

»Die Leute von Ichthus haben mich verstoßen«, sagte sie traurig.

»Warum das so plötzlich?«

»Sie haben mich auf der Straße gesehen. ›Hure von Babylon‹ haben sie mich geschimpft.«

»Wundert dich das? Es widerspricht dem Evangelium, wenn du wie ein Mädchen von der Carnaby Street herumläufst.«

»Ich hab ihnen erklärt, dass wir in Amerika … Prospekte über *Flirty Fishing* habe ich ihnen auch gezeigt … Ach, warum bist du damals am ersten Abend verschwunden? Wenn ich mit dir dort aufgetaucht wäre …«

»Halt dich doch nicht selbst zum Narren. Du findest es einfach wahnsinnig aufregend, wie die *Flirty-Fishing*-Mädchen auf dem Campus von Harvard herumzulaufen.«

Sie sah mich gekränkt an. »Was ist dagegen einzuwenden? In der Bibel steht nirgendwo ausdrücklich, dass man sich nicht zurechtmachen darf. Außerdem habe ich mich auch deshalb so aufgedonnert, weil ich deine Aufmerksamkeit erregen wollte. Ich wollte dich auf den rechten Pfad zurückführen, wirklich.«

»Das ist dir gelungen. Seit jenem Abend bin ich nicht mehr auf Mädchensuche gewesen.«

»Mag sein, aber bekehrt habe ich dich noch nicht, daran muss ich noch arbeiten.«

»Und darum trägst du also diesen wunderbaren rosafarbenen Angorapullover!«

»Auch ich habe den alten Menschen noch nicht vollständig besiegt. Vielleicht sollte ich mich etwas zurückhaltender kleiden, aber Jesus sagt nirgendwo ... es ist so herrlich, wenn man ...«

»Genau, es ist so herrlich, dem Evangelium zum Trotz. Du findest es wunderbar, dich wie Isebel aufzudonnern.«

»Vielleicht flüstert Satan mir ein, ich soll ...«

»Ach, red keinen Quatsch. Zuerst hast du dich auf Jesu Befehl wie eine Hure ausstaffiert, um mich zu retten, und jetzt ist es auf einmal Satan, der dir einflüstert, solch einen Pullover anzuziehen?«

»Vielleicht ist es ja doch falsch, es kommt mir schon ein wenig sündig vor. Drüben, in Harvard, da war es ganz selbstverständlich, weil man nicht die Einzige war, die so aussah. Aber hier ... Wenn ich mich zurechtgemacht habe, komme ich nur zur Ruhe, wenn ich in der Bibel lese.«

»Du bist wirklich auf eine mitleiderregende Art ziemlich gestört.«

»Ich weiß«, erwiderte sie schicksalsergeben, »ich habe nicht umsonst Psychologie studiert. Aber du, du bist mindestens ebenso gestört, du bist ein Fetischist, du findest nicht mich attraktiv, sondern meine Strümpfe, meinen Pullover, meinen Minirock, meine Fingernägel und meine falschen Wimpern. Wenn ich all diese Sachen dort in der Ecke auf einen Haufen werfe, würdest du mich keines Blickes mehr würdigen, sondern nur die ganze Zeit zu den Sachen hinüberschielen und denken: Ach, würde sie die doch nur anziehen. Doch, du bist ein hundertprozentiger Fetischist, ich könnte meine Diplomarbeit über dich schreiben, dann würde ich endlich mein Studium abschließen.«

»Nur zu, schreib die Diplomarbeit, ich stelle mich als Forschungsobjekt zur Verfügung.«

»Das ist keine schlechte Idee. Ich müsste dich dann ausführlich interviewen.«

»Heute Abend noch?«

»Nein, nicht heute Abend. Ich müsste mich zuerst gründlich einlesen.«

»Schau einfach. Ich will gern mitmachen, schon weil ich gern wissen würde, warum mich seit frühester Kindheit lange lackierte Fingernägel so faszinieren. Meine Mutter hat immer heftig dagegen gewettert. Vielleicht ist ja vor allem das der Grund. Dich faszinieren sie aber auch. Sonst würdest du dir doch niemals Eyelure-longline-Kunstnägel aufkleben?«

»Diese Nägel machen die Finger so schlank. Das sieht chic aus. Die Hände gewinnen dadurch.«

»Das findest du. Aber längst nicht alle Frauen sind deiner Meinung, die meisten verabscheuen lange Fingernägel. Bei dir ist also auch eine Schraube locker.«

»Ja, ja, spiel den Ball nur zurück. Du, du bist ein typischer Fetischist, nicht ich. Sag mal ehrlich: Würdest du mit mir schlafen wollen, so wie ich jetzt aussehe?«

»Was für eine Frage! Ich … ich … ja … ich denke schon.«

»Und würdest du auch mit mir schlafen wollen, wenn ich meine Alltagsklamotten anhätte?«

»Wahrscheinlich schon«, erwiderte ich, während mir der Schweiß ausbrach, »wahrscheinlich schon, denn ich würde gern einmal … ich habe noch nie wirklich mit einer Frau geschlafen … ich …«

»Du hast noch nie mit einer Frau geschlafen?«

»Nein«, seufzte ich.

»Sollen wir … na, komm … mach schon, leg deine Arme um mich. Wie, traust du dich nicht?«

Nein, ich traute mich nicht, ich saß auf dem Stuhl, und mir war, als hätte sich die Schwerkraft plötzlich verzehnfacht. Ich war nicht in der Lage, mich von meinem Stuhl zu erheben.

Sie nahm meine Hand und zog daran. »Komm, steh auf, leg deine Arme um mich, es ist wirklich nicht schlimm, los komm, mach ruhig.«

Sie ließ mich wieder los, streichelte meine Wange, beugte sich vor und drückte mir einen keuschen Kuss auf die Lippen. Ich sah ihre falschen Wimpern von Nahem, seufzte tief, überwand dann doch die schreckliche Schwerkraft, erhob mich langsam und schlang meine Arme um sie. So standen wir da, regungslos, und ich schaute dem unglücklichen Petrus geradewegs ins Gesicht. Ich schloss die Augen und fühlte, wie ihre Lippen erneut die meinen berührten. Dann spürte ich ihre Zunge, die atemberaubend langsam in meinen Mund eindrang. Mit ihrer Zunge glitt auch ein Pesthauch in meinen Mund. Außerdem drang ihr Körpergeruch in meine Nase, und dieser Geruch war nicht angenehm; mehr noch: Dieser kräftige Geruch war ziemlich widerlich. Aber jetzt konnte ich nicht mehr zurück. Mannhaft drückte ich Tina an mich und testete, ob ich auch meine Zunge in ihren Mund schieben konnte.

Ich dachte: Endlich, endlich ist es so weit, schon seit zehn Jahren sehne ich mich so sehr danach, mit einer Frau zu schlafen, und warum war das Ganze jetzt so fürchterlich abstoßend? Oder verhielt es sich hiermit so wie mit dem Zigarettenrauchen: Auch wenn es zunächst nicht angenehm war, so konnte man es doch lernen?

Sie streichelte mir über den Rücken. Dann fuhr sie mir mit der Hand vorsichtig über den Schritt und erlaubte sich mit der Zeit einen kräftigeren Griff. Schließlich knetete sie mein Geschlechtsteil, das noch immer tief in meiner Cordhose und meiner altmodischen Unterwäsche steckte.

Sie küsste mich noch einmal auf den Mund und sagte: »So, das war ›Miteinander schlafen, erste Lektion‹. Wann hast du Zeit für die zweite? Morgen Abend?«

»Ja«, sagte ich heiser.

»Dann wollen wir jetzt noch ein wenig im Evangelium lesen.«

»In Ordnung«, sagte ich schicksalsergeben, »und danach singen wir Psalm 51, Vers 4: ›Entsündige mich mit Isop, dass ich rein werde; wasche mich, dass ich schneeweiß werde.‹«

Darüber konnte sie leider nicht lachen.

Plötzlich sagte sie: »Ich weiß nicht, wie du das siehst,

aber ich denke, dass man, auch wenn das nicht mit der *Flirty-Fishing*-Philosophie übereinstimmt, erst miteinander ins Bett gehen sollte, wenn man verheiratet ist.«

»Finde ich auch«, log ich, wobei ich mich glücklich pries, dass mir Aufschub für eine Tat gewährt wurde, die ich – vor einem Moment jedenfalls noch – für unabwendbar gehalten hatte. Mit ihr ins Bett, das musste also nicht sein, denn heiraten würde ich sie nie im Leben.

Nach Lektion drei und vier in der Woche darauf sagte sie: »Kommst du nächstes Wochenende mit zu meinen Eltern? Ich würde dich ihnen gern vorstellen.«

»Dieses Wochenende kann ich nicht«, erwiderte ich, »ich habe am Sonntag im Laboratorium Dienst.«

»Dann fahren wir am Freitag und kommen am Samstagabend zurück.«

»Wenn du mit mir aufkreuzt, werden sie glauben, wir wären ein Paar.«

»Sind wir das denn nicht?«

»Du bist meine Sexlehrerin, und ich bin dein Schüler. Wir sind also ganz bestimmt kein Paar.«

»Wohl aber Freund und Freundin.«

»Nein, Lehrerin und Schüler, das ist etwas ganz anderes.«

»Meinetwegen, dann kommst du also als Schüler mit zu meinen Eltern.«

»Und du ziehst natürlich deine Sonntagsschulkleider an.«

»Ich kann unmöglich in Minirock und Angorapullover aufkreuzen.«

»Das bedeutet, ich bin mit einer Trulla unterwegs«, sagte ich düster.

»Ich sag doch, dass du ein widerlicher Fetischist bist. Du magst mich nicht, du bist nur scharf auf meine langen Nägel.«

»Ich mag jemanden, der es herrlich findet, sich mit langen feuerroten oder tiefrosafarbenen Fingernägeln zu schmücken.«

»Mit solchen Fingernägeln kann ich nicht bei meinen Eltern auftauchen.«

»Und darum will ich nicht mit zu deinen Eltern.«

»Du bist schrecklich kindisch.«

»Bin ich. Und du bist schon alt, mindestens fünf Jahre älter als ich. Wir ein Paar … das ist lächerlich.«

»Ich denke, es ist besser, wenn wir den Unterricht beenden.«

»Das denke ich auch.«

»Aber los bist du mich nicht. Warte nur, ich weiß genau, wo deine Schwachstellen sind. Wenn ich dich auf der Breestraat sehe, muss ich nur mit den Fingernägeln winken, und schon folgst du mir brav. Bereits als du im Donkersteeg auf und ab gegangen bist, hatte ich ein Auge auf dich geworfen. Darum habe ich dich … ja, ich finde, du bist ein sehr netter Bursche, ich fände es wirklich schade, wenn ich dich ganz verlieren würde.«

Oh, Jouri, dachte ich, wenn du jetzt hier wärst, dann nähmst du sie mit zu der ehemaligen Kirche am Ende der Haarlemmerstraat, die man zu einem Schwimmbad umgebaut hat. Dort würdest du sie im Wasser hochheben, und ich wäre diese vollkommen gestörte Christin, zum Glück endgültig los.

Duft

Nachdem ich am Sonntagnachmittag im Laboratorium meine Runde entlang der verlässlich brummenden Brutkästen gemacht hatte, begab ich mich zum Nieuwe Rijn. Offenbar hatte sie bereits am Fenster auf mich gewartet, denn die Tür öffnete sich, ehe ich klingeln konnte.

»Na?«, fragte sie. »Auf der Rückfahrt wieder seekrank geworden?«

»Erst am frühen Morgen. Dank deiner Cracker war ich, als ich im Zug saß, schnell wieder auf dem Damm.«

Wir gingen hinauf in ihre Wohnung.

»Was trinken?«

»Gern eine Tasse Tee.«

Sie kochte in ihrer Küche Tee. Auf einem altmodischen Stövchen mit flackerndem Teelicht sollte er ziehen.

»Wie fandest du England?«

»Mir sind fast die Augen aus dem Kopf gefallen. Vor allem in der Carnaby Street. Wie die Frauen und Mädchen dort rumlaufen! Es war recht gutes Wetter, aber nichtsdestotrotz November. Trotzdem ultrakurze Kleider, oft ohne Mantel darüber.«

»Scheißmode! Lächerlich kurz. Darin holt man sich garantiert eine Blasenentzündung.«

»Meinst du?«

»Ja, meine Schwägerin läuft in solchen Fummeln herum. Hat inzwischen schon zwei Blasenentzündungen gehabt.«

»Man muss allerdings sagen, dass es wirklich schön aussieht.«

»Findest du? Ich zieh so was nicht an, Punktum.«

»Ich sag ja nicht, dass du so was tragen sollst.«

»Du vielleicht nicht, aber meine Schwägerin. Sie wollte mit mir einkaufen gehen. Aber ich zieh solche Kleider für kein Geld der Welt an. Ich habe O-Beine. Das braucht keiner zu sehen. Und wenn man Flöte spielt, muss man fest auf dem Boden stehen, und darum weg mit all dem Zeug mit Riemchen und Absätzen.« Sie sah mich grimmig an. »Du würdest doch auch nicht in einem bauchfreien Pullover herumlaufen?«

»Wenn du es schön fändest ...«

»Aha! Du willst mich auch in solch einen blöden Minirock stecken. Vergiss es, das kannst du dir abschminken.«

»Auf dem Schiff trugst du einen langen Mantel. Der stand dir phantastisch.«

Es schien, als hörte sie es nicht. Beinahe wieder aufstampfend, sagte sie: »Von allen Seiten wird an einem gezerrt und geschoben. Immer wieder wird versucht, einen so weit zu kriegen, dass man bei der bescheuerten Minimode mitmacht. Ich mach da nicht mit. Man trägt Kleider, um sich zu wärmen, nicht um wie eine Vogelscheuche auszusehen.«

»Dieser lange Mantel«, wiederholte ich unbeirrt, »der Pelzmantel stand dir phantastisch. Du wirktest größer, beinahe stattlich. Ich habe erst gar nicht bemerkt, dass du es warst, und dachte nur: Was für eine wunderschöne Frau dort an der Reling steht.«

Erstaunt und verlegen zu mir aufschauend, schenkte sie Tee ein. »Möchtest du etwas dazu essen?«, fragte sie.

»Nein danke, von diesen ganzen Süßigkeiten wird man nur dick.«

»Dick gefällt dir nicht?«

»Ich verabscheue Fettleibigkeit.«

»Ich wünschte, ich wäre ein wenig molliger, etwas rundlicher. Ich bin so ein dürrer Hering. Und hier habe ich gar nichts«, sagte sie, wobei sie mit der Hand über den fehlenden Busen strich.

»Menschenaffenweibchen – Schimpansen, Gorillas, Orang-Utans, Bonobos – haben keine Brüste. Ebenso wenig wie alle anderen Affen übrigens. Nur beim Menschen kommen diese seltsamen Dinger vor. Wieso? Keiner weiß es. Gab es irgendwann einmal einen Selektionsdruck, der großen Milchdrüsen einen Vorteil verschaffte? Weil es den Männchen gefiel? Aber Brüste sind nur kurze Zeit schön. Ein paar Kinder, und es ist vorbei mit der Herrlichkeit. Sie werden schlaff, hängen und werden faltig. Sei froh, dass du nichts hast. Wo nichts ist, kann auch nichts hängen.«

»Aber ich bin flach wie ein Brett, ich könnte ein Junge sein.«

»Dann musst du auch keinen BH tragen. Das stelle ich mir ziemlich angenehm vor.«

»Mein Gott, du … ich fand es immer schrecklich, dass ich … so flach … und jetzt kommst du … du machst mir Mut … um aber noch einmal aufs Essen zurückzukommen, eines sag ich dir gleich: Ich bin kein Leichenfledderer. Fleisch kommt mir nicht auf den Tisch, ausgeschlossen.«

»Auch kein Fisch?«

»Nein.«

»Das ist aber schade. Fleisch ist wahrscheinlich ziemlich ungesund, aber Fisch … all diese hochwertigen Eiweiße …

andererseits werden die Meere in rasendem Tempo leer gefischt, vielleicht ist es besser, auch auf Fisch zu verzichten.«

»Gefangene Fische sterben vermutlich noch grausamer als Schweine und Kühe im Schlachthof. Sie ersticken langsam.«

»Das schon, aber alles, was lebt, verschlingt einander auf schreckliche Weise. Wenn du den Verzehr von Fleisch und Fisch ablehnst, dann sagst du eigentlich: Gott, mit dieser abscheulichen Schöpfung will ich nichts zu tun haben.«

»Mit Gott hab ich eh nichts am Hut. Den gibt es gar nicht.«

»Bist du von Hause aus …?«

»Nein, nichts, wir sind Atheisten. Mein Vater sagte immer: ›Drei Geißeln plagen die Menschheit: Krieg, Krankheit und Religion.‹ Viele Kriege – denn Krieg und Religion sind schließlich zwei Seiten einer Medaille – sind im Übrigen Religionskriege. Religion ist folglich die schlimmste Geißel. Und jetzt mache ich Essen. Aus England habe ich eine Platte von Kathleen Ferrier mitgebracht. Hast du Lust, sie in der Zwischenzeit zu hören?«

»Eine Schallplatte? Du verrätst deine Prinzipien?«

Während sie in der Küche das Essen machte, durfte ich die Schallplatte auflegen und hörte zum ersten Mal die beiden wunderschönen Lieder von Brahms für Alt, Klavier und Bratsche, *Gestillte Sehnsucht* und *Geistliches Wiegenlied*. Außerdem war auf der Platte auch das einmalige Wunder in Brahms' Œuvre: die *Sapphische Ode*. Von der konnte ich nicht genug bekommen. Immer wieder hob ich den Tonarm von der Platte, bewegte ihn zurück und spielte die *Sapphische Ode* noch einmal, und zwar so lange, bis ich sie ganz mitsingen konnte.

Ich war von Brahms so angetan, dass ich kaum bemerkte, wie spartanisch die Mahlzeit war, die ich vorgesetzt bekam. Vollkornreis mit Munsprossen und fein geschnittenen, leicht angeschwitzten roten Zwiebeln. Gebratene Selleriescheiben, Möhrchen und kurz blanchierter Weißkohl.

Ich summte noch immer die *Sapphische Ode* vor mich hin: »Welch ein Juwel. Dieser Brahms … auf Fotos sieht man einen alten Mann mit einem zotteligen Bart, in dem die Suppennudeln hängen bleiben. Bei dem Bart denkt man: Was der schreibt, taugt sowieso nichts.«

»Leider hat er nicht für Flöte komponiert. Allerdings gibt es in den Symphonien wunderbare Flötensoli. Vor allem im letzten Satz der *Vierten*. Das Solo durfte ich mal bei einer Aufführung spielen.«

»Ich finde die *Zweite* so herrlich. Besonders die paar Takte kurz vor dem Schluss des ersten Satzes. Reine Magie!«

»Wer ist dein Lieblingskomponist?«

»Weiß ich nicht. Ich kenne bisher kaum welche. Bei uns zu Hause war klassische Musik tabu. Nur Psalmen, sonst nichts. Selbst Bach lehnten meine Eltern ab, weil die *Matthäuspassion* in Tränen endet und folglich nicht auf die Auferstehung hindeutet. Pah, Auferstehung, welch eine schändliche Bauernfängerei.«

Sie musste über meine Empörung lachen, und das tat mir gut, denn sie hatte so ein fröhliches, ansteckendes Lachen, bei dem man für einen Moment das Gefühl hat, dass alles, was einen belastet und bedrückt, einfach so verschwindet, wie Septembermorgennebel in der aufgehenden Sonne.

»Ich weiß schon seit meiner Geburt, wer mein Lieblingskomponist ist. Mein Vater erzählt immer, dass ich schon in der Wiege mit den Fäustchen trommelte und summte, wenn er leise ›Voi che sapete‹ für mich sang.«

Leise fing sie an zu singen: »Voi che sapete che cosa è amor.«

Nach dem Wort »amor« verstummte sie.

»Warum hörst du auf? Du singst fast so schön, wie du Flöte spielst.«

Sie sah mich traurig an. »Weißt du es? Che cosa è amore?«

»Was Liebe ist? Nein, das weiß ich nicht.«

»Ich auch nicht.« Sie schaute aus dem Fenster auf das sich kräuselnde Wasser des Nieuwe Rijn. »Wenn man in der Wiege liegt, findet man ›Voi che sapete‹ vielleicht am allerschönsten, aber später gefiel mir die andere Arie Cherubinos noch besser.«

Und wieder begann sie zu singen: »Non so più cosa son, cosa faccio.«

»Was für eine schöne Stimme du hast«, sagte ich.

»Auf dem Konservatorium habe ich im Nebenfach Gesang studiert. Meine Lehrer haben immer wieder gesagt, ich solle damit weitermachen, mit dieser Stimme wäre ich in null Komma nichts auf der Bühne. Ich würde wirklich gerne singen, aber wie bekommt man dabei seine Gefühle in den Griff? Wenn man Flöte spielt, bricht man nicht so schnell in Tränen aus, aber wenn man singt ... so etwas wie dies hier ...«

Erneut stimmte sie die Arie des Cherubino an. Tränen schossen ihr in die Augen. Erschrocken fragte ich: »Was hast du?«

»Nichts«, erwiderte sie gereizt und fuhr dann fort: »Ich glaube, ich habe mich ein bisschen verliebt.«

»In wen denn?«, wollte ich wissen.

»In einen Jungen, der, wie ich glaube, nicht in mich verliebt ist.«

»Wie tragisch.«

»Das kann man wohl sagen.«

»Aber vielleicht findet der Junge dich ja doch sehr nett, auch wenn er nicht verliebt ist in dich.«

»Er findet mich nett, wenn ich im langen Mantel an der Reling stehe. Aber ich kann doch nicht den ganzen Tag im Mantel an irgendwelchen Relings stehen. Ansonsten ist er genau wie all die anderen Arschlöcher. Er möchte auch, dass ich irgendwelche Fummel trage, in denen man sich eine Blasenentzündung holt.«

Langsam stand ich auf. Nicht umsonst hatte ich in der Woche zuvor kostenlosen Unterricht erhalten. Ich zog sie von ihrem Stuhl hoch, legte meine Arme um sie und erschrak kurz, als ich spürte, dass sie zitterte wie Taube Trespe. Vorsichtig drückte ich sie an mich. Wie klein sie war! Sie reichte mir gerade bis zur Schulter. Ich dachte daran, wie leicht es Jouri fallen würde, sie im Wasser hochzuheben. Um ihm zuvorzukommen, hob ich sie, den Blick auf das sich friedlich kräuselnde Wasser des Nieuwe Rijn gerichtet, hoch, trug sie durchs Wohnzimmer und stellte sie auf einen Fußschemel, sodass unsere Lippen mehr oder weniger auf gleicher Höhe waren.

Während ich sie trug und sie dies, immer noch heftig zitternd, mit geschlossenen Augen geschehen ließ, hatte ich ziemlichen Bammel, dass ich, jetzt, da ich dem vergänglichen Leib eines anderen Menschen erneut so nahe gekommen war, wieder solch einen widerlichen Gestank riechen würde. Dem war aber nicht so, ganz im Gegenteil.

Ich nahm zwar ihren Körpergeruch wahr, doch der war überaus angenehm, und er gab mir sogleich ein Rätsel auf. Woran erinnerte mich dieser Geruch? Es war, als stünde ich wieder zusammen mit Jouri am Ufer eines schlammigen Entwässerungskanals und rührte in den Seerosenblättern. Manchmal war aus einem solchen Graben, nachdem zunächst Luftblasen entwichen waren, ein köstlicher Duft aufgestiegen, von dem ich nicht genug bekommen konnte. Woher war dieser Duft damals gekommen? Wurde er freigesetzt, weil ich die Pflanze verletzt hatte? Seinerzeit hatte ich nie herausfinden können, was die Quelle dieses Dufts war, den ich jetzt erneut sehr deutlich wahrnahm und der diesmal um seinen Ursprung weniger ein Geheimnis machte als damals.

»Du duftest so herrlich«, flüsterte ich so leise wie möglich, denn eigentlich wollte ich gar nicht, dass sie es überhaupt hörte. Es hätte sie auf die Idee bringen können, dass ich – seit Kindesbeinen von Blähungen geplagt – nie gut roch.

Darum war ich sehr verwundert, als sie, ebenfalls flüsternd und allem Anschein nach nicht als Reaktion auf meine Worte, sagte: »Und wie gut du riechst.«

Oder irre ich hier? Hat sie das erst später gesagt? Neige ich dazu, dieses Ereignis vorzuverlegen, aus einem unangebrachten Hang zu Symmetrie?

Holzblöcke

Gewiss, sie war eine stampfende Hexe, und sie weigerte sich, die entzückende Minimode zu tragen, doch wenn man sie in die Arme nahm, zitterte sie wie Taube Trespe. Und sie lachte so wunderbar und roch so herrlich nach den schlammigen Gräben meiner Kindheit. Ist das eine ausreichende Erklärung dafür, dass ich schon sehr bald ebenso sehr in sie verliebt war wie sie in mich? Oder war ich weniger verliebt als vielmehr gerührt?

So viel steht fest: Nach jenem Sonntag verbrachten wir alle Abende gemeinsam. Wir lagen stundenlang auf ihrem Bett, und wie üblich in einer solchen Situation hatten wir das Problem, dass immer mindestens ein Arm eingeklemmt war. Viel Zeit verstrich beim Küssen, Schmusen und Streicheln, doch noch mehr Zeit verging wie im Flug, weil wir einander unsere Jugend erzählten, von Eltern, Freunden und früheren Geliebten. Katja berichtete mir, sie habe schon seit dem ersten Schuljahr eine Herzensfreundin, die bereits mit sechs Jahren recht gut Klavier spielen konnte. Mit dieser Freundin hatte sie immer gemeinsam musiziert, Blavet, Händel, Bach, die Jugendsonaten Mozarts.

Musste ich ihr nun auch von meinem Kindergartenfreund mit seinen Spinnengräbern erzählen? Ich konnte mich nicht dazu durchringen. Ich gab nur preis, dass ich im Kindergarten oft geschwänzt hatte, weil ich so gern in den Polder ging, um nach Kammmolchen und Wasserstabwanzen zu suchen. Dass ich in Begleitung schwänzte, behielt ich für mich, ebenso wie die Tatsache, dass Jouri und ich Lehrer Splunter regelmäßig zur Verzweiflung getrieben hatten. Es war eine schwere, ja schier unmögliche Aufgabe, von meinem Leben zu erzählen, ohne Jouri zu erwähnen. Aber ich fürchtete so sehr, er könnte mir – obwohl er in Harvard nach Primzahlen mit Dutzenden von Ziffern suchte – ihren Duft und ihr Lachen wegnehmen, dass ich einfach nie auf ihn zu sprechen kam. Allerdings berichtete ich von seinem Vater. Ich tat so, als wäre ich in seiner Werkstatt mit all ihren Schätzen gelandet, weil ich mein Fahrrad hatte aufmöbeln lassen.

Es zeigte sich im Übrigen schon bald, dass es – außer Jouri möglicherweise – noch jemanden gab, der mir Katja wegnehmen wollte. Wenn ich spätabends den Kurzwarenladen verließ, um nach Hause zu gehen, dann tauchte sie oft schon aus dem Beschuitsteeg auf oder, ein Stück weiter, aus dem Hartesteeg. Hatte sie dort auf mich gewartet? Sie begleitete mich dann einfach bis zur Uiterste Gracht.

»Hau bloß ab«, sagte ich jedes Mal zu ihr, doch das nützte nichts.

Meist schwieg sie anfangs eine Weile. Erst wenn wir das Almoeshofje erreichten, brach es aus ihr heraus. »Was findest du nur an diesem Hungerhaken? An solch einer mageren Vogelscheuche, solch einem Klappergestell, das immer in diesen bescheuerten Jeans herumläuft. Du bist ein Fetischist, du stehst auf lange Fingernägel und kurze Röcke und Netzstrumpfhosen. So eine Frau ist nichts für dich, gar nichts, absolut gar nichts.«

Und dann wedelte sie so heftig mit den Händen, dass ich mich ihrer Eyelure-Nägel wütend erwehren musste.

Ich konnte mich gegen ihre erbitterten Vorwürfe nur schwer verteidigen, weil sie in einem Punkt recht hatte. Es stimmte, ich stand auf die Minimode und die dazugehörenden Netzstrümpfe, und was mich vor allem anmachte, waren lange Nägel. Aber trotzdem störte es mich nicht, dass Katja ganz bestimmt nie solche Nägel aufkleben würde. Alles, was ihr vielleicht fehlte, wurde schließlich durch ihr bezauberndes Lachen und ihren Duft mehr als ausgeglichen. Ich konnte mich allerdings nicht dazu durchringen, Tina das ins Gesicht zu sagen. Sie hatte mit all dem schlicht und einfach nichts zu tun, und darum sagte ich nur: »Sie spielt wunderschön Querflöte. Es ist eine Freude, mit ihr Bach zu spielen. Sie liebt klassische Musik von ganzem Herzen. Wo findet man das noch, heutzutage, wo alle Welt hinter dem schwachsinnigen Tinnef der Beatles, der Rolling Stones und des Pomademonsters aus Memphis her ist.«

»Ich mag die Beatles überhaupt nicht.«

»Mag sein, Bach aber auch nicht.«

»Wenn du sie mir erklärst, könnte es sehr gut sein, dass ich Gefallen an der Musik finde.«

»Ach, hör doch auf. Zwischen uns ist wirklich nichts mehr. Und überhaupt war da auch nie was. Du bist ein *Flirty-Fishing*-Scheusal und ziemlich gestört.«

»Nicht gestörter als du. Unsere Macken passen perfekt zusammen. Ach, wir könnten es so schön haben.«

»Den ganzen Tag lang in der Bibel lesen und beten bestimmt!«

»Und rummachen.«

»Angezogen, denn vor der Heirat miteinander ins Bett, nein, nein, das geht nicht.«

»Bist du denn schon mit dem dürren Klappergestell im Bett gewesen?«

»Das geht dich einen Scheißdreck an.«

»Wart's nur ab, du bist mich noch nicht los, ich habe noch Macht über dich, das spüre ich, das weiß ich. Nachher, wenn du im Bett liegst und einschlummerst, dann stellst du dir vor, wie ich mit meinen langen Nägeln deinen Schwanz streichele. Kehr um, komm mit mir, es ist mir egal, ich weiß sowieso längst, dass ich auf ewig verloren bin, ich habe also nichts mehr zu verlieren, ich kann mich dir also hingeben, noch heute Nacht, wenn du willst, komm mit. Wenn du nicht mitgehst, verschenke ich meinen Körper. Dann folge ich dem erstbesten Kerl, der mir im Maarsmansteeg hinterherpfeift.«

»Erpress jemand anderes, please, lass mich in Ruhe.«

»Warte nur, morgen siehst du mich wieder.«

Es ist bedauerlich, dass damals der Begriff »Stalker« noch nicht Teil des niederländischen Wortschatzes war. Hätte ich dem, was mir da widerfuhr, einen Namen geben und mit den Erfahrungen anderer in derselben Situation vergleichen können, dann wäre all dies für mich wohl weniger beängstigend gewesen. Nun stand mir allabendlich der Heimweg regelrecht bevor. Wenn ich eine andere Route wählte, gelang es mir manchmal, ihr zu entgehen, doch meistens tauchte sie, auch wenn ich einen Umweg durch das Levendaal machte, aus einer der dunklen Leidener Gassen auf.

Hinzu kam, dass sie mir leidtat. Sie grob beschimpfen konnte ich nicht. Außerdem wurde sie immer perfekter darin, sich wie ein billiges Flittchen auszustaffieren. Wenn sie im Halbdunkel aus einer der Gassen trat, schnellte mein Hormonspiegel in ungeahnte Höhen.

Eine Lösung des Problems drängte sich mir wie von selbst auf: nicht zur Uiterste Gracht zurückgehen, sondern die Nacht bei Katja verbringen. Allerdings hatte ich mich noch nicht ganz von der calvinistischen Spießbürgermoral befreit. Wenn ich bei Katja bleiben wollte, dann musste ich zumindest mit ihr verlobt sein, besser noch verheiratet. Ja, die Zeit drängte. Nicht mehr lange, dann würde Jouri aus Harvard wiederkommen. Würde er, sobald er Wind davon bekam, dass ich eine Querflötenfreundin hatte, umgehend seine archimedischen Spinnentricks bei ihr anwenden? Oder hatte ich nichts zu befürchten, da er selbst offiziell mit Frederica verlobt war? Ganz beruhigt war ich nicht. Mir erschien es klug, ihm zuvorzukommen und ihn vor vollendete Tatsachen zu stellen. Ich war überzeugt davon, dass – ach, wie hoffnungslos naiv ich doch war! – nichts mehr schiefgehen konnte, wenn Katja und ich verheiratet waren, wenn er aus Harvard wiederkam.

Im Laufschritt zum Standesamt, um Tina und vor allem Jouri den Wind aus den Segeln zu nehmen! Also fragte ich Katja an einem Winterabend kurzerhand: »Sollen wir heiraten?«

»Welch gute Idee«, war ihre erste Reaktion. Dann sagte sie: »Zuerst musst du aber bei meinem Vater um meine Hand anhalten.«

»Muss das wirklich sein?«

»Ja, darauf besteht er, daran führt kein Weg vorbei.«

Oh, mein Gott, dachte ich, auch das noch. Um die Hand der Tochter bitten, das ist so was von altmodisch, das macht man doch heute nicht mehr? Ich fragte Katja: »Muss ich im Anzug zu deinen Eltern fahren und deinen Vater um ein Gespräch bitten?«

»Aber nein, wir fahren nächstes Wochenende zusammen hin, und wenn du mit meinem Vater allein bist, dann bittest du ihn kurz um meine Hand.«

»Ich bin nie mit deinem Vater allein.«

»Dafür sorge ich schon. Ich schlage meiner Mutter vor, ein wenig spazieren zu gehen, und sobald wir weg sind, schlägst du zu.«

Es war seltsam, aber nur weil ich um ihre Hand anhalten sollte, dachte ich: Dann eben nicht, so dringend ist es nun auch wieder nicht. Es war, als vergällte diese dämliche Pflicht mir mein ganzes Liebesglück. Ich erwischte mich sogar bei dem Gedanken: Wäre Jouri nur hier, dann würde er Katja in null Komma nichts den Kopf verdrehen, und es wäre aus zwischen ihr und mir, und ich müsste nicht um ihre Hand anhalten.

War Katjas Vater denn solch ein Schreckgespenst? Ganz und gar nicht. Er war im Gegenteil ein überaus freundlicher Jurist mit lustig funkelnden hellblauen Augen hinter einer Brille mit Goldrand. Es gab folglich, als ich an diesem Abend Katjas Wohnung verließ, keinen Grund, nach meiner Stalkerin Ausschau zu halten. Kurz bevor ich ging, hatte ich im Radio das Lied *Der Winterabend* von Schubert gehört. Es stammt aus seinem letzten Lebensjahr, und aus ihm spricht tiefste Wehmut. Es hatte mich bis ins Innerste meiner Seele berührt. Von allen großen Komponisten – das steht seit diesem Winterabend für mich fest – ist Schubert meinem Herzen am nächsten.

Es nieselte lautlos, als ich, ganz leise vor mich hin singend, über den Nieuwe Rijn ging. »Es ist so still, so heimlich um mich, der Tag ist verschwunden, der ...«

Was wäre geschehen, wenn Tina sich hätte blicken lassen? Wäre ich aus Entrüstung darüber, dass ich um Katjas Hand anhalten sollte, doch wieder schwach geworden? Aber der Beschuitsteeg lag finster, leer und nasskalt da, und der Hartesteeg war, wenn das überhaupt ging, noch nasser und noch kälter. Je mehr ich mich der Uiterste Gracht näherte, umso weniger machte es mir aus, um Katjas Hand anhalten zu müssen. Ich hatte doch wirklich schon vor heißeren Feuern gestanden!

Während des Wochenendes bat ihr Vater mich, mit ihm Holzblöcke für den offenen Kamin zu holen. Als wir vor einer Ampel anhalten mussten, zögerte ich nicht, ihn im Auto feierlich zu fragen: »Darf ich Sie um die Hand Ihrer Tochter bitten?«

Daraufhin erwiderte er unerwartet ernst: »Darf ich meinerseits dann fragen, wie deine Zukunftsaussichten sind?«

»Ich habe die Zusage, dass ich nach meinem Diplom eine Stelle als wissenschaftlicher Mitarbeiter im parasitologischen Laboratorium bekomme. Das Kreiswehrersatzamt bekommt eine Bescheinigung, dass man auf mich nicht verzichten kann, sodass ich keinen Wehrdienst leisten muss.«

»Meinst du, du wirst dich dein Leben lang mit dieser seltsamen Materie beschäftigen?«

»Parasiten fesseln mich enorm.«

»Dass Parasiten ein ordentlich belegtes Butterbrot einbringen können, kann ich mir kaum vorstellen.«

»Es verhält sich anders, die Parasiten sind im Butterbrot.

In allen Nahrungsmitteln. Darum ist es lebenswichtig, die Parasiten zu erforschen.«

»Ich dachte, wir in Europa hätten keine Probleme mehr mit Parasiten.«

»Jeder Mensch hat Würmer, aber nicht jedem bereiten sie Probleme.«

»Habe ich etwa auch Würmer?«

»Alle Menschen haben welche. Ungelogen. Und noch etliche andere Parasiten. Die wirklich lebensgefährlichen haben wir hier recht gut im Griff, aber in Afrika zum Beispiel nicht. Über einhundert Millionen Menschen leiden an Blasen- oder Darmbilharziose. Die Parasiten legen ihre Eier massenhaft ins menschliche Gewebe. Blutungen, Wucherungen, entsetzliche Geschwüre sind die Folge. Die Eier sind übrigens herrlich anzusehen, sie haben einen Stachel …«

»Verschon mich mit deinen Gruselgeschichten. Was mir Sorgen macht, ist, dass meine Tochter sich, wenn sie dich heiratet, für den Rest ihres Lebens solch schreckliche Geschichten anhören muss. Dabei hat sie schon vor Spinnen Angst.«

»Sie sind also der Ansicht, sie solle sich besser einen Mann suchen, der nichts mit widerlichen Tierchen zu tun hat.«

»Sie ist verrückt nach dir.«

»Sie sind also trotz der Würmer einverstanden?«

Darauf antwortete er nicht und fragte stattdessen: »Was sagen deine Eltern dazu?«

»Oh, die sind strikt gegen die Heirat. Weil Katja, wie mein Vater sagt, keiner Kirche und nichts angehört.«

»Bist du noch religiös?«

»Als Kind konnte ich einfach nicht glauben, dass alle Tiere in Noahs Arche gewesen sein sollen. Die Arche erschien mir viel zu klein dafür. Das war das winzige Loch im Deich, wodurch das Wasser eindrang. Der Deich weichte auf und brach. Und jetzt steht mein Glaube meterhoch unter Wasser.«

»Ich bin froh, das zu hören, denn Religion … Religion ist etwas Schreckliches. Wo sie wuchert, gedeiht dumpfes Elend.«

»Religion ist die Bilharziose des Geistes.«

»Das muss ich mir merken.«

Wir erreichten das Sägewerk. Natürlich half ich beim Einladen der Holzblöcke.

Katjas Vater meinte anerkennend: »Ich darf feststellen, dass du ordentlich anpacken kannst. Nun denn, die Hand meiner Tochter sei dir von Herzen gegönnt. Halt dich aber mit Geschichten über gruseliges Getier zurück. Und was ich noch sagen wollte: Meine Frau ist schnell erschöpft. Dann fängt sie zu schimpfen an. Katja ist auch so. Erschrick also nicht, wenn sie anfängt herumzuwüten. Denk dann dran, dass sie im Begriff ist, sich zu überarbeiten. Sie meint es nicht böse, aber sie ist schnell gereizt, wenn sie müde ist. Das sind wir vermutlich alle, nur hat der eine mehr Energie als der andere. Aber ganz offensichtlich hast du Energie für zwei, und darum bin ich sehr zuversichtlich.«

Katja und ich bestellten das Aufgebot. Wir verschickten die Einladungen, und mir stellte sich die Frage: Schicke ich Jouri auch eine Karte? Ich grübelte lange. Was konnte schiefgehen, wenn ich ihm eine Einladung zukommen ließ? Würde er sofort das nächste Flugzeug nehmen? Das war natürlich Unsinn. Trotzdem warf ich die Karte für Jouri erst zwei Wochen vor unserem Hochzeitstag in den Kasten. Ich dachte, selbst wenn er die Karte noch vor der Eheschließung bekam, würde er von Harvard aus nichts mehr unternehmen können. Völlig beruhigt war ich dennoch nicht. Ich hatte sogar erwogen, ihn gar nicht einzuladen. Aber was hätte ich erwidern sollen, wenn er mich nach seiner Rückkehr gefragt hätte: »Warum hast du mich nicht darüber informiert, dass du heiratest?« Sollte ich dann lügen: »Wieso, ich habe dir eine Karte geschickt, aber die ist offenbar verloren gegangen.«

An unserem Hochzeitstag erreichte uns ein Glückwunschtelegramm. Aus Harvard. Von Jouri. »Ich bedauere es schrecklich, dass ich nicht dabei sein kann«, hatte er unter die ausführlichen Glückwünsche geschrieben.

»Wer ist Jouri?«, wollte Katja wissen.

»Ein brillanter Studienfreund«, sagte ich ungezwungen.

Pniëlkirche

Just in dem Moment, als Anton Bruckners *Fünfte Symphonie* begann, klingelte es eines Abends im September an der Tür. Ich wollte mir Bruckners kontrapunktisches Meisterwerk in aller Ruhe anhören, obwohl mein Radio eigentlich zu klein war, um die überragende Gewalt adäquat wiederzugeben. Daher hatte ich wenig Lust zu öffnen. Ich ging zum Fenster und spähte nach unten. Wer stand dort vor dem Kurzwarenladen? Ein einziger Blick auf den Scheitel reichte. Ich eilte die Treppe hinunter, sprintete durch den Laden und öffnete die Tür.

»Nicht zu glauben, da bist du wieder. Seit wann bist du wieder hier?«

»Seit Sonntag.«

»Komm rein.«

»Aha, hier wohnst du jetzt also. Wie bist du hier gelandet?«

»Katja wohnt hier, ich konnte bei ihr einziehen.«

Kurze Zeit später saß er bereits im Wohnzimmer am Fenster. Ich versorgte ihn mit Speis und Trank und stellte schweren Herzens das Radio leiser.

»Allein zu Haus?«

»Ja, Katja gibt abends oft Unterricht an der Musikschule. Die meisten Schüler haben tagsüber keine Zeit. Sie arbeiten oder müssen zur Schule.«

»Hast du ein Foto von ihr?«

»Nicht direkt zur Hand.«

»Wann kommt sie nach Hause?«

»Meistens gegen zehn.«

»Wieso hast du sie in deinen Briefen nie erwähnt?«

»Hätte ich das tun sollen?«

»Ich finde dein Vorgehen ziemlich sneaky. Hinter meinem Rücken hast du Hals über Kopf geheiratet.«

»Ja«, sagte ich halb lachend, »wenn ich gewartet hätte, bis du wieder da bist, dann hättest du mir vielleicht einen Stock in die Speichen geworfen.«

»Ach, red keinen Quatsch, von mir hattest und hast du nichts zu befürchten, das weißt du genau.«

»So so, und was ist mit Ans und Ria und Wilma und Frederica?«

»Das war doch alles nichts Ernstes. Sei froh, dass ich all diese Mädchen unschädlich gemacht habe. Oder würdest du mit so einem grobknochigen Schiedamer Schätzchen dein Leben teilen wollen?«

»Darum geht's nicht, es geht darum, dass du … nun ja, was spielt das noch für eine Rolle, erzähl lieber von Amerika. Wie war's in Harvard?«

»Einerseits phantastisch. Dort wird auf höchstem Niveau wissenschaftlich gearbeitet, und die Leute inspirieren einander enorm. Aber es ist schrecklich schade, dass sie auch alle so mit Gott beschäftigt sind. Ich habe immer gesagt: ›Gott ist eine überflüssige Hilfshypothese‹, und sofort fingen sie an, mich zu evangelisieren. Schrecklich engherziger, spießiger, beschränkter Protestantismus und außerdem noch mit einem Schuss Halleluja drin, so à la: ›Oh, wie herrlich, dass wir bereits vor zweitausend Jahren erlöst wurden.‹«

Im Hintergrund war noch immer Bruckner zu hören, und ich versuchte, der Musik ungeachtet Jouris Anwesenheit zu folgen. Zum Glück wiederholt Bruckner, genau wie die Singdrossel, seine Motive oft viermal. Wenn man also zwei verpasst, bleiben einem immer noch zwei.

»Nette Mädchen da an der Fakultät?«

»Nein. Mathematik ist dort, genau wie hier, Männerarbeit. Und die Mädchen … wie viel Zeit sie darauf verwenden, sich aufzudonnern. Den ganzen Tag lang sind sie mit ihren Cremes und ihrem Frisierstab beschäftigt. Nein, ich habe da nicht eine einzige interessante Amerikanerin getroffen. Tja, du warst ja auch nicht in der Nähe, um eine für mich aufzuspüren. Mensch, dass du kein Foto von deiner Frau bei der Hand hast.«

»Sie ist gar nicht dein Typ. Klein, mager, große Augen, rote Locken. Meine Eltern waren fuchsteufelswild, als ich sie anschleppte. Mein Vater sagte danach immer: ›An der ist doch gar nichts dran? Das ist ein Klappergestell. Und außerdem gehört sie keiner Kirche und nichts an.‹ Meine Mutter war nicht ganz so ablehnend, aber nur, weil Katja sich nicht schminkte. Sie sagte: ›Auch wenn sie nur Haut und Knochen ist, Bergen-Belsen hoch zwei, so schmiert sie sich doch immerhin keine Farbe ins Gesicht.‹ Und dann sagte sie noch: ›Dass sie in keiner Kirche und nichts ist, kann nur bedeuten, dass sie demnächst, vielleicht sogar in unserer Kirche, als Erwachsene getauft wird. Oh, das ist immer so etwas Phantastisches, die Erwachsenentaufe.‹ Meine Mutter ging davon aus, dass ich sie im Handumdrehen bekehren würde. Sie hat diese Hoffnung noch immer nicht aufgegeben. ›Wenn du es ihr vorlebst‹, sagt sie immer wieder, ›wird sie eines Tages auch denken: Diesen großen Schatz will ich auch besitzen, berichte mir vom Herrn Jesus.‹«

»Wie kann deine Mutter so etwas denken? Soweit ich weiß, bist du noch immer nicht konfirmiert?«

»Stimmt, und ich werde mich auch nie konfirmieren lassen. Wenn meine Eltern danach fragen, sage ich immer: ›Zeigt mir die Stelle in der Bibel, wo steht, dass man sich konfirmieren lassen muss.‹ Eine solche Stelle können sie mir nicht nennen. Sich konfirmieren lassen, auch wieder so etwas wie Beten mit geschlossenen Augen und gefalteten Händen, worüber nichts in der Bibel steht. ›Willst du denn dem Herrn Jesus dein Jawort nicht geben?‹, fragt meine Mutter immer verzweifelter.«

»Bei mir zu Hause fragen sie zum Glück nicht danach. Aber Fredericas Eltern … demnächst werde ich auch heiraten. Mein Schwiegervater hat für uns ein Weberhaus bei dir an der Uiterste Gracht gekauft. Ich wollte dich fragen, ob du mein Trauzeuge sein willst. Und ob du, erschrick nicht, in der Pniëlkirche die Orgel spielen würdest.«

Sich erst all meine Freundinnen unter den Nagel reißen und dann auch noch meine Adresse, dachte ich ziemlich entrüstet. Doch ich verschwieg meinen Ärger und fragte nur: »Ihr heiratet also auch kirchlich?«

»Ja, da komme ich, Gott verdammt noch mal, nicht drum herum. Und darum hoffe ich, dass du wie der Teufel Orgel spielst.«

»Ich habe noch nie auf einer Hochzeit gespielt.«

»Einmal ist immer das erste Mal.«

»Ich weiß nicht, ob ich mir das zutraue.«

»Ach, natürlich, du kannst das. Zwei oder drei Psalmen

begleiten, das ist doch für dich kein Problem. Du kennst die Lieder doch alle auswendig.«

»Das schon, aber auf so einer großen Orgel? Ich komme mit den Pedalen noch nicht so richtig klar.«

»Du hast noch zwei Monate Zeit zu üben. Das schaffst du bestimmt. Dir fällt alles in den Schoß, in allem bist du gut. Wie spät ist es eigentlich? Am liebsten würde ich ja noch ein bisschen bleiben, denn ich möchte zu gern deine Katja kennenlernen, aber gleich kommt noch jemand bei mir vorbei. Können wir nicht was verabreden? Morgen, zu dritt, beim Chinesen essen? Wie wär's mit *Woo Ping*?«

»Katja achtet sehr genau darauf, was sie isst«, erwiderte ich. »Die kriegst du in kein chinesisches Restaurant, weil sie Angst hat, im Babi Pangang könnte Katzenfleisch sein. Vielleicht hast du ja Lust, hier mit uns zu essen.«

»Oh ja, gern.«

»Allerdings glaube ich nicht, dass morgen ... lass mich das Ganze erst mit Katja besprechen, du hörst dann von mir. Wo kann ich dich erreichen? Hast du dein Stegzimmer auf der Hogewoerd wieder beziehen können?«

»Nein, das Zimmer bin ich los. Ich wohne jetzt auf dem Hoge Rijndijk. Fürs Erste, glücklicherweise kann ich bald auf der Uiterste Gracht einziehen. Ich gebe dir die Nummer des Hauses auf dem Hoge Rijndijk, dann kannst du mich dort anrufen.«

Und dort rief ich ihn dann nicht an. Allein schon durch die Tatsache, dass er so leichthin das *Woo Ping* vorgeschlagen hatte, war mein Misstrauen wieder geweckt worden.

Trotzdem war mir natürlich klar, dass er Katja irgendwann kennenlernen würde, daran führte nun mal kein Weg vorbei.

Dennoch verschwieg ich Katja, als sie später am Abend todmüde nach Hause kam, dass Jouri da gewesen war. Obwohl ich der Überzeugung war, dass es besser wäre, wenn ich sie so genau wie möglich über Jouri informierte, schien mir Schweigen vorerst die bequemere Lösung zu sein. Hinzu kam noch, dass ich immer noch nicht wusste, wie ich ihr das alles erzählen sollte. Wie fand ich den richtigen Ton? Allzu leicht konnte meine Geschichte larmoyant oder unwahrscheinlich klingen.

In den zwei Monaten bis zu Jouris Hochzeit schaffte ich es, Katja nicht in seine Nähe kommen zu lassen. Einfach war das nicht, doch da er das Weberhaus auf der Uiterste Gracht renovieren und einrichten musste und daher schrecklich wenig Zeit hatte, gelang es mir jedes Mal, eine Verabredung zu verhindern. Weil ich handwerklich sehr geschickt bin, half ich Jouri so oft wie möglich. Ich liebe es, zu spachteln, anzustreichen, zu tapezieren, zu schreinern, und er war über meine Hilfe sehr froh, denn das Häuschen auf der Uiterste Gracht erforderte einen hohen Einsatz von Hand- und Spanndiensten.

Als das Weberhaus einigermaßen bewohnbar war, tauchte ein anderes Problem auf: Nehme ich Katja mit nach Vlaardingen zur Hochzeit? Schon erklang der verzweifelte Ruf in meinen Ohren: »Was soll ich um Himmels willen bloß anziehen?« Zum Glück konnte sie an der Musikschule nicht einfach so einen Tag freinehmen, und so kam es, dass ich Ende November allein nach Vlaardingen fuhr.

Zuerst war ich Trauzeuge und anschließend Organist. In der Pniëlkirche. Ich hatte eine Schwäche für das inzwischen leider wieder abgerissene Gotteshaus, denn dort hatte man die logistischen Probleme des Heiligen Abendmahls sehr vernünftig gelöst. An jedem Sitz war ein kleiner Becher montiert, in den vorab der Abendmahlswein eingeschenkt wurde. Auch für die Weißbrotstücke gab es eine Ablagemöglichkeit, sodass die Gemeinde im Handumdrehen erst ein Stück Brot und anschließend einen Schluck Wein zu sich nehmen konnte. Auf diese Weise ging das Mahl mit dem Herrn in Rekordzeit über die Bühne.

Leider hatte die dortige Verschuren-Orgel einen ziemlich schiefen und schrillen Klang. Als ich jedoch, beim Anblick der strahlenden, bildschönen Braut erneut innerlich zutiefst bewegt, aus tiefster Not in die Tasten griff und als Vorspiel zum Psalm 43 improvisierte, da zauberten meine Finger trotz allem und ganz unerwartet eine wunderschöne, fröhliche, muntere Melodie hervor. Es war, als müsste das Thema, das so gar nicht meinem Seelenzustand entsprach, in erster Linie mir selbst Mut zusprechen. Oh, welch ein Fest, denn der Klingelbeutel wurde ausführlich herumgereicht, sodass ich lange improvisieren durfte. »Oh Seele mein, was trauerst du so tief betrübt und sorgenvoll ob der Bestimmung, die dir dein Schöpfer gibt.«

Trauer und Sorge, gewiss, die waren vorhanden, jedoch fröhlich hochgejazzt, und zwar von einem, der nichts lieber wollte als jammern, weinen, brüllen. Wie war das bloß möglich? Oder ist es umgekehrt: dass die Musik, die jemand hervorbringt, umso strahlender ist, je schlechter es ihm geht? Hatte Mozart nicht in der Zeit, als sein Vater starb, das Stück *Ein musikalischer Spaß* komponiert? Aber von Spaß konnte in meinem Fall keine Rede sein. Was meine flinken Finger und meine etwas weniger flinken Füße mühelos spielten, war überraschend fröhlich, aber dennoch erhaben, weihevoll und trotzdem funkelnd. Während des langen Gebets des Pastors notierte ich mir rasch die Melodie, denn ein solcher Einfall ist meist ebenso schnell verflogen, wie er gekommen ist.

Als der Gottesdienst zu Ende war und alle die Kirche verließen, spielte ich das Thema erneut. Unglaublich, dass mir dies eingefallen war! Nun ja, Schubert fiel dergleichen oft mehrmals am Tag ein, während mir so etwas wahrscheinlich nur einmal im Leben passierte. Dennoch war ich stolz auf mich, und mein Stolz wuchs noch weiter, als George während des großen Hochzeitsfests im Hotel *Delta* auf mich zukam und sagte: »Was hast du bei der Kollekte gespielt? Von wem war das? Phantastische Musik.« Ich brachte es nicht über mich zuzugeben, dass es eine Improvisation von mir war. Daher log ich: »Ja, schön, nicht? Das war ein Stück des tschechischen Komponisten Fibich.«

»Fibich? Nie gehört. Gibt es das auf Schallplatte?«

»Nicht, dass ich wüsste.«

»Schade, ich würde es so gern noch einmal hören.«

»Ich könnte es auf der Stelle für dich spielen.«

»Leider gibt es hier keine Orgel.«

»Vielleicht aber irgendwo einen Flügel.«

In einem leeren Saal fanden wir einen Steinway. Und erneut spielte ich meinen Einfall, meinen Fund, mein Stück, meinen »aus tiefer Not« emporgestiegenen, fröhlichen Herzensruf, und George meinte begeistert: »Auch auf dem Klavier klingt es herrlich.«

Ich sagte: »Danach kommt noch eine Fuge. Willst du die auch hören?«

»Gern.«

Und so spielte ich meine Julia-Fuge und war erstaunt, dass mein Einfall und meine Fuge unüberhörbar miteinander verwandt waren. Komponist müsste man sein, dachte ich, das ist ganz zweifellos das Höchste, was man im Leben erreichen kann. Schreiben kann jeder, und Zeichnen geht den meisten Menschen auch recht gut von der Hand, doch schon die Komposition eines einfachen Menuetts erfordert große Fertigkeit. Mozart, Bach, Schubert, Beethoven und Haydn waren doch ganz gewiss »von den Schultern an aufwärts größer als alle Schriftsteller, Maler und Wissenschaftler vor und nach ihnen«. Selbst Shakespeare, Leonardo da Vinci, Goethe und Rembrandt reichen an sie nicht heran.

Begegnung

Schließlich geschah, was natürlich unausweichlich war. An einem Winterabend Mitte Dezember waren Katja und ich, nachdem ich sie in der Musikschule abgeholt hatte, auf dem Heimweg. Es fiel leichter Pulverschnee. Die Flöckchen waren winzig, aber sie schmolzen nicht. Der Rapenburg war bereits weiß ausstaffiert. Auch das Kopfsteinpflaster im Kloksteeg war gepudert. Es schien, als könnte im blassroten Abendlicht jeden Moment der Walzer der Zuckerfee erklingen. Als wir die Bebauung auf der linken Seite hinter uns gelassen hatten und der große Pieterskerkhof in seinem märchenhaften weißen Glanz vor uns auftauchte, kam quer über den Platz jemand auf uns zugeschliddert.

»Weitergehen«, forderte ich Katja auf.

»Schieb mich nicht so«, sagte sie, »hier ist es glatt. Ich habe keine Lust, mich auf die Nase zu legen.«

Sie trug ihren langen Mantel. Auf dem Kragen glitzerte Schnee. Auch die Revers waren mit einer weißen Schicht bedeckt. Es war, als sähe ich sie zum ersten Mal und als würde ich mich auf der Stelle, »out of the blue«, wegen des Mantels und der dünnen Schneeschicht in sie verlieben. Der Mann, der über den Pieterskerkhof angerutscht kam, hatte solche Mühe, auf den Beinen zu bleiben, dass er es für unter seiner Würde hielt, auf seinen Weg zu achten. Die Folge war, dass Katja beinahe mit ihm zusammenstieß.

»Pass doch auf«, sagte sie entrüstet, den Zusammenstoß antizipierend, der nicht stattfand.

Erstaunt schaute der Rutscher auf, vermutlich denkend: Was für eine Panikmacherin. Das dachte ich jedenfalls, packte ihre Hand und zog sie weiter.

»Lass das«, sagte sie.

Der Rutscher blieb stehen, sah Katja an, sah mich an, richtete sich auf und sagte: »Nein, so was, endlich mal!« Woraufhin er Katja erfreut die Hand entgegenstreckte.

Sie zuckte zurück.

»Ich bin Jouri«, sagte er.

»Das ist Jouri«, sagte ich.

Die Hand noch immer ausgestreckt, musterte Jouri freimütig die junge Frau, die vor ihm zurückgewichen war.

»Deine bessere Hälfte hat dich die ganze Zeit vor mir versteckt, er hat dich von mir ferngehalten und hat mir nicht einmal ein Foto von dir gezeigt. Jetzt allerdings hat die Stunde der Wahrheit geschlagen. Und ich habe die ganze Zeit gedacht, du hast vielleicht einen Buckel oder du schielst, weil er dich nicht einmal seinem besten Freund vorstellen wollte. Jetzt verstehe ich seine Geheimniskrämerei. Mit einem Kronjuwel protzt man nicht, das hält man hinter Schloss und Riegel.«

Weil es mir unangenehm war, dass Katja seine ausgestreckte Hand ignorierte, ergriff ich sie und schüttelte sie herzlich. Daraufhin konnte Katja nicht zurückstehen, und auch sie gab Jouri kurz die Hand.

»Wir müssen dann mal wieder«, sagte ich.

»Aber nicht, ohne vorher einen Termin ausgemacht zu haben«, sagte Jouri. »Ein Essen an der Uiterste Gracht zum Beispiel. Frederica würde sich freuen, sie kennt hier praktisch niemanden und hat kaum zu tun. Sie hat also genügend Zeit, ein opulentes Mahl vorzubereiten.«

»Ich unterrichte abends immer«, sagte Katja harsch.

»Auch samstags und sonntags?«

»Nein, dann nicht.«

»Wie wäre es also mit nächstem Samstag?«

»Da kommen mein Bruder und seine Frau aus England zu Besuch«, erwiderte Katja.

»Und das Wochenende danach?«

»Da ist schon Weihnachten«, warf ich ein.

»Du sagst es«, meinte Jouri enttäuscht. »Dann müssen Frederica und ich natürlich an der Binnensingel dinieren, unter dem Rauch der ewigen Flamme von Pernis. Daran führt kein Weg vorbei. Und zu meinen Eltern muss ich auch. Solex Deo Gloria. Und anschließend fährt Frederica mit ihren Eltern zum Skilaufen nach Österreich … oh, oh, es soll wohl nicht sein … Hoffentlich klappt es danach einmal.«

»Wir vereinbaren dann später mal was«, sagte ich.

»Gut«, erwiderte Jouri, »ich muss jetzt schnell weiter zur Sternwarte, zum Kolloquium der wissenschaftlichen Mitarbeiter. Ich halte dort einen Vortrag über die höhere Mathematik des sich ausdehnenden Alls.«

»Glaubst du, das Weltall dehnt sich aus?«

»Seit Hubble ist das eine allgemein akzeptierte Tatsache.«

»Aber worauf beruht die Evidenz dieser These? Auf der Rotverschiebung? Die könnte man doch auch anders interpretieren.«

»Komm mit. Stell deine Einwände zur Diskussion.«

»Ein andermal gern. Wenn du mich fragst, dann ist die

Big-Bang-Theorie nichts anderes als die wissenschaftliche Variante der Genesisgeschichte. Irgendein belgischer Priester hat sie sich ausgedacht, sie ist Religion unter dem Deckmantel der Astronomie.«

»Kümmere du dich lieber erst einmal um die Evolutionstheorie. Dagegen ist auch noch dies und jenes einzuwenden. Macht's gut, ich muss weiter.«

Er warf noch einen letzten Blick auf Katja und schlidderte dann weiter über das Pflaster im Kloksteeg.

»Das ist also Jouri«, sagte ich.

»Dein Jugendfreund aus Vlaardingen, auf dessen Hochzeit du Orgel gespielt hast?«

»Genau.«

»Jouri. Hübscher Name!«

»So heißt er eigentlich nicht, er ist nach Hitler und Goebbels benannt und heißt Adolf Josef. Nach dem Krieg haben seine Schwestern den Namen Josef in Jouri geändert.«

Warum sagte ich das? Wollte ich ihn in ihren Augen gleich verdächtig machen? Wollte ich ihn schon im Voraus schmähen?

Katja beachtete meine überflüssige Bemerkung nicht weiter und sagte nur: »Netter Mann. Schöne Augen.«

»Die konntest du im Dunkeln gar nicht sehen.«

»Oh doch, das Licht der Straßenlampe fiel darauf. Hellbraune Augen mit grünen Pünktchen darin. Sehr schön.«

»Er ist ein verschlagener Charmeur«, sagte ich gereizt.

»Ja, aber er hat mich tatsächlich ein Kronjuwel genannt«, und sie summte leise *Ihr Blümlein alle* von Franz Schubert.

Während sie, plötzlich gut gelaunt, zügig neben mir weiterging und unbekümmert summte, stampfte ich mit beiden Füßen auf das Kopfsteinpflaster, um den aufkommenden Groll zu bekämpfen. Im Pieterskerkchoorsteeg kam, immer noch in fahlrotes Licht getaucht, eine Frau aus der Breestraat und ging in unsere Richtung. Das hat mir gerade noch gefehlt, dass die mir ausgerechnet jetzt über den Weg läuft, dachte ich verbittert.

Auf hohen Absätzen schwankte sie über das weiße Kopfsteinpflaster auf uns zu. Sie stieß mit mir zusammen und hielt sich, um nicht hinzufallen, an mir fest. Ich stieß sie so heftig weg, dass sie gegen eine Hauswand torkelte.

Das Schlampenexamen würde sie nun mit Auszeichnung bestehen, dachte ich, als ich mich kurz nach ihr umsah. Im spärlichen Straßenlampenlicht, das die fahlrote Dämmerung kaum erhellte, sah sie aus wie die Hexe aus Humperdincks *Hänsel und Gretel*. Sie krümmte die Finger einer Hand, sodass ihr grotesker Schatten auf der weißen Hauswand erschien. Wegen der langen Fingernägel sah es so aus, als streckte sie eine riesige Klaue nach mir aus. Ich erschauderte.

»Ist dir kalt?«, fragte Katja.

»Nein, wie kommst du darauf?«

»Du zittertest auf einmal so.«

»Das geht vorbei.«

Später am Abend machte ich noch einen Spaziergang durch die märchenhaften Gassen. Noch immer war das Pflaster mit einer hauchdünnen Schneeschicht bedeckt. Selbst in der Haarlemmerstraat war sie, obwohl so viele Füße darübergegangen waren, noch nicht geschmolzen. Wie von selbst gingen meine Beine in Richtung Vrouwenkerkkoorstraat. Immer wieder schoss mir ein Gedanke durch den Kopf: Warum warst du vorhin ohne Handschuhe unterwegs. Mit Handschuhen wärst du unschädlich gewesen. Jetzt hast du mich wieder in deinen Fängen, und ich sollte lieber bei dir vorbeigehen, um dich aus meinem System zu löschen.

Also ging ich bei ihr vorbei. Die Vorhänge waren offen. Dem Fenster den Rücken zukehrend, saß sie genau im Schein der Lampe und las in dem Buch, dessen Seiten so dünn sind wie Zigarettenpapier. Ich wartete, bis sie mit ihren blutroten Nägeln eine Seite umblätterte. Dann ging ich weiter, erst sie verfluchend, dann mich selbst verfluchend und schließlich meine Eltern verfluchend, die mich, während in den Gaskammern im Akkord Menschen ermordet wurden, in eine grausame, missgestaltete Welt gestoßen hatten, in der jeder vernünftige, rechtschaffene Mensch niemals auf den Gedanken käme, Kinder zu zeugen.

Kleidersäcke

Auf dem Nieuwe Rijn war die dünne Schneeschicht bereits wieder geschmolzen, als am Samstagnachmittag Katjas Bruder und ihre Schwägerin kurz nach drei ihren Wagen direkt am Wasser parkten. Eingedenk der Bauernregel »Da ist kein Samstag so dick, dass die Sonne scheint einen Blick« huschte kurz ein blasses Streiflicht über die Straße. Ich saß am Fenster und war so in die Lektüre des berühmten Bach-Buchs von Schweitzer vertieft, dass ich erst jetzt, irritiert vom Lichtreflex, aus dem Fenster schaute und bemerkte, dass vor unserem Haus ein Auto mit englischem Kennzeichen stand und dass die Insassen längst ausgestiegen waren.

»Da sind sie!«, rief ich.

Katja eilte aus der Küche herbei. Zusammen betrachteten wir den Minivan, aus dem Katjas Bruder und seine Frau Kleidersäcke luden, die sie neben dem Wagen abstellten.

»Was haben die denn alles eingepackt?«

»Keine Ahnung«, sagte Katja.

Mein Schwager schleppte einen der prallen Säcke zur Ladentür.

»Hilf ihm mal schnell«, sagte Katja, »dann gehe ich in die Küche und setze Teewasser auf.«

Ich ging die Treppe hinunter, öffnete die Ladentür, begrüßte die beiden Gäste und fragte: »Müssen die drei Kleidersäcke ins Haus gebracht werden?«

»Ja«, sagte mein Schwager stolz, »darin ist ein schönes Geschenk für euch.«

Also trug ich die riesigen Kleidersäcke durch den Laden und die Treppe hinauf in den ersten Stock, wobei ich mich fragte, was wohl darin sein könnte. Das verriet meine Schwägerin uns erst, als wir in den bequemen Sesseln im Wohnzimmer saßen und frisch gebrühten Tee tranken.

Übersetzt lautete ihre Ansprache ungefähr so: »Wir, Jacob und ich, haben zwei Kinder, die gerade bei den Großeltern sind. Wir sind sehr glücklich mit Samantha und Edytha, aber wir finden, dass wir unsere Pflicht getan haben, und daher wollen wir es definitiv bei den beiden belassen. Mehr als zwei Kinder wollen wir auf gar keinen Fall, und mehr können wir uns finanziell und was den Platz in der Wohnung angeht, auch gar nicht leisten. Darum haben wir alle Babysachen in diese drei Kleidersäcke gestopft. Die überreichen wir euch heute feierlich, damit ihr demnächst alles habt, um euren Erstling einzukleiden. Sollte es ein Junge sein, ist das kein Problem, die Sachen sind alle unisex.«

Katja und ich waren angesichts dieses großzügigen Geschenks derart verblüfft, dass wir zunächst nicht adäquat darauf reagieren konnten. Erst als die Stille für mein Empfinden etwas unheimlich wurde, brachte ich einige Worte heraus.

»Dass ihr das alles einfach so durch den Zoll bekommen habt.«

»Oh, no problem at all, we told them about the destination of the clothes.«

Wieder herrschte Schweigen. Katja sah aus, als habe sie soeben erfahren, dass sie mit der Garotte getötet werden würde. Auch mir war sehr seltsam zumute, doch meine Schwägerin meinte fröhlich: »Ich will euch einen guten Rat geben. Viele Paare sind heute geneigt, das Kinderkriegen vorläufig zu verschieben. Erst die Karriere. Oder sie wollen zunächst das Leben gemeinsam genießen. Tut das nicht. Seid schlau: Je früher ihr sie bekommt, umso eher seid ihr sie wieder los.«

»Wie das?«, fragte ich erstaunt. »Kinder wird man doch nie wieder los?«

»Ich meine, je früher man sie bekommt, umso eher sind sie aus dem Haus, und man muss sich nicht mehr um sie kümmern. Ich habe Samantha mit neunzehn bekommen und Edytha, als ich einundzwanzig war. Wenn ich also Ende dreißig bin, sind sie erwachsen, und dann habe ich noch ein ganzes Leben vor mir. Wirklich, je früher man sie bekommt, umso besser.«

Daraufhin beugte sie sich zu Katja hinüber und sagte in fast strafendem Ton: »Du wirst im Juli bereits vierundzwanzig. Sieh dich vor, die Zeit drängt.«

»Die Zeit drängt überhaupt nicht«, sagte ich verärgert. »Es gibt kein Gesetz, welches vorschreibt, dass man Kinder früh bekommen muss. Mehr noch, es gibt nicht einmal einen Grund, überhaupt Kinder in die Welt zu setzen. Schon mal was von Überbevölkerung gehört?«

»Ihr wollt doch nicht etwa sagen«, sagte meine Schwägerin und erhob sich dabei drohend aus ihrem Sessel, »dass ihr diese Verantwortung nicht auf euch nehmen wollt? Ihr wollt doch nicht etwa sagen, dass ihr auch so ein schamlos egoistisches Paar seid, das keine Kinder will? Das wäre doch skandalös!«

»Ist man verpflichtet …?«

»Of course, it's a duty, a boundless duty. You are entitled to get them, as responsible parents, and, mark my words, the sooner, the better. And, if I may say so again, you are already quite late, Kate.«

»Wäret ihr bitte so nett«, sagte Katja mit überaus freundlicher Stimme auf Englisch, »diese Kleidersäcke augenblicklich wieder ins Auto zu laden?«

Mein Schwager und seine Frau sahen einander fragend an, tranken einen Schluck Tee und ignorierten Katjas Bitte.

Daraufhin sprang Katja aus ihrem Sessel auf und schrie auf Niederländisch: »Ich brauche euer Scheißzeug nicht!«

Ich glaube nicht, dass unsere Schwägerin das Wort »Scheißzeug« kannte, aber Katjas Bruder wusste, was es bedeutet, und er sagte: »Schwester, pass auf, was du sagst.«

»Ich brauch das Scheißzeug nicht!«, schrie Katja erneut. »Was denkt ihr euch eigentlich dabei? Hier mit gammeligen Kindersachen aufzukreuzen, um uns ganz nebenbei zu erklären, ich solle zusehen, dass ich schleunigst in die Wochen komme, denn je früher, je besser, je eher ist man das Problem wieder los, als ob es eine Art unangenehme Pflicht wäre, eine Gefängnisstrafe, die man wohl oder übel hinter sich bringen muss, aber doch bitte so, dass man möglichst wenig darunter zu leiden hat ... was für eine Scheißeinstellung ...«

Katja rannte zu den Kleidersäcken und begann, mit ihren Gesundheitsschuhen dagegenzutreten.

»Was bildet ihr euch eigentlich ein? Dass ihr jetzt, nach allem, was ihr früher schon zu deichseln versucht habt, auch noch für mich regeln könnt, ob und wann wir Kinder bekommen? Ständig schubst ihr mich herum, ständig zerrt ihr an mir, um mich ... immer dasselbe ... Zieh doch mal ein hübsches Kleid an, warum versuchst du es nicht mal mit einem schwarzen Lidstrich, kauf dir doch mal etwas elegantere Schuhe … Alles, alles willst du für mich bestimmen … nichts überlässt du mir … Meinetwegen, so ein blöder Lidstrich interessiert mich nicht, versau dir ruhig die Augen mit so einem dreckigen Eyeliner … Dass du dich aber hier einmischen willst, ach, was sag ich, dass du mir vorschreiben willst, ich solle … Babys … Verschwinde bloß mit deinem verdammten Scheißzeug.«

Katja trat weiter gegen die Kleidersäcke, brach dann plötzlich in Tränen aus und rannte in den Flur. Ich hörte das Poltern ihrer stabilen Schuhe auf der Treppe nach oben. Dort angekommen, stampfte sie noch wütender auf den Boden als seinerzeit in der Musikschule. Kurze Zeit später erklangen, auf der Flöte gespielt, die Noten g, e, h. Mir war klar, was sie damit sagen wollte. Und nach »geh« spielte sie, schöner, als ich es je zuvor gehört hatte, das wunderschöne Stück von Escher, *Air pour charmer un lézard*.

»Ich verstehe nicht«, sagte meine Schwägerin, »warum sie darauf so hysterisch reagiert. Wir bringen ganz unverbindlich ein paar Babysachen mit, weil wir sie nicht mehr brauchen. Sehr behutsam geben wir ihr einen guten Rat. Niemand ist verpflichtet, diesen Rat zu befolgen, obwohl ich ihn immer noch für einen sehr klugen Vorschlag halte.«

»Dennoch würde ich an eurer Stelle die Kleidersäcke wieder mitnehmen.«

»Das tun wir nicht«, erwiderte mein Schwager barsch.

»Dann rufe ich auf der Stelle die Heilsarmee an und bitte sie, die Kleidersäcke so schnell wie möglich abzuholen.«

»Die wirst du am Samstagnachmittag kaum erreichen«, sagte mein Schwager. »Lass die Säcke ruhig stehen. Morgen denkt ihr zweifellos anders darüber, bestimmt, was Pam sagt, ist gar nicht so dumm, je früher die Kinder kommen …«

»… umso jünger und belastungsfähiger ist man, um die vielen schlaflosen Nächte zu überstehen«, sagte ich ironisch.

»Genau.« Er bemerkte den ironischen Unterton nicht. »Ich kann dir versichern, dass es anstrengend ist, sehr anstrengend, vor allem in den ersten Monaten, da machst du fast kein Auge zu.«

»Und das nur, um die Erde noch voller zu machen, auf der es ohnehin vor Menschen nur so wimmelt.«

»Das ganze Gerede von der Überbevölkerung«, mischte meine Schwägerin sich ins Gespräch, »das ist doch alles poppycock. Erst neulich habe ich im Fernsehen eine Dokumentation über Grönland gesehen. Dort ist es praktisch menschenleer.«

»Und in der Antarktis wohnt, abgesehen von ein paar Pinguinen, praktisch auch niemand«, sagte ich. »Was hält euch also davon ab, euch dort oder in Grönland niederzulassen?«

»Was jetzt?«, fragte mein Schwager seine Frau. »Sollen wir dann mal zu meinen Eltern fahren?«

»Ich wollte eigentlich hierbleiben, bis Katja wieder nach unten gekommen ist. Ich nehme doch an, sie wird sich, wenn sie wieder etwas zur Besinnung gekommen ist, bei uns entschuldigen wol…«

»Da kannst du wahrscheinlich lange warten«, sagte mein Schwager. »Früher hatte sie auch gelegentlich solche hysterischen Anfälle. Dann war mit ihr nichts anzufangen. Sie schnappte sich ihre Flöte und spielte ein Liedchen von Bach mit einem englischen Tanz am Ende. Zum Wahnsinnigwerden.«

»Dann lass uns gehen. She will apologize later.«

Sobald ich das Zuschlagen der Autotüren vernahm, machte ich mich daran, die Kleidersäcke wegzuräumen. Der Reihe nach ließ ich sie die Treppe hinunterrollen. Jeder der Säcke öffnete sich dabei, und allerlei Unisexlätzchen in schreibunten Farben fielen heraus, als wollten sie sich sofort auf das nächste Baby stürzen. Ich hob die Sachen auf und steckte sie zurück in die Säcke, die ich anschließend in den hintersten Winkel des Ladens schleppte, wo ich sie hinter einem fahlen Vorhang versteckte. Ich dachte an die pensionierte Inhaberin des Geschäfts, die so an diesem Raum, in dem sie ein halbes Jahrhundert gearbeitet hatte, hing, dass sie sich nicht dazu entschließen konnte, die unterste Etage auszuräumen und zu vermieten. Der Laden sollte so bleiben, wie er immer gewesen war. Mir war das sympathisch. Außerdem passte es mir jetzt gut in den Kram, denn so konnte ich die seltsamen Säcke unauffällig verschwinden lassen.

Als ich damit fertig war, ging ich nach oben. Ich wartete, bis die letzte Note von Eschers Meisterwerk verklungen war, und rief dann: »Sie sind weg!«

Hörte sie mich nicht, oder wollte sie mich nicht hören?

»Sie sind weg!«, rief ich noch einmal. »Und die Kleidersäcke auch. Du kannst Escher also auch ruhig hier unten üben.«

Schließlich kamen zwei wütend funkelnde Augen zum Vorschein. Und bebende Lippen.

»Nie, niemals will ich Kinder. Niemals.«

Wird eine solch dezidierte Absicht geäußert, ist man geneigt zu entgegnen: »Ach, sag niemals nie.« Aber die Erfahrung hat mich gelehrt, dass man, vor allem wenn Frauen sich so entschieden äußern, vorbehaltlos dem anderen Geschlecht zustimmen muss. Also sagte ich: »Ich auch nicht. Es spricht natürlich für sich, dass wir uns über dieses Thema noch nie unterhalten haben. Sonst hätte ich dir bestimmt schon erzählt, dass ich im Konfirmationsunterricht wiederholt zum Pastor gesagt habe, es sei viel besser, keine Kinder in die Welt zu setzen, denn wenn sie nicht geboren werden, können sie auch nicht vom Glauben abfallen und anschließend auf ewig verloren sein. Mein Gott, war der Pastor wütend. Wenn man seinen Kindern betend auf dem Weg des Heils vorausgehe, sei es ausgeschlossen, dass sie vom Glauben abfallen. Oh, oh, was für ein Optimist, unser Pastor.«

»Kleidersäcke mit Babykram«, grollte Katja.

»Denk nicht mehr dran, die Säcke sind weg, und es waren nicht nur Kleider darin, sondern auch knallbunte Unisexlätzchen.«

»Woher weißt du das?«

»Ein Sack ging auf, als ich ihn die Treppe hinuntergeworfen habe.«

»Und wo sind sie jetzt?«

»Abgeholt.«

»Findest du, ich habe überreagiert?«

»Weil du gegen die Säcke getreten hast? Ich wünschte, ich hätte selbst den Mut dazu gehabt. Wer kommt denn auf die Idee, mit drei Säcken voller Kleinkinderklamotten aus Sheffield hierherzureisen? Unangekündigt! Man könnte doch erst einmal vorsichtig nachfragen, ob eine solche Ladung Unisexlätzchen überhaupt erwünscht ist!«

»Drei Kleidersäcke voller ...«

»Denk nicht mehr dran, sie sind weg, man kennt und findet ihren Standort nicht einmal mehr. Und wir gehen sofort in eine Drogerie und kaufen dort für dreißig Jahre Kondome. Dann werden wir denen in Sheffield mal zeigen, was wahre Frömmigkeit ist. ›Je früher man die Brut hat, umso eher ist man die Brut wieder los.‹ Man hält es nicht für möglich. So habe ich es auch immer mit meinen Hausaufgaben gehalten: Wenn man sich gleich nach der Schule ransetzt, ist man vor dem Abendessen fertig und hat anschließend den ganzen Abend Zeit, Jules Verne zu lesen. Nachkommen als eine Art unvermeidliche, unangenehme Hausarbeit, ein Job, den man möglichst schnell erledigt.«

Zwei Ehepaare

Wenn man, aus Unzufriedenheit über das Curriculum des Kindergartens, zusammen schwänzt und mit seinem Freund tief in den Polder zieht, um sämtliche Aspekte des dort in und an den Entwässerungsgräben vorhandenen Milieus gründlich zu erforschen, kann man sich unmöglich vorstellen, dass irgendwann ein Tag kommt, an dem man sich mit ebendiesem Freund und den jeweiligen Ehefrauen in einem ganz normalen Wohnzimmer zu Tisch setzt. Glänzende Gläser, ein Aperitif vorab, gepflegte Konversation und dann der erste Gang, eine Suppe natürlich, anschließend der zweite, normalerweise mehlige Kartoffeln, Gemüse und ein Kotelett, hier folglich auch, mit dem Unterschied, dass Katja, die Vegetarierin, statt des Koteletts ein Omelett aß, und schließlich ein Dessert: Joghurt mit Waldbeeren. Wenn man als Schlammgrabenknirps gewusst hätte, dass der Zustand des Erwachsenseins, nach dem man sich so sehr sehnte, derartige Diners nach sich ziehen würde, hätte man dann nicht damals schon sogleich mit Jeremia ausgerufen: »Verflucht sei der Tag, darin ich geboren bin; der Tag müsse ungesegnet sein, darin mich meine Mutter geboren hat«?

Oder können derartige Essen durchaus ihren Reiz haben, wenn die beiden Gattinnen der ehemaligen Polderkinder sich verstehen? Nun, davon konnte in unserem Fall keine Rede sein. Schon als Katja Frederica in der Diele des

Weberhäuschens auf der Uiterste Gracht erblickte, wich sie zurück. Und Frederica ihrerseits schaute bereits beim Aperitif, den Jouri kredenzte, mit großen erstaunten Augen immer wieder heimlich (nun ja, heimlich; mir entging es jedenfalls nicht) zu Katja hinüber. Obwohl Katja, im Gegensatz zu Frederica, die aussah wie die Frau eines Popsängers, nichts Auffälliges anhatte.

Dennoch war ich, als wir das Essen endlich hinter uns gebracht hatten und durch den dunklen Januarabend zum Nieuwe Rijn zurückgingen, nicht darauf vorbereitet, dass Katja in den trostlosen Gassen hinter der Haarlemmerstraat so zornig neben mir hergehen würde, dass sie kein Wort herausbringen konnte.

Erst als sie ihre Wut stampfend am Kopfsteinpflaster abreagiert hatte, konnte sie mir ihren Zorn erklären:

»Welch ein Ungeheuer, diese Frederica. Dein Freund Jouri … ein so netter Mann … und dann heiratet er einen solchen Drachen.«

»Was stört dich an Frederica?«

»Sie ist so eine, der es einzig und allein ums Gefallen geht. Eine, die schon seit der Zeit, als sie noch in die Windeln machte, daran gewöhnt ist, die Männer um den Finger zu wickeln. Ein Schleckermaul, dem alle Männer blind verfallen.«

Sie ging wieder eine Weile trotzig stampfend den Bürgersteig entlang und knurrte dann voller Verzweiflung: »Du bist auch ganz hin und weg von ihr. Die ganze Zeit hast du zu ihr hinübergeschielt. Wenn sie es bemerkte, hat sie dich bezaubernd angelächelt, und du hast verlegen zurückgelächelt. Glaub ja nicht, das hätte ich nicht gesehen. Diese Person … nun ja, dass du es nicht besser weißt … mir ist schon lange klar, dass ich mit einem Schürzenjäger verheiratet bin. Es ist ein großes Wunder, dass du mich ausgewählt hast, ich weiß nicht, welchem Umstand ich das zu verdanken habe … Bach vermutlich, ›Aus tiefer Not‹, aber dieser Jouri … so ein netter, herzlicher, freundlicher Mann, so charmant, so zuvorkommend, so … diese Augen … Ich habe sie erst heute genauer betrachten können … es sind die schönsten Augen, die ich jemals gesehen habe … Und jemand mit solchen Augen heiratet ausgerechnet solch ein verwöhntes Püppchen, so ein vornehmes Geschöpf, das einzig und allein wunderschön ist, ansonsten aber nichts zu bieten hat.«

»Ich finde die Ausdrücke ›Püppchen‹ und ›Geschöpf‹ in diesem Zusammenhang recht deplatziert. Ich glaube, du irrst dich. Frederica hat sehr wohl mehr zu bieten als nur Schönheit. Auch wenn sie vom Gymnasium geflogen und schließlich auf der Mädchenrealschule gelandet ist, so ist sie doch ganz bestimmt nicht dumm.«

»Ich habe heute Abend nicht einen bemerkenswerten Satz aus ihrem Munde vernommen.«

»Was hätte sie auch sagen sollen? Das Gespräch mit dir stockte doch, kaum dass es angefangen hatte. Zu allen Themen, über die Frauen normalerweise miteinander sprechen, Kleidung, Make-up und so weiter, hast du nichts zu sagen. Du kannst mit dem, was sie interessiert, nichts anfangen und sie nichts mit deinen Vorlieben.«

»Ich fand sie schrecklich.«

»Sie dich vermutlich auch.«

»Das hoffe ich inständig. Dann müssen wir sie nie wieder besuchen. Nein, es ist wirklich unglaublich … so ein netter Mann …«

»Hüte dich, er ist in erster Linie ein Charmeur. Jede Frau, der er in die Augen sieht, ist sogleich verloren.«

»Ja, aber darum geht es ihm nicht, er ist nicht gefallsüchtig.«

»Und deshalb umso gefährlicher.«

»Oh, was für ein herzenbrechender … Wie kommt es, dass du einen solchen Freund hast?«

»Bin ich denn so ein Bauernlümmel?«

»Das bist du ganz und gar nicht. Aber du bist unsozial, und du versuchst nicht, charmant zu sein, du bist nicht aufmerksam, nicht elegant, du bist nicht schmeichelnd. Außer Jouri hast du kaum Freunde.«

»Als ob du so viele Freundinnen hättest.«

»Mit anderen Frauen kann ich nichts anfangen. Sie wollen einem immer gute Ratschläge geben. ›Versuch's mal mit einer anderen Frisur.‹ ›Schmink deine Lippen mal ein wenig.‹ ›Du bist klein, du solltest dich selbst mal in Schuhen mit hohen Absätzen sehen.‹ Und so geht das die ganze Zeit. Immer dasselbe, mich schubsen, mich ziehen, mich drängen. Achte mal darauf, wie schrecklich genau Frauen einander beäugen. Wenn du ein Uhrarmband trägst, das nicht mehr modern ist, dann bist du abgemeldet.«

Muttermilch

Selbst als Frederica gut ein Jahr nach dem traumatischen Essen von einem gesunden Sohn entbunden wurde, gelang es mir nicht, Katja zu einer Wochenbettvisite zu überreden.

»Wir gehen auf einen Sprung vorbei, werfen einen Blick auf das Kind, gratulieren Vater und Mutter und sehen dann zu, dass wir wieder wegkommen«, startete ich einen letzten Versuch.

»Nein, kommt nicht infrage, es ist schon schlimm genug, dass ich Frederica ab und zu auf der Straße treffe. Dann komme ich nicht drum herum, sie zu grüßen. Aber noch einmal zu ihr nach Hause gehen, nur über meine Leiche.«

»Ich habe kein Problem damit, alleine hinzugehen. Aber was sage ich, wenn sie fragen, warum du nicht mitgekommen bist?«

»Du findest bestimmt wie immer eine Ausrede. Denk dir was aus, ich komm nicht mit. Wochenbettvisiten hasse ich sowieso wie die Pest. Wiegen, ich pfeif drauf. Windeln, Rasseln, das ist alles einfach nur schrecklich, und wie diese Neugeborenen stinken! Man hält es nicht für möglich. Und alle sind total begeistert. ›Oh, was für ein hübsches Kind, schau nur, die kleinen Händchen, und die Fingerchen, sie sind schon alle da.‹ Ja, stell dir vor, das Kind hätte nur kleine Stümpfe. Was sollte ich dann anfangen, wenn so ein Kind später zum Flötenunterricht kommt? Und jedes Mal das Geschwafel, ob es nun dem Vater oder der Mutter ähnlich sieht. Dabei sieht so ein neugeborener Wicht doch aus wie ein sabbernder, seniler Mops.«

Also ging ich an einem sonnigen Samstagnachmittag allein zur Uiterste Gracht. Auf mein Klingeln öffnete ein blondes junges Mädchen die Tür.

»Ich bin die Säuglingsschwester«, erklärte sie fröhlich. Sie ging vor mir her die Treppe zum Schlafzimmer hinauf und sagte: »Ich glaube, das Baby wird gerade gestillt. Ich frage vorsichtshalber erst, ob Ihr Besuch jetzt gelegen kommt.«

»Ich warte so lange unten.«

»Dann sitzen Sie dort allein. Herr Kerkmeester ist kurz etwas erledigen.«

Sie verschwand im Schlafzimmer, ich hörte Stimmen, dann kam sie wieder und sagte: »Kommen Sie ruhig.«

Ich ging ins Schlafzimmer. Das Frühjahr hatte kaum begonnen. Die Frühlingssonne warf ihr schwaches Licht aufs Wochenbett. Der greise Mops, kahl noch, aber bereits mit einer ordentlichen Mathebeule am Hinterkopf ausgerüstet, sog ebenso geduldig wie hartnäckig an Fredericas linker Brust. Auch ihre rechte Brust war entblößt. Zu der Säuglingsschwester sagte sie: »Mach unserem Gast doch bitte einen Tee.«

Das Mädchen verließ das Zimmer und ging die Treppe hinunter.

»Herzlichen Glückwunsch«, sagte ich.

»Vielen Dank.« Sie sah mich an, wie sie mich vor langer Zeit angesehen hatte, hinten im Garten ihres Elternhauses beim Schneeflockenbaum, als sie mich in die hohe Kunst des Küssens eingeführt hatte. Sie fragte: »Wie findest du unsere Säuglingsschwester?«

»Ein sehr nettes, anstelliges Mädchen.«

»Sie ist phantastisch, flink wie ein Floh und doch sehr akkurat und überaus nett. Ihr Freund hat gerade Schluss gemacht; ich verstehe nicht, wie dieser Idiot solch ein Juwel einfach so verlassen kann. Weißt du, was du tun solltest? Du solltest ihr ein wenig den Hof machen, sie wäre die ideale Frau für dich.«

»Wie du weißt, bin ich bereits verheiratet.«

»Ach«, erwiderte sie gereizt, »trenn dich doch von dem Scheusal. Mit der ist nichts anzufangen. Dieses Mädchen … es ist noch eine Weile hier … dieses Mädchen, darum solltest du dich bemühen, wirklich, du wirst nie richtig glücklich werden mit dem schnippischen, übellaunigen Klappergestell, mit dem du jetzt … Wie konnte es passieren, dass du ausgerechnet diese Frau geheiratet hast?«

»Dich konnte ich ja nicht kriegen.«

»Trauerst du mir immer noch nach?«

»Ja.«

»Du bist so ein netter Kerl. Du weißt genauso gut wie ich, dass es nie meine Absicht war, dir Kummer zu bereiten. Du hast dir das alles ausgedacht und gesagt: ›Wenn du so tust, als wärest du in mich verliebt, dann wird sein Interesse für dich geweckt.‹ Also tu ich so, als wäre ich in dich verliebt, und dadurch verliebe ich mich tatsächlich ein wenig in dich und du dich in mich. Aber nicht nur das, denn meiner Meinung nach ist das alles noch sehr viel komplizierter. Solange du mir nachtrauerst, solange du mich noch liebst, so lange liebt auch Jouri mich.

Jedes Mal, wenn Jouri spürt, wie groß dein Schmerz ist, dann flammt seine Liebe zu mir auf. So war es etwa an dem Abend unserer Verlobung, denn glaub ja nicht, Jouri und ich hätten nicht bemerkt, wie elend dir zumute war, als du nach Hause geradelt bist, das Gleiche an unserem Hochzeitstag, als du deinen ganzen Schmerz in dein Orgelspiel gelegt hast, und voriges Jahr war es wieder genauso, als du mit diesem Scheusal zum Essen hier warst. Ich muss mir keine Mühe geben, dafür zu sorgen, dass Jouri mich auch weiterhin liebt. Wofür ich sorgen muss, ist, dass du mich weiterhin liebst. Wenn ich dich verliere, verliere ich Jouri ...«

»Was faselst du da, so einfach ist das alles nicht«, versuchte ich sie zu unterbrechen, aber sie achtete nicht darauf.

»Es ist gut, dass du mit einer solchen Furie verheiratet bist. Wenn du mit ihr glücklich wärest, dann würde dein Schmerz bestimmt vergehen.«

»Wie kommst du darauf, dass sie eine Furie ist? Sie kann im Gegenteil sehr liebevoll sein, sie ist nur kratzbürstig, wenn sie überarbeitet ist, und das ist sie ziemlich oft, da sie nicht viel Kraft hat. Außerdem hat sie einen sauschweren Job.«

»Siehst du, dass du ein netter Kerl bist. Sogar sie verteidigst du, obwohl sie verdammt viele Haare auf den Zähnen hat, die sogar durch ihre Lippen hindurchwachsen. Sie ist ein Mannweib, nein, ein Weib, das gern ein Mann wäre. Ihre ganze Bissigkeit ist nichts anderes als Penisneid. Nicht einmal Jouri ist von ihr angetan, und das will was heißen, denn er findet bekanntlich Frauen nur attraktiv, wenn sie dir gefallen ...«

»Da irrst du dich, Jouri mag sie durchaus.«

»Und wenn schon, du musst dir jedenfalls keine Sorgen machen, dass er mit ihr durchbrennt...«

»Nein, heute nicht mehr, aber früher wäre er ganz bestimmt...«

Wieder hörte sie mir nicht zu, denn sie fuhr einfach mit ihrem Satz fort: »... was schade ist, denn dann wären wir logischerweise aufeinander angewiesen. Manchmal denke ich: Ich wünschte, er würde mit einer anderen Frau durchbrennen. Denn diese Angst, diese würgende Angst, ihn zu verlieren... Er kann jede Frau haben, bei seinem Anblick liegen sie ihm zu Füßen... und darum habe ich ständig Bammel. Wäre es nur vorbei, dann würde ich nicht mehr in ständiger Furcht leben. Er ab durch die Mitte mit deiner Nervensäge, vielleicht wäre das überhaupt die Lösung. Ich konnte nicht ahnen, dass ich mich, als ich dich ein wenig umgarnte, um Jouri an Land zu ziehen, so sehr in dich verlieben würde. Du warst überhaupt nicht mein Typ, und darum sah ich die Gefahr nicht. Es passierte, ohne dass ich es bemerkte, und jetzt... Wenn also Jouri und sie... Doch so weit muss es nicht kommen. Alles bleibt im Gleichgewicht, solange du mir nachtrauerst. Dein Kummer ist die beste Garantie dafür, dass Jouri sich nicht an dein Scheusal heranmacht.«

»Bitte, benutz um Himmels willen nicht das Wort ›Scheusal‹.«

»Ach, mein Lieber, tief in deinem Herzen weißt du genauso gut wie ich, dass sie ein Scheusal ist. Dennoch kannst du es nicht ertragen, wenn jemand anders dies über deinen Schatz sagt. Wenn ein Mann sich eine Freundin zulegt und sich bei ihr über seine Frau beklagt, dann darf die Freundin niemals den Fehler machen, ihm recht zu geben. Das wird er ihr ewig übel nehmen.«

»Woher weißt du das alles? Hast du selbst einmal die Rolle einer solchen Freundin gespielt?«

»Natürlich nicht«, sagte sie bissig. »Hast du schon mal Muttermilch probiert?«

»Ja«, antwortete ich, »im Krieg.«

Frederica sah mich einen Moment lang erstaunt an, dann kicherte sie: »Ach, du meinst als Baby, als deine Mutter dich noch gestillt hat.«

»Richtig.«

»Aber daran kannst du dich nicht mehr erinnern. Also weißt du nicht, wie Muttermilch schmeckt. Sie ist süßer als zum Beispiel Kuhmilch. Willst du einen Schluck probieren?«

»Wie meinst du das?«, fragte ich, nun selbst ganz erstaunt.

»Ich meine es so, wie ich es sage. Ich habe zu viel Milch, nachts fließt sie einfach so heraus. Ich könnte also problemlos einen ordentlichen Schluck abgeben. Hier, nimm einen Zug, komm ...«

Sie deutete auf ihre rechte Brust. Die bräunliche Brustwarze richtete sich resolut auf, als gehorche sie einem Befehl. Ab und zu trat ein Tropfen Milch aus.

»Mach ruhig«, sagte sie träumerisch, »na los, nimm einen Schluck, dann weißt du, wie Muttermilch schmeckt.«

Es war, als stünden wir wieder hinten im Garten an der Binnensingel, als würde sie mir erneut den Unterschied zwischen einem Kuss und einem Dauerbrenner demonstrieren, und darum bückte ich mich zu ihrer rechten Brust hinunter und sog an ihrer Brustwarze. Fast im selben Augenblick schoss ein kräftiger lauwarmer Strahl Muttermilch in meinen Mund. Die sahnige Substanz war tatsächlich viel süßer als Kuhmilch und auch nicht so wässrig. Am ehesten erinnerte sie an den göttlichen Geschmack von Biestmilch. Ich verspürte das Verlangen, noch einen Schluck zu trinken, und obwohl mir bewusst war, dass mich dies noch stärker an sie fesseln würde, konnte ich es einfach nicht lassen, einen zweiten Zug aus der Brust zu trinken, zu saugen, und Frederica lächelte zufrieden. Dann waren die Schritte der Säuglingsschwester auf der Treppe zu hören. Ich ließ die Brustwarze los und setzte mich wieder auf meinen Stuhl.

Bedauerlicherweise war ich kurz danach gezwungen, den Tee zu trinken, den die liebreizende junge Dame für mich gebrüht hatte. Mit dem Tee spülte ich leider den sahnigen, süßen, angenehmen Muttermilchgeschmack wieder aus meinem Mund.

Auf dem Nachhauseweg schüttelte ich mich wie ein Hund. Weg mit all den Hirngespinsten! »Weg damit!«, hörte ich meine Mutter sagen. Was spielte das alles für eine Rolle? All die verrückten, schal gewordenen amourösen Trugbilder! Das Spinnengrab und alles, was sich daraus entwickelt hatte, das lag doch endgültig hinter mir? Trotzdem hatte Fredericas Bemerkung, nicht einmal Jouri habe Gefallen an Katja, mich getroffen. Was sie so unverblümt zum Ausdruck gebracht hatte, war mir oft genug durch den Kopf gegangen, wobei ich mich jedes Mal darüber gewundert hatte, dass ich offenbar nicht nur für ihn Mädchen mit einem Gütesiegel versah, sondern dass er umgekehrt einer meiner Flammen das Gleiche verweigern konnte. Und was nun? Musste ich mir dies zu Herzen nehmen? Sollte ich zu

Katja sagen: »Du gehst besser, denn Jouri findet dich zwar nett, aber Gefallen, banal gesagt: à la Frederica, findet er an dir nicht?«

Was für idiotische Gedanken! Ich musste raus aus Eros' verfluchtem Irrgarten. Es war windstill und Samstagnachmittag, und »Da ist kein Samstag so dick, dass die Sonne scheint einen Blick«, hatte mein Vater immer gesagt, und daher ergoss die Sonne tatsächlich großzügig ihr goldgelbes Licht auf Fassaden und Plätze. Ich bemühte mich, immer auf der sonnigen Seite der Straße zu gehen, und deshalb bemerkte ich erst spät eine Gruppe Mädchen, die auf der Schattenseite aus der Nieuwstraat auf die Hooglandsekerkgracht bog. Jemand rief meinen Namen, die Mädchen winkten, und ich blinzelte gegen das Sonnenlicht. Ich befand mich in Höhe der lutherischen Kirche, also zu weit entfernt, um ein paar Worte zu wechseln. Was ich sah, raubte mir den Atem. Es war, als kämen die Mädchen geradewegs aus der Carnaby Street. Und inmitten der Flowerpowermädchen spazierten, als wäre es das Normalste auf der Welt, Jouri und Tina.

»Hast du es also doch geschafft, Hilfstruppen zu mobilisieren«, flüsterte ich Tina in Gedanken zu, »und führt ihr nun den ersten reuigen Sünder mit euch?« Schon waren sie an mir vorüber, und ich schaute mich nach den betörend ausstaffierten *Flirty-Fishing*-Proselyten um; auch Tina schaute zurück und winkte übermütig. Ich winkte ebenfalls, und aus der Tiefe brodelte etwas empor, das drauf und dran war, »wie ein Räuchopfer« meinen Leib zu verlassen, doch dann blieb es doch bei einem tiefen, schmerzlichen Seufzer.

Es erschien mir nicht undenkbar, dass Jouri auf dem

Nachhauseweg zufällig inmitten der Blumenmädchen gelandet war, doch wahrscheinlicher war, dass er Tina schon öfter begegnet war, etwa bei Treffen ehemaliger Austauschstudenten, Nein, diesmal war er nicht mit einer meiner Freundinnen unterwegs, aber dennoch ärgerte es mich enorm, dass er dort, von all den entzückenden Flowerpowerwesen umringt, so feierlich herumspazierte. Wenn schon jemand inmitten dieser Mädchen umhergehen durfte, dann hatte ich die älteren Rechte. Es war fast, als hörte ich sie singen: »Komm! Komm! Holder Knabe, lass mich dir blühen! Dir zur Wonn und Labe gilt mein minniges Mühen.« Endlich weiß ich, was er ist, dachte ich: ein »reiner Tor«. Und dann ging mir durch den Kopf: Ach, das hab ich doch immer schon gewusst.

Und während ich all dies dachte, kam mir ein Urbild in den Sinn: Jouri, am Ufer eines schlammigen Entwässerungsgrabens hockend, und ich bis zur Hüfte darin, während er voller Bewunderung, aber auch besorgt meine Aktivitäten beobachtet.

Prüfung

Von meinem Studienfreund Gerard hörte ich, dass Toon, der mich aus seinem Blickfeld verstoßen hatte, seiner Tiersammlung ein ungewöhnliches Balkanreptil hinzugefügt hatte.

»Er hat es aus Griechenland rausgeschmuggelt«, sagte Gerard, »darauf ist er ziemlich stolz. Wenn du ihn auf der Straße triffst, lädt er dich sofort ein, die widerliche Schleiche zu betrachten.«

Würde das, wenn ich Toon träfe, auch für mich gelten?

Das schien mir praktisch ausgeschlossen. Am Pieterskerkhof hatte man mich weggeschickt, und das schmerzte mich noch immer, gerade weil mir nur allzu bewusst war, dass ich den Leuten seinerzeit viel zu oft auf die Pelle gerückt war.

Als ich Toon jedoch eines späten Nachmittags beim Bierbengel auf der Langebrug traf, da rief er schon von Weitem: »Bist du in Eile, oder hast du Zeit, dir ein außergewöhnliches Reptil vom Balkan anzusehen?«

»Gerard hat mir schon davon erzählt«, sagte ich, »du hast es in Griechenland gefangen.«

»Irgendwann habe ich es auf der Straße gefunden. Möglicherweise wurde es von einem Auto angefahren. Verletzt war es offenbar nicht, aber es konnte sich kaum bewegen, und wenn ich es liegen gelassen hätte, wäre es bestimmt platt gefahren worden. Also habe ich es mit ins Hotelzimmer genommen und mit Hackbällchen aufgepäppelt, bis es wieder kriechen konnte. Ich hätte es dort natürlich in irgendeinem dichten Gesträuch aussetzen müssen, aber das hab ich nicht übers Herz gebracht. Ich hing schon zu sehr an dem Tier … Ach, es ist so ein kleiner Kerl, so ein süßes Tier … Komm doch mit, du musst es dir ansehen.«

Kurz darauf betrat ich den halbdunklen Flur mit seinen im Schein einer Sechzig-Watt-Birne matt glänzenden Waffen. Ich hatte nicht gedacht, dass ich die noch einmal zu sehen bekäme. Toon führte mich ins Wohnzimmer, bat mich, auf der Couch Platz zu nehmen, holte aus der Küche ein rohes Hackbällchen und rief nach seinem neuen Haustier.

»Eigentlich müsste es irgendwann Lebendfutter bekommen«, meinte Toon, »doch vorerst gedeiht es auch mit Hackbällchen hervorragend.«

»Was für Lebendfutter? Schnecken?«

»Junge Mäuse, junge …«

»… Ratten?«

»Oh, das wäre wunderbar.«

»Kein Problem. Die kann ich besorgen. Im Labor züchten wir Ratten für die Forschung. Ich könnte dir hin und wieder überzählige Jungtiere beschaffen.«

»Wenn du das irgendwann tätest, stünde ich tief in deiner Schuld.«

Merkwürdig, dachte ich, dass er es schafft, den Ausdruck »irgendwann« in fast jedem Satz unterzubringen. Das rührte mich: Er war immer noch derselbe herzensgute, hochintelligente, riesige, nette Toon, der mich seinerzeit im Berkendaalsteegje, wahrscheinlich unbeabsichtigt, in eine tiefe existenzielle Krise gestürzt hatte. War es möglich, dass diese bizarre Wunde durch die regelmäßige Beschaffung von Beifutter für sein griechisches Reptil doch noch geheilt wurde?

»Wo Balco nur steckt?«, fragte Toon. »Hier, halt du mal kurz das Hackbällchen, dann schau ich hinter der Heizung nach. Meistens döst er dort vor sich hin, weil es da so schön warm ist.«

Er drückte mir das vorbereitete Fressen in die Hand, bückte sich und schaute hinter den Heizkörpern nach. Plötzlich hörte ich ein seltsames Rascheln, ging aber davon aus, dass Toon dieses Geräusch machte. Ich war daher vollkommen überrascht, als eine erstaunlich große Schlange sich auf der Rückseite der Couch über den Breitcordbezug hocharbeitete, blitzschnell über meine Schulter und an meinem Hals vorbeikroch und dann erst in meinem Blickfeld auftauchte, um anschließend das Hackbällchen aus meinen Fingern zu reißen. Obwohl ich vor Schreck fast ohnmächtig war, wusste ich sofort, dass Toon mir das Hackbällchen nur gegeben hatte, um sein Haustier genau dazu zu bringen.

Und wenige Augenblicke zuvor habe ich noch gedacht, was für ein herzensguter Kerl er doch ist, schoss es mir durch den Kopf, dieser Scheißkerl mit seinem Gruselreptil.

»Du wirkst ziemlich unbeeindruckt«, grinste Toon. »Die meisten anderen Kommilitonen, die hier waren, haben sich mehr oder weniger zu Tode erschrocken.«

»Was für eine Gemeinheit!«, schimpfte ich. »Aber trotzdem, ein herrliches Tier. Worum handelt es sich genau?«

»Eine Natter, eine Vierstreifennatter, um genau zu sein.«

»Du lockst also all deine Mitstudenten hierher, setzt sie mit einem rohen Hackbällchen auf die Couch, damit dieses Monster irgendwann, um dein Wort zu verwenden, auftaucht, um ihnen über die Schulter …«

»Es ist ein so herrliches Schauspiel. Die Schlange kennt den Weg schon, sie klettert hinten an der Couch hoch und stürzt sich dann jedes Mal, die linke Schulter als Angriffsbasis nutzend, auf das Bällchen. Du hättest mal sehen sollen, wie Rineke gesprungen ist. Die war noch eine halbe Stunde später fix und fertig. Ich hab sie mit einem Glas Wasser wieder in diese Welt zurückholen müssen.«

»Du bist ein Sadist.«

»Man kann irgendwann genau sehen, wer zur Population der Kaltblütigen gehört und wer nicht. Gerard machte keinen Mucks, gut, du hast dich ziemlich erschrocken, bist aber nicht in Panik geraten. Cees war wütend, Ada begann zu kreischen, Joan schlug mir beinah die Brille von der Nase, und Julia …«

»Aha, Julia hast du also auch dieser Prüfung unterzogen?«

»Ich traf sie in der Breestraat«, erwiderte er.

»Und wie hat sie reagiert?«

»Sie fand es herrlich, sie streichelte meine Neuerwerbung, kein Schrei, kein Vorwurf, nichts, nur ein breites Lächeln.«

Vierstreifennatter

Dank der Vierstreifennatter wurde der Kontakt zu Toon wiederhergestellt. Mit einem Nest voll überzähliger Rattenbabys begab ich mich alle zwei Wochen zur Pieterskerkgracht. Es war erstaunlich, wie schnell die Schlange begriff, dass sie, wenn sie mich im Wohnzimmer entdeckte (oder erschnüffelte, wer kann das sagen?), ein Festmahl vorgesetzt bekam. Mit einem seltsamen Geräusch, so als scheuerten Metallplättchen aufeinander, kam sie angekrochen. Oder sie tauchte knisternd wie ein Schweißgerät hinter einem Heizkörper auf. Das Ringelschwänzchen zwischen Daumen und Zeigefinger, hielt ich ihr dann so eine frischgeborene Aprikose vors Maul. Andächtig, in geweihter Ruhe, fixierte die Schlange die zappelnde, piepsende Beute. Anschließend schlug sie, plötzlich und jedes Mal überraschend, oder wie Toon sagte »rein stochastisch«, zu.

Das Füttern war gar nicht so einfach. Es kam darauf an, dass die Natter die Ratte in einem Mal und so gerade wie möglich zu packen bekam. Für die kleine Ratte war dies natürlich der schnellste Weg, von ihren Leiden erlöst zu werden, vor allem deshalb, weil die Schlange sich, wenn die Ratte schief in ihrem Maul landete, nicht recht zu helfen wusste. Ein Säugetier verfügt über Vorderpfoten, mit denen es sich die Beute ins Maul schieben kann. Selbst eine einfache Kröte – und Toon besaß eine riesige Kreuzkröte, die auf den Namen Irene hörte und auch gern mal eine frisch geborene Ratte verputzte – vermag es, mit einem Vorderbein die Beute gerade zu rücken. Eine Vierstreifennatter aber hat natürlich keine Vorderpfoten, deshalb beugt sie sich, wenn die Beute schief im Maul sitzt, zu Boden und versucht, diese mit einer seltsamen, ungeduldigen Wischbewegung gerade zu legen. Das dauert mitunter recht lange, und währenddessen piepst die kleine Ratte herzzerreißend. Darum gab ich mir immer Mühe, die Ratte auf Anhieb so gerade und so tief wie möglich in den Schlangenschlund zu stopfen.

Manchmal gerieten dabei mein Daumen und mein Zeigefinger zwischen die stumpfen Zähnchen des Untiers. Zum Glück übernahm nach Toons Hochzeit seine Gattin die Aufgabe, die Vierstreifennatter mit Rattenjungen zu füttern. Schon bald erwies sie sich als perfekte Schlangenversorgerin, denn schließlich war es dieselbe Frau, mit der ich schon während meines Studiums so vortrefflich zusammengearbeitet hatte.

Selbst heute, gut dreißig Jahre nachdem Gerard mir zuflüsterte, dass seiner Meinung nach »zwischen Toon und Julia was läuft«, und ich ihn deswegen zuerst auslachte und dann sagte, dergleichen sei vollkommen undenkbar, kann ich es noch immer nicht fassen, dass diese beiden zueinanderfanden. Im Hinblick auf Julia hatte Toon mir versichert, er gehöre nicht zur Population der Anfälligen, sein Verhalten gab mir auch keinen Anlass, ihm nicht zu glauben. Hinzu kam, dass Julia sich nie für ihn interessiert hatte. Doch wie dem auch sei, mitten im fünften Studienjahr, als wir uns aus den Augen verloren hatten, weil die gemeinsamen Vorlesungen und Übungen vorbei waren, hörte ich, dass Toon und Julia miteinander gingen. »Sie hat die Kaltblütigkeitsprüfung als Zweitbeste bestanden, und so kam dann eins zum anderen«, meinte Gerard lakonisch.

»Und wer war der Beste?«, fragte ich ihn erstaunt.

»Ich natürlich«, erwiderte Gerard stolz.

»Ach so, und weil du nicht in Betracht kamst, hat er sich also an sie ... Okay, dass er sich in sie verliebt hat, weil sie so kaltblütig ist, das kann ich noch verstehen, aber das bedeutet doch nicht gleichzeitig, dass sie sich auch in ihn ...«

»Sie ist nicht in ihn verliebt, sie hat sich in die Vierstreifennatter verguckt. Sie steht auf Reptilien.«

Wenn darin ein Körnchen Wahrheit lag, dann schien mir dies doch keine ausreichende Erklärung dafür zu sein, dass diese Gegenpole ein Paar geworden waren.

Als ich Julia ganz unerwartet auf dem Leidener Markt traf, sagte ich stotternd zu ihr: »Du und Toon? Wie ist das nur möglich?«

Mürrisch, ja regelrecht grimmig sah sie mich mit ihren großen enzianblauen Augen an. Dann zitterte eine kleine Furche an ihrem Mundwinkel, und ein schiefes Lächeln erschien, das sich langsam über die gesamte Breite der von mir niemals geküssten Lippen ausbreitete. Schließlich murmelte sie, plötzlich wieder ein wenig mürrisch: »Tja, ich weiß auch nicht, abwarten, ob wirklich etwas daraus wird.«

»Und was ist mit unserer Verabredung am 1. Mai 2000?«, fragte ich.

»Das ist vereinbart und wird nicht annulliert.«

Als ich wieder einmal ein paar neugeborene Ratten an der Pieterskerkgracht vorbeibrachte, stellte ich Toon dieselbe Frage: »Du und Julia? Wie ist das nur möglich?«

Daraufhin hob Toon, der einen nie ansah und immer in Richtung Boden sprach, kurz den Kopf und linste triumphierend zu mir herüber. Dann schaute er wieder auf die Fliesen und sagte: »Ach, die Wahl eines Lebenspartners ist nun einmal relativ gesehen eine recht willkürliche Angelegenheit. In diesem Fall läuft es darauf hinaus, dass wir beide, uns zufällig in derselben Nullphase im Zeitrahmen befindend, mehr oder weniger in dem wenigen Material herumgesucht haben, das noch zur Auswahl stand. Aber gerade deswegen gehe ich davon aus, dass es – mit einem solchen Nullwert als Ausgangspunkt – keinen Grund gibt anzunehmen, dass das Ganze scheitern wird. Es kann schließlich nur besser werden. Außerdem scheinen unsere minimalen Zukunftserwartungen recht gut aufeinander abgestimmt zu sein, wobei noch positiv hinzukommt, dass wir beide nicht den Wunsch verspüren, uns in die Reproduktionssphäre zu begeben.«

Danach traf ich, wenn ich die Ratten an der Pieterskerkgracht ablieferte, jedes Mal Julia an. Es dauerte nicht lange, da war ich von der unangenehmen Aufgabe des Fütterns befreit. Julia nahm die Babyratten in Empfang und verfütterte sie in aller Ruhe an die Vierstreifennatter. Auch nachdem die beiden geheiratet und ein Haus mit Treppengiebel an der Groenhazengracht bezogen hatten, verwöhnte ich das immer größer werdende Reptil mit neugeborenen Nagern. Oft war Julia allein zu Hause, wenn ich kam, und dann spielten wir in dem langen, schmalen Wohnzimmer Schach. Meistens lief das Radio, und ich hatte jedes Mal Angst, es könnte ein Werk Mozarts erklingen, und sie würde wieder von dem »ganzen Geschnörkel« anfangen.

Gewöhnlich gewann ich, doch wenn sie mich schachmatt gesetzt hatte, sagte ich beim Weggehen: »Was auch geschieht, am 1. Mai 2000 werde ich mich revanchieren.«

»Und dann machen wir einen vollkommen irrsinnigen Tag daraus«, erwiderte sie, durch ihren Sieg aufgemuntert.

Wann hat ihr Niedergang angefangen? Als sie zu unterrichten anfing? Für den Lehrerberuf war sie nicht geschaffen. Manchmal traf ich sie, wenn ich am späten Nachmittag vom Rapenburg zum Nieuwe Rijn unterwegs war. Oft an windigen Tagen, an denen es auch noch nieselte. Dann radelte sie mit kreidebleichem Gesicht von der Schule nach Hause. Ich rief sie, ich winkte ihr zu, sie hörte und sah mich nicht. Sogar bei Rückenwind fuhr sie, als strampele sie gegen einen Sturm an, den Rücken gekrümmt, die leichenblassen Hände um den Lenker gekrampft. Wenn ich mittags ein Brot beim friesischen Bäcker hinter der Groenhazengracht gekauft hatte und zum Labor zurückging oder -fuhr, dann sah ich sie oft totenstill auf Toons Couch liegen. Und wenn ich zwei Stunden später wieder vorbeikam, lag sie noch immer dort. Beim Anblick ihres inzwischen aufgedunsenen und formlos gewordenen Körpers, der in Schlabberpullover und Wickelrock gehüllt war, überkam mich ein riesiges Schuldgefühl. Mir kam es so vor, als hätte ich meine Pflicht nicht erfüllt, als hätte ich es Toon aufs Auge gedrückt, sie zu führen, sie aufzumuntern und sie durch dieses harte Dasein zu lotsen. Auch wenn es mit einer Art eitlem Hochmut zu tun hatte, so war mir doch bewusst, dass ich sie besser als jeder andere aufmuntern konnte. Wenn ich sie wie einen Zombie umherradeln sah, dachte ich: Du hast dich aus dem Staub gemacht, du bist vor der Verantwortung geflohen, du hast das »ganze Geschnörkel« missbraucht, um dich deiner Pflicht zu entziehen. Stellte ich mir aber vor, sie hätte den Ausdruck nicht benutzt und ich wäre mit ihr verheiratet, dann fuhr ein Schauder durch meinen ganzen Körper. Und ich tröstete mich mit dem Gedanken, dass sie mich gewogen und für zu leicht befunden hatte – und nicht umgekehrt.

Nachdem Julia ihren Lehrberuf aufgegeben hatte, berappelte sie sich wieder. Doch sie blieb träge, und es schien, als wäre sie zum Stillstand gekommen. Ich hörte etwas von einer Stoffwechselstörung, von hormonellen Problemen. Wenn ich am späten Nachmittag mit meinen Ratten zu ihnen kam, dann erhob sie sich von ihrer Couch, und es war, als entledige sie sich allmählich des Panzers, der sie zur Bewegungslosigkeit verdammte. Es gelang mir immer wieder, die Julia von früher, von ganz zu Beginn hervorzuzaubern, auch wenn dies auf meine Kosten geschah. Je fröhlicher und aufgeweckter sie wurde, umso trauriger und missmutiger wurde ich. Für eine Weile durfte ich ihre Last tragen.

Anfangs, als sie frisch verheiratet waren, sind Katja und ich tatsächlich einmal bei Julia und Toon zu Besuch gewesen. Wir haben damals einen warmen Sommerabend lang in dem kleinen Garten hinterm Haus gesessen. Man bot uns Ekelschnaps aus einer Flasche an, in der eine Insektenlarve schwamm. Katja schüttelte sich. Mit Senf bestrichene Fleischstücke lagen auf dem Holzkohlegrill. Selbst mir, damals nur halb zum Vegetarismus bekehrt, missfiel dieser ungenierte Verzehr von verbrannten Koteletts. Und was mir noch weniger gefiel, war die Tatsache, dass die beiden nicht nur starken Tabak rauchten, sondern uns den Rauch auch neckisch ins Gesicht bliesen. Offenbar war das Essen vor allem als nachdrückliche Demonstration der unbestreitbaren Tatsache gedacht, dass wir als Ehepaare nichts gemein hatten. Von weiteren Kontakten zwischen uns war danach auch nie wieder die Rede.

Einmal sagte Katja traurig zu mir: »Durch mich hast du deinen ganzen Freundeskreis verloren, Toon und Julia, Jouri und Frederica.«

»Ach was«, erwiderte ich, »Toon und Jouri haben einander gefunden, als sie mir bei meiner Promotion sekundierten. Danach haben sie eifrig einen hervorragenden biomathematischen Artikel nach dem anderen geschrieben und damit großes Aufsehen erregt. Mich brauchten sie nicht mehr, und als dann auch noch die Vierstreifennatter in die ewigen Jagdgründe einging, musste ich auch keine Ratten mehr in die Groenhazengracht bringen.«

Benachbarte Gärten

Sowohl Jouri als auch Toon wurden ruck, zuck auf Lehrstühle berufen. Sie bezogen stattliche Häuser im Wilhelminapark des Professorendorfs Oegstgeest, der gesprächige Toon in der Willem de Zwijgerlaan und Jouri – als Hommage an Julia? – in der Julianalaan. Aufgrund der eigenartigen Topografie dieses Reichenviertels mit seinen ebenso üppig begrünten wie kurvenreichen Straßen, in denen sich jeder arglose Bettler garantiert verirrt, grenzten die Gärten der beiden aneinander.

Auch der Professor für Parasitologie, mein Vorgesetzter sozusagen, bewohnte dort ein großes Haus in der Prins Mauritslaan. Während der Sommermonate arbeitete er oft zu Hause, und ich fuhr abends manchmal zu ihm, um Institutsangelegenheiten zu besprechen. Dann konnte ich es mir nicht verkneifen, kurz an den Häusern von Toon und Jouri vorbeizuradeln. Wenn ich wieder den kräftigen Duft der auch dort überall blühenden Ligusterhecken roch, kehrte der süße Schmerz jener Augusttage nach dem Abitur wieder. Oft sah ich für einen kurzen Moment einen von ihnen in den benachbarten Gärten. Sie saßen, umgeben von qualmenden Kerzen, im Garten von Julia und Toon oder in dem von Frederica und Jouri, und man hörte das leise Zischen des Grills. Dann wusste ich, dass sie dort Ekelschnaps aus Flaschen tranken, in denen Larven schwammen.

Ich war jedes Mal erstaunt darüber, dass mir dies quälenden Herzschmerz bereitete, obwohl mir seit Langem klar war, dass ich im Grunde wenig mit ihnen gemein hatte. Es war vollkommen undenkbar, sich mit einem von ihnen *Mirages* oder *L'Horizon chimérique* von Fauré anzuhören, ganz zu schweigen davon, dass man einen von ihnen, während die anderen lauschten, auf dem Klavier bei einer Violin- oder Cellosonate desselben Komponisten begleiten könnte. Fauré war damals mein absoluter Lieblingskomponist; das ist er eigentlich noch immer, aber damals war er es in besonderem Maße. Damals schien es, als würde dieser quälende, nutzlose Herzschmerz in den Werken Faurés so adäquat ausgedrückt, dass ich ihn beherrschbar machen konnte, indem ich eine der dreizehn nicht genug zu rühmenden Barcarolen und Nocturnes einstudierte.

Bei akademischen Feierlichkeiten kamen Toon und Jouri – beide aufgrund des vielen Larvenlikörs und ihrer sessilen Lebensweise von einem Promotionsempfang zum nächsten ein wenig mehr aufgedunsen – oft strahlend auf mich zu, als wären wir unverändert beste Freunde.

»Immer noch so besessen von Musik?«, fragte Toon mich einigermaßen besorgt nach der Promotion einer seiner Schüler, der über »biomathematical dynamic aspects of host-parasite-relations« geschrieben und den dynamischen Teil seiner Forschungen im parasitologischen Labor durchgeführt hatte.

»So, wie du die Frage stellst, hört es sich an, als informiertest du dich nach einem hartnäckigen, nicht ungefährlichen Leiden«, entgegnete ich.

»Ach, Musik ist Zeitverschwendung. Je früher du das einsiehst, umso besser. Nicht mehr lange, dann kannst du sämtliche Musik von … nenn mir mal einen … die meisten Namen der Kerle beginnen mit einem B, schon das gibt zu denken … los, nenn mir mal einen«, sagte er zu Jouri.

»Mozart«, erwiderte der.

»Irgendwann kannst du die ganze Musik von Mozart in einen Computer eingeben. In Anbetracht der Tatsache, dass Komponieren – selbst wenn, wie ich annehme, erhebliches Rauschen mit vielen Randvariablen dabei ist – nicht in den grenzenlosen Gebieten der Randomprozesse angesiedelt ist, sollte ein Computer nicht nur in der Lage sein, die differenzierten Stilmerkmale innerhalb nicht allzu weit gesteckter Zeitmargen zu berechnen, es müsste ihm auch möglich sein, danach selbst überragende Mozartmusik zu generieren.«

»Zweifellos«, stimmte ihm Jouri zu.

»Vergleich es mit Schach«, fuhr Toon fort. »Dieses Spiel beherrscht der Computer schon jetzt besser als eine Stichprobe aus allen Spielern, die aus Populationen gleich unterhalb der Teilmenge der Großmeister ausgewählt wird. Und irgendwann werden auch alle Großmeistermengen vom Brett gefegt werden. Ebenso wird der Computer irgendwann auch mit allen Komponistenpopulationen gnadenlos abrechnen.«

»Und auch mit den Dichtern?«, fragte ich.

»Ich denke nicht, dass irgendein Programmierer es der Mühe wert finden würde, Verse einzugeben, um zu sehen, ob … Nein, das wäre …«

»Die Musik steht für dich also doch ein wenig höher als die Poesie?«

»Lass es mich so ausdrücken: Musik hat mehr Anspruch. Konzertsäle, Aufführungen, es wird mehr so getan, als habe sie eine Bedeutung, obwohl es sich hierbei nur um Schwingungen der Luft handelt, die irgendwann das Trommelfell, unter Zuhilfenahme eines Zeitrahmens, der durch Tempoverlangsamung gedehnt und durch Tempoerhöhung verkürzt wird, derart unrandomisiert berühren, dass manche Menschen dies, vorausgesetzt, gewisse Randbedingungen werden erfüllt, offenbar als angenehm empfinden, obwohl es keinen vernünftigen Grund gibt, weshalb der eine Ton besser klingen sollte als ein anderer Ton …

»Du hast recht, ein einziger Toon kann manchmal bereits eine schwere Prüfung sein.«

»Das erscheint mir irgendwann weniger relevant …«

»Hör auf«, unterbrach Jouri ihn, »er versucht dich zu veräppeln.«

»Lass dir gesagt sein«, fuhr Toon fort, »dass der Computer irgendwann eine Beethoven-Symphonie nach der anderen ausspucken wird, die alle existierenden Beethoven-Symphonien mühelos in den Schatten stellen.«

»Dass dir auf einmal ein solcher Name einfällt und dass du sogar weißt, dass es so etwas wie Symphonien gibt … da bin ich aber platt!«, sagte ich.

Toon hob erstaunt den Kopf und sah mir durch seine glitzernden Brillengläser tatsächlich für einen Moment geradewegs in die Augen. Ein Grinsen umspielte seine fast unsichtbaren Lippen. Sowohl darüber als auch darunter wuchs üppiges schneeweißes Haar, in dem, wahrscheinlich randomisiert, kleine Speichelblasen glitzerten.

Sosehr ich mich auch über seine schreckliche Vorhersage hinsichtlich der Fähigkeit von Computern ärgerte – es war nicht vollkommen auszuschließen, dass er recht hatte –, so blieb er in meinen Augen doch, auch wenn es schien, als fände in seinen Thesen das »Geschnörkel« seiner Gattin eine futuristische Fortsetzung, ein überaus netter Kerl. Daher sagte ich: »Es ist schade, dass wir uns so selten sehen.«

»Komm ruhig vorbei«, erwiderte Toon, »Julia freut sich bestimmt auch. Dann hat sie mal wieder jemanden zum Schachspielen, denn dafür habe ich keine Zeit.«

»Dafür gibt es heutzutage doch prima Schachcomputer.«

»Sie hat sogar einen«, sagte Toon, »aber seltsamerweise will sie lieber gegen einen lebenden Menschen spielen, das scheint sie unterhaltsamer zu finden.«

»Wir sitzen regelmäßig zu viert im Garten und trinken ein Glas Wein«, sagte Jouri. »Was hält dich davon ab, dich dazuzugesellen? Ich nehme an, du bist des Öfteren in der Gegend, schließlich wohnt dein Chef doch bei uns um die Ecke. Frederica sieht dich hin und wieder vorbeifahren.«

»Ich schau bald mal rein«, sagte ich.

Als ich aber ein paar Tage nach der Promotionsfeier auf dem Weg zu meinem Chef in der Abenddämmerung bei ihnen vorbeifuhr und Licht in den Gärten sah und ihre Stimmen hörte und den Geruch von verschmorendem Schweinefleisch roch, da war mir, als drückte mir eine Riesenklaue die Kehle zu. Woher kam nur dieser rätselhafte Schmerz?

Jedenfalls wollte ich nicht noch einmal über die Fortschritte des Computerwesens informiert werden. Dass ein hoch entwickelter Computer irgendwann einmal ein blasses Abbild einer Mozart-Symphonie ausspucken könnte, schien damals nicht undenkbar. Aber ich hoffte, dass dies nie geschehen würde. Das hoffe ich im Übrigen noch immer, wobei ich inzwischen viel eher davon überzeugt bin, dass auch in ferner Zukunft kein einziger Computer jemals in der Lage sein wird, ein überragendes Mozart-Stück zu komponieren. Bedauerlicherweise nicht zuletzt deshalb, weil es in ferner Zukunft niemanden mehr geben wird, der sich noch nach Mozarts Musik sehnt. Sollte es jemals so weit kommen, bin ich zum Glück längst tot.

Markowketten

Kurz vor seiner Emeritierung verstarb unser Institutsleiter an einem Herzstillstand.

»Wirst du jetzt der neue Professor für Parasitologie?«, fragte Katja mich am Abend vor seinem Begräbnis.

»Mich wird man niemals zum Professor ernennen«, erwiderte ich.

»Warum nicht?«

»Weil ich nicht professorabel bin. Weil mein Vater Kanalarbeiter war. Weil ich nicht fein genug bin, weil ich nicht kultiviert bin, weil ich keine Manieren habe, weil ich nicht wohlerzogen bin. Weil es mir, wenn ich bei einer Promotionsfeier am Tisch sitze, leicht passieren könnte, dass ich laut einen fahren lasse.«

»Deine Blähungen hast du in letzter Zeit aber sehr gut im Griff, außer nachts, wenn du schläfst, aber dann feierst du auch keine Promotion. Schade, also kein Professor …«

»Hast du im Geheimen darauf gehofft?«

»Du würdest viel mehr Geld verdienen, und ich könnte meine Stunden reduzieren. Oh, wäre das schön, der Unterricht an der Musikschule strengt mich so an …«

»Aber jede emanzipierte Frau sorgt doch heute dafür, dass sie selbst ein Auskommen hat und nicht von ihrem Mann abhängig ist. Du musst dir doch dein eigenes Brot auf den Teller flöten.«

»Spiele ich jemals Flöte? Ich gebe Unterricht, ich werde

dafür bezahlt, mir das schlechte Flötenspiel anderer anzuhören, das ist ja gerade so frustrierend!«

»Komm, komm, neulich erst bist du als Solistin aufgetreten und hast mit dem Niederländischen Studentenorchester das Flötenkonzert von Nielsen gespielt, im Abendkleid zudem, unglaublich ...«

»Ja, das war phantastisch, aber das ist auch das Höchste, was ich erreichen kann ... Na ja, dann wirst du eben kein Professor, aber sag mal, was soll ich morgen zum Begräbnis anziehen?«

»Das schwarze Kostüm, das du von diesem Modezaren, bei dem du dein Abendkleid hast machen lassen, zu einem Freundschaftspreis dazubekommen hast.«

»Das Kostüm, das er noch von der Modenschau übrig hatte?«

»Es steht dir phantastisch, es ist schwarz, was willst du sonst anziehen?«

»Kann ich nicht einfach in einer anständigen schwarzen Hose ...«

»Dann würdest du doch sehr aus dem Rahmen fallen inmitten der ganzen Professorengattinnen. Mit dem Kostüm würdest du perfekt zu ihnen passen, und möglicherweise denkt man ja: Ihren Mann sollten wir vielleicht doch ...«

»Du verstehst es wirklich, die Dinge so zu drehen, wie sie dir in den Kram passen, aber gut, dann ziehe ich eben dieses blöde Kostüm an.«

Da stand sie also im schwarzen Kostüm, Katja, mit ihren Mannequinmaßen. Im Laufe der Jahre war sie ein klein wenig fülliger geworden, sodass sie nicht mehr ganz so mager wirkte. Mit ihren etwas runderen, leicht geröteten Wangen sah sie, umgeben von den bereits alt aussehenden Frauen meiner Kollegen, einfach großartig aus. Ich konnte, während wir im Korridor darauf warteten, dass die vorher stattfindende Trauerfeier zu Ende ging und die Aussegnungshalle wieder frei wurde, ein Gefühl des Triumphs kaum unterdrücken. Am Ende zeigte sich, dass ich seinerzeit einen vorausschauenden Blick gehabt hatte, als alle sie für zu dünn und zu mager befunden hatten. Während bei den anderen Frauen die Zeit deutliche Spuren hinterlassen hatte, war sie erst jetzt so richtig erblüht. In der Nähe der Tür zur Aussegnungshalle standen Jouri und Frederica. Jouri hatte sich kaum verändert. Lediglich seine Schläfen waren grau geworden, was ihn noch vertrauenerweckender aussehen ließ. Frederica war zwar immer noch eine imposante, stattliche Frau, aber sie war längst nicht mehr so gut aussehend wie früher. Vier Kinder hatte sie inzwischen, und wenn man dies in Betracht zog, konnte man nur verwundert darüber sein, wie gut sie sich gehalten hatte. Sie sah sich um, bemerkte mich, lächelte mir verführerisch zu, und obwohl ich eine Sekunde zuvor noch gedacht hatte, dass ihre Schönheit gelitten hatte, haute mich dieses Lächeln um. Ob Jouri dies bewusst wahrnahm, weiß ich nicht, aber er schaute, als habe ihm jemand ein Kompliment gemacht. Dann sah ich, wie Jouris Blick gleichgültig an meiner Katja vorbeiglitt, und voller Verzweiflung dachte ich: Du Spinnentotengräber, siehst du denn nicht, dass sie am Ende der Hauptgewinn war? Nun hatte ich endlich eine Frau, bei der er seine arachnologischen und archimedischen Fertigkeiten nicht anwenden wollte, und jetzt war es wieder nicht gut. Warum war mir so viel daran gelegen, dass er sie begehrte, so wie er Ans und Ria und Wilma und Frederica begehrt hatte? Um sie dann umso fester mit der Gewissheit in die Arme schließen zu können, dass es ihm diesmal nicht gelingen würde, sie mir zu entreißen? Doch wie sicher konnte ich mir da sein?

Hinter mir ertönte eine hohe Stimme. »Aber man kann doch durchaus am Zeitrahmen rütteln?«

Ich drehte mich um und entdeckte Toon und Julia. Bei Julias Anblick zog sich mir das Herz zusammen. Leichenblass stand sie da, mit strähnigem Haar, das wie Algen ihr inzwischen eckiges Gesicht umrahmte. Warum erging es den Frauen, von wenigen Ausnahmen einmal abgesehen, nur so, dass sie ihren jugendlichen Liebreiz und Glanz so schnell verloren, während sie beinahe verzweifelt versuchten, den Verfall mit allerlei Salben und Schminke aufzuhalten? Ach, wie stimmte mich das jedes Mal melancholisch, und einmal mehr pries ich mich selbst glücklich, dass ich am Ende tatsächlich das Siegerlos gezogen hatte, denn Katja sah, ungeschminkt, so aus, als stünde sie in den Startblöcken, um die Welt zu erobern.

Toon redete auf eine seiner hübschesten Studentinnen neben ihm ein. Während die sowieso schon großen Augen des Mädchens noch größer wurden, sagte er: »Anders als bei Tieren mit ausgeprägter Erbkoordination müssen reduzierte Aktionen von nicht instinktiv agierenden Tieren doch nicht minimal sein?«

Sogar während der Beerdigung, auf dem Flur der Aussegnungshalle, ging der Unterricht weiter! Das Mädchen murmelte etwas, das ich nicht verstand, und dann war wieder seine hohe, weit tragende Stimme zu hören. Ungeduldig sagte er: »Ist dir nicht klar, dass es hier um verhältnismäßig einfache Punktprozesse geht, die man innerhalb der vorgegebenen Gebietsgrenzen als recht undifferenzierte

Semimarkowketten betrachten kann, mit denen sich rechnerisch hervorragend arbeiten lässt?«

Die Türen der Einsegnungshalle öffneten sich, und wir schlenderten langsam nach vorn. Ich hörte Toon hinter mir noch über »rein arbiträre Grenzen, die für Erbkoordinierte gezogen werden«, und über eine »Matrix, innerhalb deren minimale stochastische Moore-Vorstellungen vollkommen bestimmt werden durch die Summe der Verhaltensereignisse, unbeschadet der Namen, die wir diesen Situationen geben«, sprechen. Während ich einen Fuß vor den anderen setzte, dachte ich erheitert: So muss man es also machen! Man überschüttet jeden mit einem vollkommen unverständlichen Jargon, und weil sich niemand anmerken lassen will, dass er dieses Gerede von stochastischen Moore-Vorstellungen und Semimarkowketten nicht versteht, wird man zum Professor für Biomathematik ernannt.

Nach der Beerdigung wurde der Unterricht nicht nur einfach fortgesetzt, ich wurde auch noch miteinbezogen. Als er auf den Ausgang der Einsegnungshalle zusteuerte, hörte ich Toon in meinem Rücken zu dem Mädchen sagen: »Selbst erbkoordinierte Tiere können nicht in die Zukunft sehen.«

Mir war jedoch kaum die Zeit vergönnt, in Lachen auszubrechen, denn Toon tippte mir auf die Schulter: »Darf ich dir Lorna Meijvogel vorstellen? Bevor sie bei mir ihre Diplomarbeit in Biomathematik schreibt, wäre ihr enorm gedient, wenn sie zuerst etwas randomisierte Praxiserfahrung mit zufälligen und erbkoordinierten Tieren sammeln könnte, und wo ginge das besser als in der Parasitologie, wo beide Arten von Organismen innerhalb der vorgegebenen Grenzen optimal vorhanden sind, wenn wir die dort sehr gut realisierbaren, sauberen Randombedingungen berücksichtigen?«

Ich gab der jungen Frau die Hand und betrachtete sie eingehend, denn wenn ein Student für Forschungen ins Labor kommt, dann arbeitet man mindestens sechs Monate mit ihm zusammen. Sie war hellblond und erinnerte mich an Frederica in ihren besten Tagen. Am liebsten hätte ich zu Toon gesagt: »Gibt es nicht woanders erbkoordinierte Tiere für dieses allzu attraktive Mädchen?«

Mein skeptischer Blick entging ihr nicht. Mit ironischem Unterton sagte sie: »Gefalle ich Ihnen nicht? Das ist schade, denn man bekommt nie eine zweite Chance für einen ersten Eindruck.«

Und so kam es, dass Lorna unter meiner Leitung an unserem Institut über die erbkoordinierte Schlupfwespe *Mellitobia* forschte.

Natternzunge

So wie man eigentlich nie, außer vielleicht in der Oper, einen Schlafwandler trifft, so trifft man eigentlich auch niemals ein Mädchen, das den Rufnamen Lorna trägt. In Romanen stößt man manchmal auf diesen Namen, in *Charakter* von Ferdinand Bordewijk etwa, aber im echten Leben? Als ich das erste Mal in ihrer Wohnung war, lag dort ein Buch mit dem Titel *Lorna Doone*. Sie erzählte mir, sie habe es wegen des Titels für einen Euro aus dem Antiquariat mitgenommen.

»Hast du es auch gelesen?«

»Ich bin keine große Leserin.«

»Würdest du es mir leihen?«

Also las ich *Lorna Doone* von Richard D. Blackmore. Das Buch ist ein altmodischer Schmöker. Ein Bauernsohn kämpft in Devonshire gegen ein Raubrittergeschlecht, verliebt sich dabei aber in die Raubrittertochter. Dann stellt sich heraus, dass die Tochter als Baby gestohlen wurde. Sie ist von schottischem Adel. Also kann der Bauernsohn, Ende gut, alles gut, sie schließlich doch unbesorgt in seine Arme schließen.

Fünfhundertfünfundsiebzig eng bedruckte Schrecklichkeiten, hätte Blackmore nicht immer wieder wunderbare Beschreibungen der Natur Devonshires in seine Geschichte eingeflochten, genauer gesagt von der wilden Heidelandschaft Exmoors. Beim Lesen war mir, als sähe ich aus dunkelgrünen Bartflechten glitzernde Wassertropfen rinnen, als stünde mir sich windender Königsfarn, der sich unter schattigen Wasserfällen aufrecht zu halten versucht, vor Augen. Es war, als schwebten blutrote Heidelibellen aus den Seiten heraus auf mich zu. Alles, was auf der Grenze zwischen Wasser und Land und im Schlamm sprießt und lebt und was ich als Kind so bedingungslos geliebt habe, das hat er so genau wie möglich beschrieben, ohne sich auch nur eine Sekunde darum zu scheren, dass die meisten Leser solch ausführliche Naturbeschreibungen nicht nur langweilig finden, sondern sogar überspringen. Immer auf der Suche nach den lyrischen Naturbeschreibungen, überflog ich die erzählenden Passagen über John Ridd, den Bauernsohn, also nur und verlor trotzdem mein Herz an Lorna.

Und dazu bedurfte es nicht viel. Welch ein erstaunliches Kleinod war dem Schöpfer da gelungen! Oder, wie sie es selbstironisch ausdrückte: »Hab ich vielleicht ein Schwein, dass ich so ein hübsches Gesicht hab; ansonsten hab ich nämlich kaum was zu bieten. Wie soll das erst werden, wenn ich später mal ebenso viele Runzeln habe wie ein Teich im Wind?« Als sie mir dies anvertraute, funkelten ihre hellblauen Augen wie sonnenbeschienene Tropfen an den Spitzen schmelzender Eiszapfen. Auf den ersten Blick sah sie aus wie eine echte Biologin. Sie war immer angezogen, als könnte sie sofort zu einer Exkursion ins Hochmoor aufbrechen, doch sehr bald stellte sich heraus, dass sie die weiten Pullover, die verwaschenen Jeans und die klobigen Stiefel nur deshalb trug, weil sie wie eine Biologin aussehen wollte.

Dummerweise hatte sie das Fach Biophysik gewählt.

»Das hat Zukunft, hat mein Biologielehrer gesagt«, erzählte sie mir, »also habe ich mich dafür eingeschrieben. Aber das habe ich schon bald bereut, denn die Biologen gingen ständig schön auf Exkursion, während wir in dem dämlichen biophysischen Labor saßen. Und beim schönsten Sonnenschein mussten wir uns mit Chlorophyll und Ultrazentrifugen rumschlagen, oh, wie neidisch ich auf die anderen Studenten war. Ich wollte Pflanzen kennenlernen, aber von wegen, das konnte ich mir in diesem Fach abschminken.«

»Aber das kannst du doch leicht nachholen.«

»Wie denn?«

»Indem du nachträglich mit jemandem auf Exkursion gehst, der sich mit Pflanzen auskennt.«

»Und wo finde ich so jemanden?«

»Ab und zu hätte ich dafür Zeit.«

Zunächst machten wir in der Mittagspause eine Exkursion zum alten Friedhof am Groenesteeg. Anschließend gingen wir zum Leidse Hout, wo es fünf Fledermausarten und hundertvierzig verschiedene Pilze gibt. Sie war wirklich interessiert, sie wollte alle Pflanzen kennenlernen, alle Moose und Farne und was wir sonst noch so auf unserem Weg sahen.

Als wir zusammen durch den Van-het-Werff-Park gingen, arbeiteten Männer vom Grünflächenamt an einem Baum. Sie ging auf sie zu und fragte: »Was machen Sie da, meine Herren?«

»Wir graben einen toten Baum aus, schönes Kind.«

»Wie seltsam«, erwiderte sie, »wenn ein Mensch stirbt, vergräbt man ihn in der Erde, stirbt aber ein Baum, dann wird er ausgegraben.«

Die drei Gärtner stellten die Arbeit ein, stützten sich auf ihre Schaufeln, sahen einander erstaunt an und runzelten die Stirn.

Wir gingen weiter, beugten uns über die unscheinbaren Köpfchen des Kanadischen Berufskrauts, besprachen das Maßliebchen und schauten uns noch mal unauffällig um. Noch immer standen die Männer da, als wären sie erstarrt. Nur der Rauch ihrer Selbstgedrehten kringelte sich in die Höhe.

»Du hast sie verwirrt«, sagte ich, »und jetzt wissen sie nicht mehr, wo sie dran sind.«

Sie lachte ihr volles fröhliches Lachen. Sie war eine Schönheit, doch ach, an nichts gewöhnt man sich so schnell wie an Schönheit. Aber so ein wunderbares Lachen, daran gewöhnt man sich nie, das bleibt immer ein Quell des Entzückens.

Auf der Suche nach anderen Pflanzen als dem Kanadischen Berufskraut gingen wir durch das Leidse Hout. Ein Rottweiler folgte uns knurrend. Lorna drehte sich zu dem Hund um: »Wo ist dein Herrchen?« Das Herrchen kam herbeigeeilt, offensichtlich einigermaßen beunruhigt, und zuckersüß sagte sie zu ihm: »Ihr herrlicher Hund hat ein Auge auf uns geworfen, leider haben wir keine Zeit für ihn.«

»Ich werde ihn an die Leine nehmen«, sagte der Mann und schimpfte mit dem Hund: »Pfui, Jan Peter, benimm dich.«

»Er meint es nicht böse«, sagte Lorna, ging auf das Untier zu und kraulte es unterm Kinn. Selig schloss Jan Peter die Augen.

Als der Mann aus unserem Blickfeld verschwunden war,

erklärte sie lakonisch: »Willst du dich beim Herrchen einschleimen, dann streichele den Hund.«

Mit Hunden hatte sie's. »Wir besaßen früher einen Papagei, der sprechen konnte, und als mein Vater für sechs Monate nach Oman musste und die Familie ihm folgte, da brachten wir den Vogel schweren Herzens ins Tierheim, weil wir niemanden fanden, der in der Zwischenzeit für ihn sorgen wollte. Als wir wieder zurückkamen, holten wir den Papagei aus dem Tierheim ab. Er war total froh, uns zu sehen, aber gesprochen hat er nie wieder. Wohl aber konnte er auf sieben verschiedene Arten bellen.«

Ich war schon verheiratet, und Lorna hatte einen mehr oder weniger festen Freund – tja, welches nicht allzu unattraktive Mädchen von zwanzig hat keinen Freund? –, daher dauerte es recht lange, bis das passierte, worauf ich es nie angelegt hatte, was aber, im Nachhinein betrachtet, aus ihrer Leidenschaft für wilde Pflanzen logischerweise erblühen musste und das etwas Unvermeidliches hatte, weil wir jede freie Minute dazu nutzten, in diesem herrlichen Frühling mit all dem Tirilieren von Amseln, Drosseln, Blaumeisen und Rotkehlchen in der Luft zusammen unterwegs zu sein.

Es geschah eines Abends in der langen Frühlingsdämmerung des wunderschönen Monats Mai. Katja unterrichtete bis zum späten Abend in der Musikschule. Sie hatte nicht einmal Zeit, zwischendurch nach Hause zu kommen und einen Happen zu essen. Ich musste also nicht heim, um zu kochen, und so kam es, dass Lorna und ich um fünf, nach der Arbeit im Labor, bei *Woo Ping* einen Teller Nasi Rames aßen, um anschließend mit dem Rad zur Ruige Kade in Leiderdorp zu fahren. Dort wuchs noch Krebsschere in den breiten Entwässerungsgräben, und über einer der Rosetten hingen wie Hubschrauber ein paar Trauerseeschwalben mit schnurrenden Flügeln. Hier und da leuchteten die weißen Blüten des Froschbisses inmitten der Krebsschere.

»Krebsschere duldet praktisch keine anderen Pflanzen neben sich«, erklärte ich, »nur Froschbiss manchmal und hier und da ein paar Stängel Hornblatt. Krebsschere ist keine Landpflanze und auch keine Wasserpflanze, aber sie ist auch keine Sumpfpflanze, sondern eine Kategorie für sich, und wenn du nahe genug rankommst, findest du meistens schöne Rüsselkäfer darauf. Und Mosaikjungfern leben selten woanders. Weil die Pflanze so ein Einzelgänger ist, gibt sie der geschlechtlichen Fortpflanzung auch nicht den Vorzug. Sie vermehrt sich asexuell. Ach, Klonen und Pfropfen sind sehr viel bequemer, selbstverständlicher, und Millionen von Jahre ist dies auch praktiziert worden. Sexuelle Fortpflanzung ist die verzweifelte Antwort der Natur auf den allgegenwärtigen Parasitismus.«

Plötzlich tauchte eine Mosaikjungfer zwischen den Blättern auf und unternahm einen Probeflug. Ihre Flügel raschelten.

»Da ist eine«, sagte ich. »Früher hielt man sie für die Engel der Göttin Freia. Aber dann kamen die Bonifatiusse, und leider wurden längst nicht alle von denen ermordet. Auf einmal erklärte man Libellen zu Satansnadeln, Teufelspfeilen und Augenausstechern, und das nur, weil sie eine Rolle in der germanischen Götterwelt spielten. Die Christen behaupteten auch, sie hätten einen Giftstachel.«

Wir radelten weiter. Über den Wiesen kapriolten die Kiebitze und jagten hintereinander her. Irgendwo meinte ich auch einen Rotschenkel zu hören. Am Horizont glitten die Silhouetten von Kormoranen vorüber. Singvögel hörte man keine mehr, sogar die Amseln schwiegen.

»Warst du schon mal am Wijde Aa?«, fragte ich sie.

»Nie davon gehört. Ein hohes a, das kenne ich.«

Wir stellten die Räder ab und gingen über die lange, schmale Holzbrücke.

Um sie zu necken, sagte ich: »Ziemlich bescheuert, einen Ort, wo seltene Orchideen und Natternzunge wachsen, mit jemandem zu besuchen, der eine Stängelumfassende Taubnessel nicht von Hohlzahn unterscheiden kann.«

»Dann gehen wir wieder.« Sie kehrte um.

»Nicht doch, komm mit.« Ich nahm sie bei der Hand.

»Deine Hand fühlt sich an wie die Rückseite einer Briefmarke«, sagte sie.

Wir gingen weiter. Eine Rohrammer murmelte ihr Abendgebet, ein kleiner Rohrsänger räusperte sich, ein Fitis sang verwirrt sein trauriges Lied.

Als wir das Wijde Aa in vollem Glanz vor uns sahen und ich ihr noch Bachbunge gezeigt hatte, die dort immer an derselben Stelle üppig am Wasser wächst, gingen wir auf der anderen Seite des Wegs den sanft abfallenden Deichhang hinab.

Die ersten Orchideen tauchten auf, und ich gestand ihr, dass ich nicht wusste, um welche Orchidee es sich handelte, um das Übersehene Knabenkraut, das Gefleckte Knabenkraut oder um das Männliche Knabenkraut oder vielleicht sogar um das Helmknabenkraut oder das Kleine Knabenkraut. »Wahrscheinlich haben wir es hier mit einem Hybrid aus all diesen Arten zu tun. Diese promisken Orchideen treiben es wie wild miteinander, und daraus entstehen dann lauter Kreuzungen …«

»Wie aus Pferd und Esel«, sagte sie.

»Genau. Und nun schauen wir, ob es schon Natternzungen gibt.«

Natternzunge, so außergewöhnlich sie auch sein mag, ist eine unscheinbare Pflanze, die man übersieht, wenn man aufrecht einen sanft abfallenden Deich hinuntergeht, auf dem hochgewachsene Braunsegge steht. Ich ging also in den Vierfüßlerstand und kroch zwischen den Grashalmen herum. Sie folgte meinem Beispiel, und zusammen krabbelten wir durch das hohe Gras.

»Wie sieht die Pflanze aus?«

»Sie besteht aus einem aufrechten, ovalen Blatt, das halb zusammengerollt ist, und aus der so entstandenen Röhre ragt das Sporophyll empor.«

Weil man in der Dämmerung, zumal kriechend, nicht alle Bodenunebenheiten erkennt, geriet sie mit einem Knie in eine Kuhle und verlor das Gleichgewicht. Ich bekam sie zu fassen, ehe sie ganz umkippen konnte, und vor lauter Schreck hielt sie sich auch an mir fest. Dann gab es plötzlich kein Halten mehr. Als wäre es vollkommen selbstverständlich und eine natürliche Folge unserer Exkursionen, bei denen wir uns über klebrige Stempel und kecken Blütenstaub gebeugt hatten, vollzogen wir in erstaunlichem Tempo all jene Handlungen, die der eigentlichen Paarung vorausgehen: Betasten, Streicheln, Küssen. Als wir anschließend, noch keuchend, im hohen Gras lagen, war mein Blick klarer geworden, und ich entdeckte in unserer Nähe ganz ohne Suchen Natternzunge, aber das war für den Moment nicht wichtig. Alle Geräusche kehrten wieder, die murmelnden Singvögel, die leise pfeifenden Wiesenvögel, der etwas schrillere Abendgesang des Austernfischers und das raspelnde Geräusch eines Schwarms vorbeifliegender Schwäne.

Wir waren früh genug wieder in Leiden, um das Ganze in ihrem Zimmer über einer Zahnarztpraxis am Plantsoen noch einmal in aller Ruhe zu wiederholen. Vielleicht weil wir beide uns über die hemmungslose, schamlose Leidenschaft am Wijde Aa wunderten und wir uns gegenseitig beweisen wollten, dass wir auch zivilisierter miteinander schlafen konnten. Aber die Sache lief erneut hoffnungslos aus dem Ruder. Es war, als sehnten sich unsere Körper, vollkommen unabhängig von unserem Willen, so heftig nacheinander, dass es beinahe beängstigend war. Und so beängstigend blieb es auch in den Wochen danach, so vollkommen losgelöst von Gott, so heftig, so wild, so feurig, so ungestüm, so hemmungslos. Hinterher lagen wir jedes Mal da und schauten einander erschrocken an, bis wir dann schließlich in ein befreiendes Lachen ausbrachen.

Sie sagte oft: »Was ist hier los? Das habe ich noch bei keinem erlebt. Wer bist du, dass du dies in mir bewirkst?«

»Ich könnte dich dasselbe fragen.«

»Wie kriegen wir den Geist wieder in die Flasche?«

»Muss er das denn? Zurück in die Flasche?«

Genetisches Risiko

Anfangs recht verschämt, doch mit der Zeit immer weniger gehemmt, trieben wir es den ganzen Frühling über »wie läufige Katzen«, um Lorna zu zitieren, so als lebten wir unter einer gläsernen Glocke. Vor allem abends wuchsen unserer zügellosen Brunst, die wir in ihrem Zimmer über der Zahnarztpraxis auslebten, Flügel. Dort war es nach sechs dunkel und still, sodass »niemand meine hohen a hört, wenn ich komme«, wie Lorna sagte.

Nach den hohen a hörten wir jedes Mal unsere Liebesmusik, »Nuit paisable et sereine« aus *Béatrice et Bénédict* von Berlioz, und plauderten miteinander. Die eigenartige Logik von Eros will, dass Liebende nach dem Geschlechtsakt einander zuerst ihre amouröse Vergangenheit offenlegen, ehe über die Zukunft gesprochen werden kann. Dabei ist es durchaus üblich, sich gegenseitig mit Informationen über erotische Eskapaden zu überhäufen. Trotzdem war ich verblüfft, möglicherweise sogar entsetzt, als sie auf meine Frage, wie viele Männer sie bereits gehabt hatte, beiläufig erwiderte: »Nicht ganz einhundert, glaube ich.« Von ihrer Mutter, einer praktizierenden Ärztin, bereits mit fünfzehn mit der Pille versorgt, hatte sie es getrieben wie eine Kokotte: Mitschüler, Lehrer, virile Großonkel, Mitstudenten, Professoren, Dozenten – Lorna zählte sie auf wie Weine, die sie der Reihe nach verkostet hatte. Natürlich hatte ich dem nur wenig entgegenzusetzen, und darum erfand ich einfach ein paar Freundinnen hinzu, wobei ich es sorgfältig vermied, meinen Jugendfreund zu erwähnen, der mir meine wenigen Flammen abspenstig gemacht hatte.

»Bei Nummer einhundert höre ich auf«, sagte sie. »Nummer einhundert muss der Mann meiner Träume sein, den heirate ich und verwandele mich in eine monogame Bürgertussi.«

»Und dann auch noch Kinder?«

»Auf jeden Fall, fünf mindestens, aber am liebsten hätte ich sie nicht von einem einzigen Mann, vorzugsweise sollten fünf verschiedene Supermänner die Väter sein, um das genetische Risiko zu streuen. Eins zum Beispiel von dir oder doch zwei oder ... oder ... vielleicht ja alle fünf, könnte gut sein, dass du schon Nummer einhundert bist. Ich muss mal nachzählen. Würdest du die Einhundert sein wollen?«

Darauf hatte ich nicht sogleich eine Antwort parat. Sie hob den Oberkörper, stützte sich auf den Arm, sah mich mit ihren Eiszapfenaugen an und fragte ernst: »Du würdest doch Kinder mit mir haben wollen?«

»Oh, welch eine Gewissensfrage. Ehrlich gesagt, bin ich mir seit ungefähr meinem achten Lebensjahr sicher, dass ich keine Kinder will. Es kann zu viel schiefgehen. Das Leben ist eine kindische Posse, die jederzeit in einen abscheulichen Albtraum entarten kann. Und da muss man noch nicht einmal an Bergen-Belsen oder Auschwitz denken. Auch weniger weit weg kann das Elend einfach so zuschlagen. Du hast einen neunjährigen Sohn, und der wird von einem, der mit Zeitschriften hausieren geht, entführt, vergewaltigt und erwürgt. Den Jungen findet man später in einen Teppich gerollt. Das ist einem Amsterdamer Verleger unlängst widerfahren; den Zeitungsmann, den hat man erst erwischt, nachdem er auch noch ein zehnjähriges Mädchen umgebracht hat. Und infolge seines nagenden Kummers war der Verleger inzwischen an Krebs erkrankt.«

»Zugegeben, das ist schrecklich, und leider kann all das passieren, aber meistens geht doch alles gut, oder? Mensch, was ist das nur für ein rabenschwarzer Nihilismus? Das hätte ich von dir nicht erwartet. Du bist immer so heiter, so gut gelaunt. Für mich bist du ein Glas Champagner, du machst mich immer fröhlich.«

»Schon im Konfirmandenunterricht habe ich zu verschiedenen Pastoren gesagt, dass es viel besser sei, nie Kinder zu haben, denn wer nicht geboren werde, der könne auch nicht auf ewig verloren gehen. Komisch, wie die sich darüber immer aufgeregt haben! Dabei liegt es doch auf der Hand. Komisch auch, dass die meisten Menschen beim Gedicht *This Be The Verse* von Philip Larkin wütend werden.«

»Das kenne ich nicht.«

»Es ist mein Lieblingsgedicht, mein Glaubensbekenntnis:

They fuck you up, your mum and dad.
They may not mean to, but they do.
They fill you with the faults they had
And add some extra, just for you.

But they where fucked up in their turn
By fools in old-style hats and coats,
Who half the time were soppy-stern
And half at one another's throats.

Man hands on misery to man.
It deepens like a coastal shelf.
Get out as early as you can,
And don't have any kids yourself.«*

»Soppy-stern, was bedeutet das?«

»Vielleicht so etwas wie sentimental-ergrimmt oder weichlich-mitleidlos.«

»Und das findest du schön? Nein, ich ganz und gar nicht. Wärst du denn auch lieber nicht gezeugt worden?«

»Worauf du dich verlassen kannst, geboren werden bedeutet Unannehmlichkeiten, wie Cioran sagt.«

»Aber … aber … es ist doch wunderbar, dass man sich eine Weile auf dieser Welt umsehen darf?«

»Auch wenn, um nur ein Beispiel zu nennen, das lebensbedrohliche Risiko besteht, in die Gaskammer gesteckt zu werden? Oder nach unerträglichem Leiden an Prostatakrebs zu krepieren? Oder … Es kann wirklich ziemlich übel kommen. Schon Darwin hat gesagt: ›There seems me to be too much misery in the world.‹«

»Der hatte doch selbst einen ganzen Haufen Kinder. Aber lass uns aufhören, das ist keine angenehme Diskussion. So ein Pech, für mich warst du bis jetzt die Nummer einhundert, aber … leider, leider, jetzt stellt sich heraus, dass du doch erst Nummer neunundneunzig warst, wie schade, du bist so fürchterlich nett, im Bett bist du phantastisch, du bist männlicher als all deine Vorgänger … Wenn ich mit dir im Bett war, hatte ich das Gefühl, eine warme Brandungswelle sei über mich hinweggeströmt, das

---

* Übersetzung siehe Seite 414.

Meer … das Meer … frisch geborene Babys riechen so herrlich danach … Ach, ach, wie kann man sich doch in einem Menschen irren, wer hätte das von dir gedacht. Bist du vielleicht ein ungewolltes Kind?«

»Nicht dass ich wüsste.«

»Dann verstehe ich nicht, woher dieser rabenschwarze Nihilismus kommt.« Gleichsam in einer Art Übersprunghandlung ergriff sie mein Geschlecht, das sich anstandslos mit Blut füllte, und sie sagte voller Bewunderung: »Du bist eine menschliche Form von *Mellitobia*. Ach, ach, der arme blinde Wurm, wenn er aus seinem Ei kriecht, dann hat er nur eines zu tun, nämlich vierhundert Weibchen zu befruchten. Und das auch noch innerhalb von einer Stunde. Welch ein bedauernswertes Ding!«

Als wir wieder zu Atem gekommen waren, sagte sie, wobei sie warnend den Zeigefinger hob: »Wenn alle so denken würden wie du, dann würden überhaupt keine Kinder mehr geboren.«

»Wäre das so schlimm?«

»Dann würde alles zum Stillstand kommen.«

»Na und? Der Letzte macht einfach das Licht aus. Danach wäre ein kolossaler Seufzer der Erleichterung zu hören.«

»Ein Seufzer? Von wem?«

»Von allem, was lebt. Wir trachten schließlich allem nach dem Leben. Der Mensch ist das verwerflichste Produkt der Evolution. Nichts ist ihm heilig, nichts ist sicher vor ihm, ausgenommen seine wahnwitzigen Religionen. Welch eine Wohltat, wenn er verschwände. Weg damit, um mit meiner Mutter zu sprechen.«

Sie richtete sich erneut im Bett auf, stützte den Kopf auf dem rechten Arm ab und sah mich voller Erstaunen an.

»Philosophen«, sagte ich, »bemühen sich immer, den Unterschied zwischen Mensch und Tier zu bestimmen. Weißt du, was der größte Unterschied zwischen Mensch und Tier ist?«

»Sag.«

»Der Mensch ist das einzige Wesen, das es vollkommen selbstverständlich findet, die eigenen Artgenossen und auch alle anderen Wesen der Freiheit zu berauben, sie einzuschließen und gefangen zu halten, wobei er sie ganz nebenbei oft auch noch foltert, martert und quält. ›Was ist der Mensch, dass du seiner gedenkst‹, heißt es im 8. Psalm, ›du hast ihn wenig niedriger gemacht denn Gott.‹ Welch ein entsetzlicher Irrtum, das Gegenteil ist wahr. Der Mensch ist schlimmer als der Teufel, er geht über Leichen, um seine Ziele zu erreichen.«

»Wie gut, dass es in Afrika so viele Hungersnöte gibt, bei denen jedes Mal Tausende von Kindern sterben, wie gut, dass Pol Pot Millionen über die Klinge hat springen lassen. Die Menschheit, weg damit, ja, ja, die Frohe Botschaft eines *Mellitobia*-Spezialisten. Ist es nicht höchste Zeit für dich, an allen Straßenecken auf eine Kiste zu steigen?«

»Mein Evangelium für taube Ohren will keine Sau hören. Selbst du nicht.«

»Nein, ich auch nicht.«

»Du willst doch eine echte Biologin sein?«

»Bekommen Biologen keine Kinder?«

»Biologen setzen sich für den Umweltschutz ein. Kinderlosigkeit ist mit Abstand der beste Beitrag zum Umweltschutz. Nur mit einer sehr strikten Geburtenregelung wäre vielleicht noch was zu retten, aber wahrscheinlich ist es bereits zu spät.«

Schlangengrube

Nach dem Abend mit dem Gedicht von Larkin war es leider nicht mehr wie vorher. Das Feuer war noch nicht ganz erloschen, aber die Flammen loderten weniger hoch. Hinzu kam, dass ihre Zeit bei uns im Labor vorbei war – über erbkoordinierte Tiere wusste sie inzwischen genug –, deshalb sah ich sie tagsüber nicht mehr, wodurch es schwieriger wurde, Verabredungen für den Abend zu treffen. Und dann wurde es auch noch Sommer, Katja hatte Ferien, und sie wollte, ebenso wie ich übrigens, nichts lieber als ins Hochgebirge reisen. Denn schließlich ist nichts schöner, als im Berner Oberland jenseits der Baumgrenze über einen dieser atemberaubend schmalen Bergpfade zu klettern. Überall dunkelblauer Enzian und die schönste Pflanze der Schöpfung, Alpenglöckchen, dazu Murmeltiere und das allgegenwärtige Geräusch leise plätschernder Bergbächlein. Als wir aus dem Berner Oberland zurückkamen, war Lorna unterwegs. Bei ihrer Rückkehr war plötzlich die Rede von einer vagen Beziehung zu irgendeinem Burschen, den sie während ihrer Reisen durch Osteuropa am Plattensee getroffen hatte. Auf einmal war es also aus zwischen Lorna und mir, übrigens ohne allzu großen Liebeskummer.

Lange bevor es so weit war, geschah jedoch im Frühsommer etwas, das mich vollkommen überraschte. Auch wenn man noch so behutsam vorgeht, ist es fast unmöglich, vor den Augen der Welt zu verheimlichen, dass man ein Verhältnis hat. Eine Geste, ein Blick, ein halbes Wort können genug sein für jemanden, dessen Augen und Ohren weit offen stehen. Ich wollte meine Beziehung zu Lorna gar nicht verheimlichen, und Lorna wollte es noch viel weniger. Was ich aber vor allem verhindern wollte, war, dass Katja davon erfuhr. Außerdem wollte ich natürlich nicht, dass Jouri Wind davon bekam, was über der Zahnarztpraxis vor sich ging. Von Katja hatte ich, so schien es, wenig zu fürchten. Sie war nicht misstrauisch, ging in ihrem Unterricht auf und kam abends todmüde nach Hause. Wer hätte ihr dort an der Musikschule erzählen sollen, dass ihr Mann sie betrog? Unter all ihren Schülern war nicht einer, der Verbindungen zur Universität hatte.

Jouri allerdings fürchtete ich sehr, um es biblisch auszudrücken. Wenn er erfuhr, dass ich etwas mit Lorna hatte, dann würde er sie mir, als wäre es ganz selbstverständlich, kurzerhand wegnehmen. Auch wenn die ganze Welt mir zugerufen hätte: »Er ist inzwischen älter und weiser geworden, so was würde er bestimmt nicht noch einmal machen!«, so war ich fest vom Gegenteil überzeugt. Einmal träumte ich, dass er mit Lorna in eine Fokker 100 stieg. Als das Flugzeug in der Luft war, verwandelte es sich in einen primitiven Doppeldecker. Knapp über meinem Kopf sauste er über mich hinweg, er winkte mir zu, und auf dem Sitz hinter seinem saß Lorna.

Da erschien mir, in der Person von Frederica, ein Engel des Herrn, um mir etwas zu verkünden. Sie rief an und sagte: »Ich möchte in aller Ruhe etwas mit dir besprechen. Kannst du so bald wie möglich, wenn die Kinder in der Schule sind und Jouri im Institut, mal auf einen Kaffee vorbeikommen?«

»Ich trinke nie Kaffee.«

»Dann eben Tee.«

»Worüber willst du mit mir sprechen?«

»Eine dringende Angelegenheit.«

An einem typisch holländischen Sommermorgen fuhr ich zum Wilhelminapark. Das Wetter war kühl und windig. Es nieselte, als ich das Haus verließ, doch als ich in Oegstgeest ankam, durchbrach eine wässrige Sonne die Wolkendecke. Unterwegs stieg mir – ein böses Vorzeichen? – wiederholt der starke Duft von Liguster in die Nase. Als ich dann, eine dampfende Tasse Tee vor mir, im Wintergarten saß, bemerkte ich, dass im Garten der gleiche Zierstrauch wie an der Binnensingel stand. Auch hier blühte er üppig, mit herabhängenden schneeweißen Dolden.

»Was ist das für ein Strauch, der dort so wunderbar blüht?«, fragte ich Frederica. »So einen hatten deine Eltern doch auch im Garten?«

»Ja, ich habe Samen mitgenommen. Fachleute meinten, ich würde es niemals schaffen, einen Strauch aus Samen zu züchten. Tja, wie du siehst, ist es mir gelungen. Kein Wunder, bei meinem tiefgrünen Daumen. Die Fachleute sind jedenfalls verblüfft.«

»Wie heißt er?«

»Ich dachte, du kennst alle Pflanzen.«

»Ich kenne nur die Wildpflanzen. Von Gartenpflanzen und gezüchteten Pflanzen habe ich keine Ahnung. Professor Kalkman hat uns sogar verboten, uns damit zu beschäftigen.«

»Das ist ein Schneeflockenbaum, *Chionanthus virginicus*. Manchmal wird er mit *Halesia carolina* verwechselt, dem Schneeglöckchenbaum.«

Sie richtete sich auf und versperrte mir so die Sicht auf den üppig blühenden, wunderschönen Verlobungsbaum. Die Sonne verschwand wieder hinter den Wolken. Frederica stand im Gegenlicht, das jetzt beängstigend fahl in den Wintergarten fiel. Das verlieh ihr etwas Bedrohliches, etwas von einer Schicksalsgöttin.

Sie sagte, und es schien plötzlich so, als stünde sie auf einer Kanzel: »Ich habe dich nicht hergebeten, um dir meinen blühenden Schneeflockenbaum zu zeigen. Es geht um etwas ganz anderes. Du hast ein Verhältnis mit einer deiner Studentinnen, mit einem Mädchen namens Lorna.«

»Wie kommst du darauf?«

»Im März, beim Begräbnis deines Chefs, hat Toon sie dir vorgestellt. Ich habe gleich gesehen, dass du hin und weg warst. Jouri hat es zum Glück nicht bemerkt. Einen Monat später fuhr ich abends mit dem Auto von Leiderdorp nach Hause. Und wer kam mir da auf der Hoofdstraat entgegen? Zwei Radfahrer. Ich habe dir wie eine Besessene zugewinkt, aber du hast mich nicht gesehen, oder du wolltest mich nicht sehen ...«

»Also, hör mal, wenn man mit dem Fahrrad unterwegs ist, dann ist es, vor allem in der Dämmerung, ziemlich schwierig zu erkennen, wer im Auto sitzt.«

»Ach, komm, du wolltest mich nicht sehen, du hattest nur Augen für das junge Ding. Mein Gott, wie verliebt du das Püppchen angesehen hast. Und sie dich auch. In meinem Body-Balance-Club habe ich eine ausgesprochen schlaue Frau kennengelernt, die eine Marktlücke entdeckt hat. Im Auftrag von Frauen spioniert sie Männern hinterher, die ihren Unterhaltsverpflichtungen nicht nachkommen. Sie war bereit, auch mir einen kleinen Gefallen zu tun, und da hab ich sie auf dich und das Mädchen angesetzt.«

»Mannomann, da bist du aber ziemlich weit gegangen.«

»Ich wette, du hast nichts bemerkt. Ich kann die Frau wirklich nur empfehlen. Effizient, genau, diskret und klug. Sie hat mir berichtet, dass du so oft wie nur irgend möglich – und das ist ziemlich oft, denn dein blindes Weib verbringt ihre Abende in der Musikschule – bei diesem Ding im Zimmer hockst. Nun ja, hockst... was du da treibst, hat sie nicht herausfinden können. Aber das muss auch nicht sein, man kann es sich ja denken.«

»Wir haben Pflanzen bestimmt, die wir bei unseren Ausflügen gesammelt haben. Sie wollte alle Pflanzen kennenlernen, und wo gibt es das heute noch, dass eine junge Frau sich so leidenschaftlich für unsere Flora ...«

»Erzähl das einem anderen. Pflanzen!«

»Aber es stimmt. An dem Abend, als du uns in Leiderdorp gesehen hast, da waren wir auf dem Weg zum Wijden Aa, um Natternzunge zu suchen.«

Frederica lachte laut los. Sie war derart amüsiert, dass ihr Tränen über die Wangen kullerten und sie sich hinsetzen musste.

»Was gibt dir das Recht, mich hier in deinem Wintergarten zur Rede zu stellen, bloß weil ich einer Studentin etwas über unsere Wildpflanzen beibringen will? Wir sind doch nicht miteinander verheiratet!«

»In gewisser Weise schon. Dank dir bin ich Jouris Frau, und dank der Tatsache, dass du mich immer noch liebst, bleibt er bei mir.«

»Was für ein Unsinn. Das ist, und das habe ich dir schon

früher gesagt, eine viel zu simple Erklärung, das ist viel zu kurz gedacht.«

»Kann sein, aber ich will kein Risiko eingehen. Wenn Jouri erfährt, dass du was mit dieser Lorna hast, dann stehen die Chancen zehn zu eins, dass er ihr nachsteigt. Zumal sie nicht gerade hässlich ist.«

»Nun mal langsam, sie ist, weil sie bei Toon biologische Mathematik studiert, oft genug bei Jouri im Institut gewesen, und ich wette, er hat sie nicht einmal bemerkt.«

»Bestimmt nicht, aber es gibt einen, und zwar genau einen Einzigen, der ihm die Augen öffnen kann, der sie für ihn in den Adelsstand erhebt, und das bist du... Als du mir damals bei unserem ersten Gespräch in diesem Loch mit all den Büchern so rührend erklärt hast, dass sich Jouri nur in Mädchen verliebt, in die du verliebt bist und die auch ein wenig in dich verliebt sind, da dachte ich: Was für ein bescheuerter Anmachtrick. Inzwischen bin ich schlauer. Vor einem Jahr oder so war ich zusammen mit Jouri auf einem Empfang für ehemalige Austauschstudenten. Und da tauchte auf einmal so eine schreckliche, wahnsinnig aufgedonnerte, dick geschminkte Frau auf... Eine unangenehme Person. Aber es gelang ihr tatsächlich, seine Aufmerksamkeit zu erregen. Und wieso? Weil sie angedeutet hat, dass sie eine Bekannte von dir ist und dass sie vor langer Zeit mal mit dir im Bett war.«

»Im Bett war! Dazu ist es verdammt noch mal nie gekommen. Hooker for Jesus, aber gleichzeitig... Sie traute sich nicht, und letztendlich war sie nichts anderes als ein prüdes holländisches Mädchen, auch wenn sie in Harvard ein bisschen an *Flirty Fishing* geschnüffelt hat.«

»Nun ja, wie dem auch sei, Jouri wollte trotzdem alles

ganz genau wissen. Wenn sie ein hübsches junges Mädchen gewesen wäre, dann hätte er … Tja, das war sie nicht, sie sah vielmehr so aus, als wollte sie an einem Dolly-Parton-Lookalike-Wettbewerb teilnehmen und sei auf dem Weg dorthin mit dem Fahrrad gestürzt und in den Straßendreck gefallen.«

»Dolly Parton ist gar nicht so übel.«

»Wenn du das ernst meinst, dann bin ich zutiefst beleidigt, dass du mich auch nett findest. Hör auf, erzähl keinen Unsinn, aber was ich sagen will: Irgendwann erfährt Jouri von dieser Lorna, und dann … Das muss um jeden Preis verhindert werden. Jouri hat nun ein Alter erreicht, in dem Männer, diese Idioten, mit so jungen Dingern durchbrennen und eine zweite Familie gründen. Ich beobachte das überall, und ich darf gar nicht daran denken, dass ich plötzlich allein dastehen könnte. Dann wäre ich eine geschiedene Frau und müsste mit ein bisschen Unterhalt über die Runden kommen. Mein Gott, wäre das schrecklich. Tu mir das bitte nicht an.«

»Ich habe gar nicht vor, dir das anzutun.«

»Mach dann um Himmels willen bloß Schluss. Trenn dich von Lorna. Beende diese Affäre. Ich beschwöre dich: Gib ihr den Laufpass!«

»Du glaubst doch nicht, dass ich, nur weil du es mir befiehlst …«

»Wenn du die Sache nicht beendest, erzähl ich deiner alten Mutter davon.«

»Bist du vollkommen übergeschnappt? Meiner Mutter? Warum in Gottes Namen?«

»Männer erhalten ihren Müttern gegenüber gern den Schein aufrecht, dass sie ein tugendhaftes Leben führen.

Selbst Verbrecher mögen es nicht, wenn ihre alten Mütter erfahren, was sie so alles ausgefressen haben. In Italien kann man sogar die Mafiabosse mithilfe ihrer Mütter unter Druck setzen.«

»Ja, gut, in Italien, da ist la Mamma eine Macht, aber ...«

»Ich bin davon überzeugt, dass es dir unangenehm wäre, wenn deine Mutter erführe, dass du mit einer Studentin rummachst.«

»Du kennst meine Mutter gar nicht.«

»Meinst du?«

Ich sah sie an, sie sah mich an, und ich fragte mich: Kann es sein, dass sie meiner Mutter irgendwann begegnet ist? Ich versuchte mich zu erinnern.

Sie wartete jedoch nicht, bis ich meine Überlegungen beendet hatte, und sagte: »Mein lieber Freund, hör auf mich, du spielst mit dem Feuer. Jouri ist ... Jouri macht sich Sorgen ... er wird älter ... er kriegt ihn nicht mehr so gut hoch ... ich wette, damit hast du keine Probleme. Jouri wird denken: Ein junges, frisches Mädchen, ja, da wird mein altes Feuer bestimmt wieder auflodern ... garantiert, wenn du ihn auf diese Idee bringst ... Bitte, trenn dich von Lorna. Ich kann gut verstehen, dass du zu Hause nicht auf deine Kosten kommst, deine Frau, die rackert sich in der Musikschule ab und schläft natürlich nachts wie ein Stein, von der hast du nichts, und dann ein Kerl wie du, ein Stück Granit ... Dass ich das damals nicht gesehen habe ... aber du warst so kindlich, so rührend, ach, ach, wie unerfahren du damals noch warst, so unerforscht, und zugleich ein so schrecklich lieber Junge ... ganz anders als diese Protzkerle, auf die ich damals stand ... Das Komische ist, dass ich mich – auch wenn ich mir dessen nicht bewusst war, als ich die Komödie spielte und so tat, als wäre ich in dich verliebt – tatsächlich wahnsinnig verliebt habe in dich, und daran hat sich auch nie etwas geändert, ebenso wenig wie bei dir. Aber ich wollte ja den charmanten und zuvorkommenden Jouri. Woher sollte ich wissen, dass du dich als scharfer Kuschelbär entpuppen würdest und Jouri als ein ausgebrannter, ausgetrockneter, ständig rechnender Professor, der nur dann einen hochkriegt, wenn er über Primzahlen grübelt. Aber wenn du unbedingt mit jemand anderem als deiner Frau Pflanzen bestimmen willst... Schneeflockenbaum klingt doch viel freundlicher als Natternzunge. Weißt du übrigens, zu welcher Pflanzenfamilie er gehört...?«

»Keine Ahnung, aber wenn wir näher rangehen, kann ich es dir in null Komma nichts sagen.«

»Näher rangehen? Kannst du das nicht von hier aus sehen? Hast du denn so wenig Ahnung von Pflanzen? Ach, mein Lieber, du musst noch so viel lernen. Der Schneeflockenbaum gehört zu den Ölbaumgewächsen, genau wie der Flieder und der Liguster... Mit mir kannst du auch nach Herzenslust bestimmen... ich kann dich mit allen Ziersträuchern, mit Frühlingsblühern, Sommeradonisröschen, Herbstzeitlosen, Winterlingen bekannt machen, komm, lass uns sofort damit anfangen, im Schlafzimmer habe ich, abgesehen von einer *Schlumbergera* in einem Hängekorb, auch eine überaus schöne *Mammillaria*. Oh, ich kann an deinem Blick sehen, dass du nicht einmal weißt, um was es sich handelt. Das sind Kakteen, Herr Biologe, und diese Kakteen habe ich so behandelt, wie man laut Joan Collins Männer behandeln muss: ›Treat them mean, to keep them keen.‹ Und wie die blühen...«

Ganz unerwartet sank sie plötzlich auf mich nieder, sie begrub mich regelrecht unter sich, legte ihre Hände auf meine Wangen, so wie sie es seinerzeit im Garten an der Binnensingel auch getan hatte, und da war er wieder, ihr bezaubernder Duft, und der ganze süße Schmerz von damals kehrte zurück, und auch das Hohelied der Liebe, die Oktavsprünge und Tonwiederholungen, mit denen Mozart seine *Neunundzwanzigste Symphonie* beginnt und wozu er, gerade einmal achtzehn Jahre alt, eine so wunderschöne Gegenstimme komponiert hat. Und wieder lehrte sie mich den Unterschied zwischen einem Kuss und einem Dauerbrenner, doch diesmal ging sie weiter als damals im Garten beim Schneeflockenbaum. Sie griff nach meinem Geschlecht, knetete es und sagte: »Siehst du, ich wusste, dass du ein Kuschelbär bist, dass bei dir noch alles stimmt und dass dies auch noch Jahre so bleiben wird, ich wusste, dass du … Nun komm, ich zeig dir meine *Mammillaria* …«

Schnee im April

Ein paar Jahre später klingelte in einem ungewöhnlichen Moment das Telefon. Wir lagen bereits im Bett, aber ich schlief noch nicht. Widerwillig und in erster Linie um zu verhindern, dass Katja aufwachte, stand ich rasch auf und eilte zum Apparat. Wer rief in Gottes Namen so spät noch an?

»Hallo«, meldete ich mich so unwirsch wie möglich.

Am anderen Ende der Leitung vernahm ich nur einen Seufzer. Dennoch wusste ich sofort, wer unsere Nummer gewählt hatte, und ich dachte: »Oh Gott, er hat herausgefunden, dass Frederica und ich einander seit einigen Jahren bei jeder sich bietenden Gelegenheit in den Armen liegen. Was nun?«

»Jouri, was ist?«, fragte ich ihn.

»Hebe, sie ist bei einem Autounfall ums Leben gekommen.«

»Was?«, fragte ich ziemlich gereizt. »Hebe? Woher weißt du das? Hattest du noch Kontakt zu ihr?«

Er antwortete nicht, sondern fragte nur: »Gehst du mit zur Trauerfeier?«

»Selbstverständlich.«

»Dann hole ich dich am Samstag um halb neun ab.«

Es war April, doch an dem Samstag schneite es leicht. Nicht auf unserem Weg, aber ein Stück weiter, in den Wiesen, an denen wir vorbeifuhren. Es war, als sorgten überall winzige lokale Schneestürme für ein sanftes Wimmeln in der Luft. Hier und da fielen Flöckchen herab, die nie den Boden erreichten. Weiter oben, gleich unter den Wolken, wie es schien, tauchten manchmal riesige Flocken auf, die beim Hinabsinken in zarte Miniflöckchen zerbrachen. Ab und zu landete eine solche Miniflocke auf der Windschutzscheibe, um dort augenblicklich zu verdunsten.

Wir kamen nur langsam vorwärts. Überall verursachten die flüchtigen Schneestürmchen zäh fließenden Verkehr und kleine Staus.

»Wie gut, dass wir zeitig losgefahren sind«, sagte Jouri. »Sonst würden wir vielleicht zu spät kommen.«

»Hebe«, sagte ich, »ach, ach, Hebe, ich war vollkommen hin und weg von ihr, aber ehrlich gesagt, ich habe seit dreißig Jahren nicht an sie gedacht. Du?«

»Sie ist nie aus meinen Gedanken verschwunden«, erwiderte Jouri.

Wir schwiegen. Ich betrachtete die federleichten Flöckchen, die so seltsam weiß am tiefblauen Wolkenhimmel aufleuchteten.

»Und nicht nur aus meinen Gedanken ist sie nie verschwunden«, fuhr Jouri nach einer langen Pause fort, »auch nicht aus meinem Leben.«

»Und warum hast du mir nie etwas davon gesagt?«

»Weil ich dir nicht wehtun wollte. Dir war sie zuerst aufgefallen, du hast mich auf sie aufmerksam gemacht, ich habe dafür gesorgt, dass du sie nach Hause begleiten konntest, aber dabei hast du es dann belassen, du hast dich nie wieder für sie interessiert …«

»Ist das ein Vorwurf?«

»Nein, eine Feststellung.«

Da war wieder so ein kleines Gestöber, so ein Gewimmel von Flocken. Ganz in der Nähe, nicht auf der Straße, wohl aber in den Weiden.

»Selbst wenn ich mir die allergrößte Mühe gegeben hätte«, sagte ich, »ich hätte sie niemals bekommen. Ich hatte nicht die Spur einer Ahnung, was ich zu ihr sagen sollte. In ihrer Gegenwart war ich buchstäblich mit Stummheit geschlagen.«

»Nur weil du in sie noch verliebter warst, als du es selbst in Frederica später je gewesen bist. Und weil du so unglaublich verliebt warst in sie, wurde ich es auch. Du hast mich angesteckt.«

»Mag sein, aber für dich war es, als wir an jenem denkwürdigen Abend zu dir nach Hause fuhren, kein Problem, dich mit ihr zu unterhalten. Ihr habt euch ziemlich gut amüsiert, während ich wartete. Eure Stimmen klangen, als hättet ihr euch auf Anhieb wahnsinnig ineinander verliebt.«

»Ich denke, so war es auch, ich denke, dass wir schon damals … Ach, Hebe, warum musstest du unbedingt mit über hundert Sachen die Straße entlangrasen?«

Es wurde heller. Die Flöckchen verwandelten sich in Regentropfen. Jouri schaltete die Scheibenwischer ein.

»Was du nicht weißt«, fuhr er fort, »was niemand weiß und was auch sonst niemand je erfahren sollte, ist, dass Hebe und ich seit diesem denkwürdigen Abend ein Paar waren.«

»Was sagst du da? Aber warum hast du dann nicht Hebe geheiratet?«

»Sie wollte nicht heiraten, sie sagte immer: ›Wenn man heiratet, ist man der Besitz des anderen, dann sagt der

Mann: Meine Frau, und die Frau: Mein Mann, so wie der Mann auch sagt: Mein Auto, und die Frau: Meine Waschmaschine. Aber ich will nicht das Auto von jemandem sein, ich will nicht als Besitz eines anderen durchs Leben gehen.‹«

»Sie hat also nie geheiratet?«

»Nein. Sie hat nicht mal einen Freund gehabt. Sie war die meine … auch wenn ich das nie sagen durfte. Sie wurde schon wütend, wenn ich sie ›meine Lieblingsprimzahl‹ nannte.«

»So hast du sie genannt? Wirklich? ›Meine Lieblingsprimzahl.‹ Wie kommst du darauf? Wie lustig. Bin ich vielleicht auch eine Primzahl?«

»Natürlich, du bist meine älteste und teuerste Primzahl, doch sie … sie war meine Lieblingsprimzahl, und weil sie meine Lieblingsprimzahl war, wollte ich sie ganz für mich haben. Darum habe ich nicht einmal dir von ihr erzählt, denn dann hätte ich sie vielleicht mit dir teilen müssen.«

»Und trotzdem hast du eine andere Frau geheiratet … Was hat Hebe dazu gesagt?«

»Das kümmerte sie nicht, denn sie wusste nur allzu gut, dass ich zwar mit Frederica verbunden bin, dass ich sie aber nicht wirklich liebe, jedenfalls nicht so, wie ich Hebe geliebt habe. Ich glaube sogar, Hebe fand es angenehm, dass ich verheiratet war, denn so konnte ich sie nicht mit Beschlag belegen. In dem Punkt war sie sehr empfindlich. Sobald sie nur das Gefühl hatte, ich wollte sie vereinnahmen, zog sie sich sofort zurück.«

Wir gerieten in einen kleinen Stau. In der Böschung bemerkte ich rastende Berghänflinge.

Jouri fuhr fort: »Hinzu kam, dass sie unglaublich niedergeschlagen sein konnte. Und sie war der Ansicht, sie könne es niemandem zumuten, mit einer solch depressiven Frau zusammenzuleben. Aber sie konnte auch sehr fröhlich sein. Als wir in Harvard waren ...«

»Du bist mit ihr in Harvard gewesen?«

»Ja, sie war dort Au-pair, während ich ...«

»Allmächtiger, du bist dort also ein ganzes Jahr mit ihr zusammen gewesen, und ich habe nie davon gewusst, das erzählst du mir jetzt erst ...«

»Ich wollte sie für mich haben, und ich wollte deine Gefühle nicht verletzen.«

»Wie nobel von dir. Schade nur, dass du erst damals auf diesen Gedanken gekommen bist.«

»Als ob ich deswegen ...«

»Komm, komm, mithilfe des Spinnengrabs hast du mir Ans abgejagt. Und weil du nicht stark genug bist, ein Mädchen hochzuheben, hast du Archimedes zu Hilfe gerufen, als du mir im Schwimmbad Wilma abspenstig gemacht hast. Und bei Ria musstest du nicht einmal einen Trick anwenden, die nahmst du einfach bei der Hand und gingst weg mit ihr.«

»Ich habe niemals absichtlich eine deiner Freundinnen ...«

»Ach, hör doch auf, sobald ich die Hand nach einer Frau ausstrecke, stehst du bereit, ihre andere Hand zu ergreifen.«

»Nein«, erwiderte er, »das stimmt überhaupt nicht, so verhält es sich nicht... Nein, es ist ganz anders... Mädchen... eigentlich sind es doch verrückte Wesen. Mit Ausnahme von Hebe. Aber nimm nur meine zwei Schwestern, Gott, sind die bescheuert. Ständig mit Nichtigkeiten beschäftigt. Waschen, Kleider in Ordnung bringen, Putzen,

Schrubben, Bohnern, Staubwischen. Meine Mutter – steinalt inzwischen, aber immer noch dieselbe – ist ein herzensguter Mensch, aber sie ist auch wie ein Pferd mit Scheuklappen. Alles, was außerhalb der eigenen vier Wände passiert, interessiert sie nicht. Man könnte meinen, ihr sei nur eines wichtig im Leben: dass alles ordentlich aussieht. Alles muss blitzen und blinken, und darum sind Frauen und Mädchen auch ständig mit Wasser zugange. Achte mal drauf. Man sagt doch, alles Leben sei im Wasser entstanden, und alle Landtiere seien eigentlich Meerestiere, die an Land gekrochen sind. Nun, Frauen haben auf halber Strecke angehalten, die sind nie mit ganzem Herzen auf den Strand gekrochen, die sehnen sich ihr Leben lang zurück ins Wasser. Daher kann man auch am Strand und im Schwimmbad am besten Mädchen anmachen.«

»Wenn das stimmt«, sagte ich, »dann verstehe ich erst recht nicht, warum du mir jedes Mal diese ach so bescheuerten Seejungfrauen abspenstig gemacht hast.«

»Wirklich nicht? Verstehst du das wirklich nicht?«

»Nein, ich verstehe nicht die Bohne.«

»Wie soll ich dir das nur erklären?«

»Nun los, du bist anerkanntermaßen brillant, versuch's.«

»Ich habe dich immer schon bewundert.«

»Du mich? Du bist in allem besser als ich.«

»Als wir noch im Kindergarten waren und in den Polder gingen, da bist du ganz seelenruhig in die stinkenden, schlammigen Entwässerungsgräben gestiegen, um all die gruseligen Tiere zu fangen. Manchmal bist du sogar untergetaucht, dann stand ich Todesängste aus. Aber du tauchtest immer wieder auf, mit Wasserlinsen in Augen und Haaren, Hornblatt baumelte dir aus der Nase, in den Händen hieltest du widerliche Tierchen. Und wie du dann strahltest. Du schrecktest vor nichts zurück, während ich mir fast in die Hosen machte.«

»In die Hosen habe ich mir gemacht.«

»Aber nicht weil du Angst hattest, sondern weil du dringend musstest. Das fand ich so unglaublich. Ich hätte mich nie getraut, mit vollen Hosen nach Hause zu kommen. Aber du … ohne rot zu werden, hast du ganz laut gefurzt. Sogar bei Splunter. Und der prügelte drauflos … der trommelte praktisch jeden zweiten Tag das *Wilhelmus* auf deinen Rippen, aber du hast keinen Mucks von dir gegeben, hast nicht geweint, und geschrien hast du auch nicht. Du hast die Prozedur stoisch über dich ergehen lassen … das habe ich maßlos bewundert. Und als Splunter einmal meine Rippen bearbeiten wollte, da hast du ihn einfach festgehalten, und zwar in Gegenwart des Direktors.«

»Und warum hast du mir dann meine Freundinnen ausgespannt?«

»Du verstehst es noch immer nicht. Ich habe dich regelrecht angehimmelt. In allen Klassen, die wir zusammen besucht haben, warst du der Beste. Ich war nur der Zweitbeste. Du hattest immer die besseren Noten.«

»Aber auch nur, weil du nicht so hart gearbeitet hast wie ich.«

»Ich habe dir immer erzählt, ich würde keine Hausaufgaben machen, aber …«

»Ach, dann hast du mich die ganze Zeit belogen?«

»Nur weil ich dich so bewundert habe. Ich wollte den Abstand verkleinern. Und weil ich dich so bewundert habe, hatte dein Urteil ein besonderes Gewicht. Wenn du also ein Mädchen nett fandest, dann musste es wirklich nett sein, obwohl Mädchen doch eigentlich alle, von der leider so verwegenen Hebe einmal abgesehen, bescheuerte, einfältige Püppchen sind. Nun ja, Frederica ist alles andere als einfältig, wohl aber kalt und berechnend. Wenn du ein Mädchen nett fandest, dann war das für mich, als habe es einen Stempel erhalten, ein Gütesiegel.«

»Auch damals schon, im Sandkasten des Kindergartens?«

»Du hast dort so schön mit dem Mädchen gespielt, dass ich auf der Stelle eifersüchtig war. Im Kindergarten in Melissant hatte ich es nie geschafft, so schön mit einem Mädchen zu spielen.«

»Und dann hast du zielgerichtet ein Spinnengrab gegraben?«

»Ob zielgerichtet, das weiß ich nicht, es war einfach nur ein Einfall, denke ich, so genau kann ich mich nicht mehr dran erinnern, wie ich darauf gekommen bin.«

»Die Erklärung ist simpel: Schon damals warst du brillant.«

»Ach, hör doch auf.«

»Wer von uns beiden ist Professor geworden?«

»Was spielt denn das für eine Rolle? Du hättest auch ganz leicht Professor werden können, aber du wolltest nicht, weil du unsozial und eigensinnig bist, und du willst es immer noch nicht. Aber was soll's … Hebe ist tot. Ich habe es kommen sehen, ich denke, sie ist absichtlich so riskant gefahren. Und ich habe noch zu ihr gesagt: ›Diese Depression ist schlimmer als alle zuvor, geh ins Krankenhaus.‹«

Wieder standen wir im Stau. Schneeflöckchen fielen auf die Windschutzscheibe. Es war, als würde es Abend werden.

»Sie war also ein Jahr lang zusammen mit dir in Harvard.«

Jouri wandte den Kopf zur Seite, sah mich kurz an und sagte: »Weißt du noch, dass ich zu dir gesagt habe, du seist der Erste, der von meinem Harvard-Stipendium erfährt?«

»Na klar.«

»Das stimmte nicht. Sie war die Erste, sie wusste schon einen Tag früher davon. Ich habe dich damals angelogen.«

»Das war nicht sehr nett von dir.«

Wir mussten beide lachen. Jouri sagte: »Ich habe sie angerufen, und daraufhin ist sie nach Leiden gekommen. Wir sind zusammen chinesisch essen gegangen, und sie meinte, es wäre vielleicht eine gute Idee, wenn sie versuchte, als Au-pair nach Harvard zu gehen.«

Wir fuhren wieder, obwohl es jetzt heftig schneite.

Leise murmelte er vor sich hin: »Harvard, das war ganz zweifellos das schönste Jahr meines Lebens.«

Während er das sagte, ging mir etwas durch den Kopf, das man kaum als Gedanken bezeichnen konnte. Es war eher eine Vermutung, ein plötzlicher Einfall, der schnell in Worte gefasst werden musste, weil er sich sonst wieder verflüchtigt hätte.

»Eine Frage: Hast du damals mit Hebe im *Woo Ping* gesessen?«

»*Woo Ping?* Woher soll ich das jetzt noch wissen? Ja, könnte durchaus sein, aber warum interessiert dich das?«

»Ich ging an dem Tag auf dem Weg zum Konzertsaal durch den Diefsteeg. Im *Woo Ping* sah ich einen Hinterkopf, der mir bekannt vorkam. Ich dachte: Da sitzt Julia. Als ich rein bin ins Restaurant, um nachzusehen, mit wem sie dort saß, entdeckte ich deinen Hinterkopf. Aber ich habe mich geirrt, du warst nicht mit Julia dort, es war mit Hebe.«

»Damals kannte ich Julia noch gar nicht.«

»Nein, deshalb war ich auch so verwundert darüber, dass du mit Julia dort warst. Ich dachte, du willst sie mir ausspannen, so wie du mir alle anderen Mädchen ausgespannt hast. Darum bin ich am nächsten Tag bei dir vorbei, um dich zur Rede zu stellen. Aber du hattest den Kopf so voll mit deiner Nominierung für Harvard, dass ich kein Wort über Julia verloren habe. Im Nachhinein schade, denn es hat mich tief verletzt, dass du dich auch an Julia herangemacht hast.«

»Was für ein Unsinn, davon konnte nie die Rede sein.«

»Es hätte aber durchaus sein können.«

»Julia sieht Hebe ähnlich. Auch sie hat manchmal fürchterliche Depressionen.«

Wir erreichten das Krematorium, parkten den Wagen, gingen hinein und gelangten in einen Saal voller Menschen, die wir nicht kannten. Zwei Trauerreden wurden gehalten; die von Hebes Schwester endete vorzeitig, weil die Sprecherin in Tränen ausbrach. Von der Möglichkeit eines Selbstmords sprach niemand. Nach der Trauerfeier fragte uns ein grobknochiger Mann misstrauisch: »Woher kanntet ihr Hebe?«

Jouri erwiderte: »Wir sind zusammen zur Schule gegangen.«

»Ach, daher«, sagte der Mann.

Dann fuhren wir wieder. Der Himmel war schiefergrau, doch trotz der weiterhin fallenden Schneeflocken sangen die Amseln. Schon bald standen wir wieder im Stau, aber das störte uns nicht.

Jouri sagte: »In Harvard haben Hebe und ich miteinander geschlafen, obwohl es eigentlich von Anfang an für mein Empfinden nur eine feuchte, klebrige und ziemlich primitive Angelegenheit war. Später hatte sie danach zum Glück kein Bedürfnis mehr, wir lagen nur noch nebeneinander auf dem Bett und kuschelten ein bisschen, während wir uns die meiste Zeit friedlich unterhielten. Ach, welch ein Unterschied zu Frederica. Die will immer nur küssen, kosen, miteinander schlafen. Dazu habe ich nur höchst selten Lust. Das nimmt sie mir übel. Zum Glück hat sie offenbar schon vor Jahren jemanden gefunden, mit dem sie ins Bett geht.«

»Wie kommst du darauf?«, fragte ich so beiläufig wie möglich.

»Irgendwann hörte sie von einem Tag auf den anderen auf, darüber zu jammern, dass es mir keinen Spaß mehr macht, mit ihr zu schlafen, wenn es mir denn überhaupt je Spaß gemacht hat.«

»Du glaubst also, sie hat einen Liebhaber?«

»Das weiß ich ziemlich sicher.«

»Irgendeine Ahnung, um wen es sich handelt?«

»Ich habe eine recht scharf umrissene Vermutung.«

Wir schwiegen eine Weile. Ich schaute zum Himmel. Offenbar war es nicht vorgesehen, dass es an diesem Samstag noch einmal aufklarte.

Jouri sagte: »Jetzt, da Hebe nicht mehr lebt, gibt es eigentlich nichts mehr, was mich hier in Holland hält. Ich spiele verstärkt mit dem Gedanken, wieder nach Harvard zu gehen.«

»Will man dich denn dort haben?«

»Ach, die fragen doch ständig bei mir an.«

Wieder schwiegen wir. Nachdem wir mindestens fünf Kilometer gefahren waren, sagte er: »Wenn ich nach Harvard gehe, geht Frederica zweifellos mit, denn scheiden lassen will sie sich bestimmt nicht. Aber dann lässt sie ihren phantastischen Liebhaber hier zurück, und das Gejammer im Bett geht von vorne los.«

»Sie ist noch immer wunderschön. Wenn sie will, kann sie sich einen neuen Liebhaber zulegen.«

»Könnte gut sein, aber das würde ich doch sehr, sehr schlimm und erniedrigend finden. Der Liebhaber, den sie jetzt hat, ach, mit dem hab ich mehr oder weniger meinen Frieden gemacht, auch wenn man nicht sagen kann, dass das alles sehr schön ist, aber was soll's, meinen Segen haben sie, und außerdem hat das Ganze ja auch eine gewisse Logik, ja sogar etwas Unausweichliches. Dieser arme Liebhaber und Frederica, ach, die beiden sind ja zwei aneinandergekettete Galeerensklaven der Liebe. Ich täte gut daran, sie voneinander zu trennen. Aber Frederica im Bett mit irgendeinem dahergelaufenen Yankee... pfui Teufel... Nun ja, alles im Leben hat seinen Preis. Im großen Kontobuch des Universums ist möglicherweise bereits festgeschrieben, dass ich den Cowboy-Lover in Kauf nehmen muss, im Tausch gegen den Zugang zu einem der größten Computer der Welt, mit dem man Primzahlen finden kann, die viel größer sind als die heute bekannten. Stell dir nur einmal vor, eine Primzahl mit... zehn Millionen Stellen... Weißt du, dass darauf eine Belohnung von einhunderttausend Dollar ausgesetzt ist? Tja, was kümmert mich das Geld, ich will eine solche Zahl finden... Zehn Millionen Stellen... ach, ach, was für eine Perspektive... Ja, ich mach's, ich gehe nach Harvard.«

Straßen aus Gold

Meine Söhne kümmern sich nicht um mich«, sagte meine Mutter.

»Aber, aber, ich bin doch jetzt hier? Zwei Stunden war ich unterwegs, bei kräftigem Gegenwind.«

»Dann hast du nachher Rückenwind, ja, ich kann mich freuen, dass du jetzt hier bist, aber wie oft kommst du?«

»Du würdest mich öfter sehen, wenn ich dich auch am Sonntag besuchen dürfte. Sonntags hab ich Zeit.«

»Wie du weißt, möchte ich nicht, dass du am Sonntag mit dem Fahrrad herkommst. Das bekümmert den Herrgott zutiefst.«

Mit zitternden Händen stellte sie den Tee vor mir ab.

»Meine Söhne kümmern sich kaum um mich«, präzisierte sie. »Von Siems Töchtern höre ich nie wieder etwas, und meine Brüder sehe ich gar nicht mehr.«

»Wieso das?«

»Die sind in Israel und wollen sich dort niederlassen. Mein jüngster Bruder hat herausgefunden, dass unsere Mutter ein untergeschobenes Kind war. Von einem jüdischen Burschen und einer jüdischen Dienstmagd. Jetzt sind wir also alle plötzlich jüdisch. Darum hatten wir im Krieg auch immer Probleme.«

»Und deshalb denken sie, sie müssten sich in Israel niederlassen?«

»Genau, aber die sollen ja nicht glauben, dass ich auf

meine alten Tage noch nach Israel übersiedle. Baflo war schon weit genug weg. Und außerdem … meine Schwester Geertje hat unsere Brüder besucht. Einer von ihnen biwakiert dort in einem Haus mit lauter komischen Kerlen, und als sie dort war, hockte unser Bruder irgendwo hinter einem Vorhang. Sie hat sich gefragt, was er dort hinter dem Vorhang treibt. Also schaut sie vorsichtig nach und sieht, dass unser Bruder mit einem Kerl herummacht.«

»Das passiert auch anderswo.«

»Zwei Kerle, wie die Hunde, das kommt dort aber häufiger vor«, beharrte meine Mutter. Sie setzte sich und trank Tee durch einen Strohhalm. »Könntest du mir helfen? Gegenüber wohnt eine vierundneunzigjährige Frau. Den ganzen Tag über hat sie mich vom Badezimmer aus beobachtet. Was sie in ihrem Alter daran findet … Ich schaue also zurück und sehe, dass sich ihr Badezimmervorhang ständig bewegt. Dann kommt ein uralter Mann mit einem Hund vorbei, ein netter Mann übrigens, trotz seines Alters durchaus noch ansehnlich, und der Mann bemerkt, dass ich zu dem sich bewegenden Vorhang hinüberschaue, und er begreift sofort, was los ist. Also ist er gleich zu ihr hin, sodass die Frau schließlich aus ihrem Badezimmer abgezogen ist. Danach aber hat sie mich den ganzen Tag über von ihrem Wohnzimmer aus beobachtet. Jedes Mal sehe ich die Linsen des Fernglases aufblitzen, mit dem sie mich observiert. Darum habe ich meine Vorhänge halb zugezogen und mich dahinter aufgehalten, sodass sie mich nicht sehen konnte. Aber jetzt hat sie so ein Ding angeschafft, wie es sie in U-Booten gibt und womit man um die Ecke schauen kann. So ein … so ein … sag schon, wie es heißt.«

»Periskop.«

»Genau, das meine ich, jetzt schaut sie also eiskalt um die Ecke.«

Ich ging zum großen Wohnzimmerfenster und spähte hinüber zur anderen Seite der breiten Straße. Dort stand eine Villa mit einem dunklen Wohnzimmerfenster. Von dort aus sollte meine Mutter wie im *Fenster zum Hof* mithilfe eines Periskops bespitzelt worden sein? Von einer vierundneunzigjährigen Frau?

»Wie kann ich dir helfen?«

»Schreib dem hiesigen Bürgermeister einen Brief.«

»Das werde ich tun«, log ich.

»Und noch etwas, da ist noch etwas anderes, was ich dich fragen möchte, was ich dich schon ganz lange fragen will; immer wieder schießt es mir durch den Kopf, und dann denke ich: Das muss ich diesen Taugenichts wirklich einmal fragen, aber wenn du dann hier bist, denke ich nicht daran. Doch heute habe ich Glück, heute habe ich tatsächlich daran gedacht, und ich kann es dich endlich fragen. Es ist eine lange Geschichte, aber um es kurz zu machen ... Dein Vater und ich tranken eines Nachmittags, es war ein Samstag, Tee. Da klingelte es, dein Vater ging zur Tür, und als er zurückkam, zitternd und mit knallrotem Kopf, da sagte er: ›Ein Mädchen war an der Tür.‹«

Meine Mutter erhob sich aus ihrem Stuhl, streckte ihre bebende Hand aus, deutete mit einem bohrenden Zeigefinger auf mich und knurrte: »Die kam deinetwegen.«

Sie nahm wieder Platz, schlürfte ihren Tee und sagte: »Das junge Ding hat deinen Vater völlig aus dem Konzept gebracht, er war vollkommen durcheinander, aber du warst nicht da, du warst in Leiden mit irgendwelchen widerlichen

Wespen beschäftigt, und ich habe das Mädchen an dem Tag nicht gesehen, und du warst damals, glaube ich, auch schon mit dem flötenden Mädchen zusammen … ich kann nicht verstehen, dass sie noch immer bei dir ist. Ich würde auf der Stelle Fersengeld geben, ständig in dieser Kälte …«

»Katja ist von früh bis spät in der Musikschule, und da bullert die Heizung.«

»Natürlich … die sucht das Weite, die will nicht den ganzen Tag zu Hause bei einem Kerl hocken, der Blähungen hat, der nie richtig sauber geworden ist. Oh, oh, oh, du bist ja so ein kleines Dreckschwein, ich weiß nicht, von wem du das hast. Bei uns zu Hause, wir waren arm, aber sauber und ordentlich – doch du … Die Raffinerien in Pernis sind nichts gegen dich, sogar dein Vater war reinlicher.«

»Ich habe mich durchaus gebessert.«

»Das glaube ich nicht, und was die Frauen angeht, so bist du genau wie dein Vater. Warum nur habe ich ihn nicht verlassen? Ein junges Ding an der Haustür, und er steht eine ganze Woche neben sich. Dabei kam das Mädel deinet- und nicht seinetwegen.«

»Ein Mädchen hat nach mir gefragt? Wer könnte das gewesen sein? Weißt du ihren Namen?«

»Und ob ich den Namen weiß. Aber hetz mich nicht, lass mich jetzt in aller Ruhe erzählen. So, wo war ich, ach ja, das junge Ding hat also geklingelt, doch du warst nicht da. Drei oder vier Wochen später stand sie wieder vor der Tür. Zum Glück war dein Vater nicht zu Hause, so konnte ich sie mir genau ansehen. Ich habe sie sogar ins Haus gebeten, um zu erfahren, was sie eigentlich wollte. Wir haben zusammen Tee getrunken, und dabei hat sie mir eine wirre Geschichte erzählt. Sie war mit dem Burschen zusammen, mit dem du unbedingt in den Polder musstest, um im Schlamm nach Egeln zu suchen. Und wenn ich sie richtig verstanden habe, dann klappte es mit dieser Beziehung nicht so recht, und daher wollte sie dich um Rat fragen, denn schließlich warst du der beste Freund dieses Kerls... So habe ich sie jedenfalls verstanden.«

Sie schwieg, schob ihre Teetasse mit dem Strohhalm ärgerlich weg und sah mich böse an. »So, wie sie von dir gesprochen hat... Ich hörte aus allem, was sie über das Bürschchen... Sag, wie hieß er gleich wieder, das alles ist schon so lange her...«

»Jouri.«

»Ach ja, Jouri, richtig, ich hörte also aus allem, was sie über diesen Jouri und dich sagte, heraus, dass sie eigentlich gar nicht so verrückt nach ihm war. Ich hatte es irgendwie im Urin, dass es mit der Verlobung nicht so recht lief. Es kann durchaus sein, dass ich das heraushörte, weil mir dieser unangenehm freundliche Kerl immer unsympathisch war, aber was mir auf jeden Fall ganz klar war, ist, dass sie – auch wenn sie sich selbst dessen vielleicht kaum bewusst war – von dir irgendwie sehr angetan war. Und das freute mich gar nicht, denn sie wollte ich garantiert nicht zur Schwiegertochter haben.«

»Warum nicht?«

»So ein aufgedonnertes Mädchen? Noch so jung, und schon dieses Zeug im Gesicht und Lippenstift und... bah, nein, so ein widerlich hübsches Ding... Deinen Vater hat ihr Anblick regelrecht umgehauen, die zur Schwiegertochter, ich darf gar nicht dran denken. Jedes Mal, wenn sie zu Besuch kommt, ist dein Mann anschließend eine Woche durch den Wind... Dein Vater war sowieso schon so einer, der ständig nach den Weibern schielte … in der Kirche schaute er ständig zu anderen Frauen rüber … Mich machte das rasend, darum war ich auch froh, als du mit diesem mageren Klappergestell hier aufgetaucht bist. Katja war für deinen Vater überhaupt nicht attraktiv, aber dieses andere Mädchen … Sie ist später noch ein paarmal hier gewesen, auch als sie längst mit Jouri verheiratet war und du mit diesem mageren Hering. Einfach so, aus reiner Nettigkeit schaute sie dann vorbei, jedenfalls sagte sie das, sie sagte, sie habe gehört, mein Mann sei gestorben, und sie meinte: ›Dann sind Sie jetzt bestimmt viel allein …‹ Sie glaubte wohl, da würde ich mich über ihren Besuch freuen … Von wegen, ich dachte nur: Du hast noch immer ein Auge auf meinen Sohn geworfen, und darum tauchst du bei seiner alten Mutter auf … Was ich dich also geradeheraus fragen wollte, ist: Bist du mit dieser Tussi je im Bett gewesen?«

»Nein«, sagte ich.

»Oh, oh, es steht mit Riesenbuchstaben auf deine Stirn geschrieben, dass du lügst, oh, oh, mein eigener Sohn, wo soll das mit dieser Welt nur enden, überall nichts als Verderbnis, sogar in unserer Kirche soll die Homoehe zugelassen werden, mein eigener Sohn … Ich wusste es …«

»Wie kommst du darauf, dass ich lüge? Du musst wissen, dass Jouri, nachdem man es ihm jahrelang angeboten hat, schließlich doch dem Ruf auf einen Lehrstuhl in Harvard gefolgt und in die Vereinigten Staaten ausgewandert ist …«

»Darum also ist sie so lange nicht hier gewesen. Vor einiger Zeit hat sie allerdings wieder einmal vorbeigeschaut. Und weißt du, was sie von mir wissen wollte?«

»Was denn?«

»Wohin du umgezogen bist. Sie sagte, sie sei aus Amerika zurück. Sie habe ihre alte Mutter in Vlaardingen besucht, und weil sie sowieso in der Gegend war, sei sie noch auf einen Sprung bei mir vorbeigekommen. Das behauptete sie jedenfalls, und sie sagte auch, dass sie dich besuchen wollte, dass du aber an deiner alten Adresse nicht mehr erreichbar seist, daher.«

»Hast du ihr meine neue Adresse gegeben?«

»Ich habe zu ihr gesagt: ›Wie hieß die Straße gleich wieder, sie liegt in so einem abgelegenen Viertel, an der Heulenden Gracht ...‹ Es war eine Lüge, aber was sollte ich tun, schließlich hatte ich überhaupt keine Lust, ihr deine Adresse zu geben. Ich dachte: Soll sie doch an der jämmerlich heulenden Gracht suchen, das ist genau der Ort, wo sie hingehört. Als wäre sie nicht in der Lage, deine neue Adresse allein herauszufinden! Ich wohne doch auch inzwischen woanders, und trotzdem stand sie vor meiner Tür. Früher habe ich immer gedacht: Da ist was faul, die hat was mit meinem Sohn, und jetzt habe ich die Bestätigung ... Sie ist gekommen, weil sie an die alten Zeiten anknüpfen wollte. Ha, siehst du, dass ich gut daran getan habe, ihr deine Adresse zu verschweigen, aber ob das helfen wird ... die setzt Himmel und Hölle in Bewegung, um ihr Ziel zu erreichen, früher oder später liegt sie wieder mit dir im Bett, oh, wie schrecklich ... Weißt du, was ich seit ein paar Jahren oft denke?«

»Verrat's mir.«

»Oft denke ich: Als mein erstes Kind geboren wurde, wäre es beinahe schiefgegangen, ich musste überall aufgeschnitten werden, aber trotzdem war dein Köpfchen vollkommen verformt, dein Schädel war zerknittert, du hattest keine Nase, und deine Ohren lagen verkehrt herum am Kopf. Du hättest leicht einen Hirnschaden davontragen können, so wie Harcootje Hummelman, obwohl der mir nichts, dir nichts herausgeflutscht ist, und du solltest heute mal sehen, was aus Harcootje noch geworden ist… Man hat ihn sogar zum Diakon gemacht, und du solltest ihn mal sonntags in der Kirche sitzen sehen, durch und durch andächtig, er saugt die Worte des Pastors regelrecht auf, wenn es irgendwo auf der Welt ein Kind Gottes gibt, dann ist er es. ›Werdet wie die Kinder‹, sagt unser Erlöser, tja, er muss kein Kind mehr werden, er ist immer ein Kind geblieben, man sieht schon heute den Glanz der Ewigkeit auf seinem Gesicht, und zu Frauen schielt er auch nicht hinüber, denn mit Frauenfleisch hat er es überhaupt nicht.«

»Willst du damit sagen: Schade, dass mein Sohn bei seiner Geburt keinen Hirnschaden davongetragen hat?«

»Genau, das meine ich, es hätte ja ganz leicht passieren können, eine kleine Macke nur, natürlich keinen Schaden, der bewirkt hätte, dass du dein ganzes Leben lang nur vor dich hin sabbernd dasitzt, nein, einen winzigen Hirnschaden, wie Harcootje einen hat, dann wärst du heute auch Diakon, und du hättest auch den Glanz der Ewigkeit auf deinem Gesicht, während du jetzt, wenn du weiterhin so knallhart den Herrn verleugnest, geradewegs in die Hölle kommst… Oh, oh, und außerdem hast auch noch mit diesem aufgedonnerten Weib im Bett gelegen, schrecklich, schrecklich… mein eigener Sohn und sein Vater, sie ähneln einander wie zwei Tropfen Wasser…«

»Der hat aber nie mit einem aufgedonnerten Weib im Bett gelegen.«

»Meinst du!«, brauste meine Mutter auf. »Ich werde dir mal was erzählen, da werden dir aber die Augen aus dem Kopf fallen. Ich habe noch nie mit jemandem darüber gesprochen, du bist der Erste. Ich habe deinem Vater einmal Kaffee gebracht …«

Sie schwieg, trank einen Schluck Tee durch den Strohhalm und dachte nach.

»Nein, ich muss die Geschichte anders anfangen. Man hatte deinen Sluispolder mit Sand aufgefüllt, um ihn baufertig zu machen, bis fast nach Maasland rüber. Ich wünschte, das wäre eher geschehen, dann hättest du nicht mit Schlamm und Blutegeln nach Hause kommen können. Der Polder war eine einzige riesige Sandfläche, wie die Wüste, durch die die Israeliten gezogen sind. Als Erstes musste anschließend die Kanalisation angelegt werden. Also karrten große Lastwagen unzählige dieser grauen Betonröhren herbei und luden sie einfach hier und da ab. Danach mussten die Röhren natürlich in die Erde, und deinen Vater hatte man schon mal losgeschickt, um mit Pfählen, Brettern und Bändern zu markieren, wo sie genau hinkommen sollten. Zu mir sagte dein Vater: ›Würdest du mir bitte Kaffee bringen, da draußen gibt es nichts, kein Haus, keinen Menschen, nur Sand.‹ Also bin ich hin, mit einer großen Tasche, in der zwei Becher und zwei Thermoskannen waren. Eine mit Kaffee, eine mit warmer Milch. Es war ziemlich windig und regnerisch, und als ich die Sandfläche erreichte, da flog mir der Sand ins Gesicht, meine Brille beschlug, und ich sah kaum noch was. Mehr oder weniger blind bin ich durch den lockeren Sand gepflügt, in den meine Füße bei jedem Schritt einsanken. Ich kam kaum vorwärts. Und jedes Mal knallte mir die schwere Tasche gegen die Beine. Ich kam mir vor wie ein Israelit in der Wüste Sinai. Dann blies der Wind auf einmal meine Brille sauber, und ganz weit entfernt entdeckte ich deinen Vater, klein wie ein Zwerg, und ich dachte: Was macht er da bloß, denn er war eifrig mit jemand anderem beschäftigt, und ich gucke etwas genauer hin, und da sehe ich, dass er dort mit einer wildfremden Mieze zugange war, er hatte sie gegen ein Abwasserrohr gedrückt und… und… Jetzt wird mir auf einmal ganz schwindlig.«

»Immer mit der Ruhe«, sagte ich, »lass diesen Teil der Geschichte einfach aus, ich weiß auch so, was du meinst.«

»Meine Brille beschlug wieder, und ich stolperte auf Gefühl vorwärts. Ab und zu ruhte ich mich an einer der weißen Röhren kurz aus, dann ging ich weiter, nein, es dauerte keine vierzig Jahre wie bei den Israeliten in der Wüste, aber es kam mir ebenso lang vor, und ich bin ja auch fast vierzig Jahre mit deinem Vater verheiratet gewesen, sodass ich alles in allem sehr wohl vierzig Jahre durch die Wüste gezogen bin, denn wenn ich später auf der Straße über einen Kanaldeckel ging, dachte ich jedes Mal: Was mag mein Mann dort unten wohl mit irgendeiner Mieze treiben?«

»Glaubst du wirklich, dass mein Vater mit irgendwelchen Frauen in der Kanalisation rumgemacht hat? Ach komm, du glaubt doch nicht, dass man eine Frau so weit kriegt, dass sie mit einem in die Kanalisation steigt, um dort im Dunkeln, inmitten von Dreck und raschelnden Ratten…«

»Wenn du alle ernähren müsstest, die gerade das schön finden… aber wo war ich stehen geblieben?«

»In der Wüste.«

»Ach ja, und während ich durch die Wüste wankte, nahm der Wind noch mehr Fahrt auf und heulte durch die Betonröhren. Das klang wie knisterndes, grimmiges Gemurmel, als säßen überall in den Röhren knurrende Hunde, die große Lust hatten, mich zu zerfleischen. Schließlich kam ich mit lauter blauen Flecken an den Beinen und mehr tot als lebendig doch noch bei deinem Vater an, und da war er wieder ganz allein. Aber ich wusste, irgendwo hier in einer der Röhren hat er seine Mieze versteckt und in einer anderen ihr Fahrrad...«

»Ihr Fahrrad?«, fragte ich erstaunt. »Hast du das Fahrrad denn vorher schon gesehen? Oder eine Reifenspur? Und warum sollte die Frau mit dem Rad durch den Sand gefahren sein? In dem losen Sand versinkt man doch sofort, da kommt man keinen Meter weit. Wenn sie also mit dem Fahrrad gekommen ist, dann hat sie es geschoben. Aber das ist auch nicht wahrscheinlich. Wenn dort eine Frau war, dann ist sie zu Fuß gekommen.«

»Nein«, sagte mein Mutter starrköpfig, »sie war mit dem Fahrrad unterwegs, ich weiß es genau, und dein Vater hatte sie irgendwo in einer Röhre versteckt und ihr Fahrrad in einer anderen. Und es war aussichtslos, in all den Miströhren nachzusehen, um sie und ihr Fahrrad zu finden, dort lagen dreißig oder vierzig von den großen Betondingern. Nein, nein, das hatte keinen Zweck, und außerdem: Was hätte es mir gebracht, wenn ich diese Schnalle gefunden hätte? Sie hätte sowieso behauptet, sie sei zufällig in der Gegend...«

»Ich kann mich noch gut an die Betonröhren erinnern«, sagte ich. »Die waren ziemlich groß, ich passte bequem hinein, aber ein Fahrrad konnte man darin nicht verstecken.«

»Was redest du da für einen Unsinn? Überall lagen diese

großen Dinger herum. Dazwischen konnte man doch leicht ein Fahrrad verschwinden lassen.«

»Einverstanden, dazwischen, aber nicht darin.«

»Ich habe doch nicht behauptet, dass ihr Fahrrad *in* so einer Röhre war.«

»So habe ich dich aber verstanden.«

»Was spielt das schon für eine Rolle? Dein Vater hat dort in einer der Röhren eine Mieze versteckt, und ihr Fahrrad hat er auch irgendwo verschwinden lassen. Und er hat mit mir Kaffee getrunken, als wäre alles in bester Ordnung, als steckte nicht irgendwo in den Röhren eine Frau… Und als der Kaffee alle war, bin ich wieder zurückgegangen, zum zweiten Mal über diese schreckliche große Sandfläche. Zum Glück war die Tasche diesmal weniger schwer, und als ich endlich, endlich bei ’t Paard z’n Bek wieder die Zivilisation erreichte, weißt du, was da passierte? Da hat mich von hinten eine Frau auf einem Fahrrad überholt. Sie schaute sich nach mir um, und es fehlte nicht viel, und sie hätte mir auch noch zugewinkt. Ich wusste ganz genau: Das war sie. Sei also nicht so besserwisserisch… sie war mit dem Fahrrad unterwegs.«

»Das Fahrrad kann sie auch irgendwo bei ’t Paard z’n Bek abgestellt haben, das muss sie nicht unbedingt durch den Sand mitgenommen haben. Es wäre für die Israeliten ziemlich lästig gewesen, wenn sie in der Wüste Sinai Fahrräder hätten mitschleppen müssen.«

»Damals gab’s noch keine Fahrräder.«

»Nein, das stimmt, da hast du vollkommen recht.«

»Da bin aber froh, dass du mir wenigstens in dem einen Punkt recht gibst. Aber weißt du, dass du genauso ein Schuft bist wie dein Vater… Oh, oh, wie dein Vater hast du … und das auch noch mit der Frau deines allerbesten Freundes. Der Herr wird dich dafür strafen. Mit doppelten Schlägen wirst du geschlagen werden.«

»Ein reuevoller Sünder findet immer Vergebung.«

»Ich freue mich, dass du das noch weißt. Aber dass du mit der Frau von diesem Jouri …«

»Warum hast du mir nie erzählt, dass sie hin und wieder bei dir war?«

»Du weißt doch, wie einer meiner Lieblingspsalmen lautet: ›Herr, behüte meinen Mund, schütz meiner Lippen Türe, auf dass ein unbedachtes Wort mich nicht ins Elend führe.‹ Es gibt so viele Sachen, die ich dir nie erzählt habe. Wenn mir genug Zeit bleibt, tue ich das noch. Und in diesem Fall habe ich gedacht: Wenn er hört, dass diese Frau immer wieder vorbeikommt, dann steigt ihm das vielleicht zu Kopfe, schließlich ist sie nicht hässlich, und er ist ja schon mit einer anderen verheiratet, und diese Isebel auch, das kann also nur zu schrecklichen Problemen führen. Darum habe ich meinen Mund gehalten. Aber das ist jetzt nicht mehr nötig, jetzt erzähle ich, wie meine Mutter, alles, in den Jahren, die mir noch bleiben.«

»Du wirst hundert.«

»Das wäre schrecklich. Neulich rief Onkel Joost mich an, er ist vorige Woche vierundneunzig geworden. ›Christa‹, sagte er mit jämmerlicher, verkniffener Stimme, ›mein Arzt hat mir gesagt, dass ich sterben werde.‹ ›Du Glückspilz‹, erwiderte ich. ›Besonders viel Mitgefühl hast du nicht‹, sagte er. Daraufhin erwiderte ich: ›Warum sollte ich Mitgefühl haben. Du bist vierundneunzig, wenn du stirbst, kann man der Hebamme doch wirklich nicht mehr die Schuld geben.‹«

Meine Mutter presste die Lippen aufeinander und sah mich böse an.

»Ich wünschte, ich könnte sterben, ich bete jeden Tag dafür. Worüber ich mir nur Sorgen mache, ist die Frage, ob ich Siem im Himmel wiedersehen werde.«

»Warum sollte Siem nicht im Himmel sein?«, fragte ich.

»Nun ja«, sagte meine Mutter, »das ist auch so eine Geschichte. Mit dem Pastor habe ich schon darüber gesprochen, aber mit dir noch nicht. Als Siem den Verstand verlor, begann er seltsame Dinge zu sagen. Es fing damit an, dass er rief, Gott, sein Sohn und Satan verkörperten die Dreieinigkeit, und danach ging es sehr schnell bergab mit ihm. Was er nicht alles gesagt hat! ›Jesus war ein gewöhnlicher Mensch und ganz und gar nicht frei von Sünden‹, sagte er. Ich werde dir das nicht alles im Einzelnen berichten, mir läuft es noch heute kalt den Rücken hinunter, wenn ich nur daran denke. Er sagte einfach, Bileams Esel habe nicht gesprochen, denn Esel könnten nicht sprechen und Schlangen übrigens auch nicht. Es war am Ende so schlimm, dass ich glaubte, ich sei mit König Ahab, nein, mit dem Teufel persönlich verheiratet. Auf seinem Sterbebett habe ich zu ihm gesagt: ›Siem, du gehst ein zu Jesus Christus.‹ Da öffnet er ein Auge, sieht mich furchtbar böse an und sagt: ›Fräulein, lasst mich in Frieden mit diesem Quatsch, Jesus war ein gemeiner Betrüger.‹ Das war das Letzte, was er gesagt hat, mit diesen Worten auf den Lippen ist er ein paar Stunden später vor Gottes Richterstuhl erschienen, während dein Vater eine Stunde vor seinem Tod mit dem letzten Atem, der ihm noch geblieben war, den Herrn inniglich gebeten hat, ihm all seine Sünden zu vergeben … Oh, oh, wie soll das werden, dort im Himmel, vielleicht habe ich ja da oben bis in alle Ewigkeit deinen Vater am Hals, und Siem ist nirgends zu sehen.«

»Was hat denn der Pastor dazu gesagt?«

»Der wollte mich trösten, aber das war nur Gerede, der ist auch nur ein Schwätzer. Siem ist gestorben wie Herodes, dein Vater wie Stephanus, daran kann auch der Pastor nichts ändern. Demnächst trete ich durch ein weit geöffnetes Perlentor, ich schreite inmitten von Engeln über Straßen aus Gold, und dann höre ich auf einmal das Sirren von Reifen, und dein Vater kommt – bei dem Gedanken kriege ich schon heute eine Gänsehaut – mit kaputten Hosenträgern angeradelt. Wenn ich nicht schlafen kann, und wenn man so alt ist wie ich, schläft man kaum noch, wenn ich also nicht schlafen kann, dann sehe ich es jedes Mal vor mir, wie ich mit Siem durch den Westgaag radle. Ich schau mich um, und dann sehe ich, wie dieses Vorderrad immer näher kommt und sich zwischen die Hinterreifen unserer Räder schiebt, immer weiter, mit im Sonnenlicht funkelnden Speichen und rostigem Schutzblech, von dem der Lack abblättert. Wenn dieses Vorderrad nicht gewesen wäre, dann wäre mein ganzes Leben anders verlaufen.«

Sie versauen dich, deine Mutter und dein Vater.
Vielleicht nicht mit Absicht, trotzdem tun sie es.
Sie füllen dich an mit ihren eigenen Fehlern.
Und geben noch welche obendrauf, nur für dich.

Aber sie wurden selbst versaut.
Von Narren in altmodischen Hüten und Mänteln,
die die Hälfte der Zeit rührselig-streng waren
und sich ansonsten gegenseitig an die Gurgel gingen.

Der Mensch reicht das Elend weiter an den Menschen.
Es ist abgründig wie ein Festlandssockel.
Sieh zu, dass du da so bald wie möglich rauskommst,
und krieg bloß keine Kinder.

Philipp Larkin

Maarten 't Hart

Der Flieger

Roman. Aus dem Niederländischen von Gregor Seferens. 304 Seiten. Piper Taschenbuch

Als gewissenhafter protestantischer Grabmacher hat man es schwer: Erst soll man dieses lächerliche Kreuz aufstellen, dann wird man von den »Katholen« gebeten, tausend Tote umzubetten, und obendrein bekommt man den bauernschlauen Ginus zur Seite gestellt, der sich nichts als Feinde macht. Ebenso schwierig aber ist es, der Sohn dieses höchst eigensinnigen Totengräbers zu sein – vor allem wenn man unerwidert in ein Mädchen aus der Nachbarschaft verliebt ist …

»Maarten 't Hart schreibt so wunderbar skurril, theologisch versiert und zutiefst menschlich über das calvinistisch geprägte Holland – und vor allem deshalb, weil es die Welt seines Vaters war.«
NDR Kultur

»Vergnüglich, klug, ein wenig boshaft und sehr schön erzählt.«
Buchkultur

05/2530/01/L

Maarten 't Hart

Das Wüten der ganzen Welt

Roman. Aus dem Niederländischen von Marianne Holberg. 411 Seiten. Piper Taschenbuch

Alexander, Sohn des Lumpenhändlers im Hoofd und zwölf Jahre alt, lebt in der spießigen Enge der holländischen Provinz, in einer Welt voller Mißtrauen und strenger Rituale. Da wird der Junge Zeuge eines Mordes: Es ist ein naßkalter Dezembertag im Jahr 1956, Alexander spielt in der Scheune auf einem alten Klavier. In seiner unmittelbaren Nähe fällt ein Schuß, der Ortspolizist bricht leblos zusammen, Alexander aber hat den Schützen nicht erkennen können. Damit beginnt ein Trauma, das sein ganzes Leben bestimmen wird: Seine Jugend wird überschattet von der Angst, als Zeuge erschossen zu werden. In jahrzehntelanger Suche nach Motiven und Beweisen kommt er schließlich einem Drama von Schuld und Verrat auf die Spur.

05/1048/02/R